如果时间还记得

多年过去,
你原谅当时那个一往无前自以为是的自己了吗?

上

依祎 / 著
YI YI ZHU

台海出版社

图书在版编目（CIP）数据

如果时间还记得／依祎著.—北京:台海出版社，2019.10

ISBN 978－7－5168－2422－1

Ⅰ.①如… Ⅱ.①依… Ⅲ.①长篇小说－中国－当代 Ⅳ.①I247.5

中国版本图书馆 CIP 数据核字（2019）第 194444 号

如果时间还记得
RUGUO SHIJIAN HAI JIDE

著　　者：依　祎	
责任编辑：徐　玥	装帧设计：天下书装
版式设计：天下书装	责任印制：蔡　旭

出版发行：台海出版社
地　　址：北京市东城区景山东街 20 号　邮政编码：100009
电　　话：010－64041652（发行，邮购）
传　　真：010－84045799（总编室）
网　　址：www.taimeng.org.cn/thcbs/default.htm
E － mail：thcbs@126.com

经　　销：全国各地新华书店
印　　刷：三河市人民印务有限公司

本书如有破损、缺页、装订错误，请与本社联系调换

开　本：880mm×1230mm　　1/32
字　数：448 千字　　　　　印　张：13.5
版　次：2019 年 10 月第 1 版　印　次：2019 年 10 月第 1 次印刷
书　号：ISBN 978－7－5168－2422－1

定　价：80.00 元（全二册）

版权所有　翻印必究

莎士比亚曾说过，青春时代是一个短暂的美梦，当你醒来时，早已消失得无影无踪了。当时间偷偷从指缝中溜走，那些温暖过我青春的少年们，曾经鲜衣怒马把酒言欢，如今岁月安稳恬淡饮茶。

每个人究其一生，最难忘的大概就是青春岁月了吧！飞扬的个性、纯净的心灵，温暖的友情、刻骨的爱情……在这短暂而美好的岁月里，有爱、有恨、有喜、有悲……可惜，却独独缺了永恒。

多年以后，当霜雪沾染青丝，渲染了缘分的色彩，彰显了命运的脉络。抬手轻抚心底回忆之城的水晶墙，那些恍如隔世却又历历在目的过往，像水墨青花似的斑驳了匆匆流年，凄美而沧桑、古老而凝重。

人生就是这样，当我们经历过、失去过，才算没有辜负时光。当青春已成过往，再回首那段青葱时光，才恍然顿悟：那些令我们念念不忘的不只是那涟漪心间、滑落指尖的青春和梦想，而是——你！你的温暖填满了那段时光！

谨以此篇献给记忆里的你和身边的你。

目 录 Contents

第一章　只如初见　　// 001
第二章　思美如狂　　// 009
第三章　有女同行　　// 017
第四章　越人情歌　　// 023
第五章　天降奇兵　　// 031
第六章　夫美人者　　// 038
第七章　永远多远　　// 046
第八章　虚己游世　　// 053
第九章　谁家子弟　　// 060
第十章　人生意气　　// 067
第十一章　他乡故知　　// 077
第十二章　带刺蔷薇　　// 083
第十三章　初会平生　　// 091
第十四章　此间少年　　// 097

第十五章	青春滞留	// 103
第十六章	爱与被爱	// 111
第十七章	临别回首	// 118
第十八章	乱了心跳	// 123
第十九章	初恋最美	// 128
第二十章	鸿门盛宴	// 134
第二十一章	飞来横祸	// 142
第二十二章	爱情迷惘	// 149
第二十三章	相见恨晚	// 153
第二十四章	风雨欲来	// 159
第二十五章	月亏花谢	// 166
第二十六章	暗里着迷	// 174
第二十七章	只道寻常	// 182
第二十八章	何以爱情	// 189
第二十九章	一别两宽	// 197

第一章　只如初见

> 人生若只如初见，何事秋风悲画扇。等闲变却故人心，却道故人心易变。——纳兰性德

咚咚咚……

晨昱正在做美梦，梦到白惜默在楼下等她，就如同令狐冲在黑木崖等任盈盈一般。浑浑噩噩中貌似听到有人正在敲门，更糟糕的是在她还没有分清楚是梦是真的时候，她的母亲冯蕾已经破门而入了。

本就睡眼惺忪的晨昱，被冯蕾身上的珠光宝气闪得睁不开了。

晨昱眯起眼，边打哈欠边慵懒地说："儿臣见过母后，不知您老人家有何事吩咐？倘若有敌国入侵，或者宠妃逼宫的要紧事……请容许儿臣……再迷糊一会儿，可好？"

冯蕾撇撇嘴，把一件白色连衣裙连带着内衣丝袜一股脑儿地砸到晨昱头上："睡，睡，就知道睡！今天大学报到，你不会还要像往常一样睡到傍晚才起来吧？"

Oh，my god，险些忘记了今天要去学校报到的！

晨昱猛然坐起，睁大眼睛看了眼墙壁上的时钟，上面清晰地显示二

○○四年九月一日上午八点五十五分三十六秒，都这么晚啦，怎么都没有人叫醒自己呢？

晨昱一个鲤鱼打挺，慌忙套上衣服，冲到阳台拉开窗帘，窗外依旧是绿柳婆娑，假山含翠，湖水涟漪，压根儿没有半个人影，梦中人并没有像梦境中那样出现在绣楼之下。

晨昱略有些失望地望着外面，小雨依旧淅淅沥沥地下个不停，像极了离人的眼泪。

晨昱轻叹一声，还来不及伤感，便被冯蕾半拖半拽到楼下洗漱用餐了，随后便向学校出发。

汽车驶入常山大学，作为常山市土生土长的居民，晨昱对常山大学还算熟悉。当然，她这所谓的熟悉只限于之前来学校参观过，作为来报到的大一新生，对于即将到来的四年大学生活，晨昱感到陌生而又新鲜的。

汽车缓缓驶过花园似的常山大学，各色鲜花将历史悠久的校园点缀得五彩斑斓，显得生机盎然。一座座别具风格的教学楼，在翠绿的大树和娇羞的花朵的装饰下，更平添了勃勃生机，成了一道道美丽的风景。

晨昱摇下车窗，像个孩子般向外好奇地张望，秋雨已经停歇，太阳也露出了笑脸，甬道旁的花草树木随秋风摇曳起舞，袭来了阵阵花木幽香，沁人心脾，令人心旷神怡。

果真是"良辰美景奈何天"呀！晨昱心里不禁感叹道。

等等！晨昱揉揉眼睛，定睛看去，再揉揉眼，继续看过去。

晨昱看到了与二十一世纪大都市格格不入的一幕，一对身穿二十世纪八十年代服装的父女正一人挑着一担行李，蹒跚而行。晨昱新奇地盯着这对父女，还有……她只有在电视上才见过的运输工具，这东西是……扁担吗？

这场景实在是有些诡异，以至于多年后，这个场景还是会清晰地出现在晨昱梦境之中。

冯蕾也看到了，纳闷儿道："花衬衫，喇叭裤，这不是我年轻时的打扮吗？哎，老晨，你快看，我们是不是开着车不小心穿越回二十年前啦。"

晨凌云瞥了她一眼，淡淡地说："穿越剧看多了吧！不过，看这衣服的确有些眼熟。"

冯蕾伸出手摸了摸自己的脸颊："昱儿，快看看妈妈是不是变年轻重回二十岁啦？"

受不了冯蕾的神经质和冷幽默，晨昱无奈地笑道："老妈，就算回不到过去也没有关系，你现在看起来也就二三十岁，依旧青春貌美。"她一边拍着冯蕾的马屁，一边拍拍前排司机的肩膀："刘叔，靠边停一下，我下去帮我妈勘察一番，没准真穿越了时空也未可知呀。"

晨昱站在路旁的梧桐树旁，微风抚过她的衣衫，白衣飘飘，仿佛梨花仙子，她清丽的容颜和气质引来不少人的注视，但她并没有察觉，兀自好奇地看着这对从二十世纪八十年代"穿越"而来的父女。

这对父女居然还挑着被褥行李，包括脸盆和暖水瓶，还有些很奇怪的瓶瓶罐罐，这些东西在学校小卖部或者校外的超市买，不是更方便吗？

不知道是不是被晨昱强大气场干扰，女孩扁担里一个很小的盆子滚落下来，带着尖锐刺耳的声音，冲着晨昱站立的地方滚来。

晨昱上前几步，不等那个小盆停下，已经将它接住了。女孩也赶了过来，用蹩脚的普通话对她说"谢谢"。

那是晨昱第一次见到房素梅，她的个子比晨昱矮半头，一米五八左右，平淡无奇的脸上一双水汪汪的大眼睛分外惹人怜惜。直到现在，晨昱见过比这双眼睛更大更漂亮的，却再也没有见过比这双眼眸更加清澈、更加黑白分明的。

这双眼睛如同装在白玉盘里的黑曜石，对比强烈却又分外和谐。此刻，它们正带着羞怯和善意望着晨昱。

晨昱笑笑，问要不要帮忙，眼睛的主人摇摇头并再次致谢。晨昱好奇地问她，这个小盆是做什么用的，得到的答案是吃饭。

居然是饭盆！

女孩和父亲渐渐混入熙熙攘攘的人群中，但晨昱的目光还是能准确地锁定他们，与周围环境的格格不入令女孩遗世独立。

晨昱报到完，交了学费和住宿费，领了学生卡和饭卡，并在宿舍楼外的告示上找到了自己的宿舍510。

宿舍的门上贴着一张纸，上面写着舍友名单：

宿舍长：郑红方（数学系）。

舍员：郭秀彦（数学系）、李一诺（英语系）、房素梅（英语系）、汪茵茵（英语系）、晨昱（英语系）。

晨昱看到最后一个正是自己的名字，确认宿舍没有错。不过，她心里有些纳闷儿，为什么英语系的同学会和数学系的同学住在一起啊？

冯蕾拧眉道："这怎么是一个混合宿舍呀？怎么还有数学系的呀？混合宿舍不好，有些乱的啦。"

晨凌云不满冯蕾的唠叨，没有接话，随手推开了虚掩着的宿舍门。

十七八平方米的宿舍里摆了三个上下铺，一共六张单人床，还有两张桌子，靠近门口的是嵌在墙里的整体衣橱，每边有三个。

靠近窗户的下铺上坐着两个女孩，正在整理床铺。

看到晨昱一家三口，一个瘦小的女孩子站了起来，笑道："同学，你好，叔叔阿姨好，我是数学系的郭秀彦，你叫什么名字？"

不可否认，晨昱被郭秀彦的相貌惊到了，略微犹豫一下，还是彬彬有礼地伸出手握住了郭秀彦的手:"秀彦你好,我是晨(zè)昱,很高兴和你们一个宿舍。"

坐在旁边那个珠圆玉润的女孩眨眨眼,不解道:"我们宿舍没有叫晨昱的呀,有个叫……叫晨(chén)昱(lì)……"

晨昱笑道:"你说的那个人应该就是我,没错,我姓晨曦的晨,在姓氏中它读作 zè,另外我的名字上日下立,读作 yù。请问这位同学,你怎么称呼?"

微胖女孩咕哝道:"好奇怪的姓氏啊,我叫汪茜茜。"

打完招呼,晨昱便开始收拾行李,郭秀彦也过来帮忙。冯蕾再三谢绝,可热心肠的秀彦还是不听劝告,见晨昱选择了她的上铺,便勤快地爬到上铺帮忙铺床。

坦白说,晨昱对郭秀彦的第一印象是很矛盾的。一方面,她很勤快,也很热情,心地善良,助人为乐;另一方面,在晨昱过去的十八年里,很少见过像她这么……怎么说呢,说难看太过直接,也太伤害同学之间的情谊,换个词,特别,对!没见过她这么长相特别的女孩。

一米六左右的身高,体重充其量不过六七十斤,整个身材像一根木头棍儿,干枯发黄得像茅草一样的头发,黝黑的小脸上拥挤地分布着五官,还有紫色的青春痘,小得几乎看不清楚的眼睛像是睡着了一样,小小的蒜头鼻,小小的嘴巴。

旁边的汪茜茜虽然有些矮胖,但白净的皮肤,光滑的脸颊,大大的眼睛,微圆的鹅蛋脸,使她在郭秀彦身旁看着也无端漂亮了不少。

冯蕾一会儿嫌弃宿舍狭窄,一会儿又说是阴面,不向阳不好,张罗着要去找老师换个宿舍。

晨昱不胜其烦,便给晨凌云使了个眼色,晨凌云心领神会,当即就以下楼帮她买生活用品为由把唠唠埋怨的冯蕾哄了出去。

郭秀彦看着晨昱父母远去的背影，叹道："晨昱，你妈妈长得真好看，这么年轻，看着像你姐姐。"

晨昱一边擦拭衣橱一边淡淡地说："谢谢夸奖。我妈就是保养得好，每天两三千元一瓶的面霜抹着，每周还去做美容和SPA，没点作用也对不住她的那番折腾，不是吗？"

郭秀彦从来没有听说过还有两三千元一瓶的面霜，擦脸油不都是小卖部和超市摆的那种吗？最贵也就一两百元呀。她正在纳闷儿，就听见传来轻轻的敲门声，一个弱弱并且有些奇怪的声音传来："请问是510宿舍吗？"

汪茜茜皱眉："什么腔调这么怪异，外星人吗？门外贴着，还明知故问，这人难不成是瞎的？"

郭秀彦不喜汪茜茜的刻薄和毒舌，微微摇头将门打开，笑着说："新室友来了，欢迎欢迎，我是郭秀彦。"

"您……你……你们好，我叫房素梅。"

晨昱听着声音有几分耳熟，扭头一看，好巧，原来是刚才见过的"黑曜石白玉盘"。

晨昱愣了愣，笑道："我们又见面了，很高兴认识你，我叫晨昱。"

房素梅羞涩一笑，点点头。

汪茜茜用眼角余光瞥了这对父女一眼，不屑地冷哼一声，嘴里咕哝："不是外星人，却是土老帽儿。"

这是晨昱第一次住集体宿舍，感觉很新奇。当天晚上不顾老爸老妈的劝阻，早早在家用过晚饭，便回到了宿舍。

晨昱抬眼看看依旧空着的两个床铺，不禁纳闷儿，不知道这姗姗来迟的李一诺和宿舍长郑红方究竟是何方神圣，都过了报到时间了，居然还不来，就不怕被学校开除吗？

晚上四个女孩子洗漱，汪茜茜第一个抢占了卫生间，待了四十分钟才出来，剩下的三个女孩子谦让半天，推辞不过，晨昱第二个去洗漱，郭秀彦第三个，房素梅最后一个。

房素梅去洗漱时还不肯换睡衣，依旧穿着白天的衣服进去，过一会儿，她穿着街头地摊上常见的大背心大裤衩，耷拉着脑袋，一副乡下小媳妇的模样，羞羞怯怯地出来了。

郭秀彦看她的一身打扮，笑道："小梅，咱俩的衣服像情侣装，你们看像不像？"

汪茜茜瞥了她俩一眼，阴阳怪气地说："所有地摊上二十块钱一套的衣服都像情侣装。"

房素梅脸变得更红了，低下头，怯怯不语。郭秀彦生性豁达，不以为意，笑笑不语。

晨昱为了缓解尴尬的气氛，笑道："你们看，素梅的皮肤好白呀，白天竟没有发现，你们瞧她的手臂和长腿堪称肌肤胜雪。"

郭秀彦看了看，也笑了："我本以为昱儿是我们宿舍最美的，当然也是咱们班里最好看的，竟没有发现小梅皮肤也这么好。"

房素梅脸顿时变得绯红，羞得恨不得找个地缝钻进去，她赶紧爬到自己的床上，用被单裹住了自己，只留下脑袋露在外面。

晨昱一边用吹风机吹头发，一边微笑着说："其实素梅的眼睛最好看，像是放在白玉盘里的黑曜石。"

郭秀彦在洗换下来的内衣，头也没有抬："你们都生得好，哪像我。不过，身体发肤受之父母，无论生成什么样，我都感谢他们。我难看是难看了点，但至少没有缺胳膊少腿，相比有些人我还是很幸福的。当然，如果能像昱儿那么漂亮、小梅那么白皙自然更好了。"

汪茜茜冷哼一声，放下手里的言情小说："房素梅，我想问你一件事。"

房素梅抬起头，睁大眼睛，低声问："什么？"

汪茜茜清清嗓子，皮笑肉不笑地说："听说你们山沟沟里，村民是不是对家里很穷又惹人讨厌的孩子很是瞧不起，经常欺负他们，还会用口水唾他们的脸？"

房素梅一脸茫然地说："我不懂你是什么意思？"

汪茜茜笑道："不懂，那我就说明白些。请问你小时候是不是经常遭人唾唾沫，才会长那么多麻子，她们还说你白净，哼，咱们宿舍最白净的人是我！"

房素梅无辜的眼睛里泪光闪闪，喏喏半天，说不出话来。

晨昱被汪茜茜这伤人的话惊到了，放下手中的吹风机，定定地看着汪茜茜，幽幽地说："茜茜，虽然我俩是一个城市的，但长在市中心的我也不太明白你们郊区，哦，不，应该说是城市的贫民窟。请问，在你们那里，人们是不是对又刻薄又恶毒的小孩子特别厌恶，会逼他们从胯下钻过去以示惩罚，是也不是呢？"

汪茜茜怒视着晨昱："晨昱，我都跟你说了，我们是郊区不是贫民窟。再说我也不知道你胡言乱语些什么，这和房素梅又有什么关系呀？"

晨昱清了清嗓子，笑容粲然："这和小梅没什么关系，她长得又不矮，我就是好奇，你长得这么矮，是不是小时候就这般惹人讨厌，受过的'胯下之辱'多啦，就再也长不高了。我说妹子，你即便崇拜韩信，也不能用这种方式向淮阴侯致敬吧。"

汪茜茜将手中的书狠狠一摔，一手叉着腰，一手指着晨昱，以震耳欲聋的声音咆哮道："晨昱，我又没有说你，你干吗辱骂我。别以为你老爸是局长，你就耍大小姐脾气随便欺负人，告诉你，我汪茜茜不吃你这一套！"

晨昱心下好奇，汪茜茜是怎么知道她家里情况的。但眼下的情况，她也没时间想那么多了，她得先教训一下汪茜茜，让汪茜茜以后不敢再随便欺负人。

想到这里,晨昱用手指作梳,故作慵懒状,缓缓地梳理长长的头发,看也不看汪茜茜,轻轻地说:"'人必自侮,然后人侮之',这是老祖宗流传千年的话,不用本宫教你了吧?你要是实在不懂可以去查查字典。念在你又丑又矮还没有家教的分儿上,本宫就不吝啬替你家长给你普及一下礼仪,别用手指着别人说话,因为你一根手指头对着别人,却用三根指头对着自己,不信,你自己瞧瞧看。"

看着汪茜茜气得直跺脚,晨昱倒是心情大好,微笑道:"不用谢了,跪安吧。"

郭秀彦赶忙打圆场,打断她俩谈话,说了一些和事佬该有的台词,还有团结和睦的话。

晨昱表示虚心受教,却故意不向汪茜茜道歉。时间到了,宿舍的灯自动熄灭了,大家躺在各自的铺位上,不再有人说话。

晨昱躺在上铺睡不着,怕影响下铺的郭秀彦睡觉,连翻个身都是放慢速度缓缓地,心里却在郁闷,今天第一天入学,为什么白惜墨还没有跟她联系,就连个短信也没有。晨昱心想是不是该出去跟他打个电话呢?哦,不行,他没有手机,我又不知道他宿舍电话号码,只能坐等他联系我了。

第二章 思美如狂

有美人兮,见之不忘;一日不见兮,思之如狂。——司马相如

关于白惜墨,晨昱知道,应该坦白从宽,抗拒从严。

可每次涉及他，晨昱即便是想坦白，也会变得失语，想抗拒，可惜身不由己。

晨昱坚定地相信自己至死，乃至到来世，心中也能烙印关于白惜墨的一切记忆。

三年前的这个时候，同样是金秋九月，墨菊飘香，同样是开学报到，晨昱和柳璇手拉手一起参观学校的风景。由于二人过于兴奋，一时没有注意周围的人，柳璇不小心撞到了人。晨昱则由于地球引力和惯性原理，一时收不住脚步，就是因为这个，她才错失了这场邂逅的女主角。尽管，她只距离男女主角的暧昧现场不足两米之遥。

柳璇将对方手里的书本和水杯撞了个天女散花，晨昱在两米开外，看着不锈钢的水杯远远滚去，本能地帮忙去捡。

却不想两米外，柳璇和那个男生一起弯腰去捡地上的书本，就像偶像剧和老套的言情小说中的狗血桥段一样，他们的手不小心地按在了一起。

不同于偶像剧和言情小说的是，柳璇没有右手。尽管她红着脸慌忙将"手"缩回，但这位男主角显然受到了惊吓，居然不经思考地说："你的手，你的手怎么回事？"

两米开外的晨昱听到这话，就知道出事了，慌忙跑过来，不由分说把杯子往男生手里一塞，回头重新拉起柳璇的"手"，关心地问："璇璇，没事吧？"

柳璇没有说话，长发掩住了脸颊，看不见表情。不过以晨昱与柳璇相识三年的交情和对她的了解，也不难猜到，此时的柳璇一定很难过。

晨昱听见男生喃喃地说："你的手，你的手怎么回事？不会……好像……不是我弄的吧？"

晨昱感觉自己都快被这个男生气死了，怒道："哎，我说你这个人怎么这样呀！我们不小心撞了你，是我们不对，我们给你道歉，帮你捡东西，即便是摔坏了我们赔偿也没什么大不了,可你一大男生也不能欺负人呀?"

男生似乎还没有回过神儿来:"我,我,我只是……"

"只是什么?没错,我家璇璇生下来就没有右手,可那又怎样?这丝毫不能影响她的美丽善良,再说,是她希望这样吗?你一大老爷们儿欺负一个弱女子算什么男子汉!"

晨昱似乎骂着不过瘾,还打算用犀利的眼神杀死对方。就在她抬眼看到白惜墨的那一瞬间,时间停止,宇宙停止旋转。

白衬衣蓝牛仔裤,身材修长,光洁白皙的脸庞,透着棱角分明的冷峻,乌黑深邃的眼眸,泛着迷人的色泽,那浓密的眉,高挺的鼻,绝美的唇形,无一不在张扬着高贵与优雅。

如果非要说一个缺点的话,多年后晨昱才勉强总结出一点,那就是白惜墨当时有几分不好意思的尴尬表露在脸上,显得不够潇洒大气。不过,虽然欠缺完美,却丝毫不影响他的英俊帅气,也不影响晨昱和柳璇对他的倾心仰慕。

当时的白惜墨没有注意到晨昱的花痴泛滥,慌乱间连连道歉,没等她们说话,匆忙捡起地上散落的书本仓皇而去,剩下晨昱和柳璇魂不守舍、呆呆傻眼。

高一,柳璇和白惜墨分到了同一个班,为此晨昱对天长叹,抱怨上天不公。

可能是因为入学第一天的偶遇,白惜墨对柳璇很是照顾,帮她打热水,帮她值日,柳璇学习成绩不算太好,白惜墨也会利用课余时间帮她复习功课。白惜墨平日为人沉默寡言,虽不至于冷若冰霜却也不苟言笑,却对柳璇照顾有加,区别对待,因此倒为柳璇平添不少花痴女生的嫉妒和白眼。可白惜墨对柳璇除了照顾外,貌似没有其他的想法。

而晨昱,惭愧地说,是因为近了柳璇这个"楼台"才渐渐靠近了白惜墨这个"月"。

高中是寄宿制的,大多数学生都是住校的,只有极个别学生通过申请可以例外。而晨昱有幸和白惜墨同在例外之列。

一次放学,晨昱在校门口发现白惜墨独自步行的身影。晨昱忍住心跳,故作坦然,缓缓绕到他身边。不过在这之前,她对着手机屏幕整理了下头发,努力使自己笑得好看,也好让左脸的酒窝显得更深邃、更漂亮。

忘记是谁说过的,天下几乎百分之九十九的邂逅,背后都是刻意为之。

"嗨,白惜墨,真的是你呀,回家吗?要不要一起?"晨昱缓缓骑行经过白惜墨身边,装作漫不经心地问。

没想到的是,白惜墨一个箭步蹿上自行车后座,晨昱一个猝不及防险些摔倒。

白惜墨嘴角含着笑,淡淡地说:"看来你的技术不太靠谱呀,不如你我换换位置,换我来载你吧。"

听到白惜墨的话,晨昱的心几乎都要从心里跳出来了。她心想,天哪,是老天终于听到自己的祈祷,还是哪位好心漂亮的天使姐姐遂了自己的心愿?

这是晨昱认识白惜墨后,从他嘴里听到的最悦耳动听的话。

晨昱记得那天云淡风轻,鸟语花香,微风调皮地钻进白惜墨的白色衬衫,后背鼓鼓地撑起,摩擦着她的发丝面颊,麻麻的、痒痒的,却是甜甜的。

从此后,他们放学经常一起走。

刚开始俩人不怎么说话,晨昱平时诗词歌赋、野史趣闻说起来口若悬河,但也不知道为什么到了白惜墨面前,就变得吞吞吐吐,不知所云了。而白惜墨见晨昱不怎么说话,本来就不是话痨的他就更加沉默了。

两人都这么装哑巴可不是好兆头,晨昱在请教了李哲曦之后,得到的启发是找一个两人都感兴趣的话题，或者认识的人。

晨昱思索一下，白惜墨感兴趣的是什么？不知道。而两人都认识的人就非柳璇莫属啦。

晨昱感谢白惜墨对好友的照顾，并对他讲述自己和柳璇在初中的友谊。

白惜墨微笑着说可能认识的人不多，他只想尽自己微薄之力帮助柳璇。

后来，两人慢慢熟了起来，他们的话题就从柳璇转到了热播电视剧、名著、热点话题之类。不可否认的是，那段时光，放学回家成了晨昱最幸福、最期待的事，为此她多次阻止并拒绝老爸的车接车送。

高二文理分科，晨昱终于如愿以偿地分到了柳璇那个班，想到能和白惜墨同窗苦读，顺便可以暗送秋波，晨昱光是想想就觉得过瘾。

人生不如意十之八九，此言无虚。

分班之后，晨昱脑海中满是红心幻想的耳鬓厮磨并没有如愿发生，不过能和心上人一个班，随时都可以看见，也是极好的。而且，能继初中后，再次和柳璇同桌，晨昱觉得恍如隔世，也感到开心和愉悦。

晨昱和白惜墨放学一起骑车回家已经成了习惯，每天晨昱都坐在自行车的后座，看着白惜墨修长的背影，心里兀自欢喜，原来王子不只是骑白马才英俊，就连骑个二十四寸的女士自行车都能这么潇洒！

有一天，白惜墨突然停了下来，对晨昱说："我到了，你家在哪儿？"

晨昱发现这次不同以往停到公交站牌旁，停车的旁边居然是一个陌生市场。

晨昱狐疑地打量这一片破旧的批发市场，听着乱糟糟的小商贩的叫卖声，不由得皱皱眉头："这里吗？这里不是一个批发市场吗？你要买东西呀？"

白惜墨自嘲地笑了笑："我们搬家啦，周末刚搬到这里。"

晨昱点点头，四下张望，随口问道："原来搬家了呀，那挺好，离学校近。不过,这附近有小区吗?"

白惜墨淡淡一笑:"没有什么小区,只有出租的平房和地下室。对了,你饿了吧?等我一下。"

晨昱听见白惜墨的话,暗自跺脚,痛恨自己说话不经大脑,说错了话。正不知道如何接话,只见白惜墨快步向前走去,便好奇又不舍地跟了过去。

晨昱远远地看见白惜墨来到一个煎饼果子摊前,跟一位皮肤粗糙却五官清秀的中年妇女说了几句话,他们一起向晨昱的方向看过来。见他们看自己,晨昱赶紧挤出了个自以为灿烂的笑容,挥了挥手。

中年妇女递给白惜墨一个煎饼果子,并拍了拍他的肩膀,他笑着朝这边小跑过来。

"饿吗?吃吧,我妈做的煎饼可是这里最好吃的。"

晨昱瞪大眼睛,难以置信地说:"那位……那位是阿姨吗?"

白惜墨点点头,接过晨昱的书包,帮她拎上,说:"快吃吧,凉了就不好吃了。"

晨昱接过来,咬了一口,道:"味道不错,阿姨果然好手艺。"她边走边大口吃起来。

虽然有些矫情,但晨昱的确很少吃路边摊的东西。父母多次耳提面命,说那种地方的东西不干净,用地沟油不说,还沾满了灰尘和细菌。

晨昱外出吃饭的地方都是优雅的西餐厅和高端的会所,如果换作别人请她在这么脏乱、蚊蝇乱飞、菜叶子乱堆的小市场吃地摊上的煎饼果子,她是宁可饿死也不会吃的。可是,这却是白惜墨拿给她吃的,别说煎饼果子,即便是见血封喉的穿肠毒药,晨昱也会毫不犹豫,甘之如饴。

"咳,咳"晨昱心里一边想着事,一边往嘴里塞煎饼果子,一时没有注意,竟噎到自己,开始不住地咳嗽起来。

白惜墨微微一笑,忙去旁边买了瓶矿泉水。

是一个没有听过名字的牌子,不是晨昱常喝的。晨昱犹豫了一下,接过来喝了几口,将煎饼吞咽下去。

吃完,晨昱拿出纸巾擦了擦嘴,赞道:"阿姨做的煎饼真是好吃,这下晚上回去不用吃饭了,麻烦你替我谢谢她。"

白惜墨笑笑,没有说话,四下张望,突然笑意僵在脸上,急问道:"你的自行车呢?"

"咦,刚才还在这里的,怎么不见了?"

白惜墨眉毛微蹙,叹道:"你车没有锁吗?这里很乱的,丢东西丢钱包是常有的事。"

后来,还是白惜墨陪着晨昱走了二十分钟到公交站牌,并目送她上了公交车。

对于自行车的丢失,晨昱丝毫不感到难过,反而感谢自行车牺牲自我为主人换来了帅哥的护送陪伴。

等到周末,晨昱便拽着老爸去买自行车,老爸本想买款刚问世的小巧电动车,结果被晨昱义正词严地拒绝了。

晨凌云一个四五十岁的中年男子哪里晓得花季少女的小心思呢?电动车就不浪漫了,还是自行车好,就像韩剧一样。

为了两人骑着方便,晨昱执意要买个二十六寸的。这样既方便白惜墨载着她,而个子矮的自己也可以骑。

在以后的日子里,白惜墨还坚持他一贯冷漠如水、淡然如风的优良传统,不爱说话,不爱笑,当然,也包括对晨昱。不过,万事皆有例外,如果非要说他对谁与众不同,那就是柳璇。

晨昱对这件事倒是不以为意,以前是她一个人照顾柳璇,现在班里多了一个人帮自己照顾柳璇,有人分担的感觉很不错。况且,有时白惜墨在帮柳璇打水时,还会捎带着帮晨昱打满水瓶,晨昱很知足地代表自己和柳璇向他表示感谢。

慢慢地，晨昱已习惯白惜墨的风格，他们在学校不怎么说话，像一般同学一样相处，只是两人放学不约而同地一起走，当然都是他载着晨昱。

老师说一年之计在于春，一日之计在于晨。晨昱摇摇头，说一日之计在于黄昏，就是放学那会儿。同学们都愕然，只有白惜墨心里明白，二人对视一眼，露出甜甜的微笑。

偶尔李哲曦来找晨昱，抓着她的手诉苦，控诉着唐冰对他的不冷不热，爱答不理。

晨昱看着不争气的李哲曦，暗自抓狂，心里叹息自己为什么会倒霉到有李哲曦这样的发小呢？不过，叹息归叹息，该帮忙还是要帮忙的，谁让她倒霉和李哲曦从小就认识呢？

李哲曦贼兮兮地建议："昱儿，你下个月就要过生日啦，不如，这个周末我们提前过了吧，你请几个朋友去家里玩，或者找个高雅幽静的会所，费用老哥买单，另外，我再送你份大礼。"

"生日提前一个多月过，亏你想得出来！"晨昱皱眉，哭笑不得地说，"不过我阳历的生日就在这个月，放心吧，我来安排，保证把你的唐冰骗过去，给你俩制造见面的机会。"

李哲曦大喜，抓起晨昱的手送到唇边轻轻一吻："好昱儿，哥哥欠你啦，你说想要什么礼物，哥都找来送给我的昱儿。"

此时，白惜墨走来，不经意间往晨昱这里瞥了一眼，没有打招呼，径直离去。

晨昱忙将手从李哲曦的手里面拽出来，凝视着白惜墨的背影，轻轻地叹息："可惜，我想要的是你无法送给我的。"

李哲曦鄙夷地撇撇嘴，从口袋里扔出一包纸巾，塞到晨昱手里，丢下一句"你的口水都快流到脖子上了"，扬长而去。

第三章　有女同行

有女同行，颜如舜英。将翱将翔，佩玉将将。——《诗经》

据调查显示，小学生最期盼的不是玩具和好吃的，而是放学和放假。对晨昱来说也是如此，尽管她已经不是小学生，但傍晚的放学铃声胜于世间最美妙的音乐，她每次都在心里哼唱，"有女同车，颜如舜英。将翱将翔，佩玉将将"。

晨昱最烦的是冬天，父母也是好心怕她骑自行车冷，便开车来接，起初晨昱也会叫上白惜墨一起走，但都被对方冷冷拒绝。再后来，逐渐进化聪明的晨昱便以需要锻炼，不甘愿做温室的花草为理由，继续顶着严冬刺骨的寒风，和白惜墨一起骑着自行车。奇怪的是，好像跟白惜墨一起走，冬天也没有那么冷了。

高二很快过去，唯一值得说明一下的是，柳璇在晨昱和白惜墨的鼓励下，报名参加了学校的运动会，报了两千米长跑和跳远，成绩居然还不错，拿了二等奖。晨昱真心为她高兴，显然，柳璇在二人的帮助下，逐渐变得开朗起来。

高三，课程紧张压抑，同学们一个个头悬梁锥刺股，恨不得变成机器人，但晨昱依旧吊儿郎当，我行我素。

有次中午下课，晨昱和柳璇要去打饭，刚要出教室门，白惜墨却追上她，脱下方格的长袖衬衫递给她，晨昱不解却依旧感谢："谢谢，今天气温三十度,我不冷。"

白惜墨把衬衣往她手里一塞,沉默了一会儿,面露尴尬:"拿着吧,可以当裙子围起来。"

晨大小姐自诩聪明绝顶,此刻却丈二和尚摸不着头脑,不解地问:"裙子,围起来,什么意思?"

白惜墨没有说话,表情古怪,似笑非笑,拎起饭盒大步流星打饭去了。

晨昱不解,柳璇更不明白。等到吃完饭,晨昱上厕所,看到浅蓝色薄牛仔裤上一片血迹,不由得垂头丧气,羞愧万分。

原来白惜墨说把衬衣当裙子围上是指……晨昱真是感觉没脸见人了。

磨叽了半天,晨昱终于等到前桌秦丽卉来上厕所,于是拜托人家从自己课桌兜里,把方格衬衣帮她拿过来,折腾了好一会儿,这才将衬衣袖子当腰带系在腰上,磨磨蹭蹭来到教室。

晨昱碰触到白惜墨似笑非笑的眼神,恨不得找个地缝钻下去。

秦丽卉小声地问:"你身上貌似是白惜墨的衣服呀,他向来不是白衬衣就是方格衬衫的,却总能穿出飘逸如仙的优雅。怎么到你身上当起裙子来,完全变味了,倒有几分……几分保姆老妈子的感觉。"

晨昱瞪眼道:"你也忒没有眼光了,什么眼神,你再仔细瞧瞧,穿在我身上是不是'翩若惊鸿,婉若游龙,荣曜秋菊,华茂春松,仿佛兮若轻云之蔽月,飘飖兮若流风之回雪'?"

秦丽卉笑道:"得了吧,你就不要在这里侮辱洛神仙子了,小心她夜里来找你算账。"

晨昱冷哼一声,表示不屑。

秦丽卉道:"刚才帮你拿衣服没有回过神来,白惜墨的衣服怎么在你书桌里?快说,你们俩之间……"

晨昱感觉脸微烫,却得意非凡,扭着头满脸陶醉:"我头上有犄角,我身后有尾巴,谁也不知道,我有多少秘密,就不告诉你,就不告诉你,就不告诉你!"

一旁的柳璇默不作声,开心的晨昱却没有发现。

晨昱一下午心神不宁,总觉得系在腰上的衣袖像胳膊一样紧紧搂着她,就像白惜墨抱着自己一样,不由得一会儿脸红,一会儿心跳。总之一句话,丢人至极,花痴至极。

好不容易挨到放学,晨昱想打车走,白惜墨在后面跟着,可能是见她不去车棚反倒直接往校门口方向走,便小跑几步跟上叫她:"喂,你不去车棚取车,这是去哪儿?"

晨昱一愣,脸红了:"我……我不舒服……想打车……"

白惜墨点头表示理解:"钥匙给我,你在这里等着。"白惜墨接过钥匙,便往车棚跑去。

晨昱愣在当场,想起刚才随口而出的"不舒服",冲自己脑袋拍了两下:"晨昱,你还可以再丢人点儿吗,脑袋里养了金鱼还是鳄鱼,怎么可以那么说,你不是一向自诩聪明的吗,怎么见他就犯傻呢?"随后想到,这句话虽然是脑袋想的,却是由嘴巴里说出来的,于是又补给了嘴巴两下,"让你没有把门的,胡说八道,丢人现眼。"当然她怕疼,落手轻轻地。

"你在干什么?上车!"

晨昱低着头,慢腾腾地挪到后座上,白惜墨服务态度还不错,等晨昱坐稳了,这才出发,一路上谁也没有说话。

到了半路,晨昱突然发现他骑过了那个肮脏混乱的小市场,一下子从车上跳下来。

"你骑过了,你已经到家啦。"

白惜墨回过头,笑道:"正要问你,你家在哪儿呢?我送你回家?"

Oh,my god,一笑倾城、如沐春风、融化冬雪,这些词都是为了白惜墨的笑容而出现的吧！晨昱的心跳开始加速，嘴更是不听使唤起来。

对于十七八岁、情窦初开的少女来说，还有什么比悄悄喜欢的心上人骑单车送你回家更浪漫的事情呢？

白惜墨扶晨昱坐好，并问她家的地址，可惜晨昱白说了，白惜墨还是不知道具体地址，于是晨昱指挥他前行，左转、直行、右转……

四十分钟后，到达一栋小区，门口是一片很大的假山喷泉，山奇水清，鱼戏荷间。

身着制服的帅哥保安向他们行礼致敬，并笑着打招呼："小美女放学啦，晨局刚开车过去，想来到家没多久呢。"

晨昱点头致谢。

白惜墨载着晨昱过了大门，进入小区，不由得惊呆了。

这哪里是小区，分明是公园呀，甚至比公园还漂亮。小区中心一个很大的湖，竟然有两三个学校操场那么大。湖里有莲花，莲叶间还有小木船，有几个人在划船，湖中心是一个小岛，遥遥望去似乎是假山竹林，还有健身器材和秋千之类的，湖间不时有鱼跃出，发出破水之声，环绕着湖面零星分布着几栋别墅。

自行车在一栋三层的欧式别墅前停下，楼前屋后都是绿色的草坪和树木，其中有一棵石榴树，红花绿叶分外惹眼，草坪上有木质桌椅，旁边有一架秋千随风荡漾，似乎在欢迎晨昱回家。别墅靠湖的一边，凌空伸出一座精致的八角木亭子，上面摆着摇椅，可以观景，也可以垂钓。

晨昱见白惜墨留恋四周景色，甚是欣慰。厚着脸皮脑补了一下，某天自己和他能在此定居嬉戏，携手终老，那该多完美。

晨昱笑道："要不要进来歇会儿，或者我带你去钓鱼划船，游泳也可以。哦，对了，这几天不可以游泳。"

白惜墨面无表情，淡淡地问："这是你家？"

晨昱眨眨眼，心里说了声"废话"。但面上依旧露出甜甜地笑容，故作乖巧地点点头："当然，不然我来这里干吗？进来坐会儿？"

"不了，我还得回去帮我妈看摊儿呢。"

"你怎么回去？不如你把自行车骑走吧，我不舒服，明天让我爸开车送我。"

"不用了，我坐公交回去。"白惜墨说完挥挥手，径自离去。

晨昱一直呆呆地看着白惜墨的背影直到消失，他却一次也没有回头。

"为什么突然这么冷淡？真是搞不懂他。"晨昱喃喃自语道，随后幽幽地叹了口气。

突然听到背后一个声音说："我们公主殿下为什么叹气呀？"

晨昱心情不好，随口道："跟电视剧一点儿都不一样，这家伙都不知道回头看我一眼，一点儿都没有默契，真是笨死了。"

"他是谁呀？小伙子长得还蛮帅的。"

晨昱回过头，看到冯蕾静静地站在身后，听话音貌似白惜墨被她看到了，晨昱不由得脸部抽搐了一下。

"大热天的把你送到家门口，也不说请人家来喝杯茶歇歇，你这孩子怎么这么没有礼貌。"

晨昱情绪低落，撇撇嘴："人家不来，我有什么办法，难不成硬要拉进来不成？那岂不是更加没有淑女风范啦。"

"听这口气挺幽怨的呀，瞧这小伙子长得不比古天乐差，我们家小公主不会是喜欢上人家了吧？"

晨昱撇撇嘴，满脸苦闷："回禀母后，您老人家多虑了，人家是校草，哪里看得上你们家的丑姑娘。"

冯蕾捏捏女儿明艳却略带婴儿肥的小脸，笑道："你何时变得这么谦虚啦，我家公主是最漂亮的。"

听到老妈难得的夸奖,晨昱受宠若惊,搂住老妈脖子,"吧唧"亲了一口,笑道:"'刺猬说瞧俺孩子毛儿光的,臭虫说看我孩子味儿香的'这话今天验证了。"

"傻丫头,你是刺猬和臭虫吗?要是,你自己是,别没大没小把妈妈牵上。还有,你这是什么打扮,朋克吗?"

晨昱这才看到身上的"衬衣围裙",心想险些忘记了,说着也不回话,径自跑回屋里换衣服去了。

晨昱抱着换下来的脏衣服,扔给了保姆阿姨,转念想了想,便把衬衣又拿了出来。

"你这几天不能动凉水,赶快放下,用洗衣机,或者干洗。"冯蕾看到晨昱的举动,赶紧劝道。

十七八年来,晨昱从来都不是听话的小红帽,违背父母意思的时候多了去了,也不怕多这一次。

况且,对于晨昱来说,这可是沾了白惜墨体香的衬衣,哪里能让别人洗呢?就是母亲和保姆阿姨也不可以。

当天洗完,晨昱就把衣服晾晒到院子里,夏天天热风大,等到睡觉时,衬衣已经晾干,晨昱把它拿回去,晚上抱着衬衣,带着笑容睡着了。

后来,晨昱使了个诈,谎称衣服弄脏了,洗不干净了,于是乎跑到专柜,用一个月的零花钱买了新款衬衫和牛仔裤。

晨昱将衣服给白惜墨的时候,他死活不要,晨昱用尽三寸不烂之舌,说是她本来是要买弄坏的那件衬衫,谁知道去买衬衫的时候恰好赶上打折促销,买衬衫赠送牛仔裤,不要白不要,难不成要便宜了商家不成?

好在白惜墨平日穿的都是地摊货,也不知道这套衣服的价格,说了声谢谢,便接了过去。

晨昱心里大喜,顾不上平日的淑女风范,挥动双臂摆个超人的姿势,仰天直呼 yes。

从此后，白惜墨的那件方格衬衣便代替了洋娃娃成为晨昱睡觉时怀中必备之物。

不久后的高考，白惜墨考进了临海大学，是一所全国知名院校。

晨昱心里喜忧参半，白惜墨考得不错，晨昱为他高兴。郁闷的是，自己因为不务正业，成绩一般，不能和白惜墨一起双宿双飞，依旧留在待了十八年，快要待腻了的常山市读书。

晨昱承认自己没有白惜墨学习好，不过，她对自己的成绩也算满意了。试想，一个数学每次考不到六十分的人，能超长发挥考到八十八分，是不是很厉害？一个偏科如此严重的人，居然还能考上本科，是不是很牛？当然，这要归功于她超强的英语和语文，为她提了不少分。

常山大学虽然不是全国知名院校，可一个二本的省重点对于"不务正业"的晨昱来说，已经属于老天爷开眼，格外垂怜啦。

对于这一点，晨昱不是不懂得感恩的人，每天晚上入梦前都要感谢老天爷很多遍。

第四章　越人情歌

　　山有木兮木有枝，心悦君兮君不知。——《越人歌》

老辈人说"事出反常必有妖"。

从大学报到那天开始，都已经过去一个星期了，晨昱不仅没有收到白惜墨同学的短信，而且510宿舍的另外两位室友仍旧踪迹皆无。

这一天，郭秀彦气喘吁吁地跑回来，两眼冒光地说："亲们，想知道我们宿舍长为啥还不来吗？"

晨昱淡淡地说："来不来无所谓，不来的话，咱们宿舍的人更少，还能有两张多余的床铺放杂物，不是挺好的嘛。"

郭秀彦笑哈哈大笑："那位李一诺同学不敢说，但我保证我们的宿舍长郑红方是不会来了。"

汪茜茜翻了翻白眼，啐了一声："她不是你们数学系的吗，你有什么小道消息愿意说就赶紧说，别吊人胃口，何况我们也没人关心她。"

"因为郑红方他是个男生，所以不能来给我们几个女生当宿舍长，哈哈哈哈……"郭秀彦笑得前仰后合。

一个女生宿舍的宿舍长居然是男性！

晨昱她们都愣了，想到510迟迟不到的宿舍长居然是个男的，不禁也哈哈大笑，就连一向内敛的房素梅也抿着嘴微笑。

一连串的迎新活动开始了，包括随后到来的社团的新生招募、学生会选举。对于刚摆脱枯燥无味如地狱般的高三生活的同学们来说，那种兴奋激动的心情跟刑满释放的囚犯没什么区别。

晨昱冷眼看着班级、宿舍的人们跃跃欲试，忙得不亦乐乎，微微摇头，她对于这些人的心态理解却不认同。对于这些活动，晨昱坚决贯彻落实"三不政策"——不关心、不支持、不参与。

晨昱不是不知道在大学期间参加这种活动，不仅可以锻炼自己各方面的能力，更能为以后毕业工作加分不少。晨昱在高中时就参加过不少校园活动，比如担任班干部、学校广播站的播音员等，虽不能说圈粉无数，可也有为数不少的一些同学粉丝，而且每次参加学校和市里举行的演讲比赛不能说次次蟾宫折桂，但也没有空手而归的时候。

不过来到大学以后,晨昱却对这类活动厌烦了,不是晨昱转性太快,而是这所大学没有她在乎的人。

白惜墨去了临海大学十天了,仍然没有消息。晨昱打电话问柳璇,后者说她也没有联系到白惜墨。无奈之下,晨昱只好放下矜持,抱着试试看的心态,用最原始的方法写了一封信,虽然不知道班级和宿舍,可她知道白惜墨的学校和专业呀。

晨昱拉着房素梅以邂逅之名,跑到学校超市,翻遍了所有的信纸,最后选了一沓底色是满满玫瑰,还带着淡淡香气的信纸,并奖励自己和房素梅一个大大的甜筒,这才煞有其事地来到自习室写信。

单单是一个称呼,晨昱就足足浪费了一刻钟,她不知道应该如何称呼白惜墨。

亲爱的白先生、亲爱的惜墨、亲爱的惜墨同学、亲爱的白同学、尊敬的白大帅哥等,浪费了七八张纸,连晨昱自己都觉得有些腻歪恶心了。

最后,晨昱无奈地选择了"惜墨"作为信头称谓。

惜墨:

我不知道你能不能收到这封信,已经开学十天了,依然没有收到你的消息,我有些担心,所以抱着试试看的心情给你写了信。我希望你是在操场打完球后收到它,并在自习室展开。当带着淡淡百合香味的信纸展开,也能将我们高中生活如同画卷一样在你的脑海中浮现蔓延。

在名牌大学待着的感觉如何?有没有一种"会当凌绝顶,一览众山小"的"入名校而小天下"的酷爽?

好啦,不开玩笑啦,说说我们吧。璇璇她进了她喜欢的常山师范大学，虽然是专科，可也不错了。可惜她虽然在本市，但和我毕竟距离三四个小时的车程，我们逛街不如以前方便了。不过，一想到她将来要在三尺讲台上演绎一生，我就很期待。

璇璇未来会是辛勤的人民教师、伟大的园丁，而我们呢？

惜墨，你学的法律，将来会做什么呢？律师？警察？或者又是其他什么呢？

而我呢？家人帮我选了英语，其实我也不知道我喜欢什么。中文、新闻、园艺、设计，好像都不错，除了跟数学有关的专业不行之外，没有什么不可以。既然选了英语专业，我常问自己，将来会做什么呢？翻译？老师？外交官，哈哈哈……我又高估自己了。

我老爸告诉我说，人的一生有三件大事，"上什么大学、做什么工作、交什么样的朋友"决定了一个人的一生。

假如他这句话正确，是不是说从大学开始我们就走上了一条不同的道路，也就是说不同的大学、不同的专业，将来的路就不同。

那么换句话说，同一所大学同一专业，路就一定相同吗？肯定不是呀！不管如何，我希望我们还能像高中时放学回家一样，一路同行。即便是偶尔在岔路口分开，也希望最终殊途同归。

好啦，那些以后的事情，想想都头疼，还是留到我们毕业时再去想吧。说点高兴的，以前来我们学校的时候，没有发现它漂亮,等自己真正成为其中一分子才发现它还是蛮不错的,至少比我们的高中要大,还要漂亮很多。学校有座矮山,山上有亭子、有树,还有人工挖凿的小河,我不禁想到了一首诗歌:

今夕何夕兮,搴洲中流。

今日何日兮,得与王子同舟。

蒙羞被好兮,不訾诟耻。

心几烦而不绝兮,得知王子。

山有木兮木有枝,

心悦君兮君不知。

有山、有水、有树、有枝、有好女,却无王子,甚憾!

对了,新的学校我也换了新的手机号码——13589614589,盼回信。

你的晨昱
2004.9.12

看着信末尾的"你的晨昱",晨昱的脸居然有些发烫,自习室没有镜子,不过据她十八年的经验判断,她的脸应该已经红透了。

如同信开头的称谓一样,晨昱考虑半天,结尾的自称也是纠结良久,才写了"你的晨昱"。

既然敢以《越人歌》作为表白,自然也敢自称为"你的晨昱",她又不是那么小家子气的人。

晨昱人生的第一封情书就此完成,为了怕自己冲动劲过了后悔,她趁热打铁地买了邮票,当晚义无反顾地投进了邮箱。

亦舒说过，不要在晚上做决定，晚上的意志力太薄弱，阴与阳只是一线之隔，天亮仍觉是对的，即使错，也甘心。

对于晨昱来说，真是后悔没听她的！

第二天一早，晨昱清醒过来，想到自己写的情书，不由得捶胸跺脚，后悔不已。表白就表白了，这也没啥大不了！情书写也就写了，她对人生中第一封情书的文采和境界，觉得还算差强人意！让晨昱郁闷和后悔的是，她居然忘了发QQ邮箱了。这是二十一世纪，为什么不用电子邮箱，她居然还会蠢到在地址不详的情况下，把人生的第一封情书寄出。

信寄出的日期是九月十二日，现在看来分明就是嘲讽自己——就要二。连确切地址都不知道，还去寄信，而且还是情书。白惜墨收到收不到另当别论，万一被别的人收到，看到情书可怎么是好呢，那样的话，岂不是丢人丢到其他城市去啦！

"开弓没有回头箭"，寄出去的信也是一样。

晨昱惴惴不安地过了几天，没有消息，没有消息也就是最好的消息，晨昱这样安慰自己。

这几天正赶上宿舍郭秀彦和汪茜茜都要参加活动，宿舍变成了演讲台，天天热闹非凡，晨昱也就跟她们一起凑热闹去了，渐渐将信的事淡忘下去。

由于上次的"男宿舍长"乌龙事件，宿管阿姨重新帮她们指定了宿舍长，就是宿舍的老大郭秀彦。

510宿舍四个人的年龄呈等差数列，郭秀彦二十岁，房素梅十九岁，晨昱十八岁，汪茜茜十七岁。这届新生的正常年龄是十八岁和十九岁，郭秀彦因为在村子里两年招一次生，所以晚上学一年；汪茜茜则是因为早上学一年。而这次社团和学生会的活动中，晨昱宿舍以数列两端的人最为活跃。她们俩天天忙着递交照片、资料，准备演讲稿。

对于汪茜茜，晨昱从不否认，是从心里不喜欢她，也可以毫不客气地说是讨厌。

汪茜茜因为自己出生在城市，优越感极强，天天嘚瑟得不得了，说话表情无不透露出对来自外地，尤其是农村同学的鄙视和不屑。再者，汪茜茜这人总觉得自己长得好看，对长得好看或者是她认为比自己漂亮的人心存嫉妒，明里暗里地说人家坏话。开学当天，就因为不喜欢房素梅比她肤色白，就对室友出言侮辱。当然，汪茜茜也不喜欢晨昱，经常暗地里说晨昱各种坏话，但她又有些惧怕晨昱，不敢明着说。

由于汪茜茜和郭秀彦都要准备稿子，很是繁忙。晨昱就毛遂自荐当了郭秀彦的私人助理，到后来直接"恨铁不成钢"地一字一句地教其怎么演讲、怎样拉票。

"我说郭大姐呀，你也自信点儿行不行？气场，气场，晓得吧？你没看见某只肥猪都快把自己像个氢气球一样吹上天了。"

汪茜茜在旁背稿子，居然还能分心二用，听见晨昱指桑骂槐地说自己，气愤地说："晨昱，你说谁呢？我可没招惹你啊。"

晨昱冲她吐吐舌头："我又没指名道姓地说你，干吗往自己身上揽？别人都喜欢捡钱，似你这般上赶着捡骂的倒是头一次见。"

汪茜茜怒道："晨昱，你敢发誓，用你家人发誓，你不是在说我，你敢吗？"

晨昱嘿嘿一笑："好吧，既然你觉得自己是只爱吹牛的肥猪，那我也就没什么不敢承认的了。记住，不是只有你才会骂人，下次再欺负素梅和老大试试，我保证不带一个脏字也能把你骂哭。"

晨昱看汪茜茜被自己训愣了，想着穷寇莫追，晨昱也见好就收，对郭秀彦说："老大呀，我觉得参加社团或者学生会呢，就像人民群众选干部一样，怎么样才能脱颖而出呢？首先得让大家了解你，另外，你得给他们一种感觉，那就是——你有能力。"

"你能报名参加,就证明你对社团或学校组织感兴趣,但是不是只有兴趣就可以的。人家看的是你的能力和决心,还有态度。至于能力是什么呢?那就是你刻苦努力、勤奋善良、乐于助人等。对于这点,一方面呢,你要实事求是,另一方面呢,还得拔高层次。拔高层次,知道吧,这可不是你刚才说的'夸自己''吹某种动物的皮'哦。"

听到"吹某种动物的皮",整个宿舍的人都笑了。

房素梅笑道:"大姐,你就听昱儿的吧,我觉得她说的在理。"

老大点头笑道:"然后呢?总不能让人觉得你有能力,就万事大吉爽爽快快地选你啦。"

晨昱清清嗓子,模仿国外总统选举的模样,倨傲地抬起头,有节奏地摇了几下:"当然不是,有能力的人多啦,你看,无论是国外总统议员选举,还是咱们的选秀节目,每个人都包装一下自己,吹一吹,各个英明神武,超凡脱俗。所以呢,决心和态度的重要性就凸显出来啦,决心你知道吧,喊口号,这你不陌生吧,不懂就去查一下书。当然,除这些之外呢,你还得让别人喜欢你、记住你、支持你。"

看着郭秀彦崇拜的小眼神,晨昱更加来劲儿了,摇头晃脑:"大姐,你扪心自问,你能像人家校花校草一样靠耍帅卖萌吗?不能;你能像我一样口若悬河,出口成章吗?也不能。你靠什么?真诚,幽默,真诚使人信任,幽默使人聪慧。"

汪茜茜哼了一声,阴阴地说:"一派胡言,搞得跟自己多牛似的,有那个本事,你自己上呀,你把学生会主席的位子抢到手,副的也行,我就服你。"

郭秀彦不愧是大姐大,尊不尊老不知道,反正挺爱幼的。她怕这两个人又掐起来,赶紧说:"茜茜,你话不能这么说。学生会的主席不可能让我们新人来担任的。再说,昱儿超凡脱俗,不似我这等俗物,她是看不上才不去选,如果她去,我相信她一定可以入选。"

房素梅应声表示赞同。

晨昱笑着拍了拍郭秀彦和房素梅的肩膀,笑道:"知我者,老大也;懂我者,素梅也。汪同学,我懒得跟你计较。不过,我建议你下次'排气'之前,麻烦先憋一下。去查查咱们市四中每年的演讲比赛,还有咱们市文明办组织的诗文朗诵比赛,前三名都是谁,然后再决定这屁,哦,不,是这气儿排还是不排。"

老大和素梅被晨昱的话弄得忍俊不禁,又觉得笑得不合时宜,于是低头抿了抿嘴,忍得很是辛苦。

汪茜茜满脸火烧云,冲向晨昱,挥起了巴掌,却被晨昱居高临下伸手架住。

十五厘米的身高差,使得汪茜茜没有还手之力。

晨昱将她的手狠狠甩开,冷笑道:"我可练过三年半的跆拳道,你确定要跟我比吗?"

第五章　天降奇兵

　　一种天性的粗暴,使得一个人对别人没有礼貌,因而不知道尊重别人的倾向、气性或地位。这是一个村鄙野夫的真实标志,他毫不注意什么事情可以使得相处的人温和,使他尊敬别人,和别人合得来。——约翰·洛克最终，510宿舍参选学生会竞选的两个人，全部落选了。不过总算她们俩没有白费功夫，郭秀彦当选了班委，混了个宣传委员；而汪茜茜却阴差阳错进了学校广播站。

晨昱是真心为她俩高兴，郭秀彦不容易，她的每一分努力晨昱都希望不落空。汪茜茜嘛，确然不太地道，但有个拌嘴挑刺的人时时窥探在侧，也能激励自己成长，增加生活的趣味，不是吗？而晨昱，不知道咋回事，没有参加任何评选，居然被辅导员点名做班长！

晨昱很是不解，辅导员看着挺精明一个人，年纪四十岁出头，也不老，怎么就老眼昏花，糊里糊涂地看上了她呢？她属于调皮捣蛋、时不时逃课、上课小动作不断那种学生，虽然不是"学渣"，但也绝对当不起学霸的，让她当班长，这是要把同学们都带到坑里去吗？

于是乎，晨昱再三请辞，辅导员再三不准。这场师生间的博弈谁也不肯退让，最后只好各让一步，晨昱勉为其难当了副班长，而班长则由一向善于审时度势的张珏来做。

直到毕业晨昱才知道，那个"不长眼"的辅导员是冯蕾的高中同学，闺中密友。知道了这件事，一切也就可以理解了。

不过，晨昱事后想了一下，班长当就当，正好，可以凭借职位之便，照顾素梅，打击汪茜茜了。

就这样，时间过去一个月，510宿舍的四个女孩渐渐达成一种默契，只要汪茜茜不挑衅找事，晨昱就不会镇压打击她。宿舍也就会天下太平，她们四个有时候也会一起去食堂和自习室。

这天汪茜茜从广播站带来"十一"要放九天假的消息，除此之外，还有一个更加雷人的消息——学生会空降副会长。

汪茜茜说到这个消息的时候，鼻子不是鼻子，脸不是脸，愤愤不平地说："咱们都知道学生会是需要有能力的，我和老大进不去，我们自认为能力不够，也没什么好抱怨的。可是凭什么让一个没有来过学校、从来没有人见过的新生进去呢，都没有经过评选，凭什么就能当副会长呢？"

晨昱也被这个消息惊到了，好奇地问："你从哪儿听来的？听起来有些玄乎，这消息靠谱吗？"

汪茜茜眼睛带刺似的瞪了晨昱一眼，闷声说："当然是真的，我骗你们又没什么光可以沾。我听我广播站的师姐说的，师姐今年大三，她在学生会好几年了，她的消息总是没错的。"

汪茜茜虽然平时爱无理取闹，没事找事，但如果她说的消息属实，那她刚才的这番言论还是无可挑剔的。

"哦，那是挺特别的。"晨昱顺势回应道。

"何止特别呀，简直破天荒了好不好！不知道是何方神圣，哦不，是何方妖孽来咱们大学兴风作浪？"汪茜茜表现出一副不服气的模样。

晨昱点点头："嗯，无论是神还是妖，总有显出原形的那一天，我不明白你着什么急？"

汪茜茜怒道："我不是着急，是生气，是愤怒，是不平衡。凭什么有些人就可以享受特权？还有你，凭什么你都不想当班长，也会为你留着？我恨你们。"

看着汪茜茜甩门而去，大家沉默不语。

房素梅在旁小声地说："汪茜茜到底想干啥？比她优秀的她嫉妒，还动不动就欺负我和大姐，我们没有哪里惹她嫉恨呀？"

晨昱看着房素梅那双眼睛，纯净得一尘不染，内心突然涌出一种想要保护这份纯净的冲动，不忍心告诉她世界上就有一种人，名叫"欺软怕硬"。于是晨昱换了一个表情，笑着说道："小梅，你就不用想那么多，你只要记住，你比她，甚至比这世上多数人都优秀就可以了。"

房素梅点点头，脸上照旧带着几分羞涩："晨晨，谢谢你。我最幸运的有两件事，一件是考上了大学，另一件是遇到了你。"

晨昱突然站起，张开双臂，给了房素梅一个大大的拥抱："既然这样，我们总该抱一抱吧，来个革命的拥抱。"

房素梅笑着躲开晨昱的双手，当时，她白净的脸上由于兴奋挂着的红晕，雀斑也似乎全都不见了，脸上的笑容那样绚烂。

这个画面在晨昱脑海里定格，直到今日，即便是用了气垫 BB 再配上腮红也无法重现房素梅当日的光彩。

十月一日国庆节，学校给大家大方地放了九天假。郭秀彦要做家教，不回家，而素梅为了节省车费，也不回家，只有晨昱和汪茜茜兴高采烈地回家了。

回家前，晨昱邀请郭秀彦和房素梅去她家玩几天，不知道出于什么原因，反正她俩就像约定好了似的，异口同声又斩钉截铁地谢绝了。

晨昱父母早就答应她要去内蒙古自驾游，一想到那一碧千里如同地毯一样的草原、犹如牛奶羊脂般的大块云朵、悠扬动听的马头琴、香气四溢的马奶酒、质朴高亢的热辣民歌、热情好客的蒙古族同胞，晨昱的心早已经飞到那边去了。

不过，美色胜于美景。

出发前，晨昱还不忘跑到那个破旧的批发市场，寻找白惜墨的母亲。可惜当时白惜墨给她买煎饼的时候距离有些远，她的眼神也不大好，没有看得太清楚白惜墨的母亲到底长什么样。晨昱在批发市场，总共才看见两个卖煎饼果子的，一位大叔，一位阿姨。

晨昱走到阿姨摊位前，为了讨好人家，先买了一个煎饼，然后才红着脸，一副此地无银三百两的模样，开口询问白惜墨的情况，可阿姨却一脸茫然，晨昱很是沮丧，买的煎饼顿时也吃不下去了。

次日，晨昱高兴地跟随父母开车前往内蒙古，将之前的烦心事都暂时的抛之脑后。

却不曾想,很多自以为然的东西却非你所愿。就如原本香气四溢的马奶酒大多数人根本喝不惯,想象中一碧千里如同地毯一样的草原到了夜晚冻得人直打寒战。更别说,我们自以为水波不兴的生活,不知什么时候,就会地覆天翻。

"十一"小长假就这么过去了,晨昱在外面玩了一周,把自己累成了一条狗。累就累吧,居然一点儿都没有瘦下去,倒是晒黑了不少。

晨昱看见自己的皮肤,顿时有些烦心,一连敷了好几天的面膜,皮肤才好了一些。

不过,值得一提的是在内蒙古的时候,晨昱的手机收到了几条来自临海的短信。

单单是看到归属地,就足够让晨昱兴奋半天的。待到打开短信时,她却是傻眼,短信并不是来自她朝思暮想、魂牵梦萦的白惜墨。

短信是这样的:

> 晨同学你好,首先祝你国庆节快乐。其次,我不小心捡到了你的信,致使信无法正常送到你朋友手中很是抱歉。是这样,我们学校大一的新生都要去军校进行两个月的军训,所以你的信暂时找不到主人,再者可能是你选的邮票太可爱了,不知道被哪个没有素质的集邮狂弄走了,并损坏了信封。在下无意中看到,怕姑娘你等得着急,于是就先按照寄信地址回复了一封,又怕地址不清楚,姑娘收不到,特意跟你发短信解释一下。另外白惜墨同学是我学弟,等他们军训回来,我会帮你转告。

二〇〇四年的时候,没有微信,短信也不能发送语音。想到这位同学一字一字地打了这么多字,晨昱心里涌出了一丝温暖和感动。

于是立马给他回复:谢谢您的告知。

很快,晨昱就收到回复:学妹客气了,我是你朋友的师兄,回头有他的消息,我第一时间告诉你。我的手机号码就是这个,QQ 是 98796347。

晨昱回复:我在旅行,等回家一定添加师兄,谢谢,祝安。

晨昱在和这位师兄聊天的过程中得知,他曾在十天前给晨昱回过信,如果说晨昱不知道白惜墨的确切地址致使信无法送达。那么,晨昱信上的地址可都是详详细细、明明白白的呀。

如果说这位师兄的信无法送达,那么白惜墨写的回信,是不是也无法送达呢?晨昱想到这里,觉得此事一定有蹊跷。

晨昱是个急性子,想到这里一刻也坐不住,也不管漫不漫游,立刻用手机打了宿舍的座机。

电话接通了,听筒里居然传来了汪茜茜的声音,晨昱还以为自己的耳朵出现毛病了:"茜茜,你不是回家了吗,怎么这么早就回去啦?"

汪茜茜怒道:"我回不回自己的宿舍还需要跟你汇报吗?当个破班长了不起啊,不知道的还以为你是太平洋的警察呢,管得这样宽。"

晨昱被她的话逗笑了:"好啦,我不是要跟你吵架的,老大和小梅呢?"

"老大做家教去了,小梅在洗衣服,满手都是洗衣粉泡沫,不然你以为我愿意接你的电话,有事快说,有屁快放,我把电话免提了,放心,你的房素梅只要不是聋子,就能听得见。"

"我没那个意思,茜茜,我问你,你在宿舍有没有见过我的信?从临海市寄过来的?"

汪茜茜没想到晨昱会问信的事,有些支支吾吾地说:"啊,什么信?"

"信你也不知道吗?你是外星人呀,临海市来的,大概一两封。"

汪茜茜吞吞吐吐地说:"我不知道什么信,你可别冤枉好人。"

晨昱本就不喜欢汪茜茜的性格,此刻又觉得她这般不可理喻,脾气也上来了:"我又没说你,你这人怎么听不懂人话呢。不!我说汪茜茜,不会是你弄丢了我的信吧?"

没等晨昱把事情弄清楚,汪茜茜直接把电话挂了。

晨昱听着手机里传来的嘟嘟声,心里顿时生起一阵无名之火,好个汪茜茜,这分明是此地无银三百两呀。

晨昱大怒,又不厌其烦地打过去,这次是房素梅接的,她说汪茜茜出去了。

既然罪犯没在,晨昱也就懒得问了,反正跑得了和尚跑不了庙。等回去后问一下宿管阿姨,就应该会真相大白了。

要说在宿舍里,谁和宿管阿姨的关系最好,那一定就是晨昱了,晨昱算电器比较多的,笔记本电脑、手机、电热杯、吹风机……

住过集体宿舍的人都晓得,电器多就容易跳闸断电。为此,宿管阿姨找上510宿舍好几次,据说是因为用电热杯煮东西吃以至于整个楼层的电闸都跳了。于是晨昱就虚心认错,嬉皮笑脸请求原谅,并诚心请阿姨喝她煮的香气四溢的巴西咖啡。

教师节那天,晨昱给老师送花和巧克力的时候也没有忘记给宿管阿姨一盒巧克力。从那之后阿姨就记住乖巧可爱的晨昱了。

人生在世,一得有本事,二得会来事,晨昱深谙此道。

关于信的问题,晨昱打算回头去问宿管阿姨,有没有自己的信,这样不就水落石出了吗。并请阿姨在郭秀彦和房素梅都在的时候,说给汪茜茜听。敲山震虎也罢,指桑骂槐也好,反正这件事还没完。

第六章　夫美人者

　　所谓美人者，以花为貌，以鸟为声，以月为神，以柳为态，以玉为骨，以冰雪为肤，以秋水为姿，以诗词为心，吾无间然矣。——张潮

开学，一大早，晨昱带着一背包的草原特产奶糖、饼干、颇具民族特色的小饰品回到了学校，打算给同学们分分。

刚上课，系主任和辅导员便领着一位"天仙"走了进来。

小时候，长辈给晨昱讲故事，说到年轻漂亮的女孩子就说，长得可好看啦，像天仙一样。长大了自己读史看书，知道了西子沉鱼、明妃落雁、貂蝉闭月、太真羞花，还有风华绝代、倾国倾城……

以前这些词汇在晨昱脑海中都是死的，而此刻，它们都穿越古今，从史书和字典里走了出来，就跟着系主任和辅导员身后，向她走来。

晨昱听到了班里男生倒吸凉气的声音，还有吞咽口水的声音。

只见美人神情淡漠，举止落落大方，自我介绍说："同学们好，我叫李一诺。"

李一诺没有说"认识大家很高兴"，也没有说"请大家多多关照"，言简意赅、简洁明了，却带着疏离和自傲。

李一诺，晨昱听到这个名字觉得好生耳熟，似乎是在哪里听到或见到过，一时却又想不起来，不由得绞尽脑汁思索起这个名字来。

对了，李一诺不是510宿舍那位迟来一个多月的室友吗。

晨昱惊诧地抬起头，同时收到房素梅和汪茜茜投射过来的目光，与她一样，充满了惊讶和震惊。

更令人震惊的消息在后头，汪茜茜前几日愤愤不平的学生会空降新生副会长也是这位李一诺。

辅导员和系主任热情地介绍完毕后，只见李一诺抱着书本，神情冷漠地走向最后一排的角落，远离众人。

晨昱不由自主地脑补了一下绝世而独立的李夫人，脑海中的李夫人和眼前的李一诺竟然逐渐重和。

晨昱的同桌房素梅悄声说道："哇，我从没有见过真人长这么漂亮的。"

晨昱瞪了她一眼，似笑非笑："真人？你的意思是说她不是人，还是不真实？"

房素梅不好意思地笑了，解释道："我的意思是说，只在电视上见过，实际生活中从来没见过这么好看的，之前你是我见过最好看的。"

晨昱吐吐舌头，算是对房素梅夸奖的回应："小女子哪能跟她比，待我再回山中修炼一千年，回来再跟人家比吧。可惜，郭老大还不知道咱们这位新室友呢，见到肯定吓一跳。"

下课后，晨昱看李一诺一个人在角落孤零零的，也没着急离开。

她多少能理解李一诺，那帮既没气质又不帅的家伙们像苍蝇一样围着乱飞，着实令人心烦生厌。

本着关心新同学，爱护新室友的高尚情操，晨昱缓缓走向李一诺，笑道："一诺，你好，我叫晨昱，我们分到同一宿舍，你刚来不熟悉，我先带你去食堂吃饭，然后一起回宿舍，可好？"

李一诺抬起头看着晨昱，眼眸清冷不带一丝温度。

晨昱在李一诺看向自己的那一瞬像是被电流电到。都说眼睛是人心灵的窗口，晨昱习惯观察人的眼睛，一来是对对方尊重；二来也能审视对方，便于了解。

不同于房素梅白玉盘黑曜石的清凉透彻，也不同于郭秀彦的爽朗大方，李一诺的双眸美艳冷漠，仿佛是冰雕刻成一般，她的声音悠扬悦耳却不带丝毫情感："谢谢你的好意，不过，我不吃食堂，也不住宿舍。"

晨昱愣了片刻，笑道："一诺，有没有人说你像《红楼梦》中的林黛玉吗？冷冷清清的，不近人情。"

这次轮到李一诺无语了。

不知道出于什么原因，看到李一诺无语的表情，晨昱心里舒坦了很多，微笑道："即便是林黛玉身边也有个懂她的贾宝玉，所以，以后有需要找我，先撤了。"

不等李一诺说话，晨昱拉上身后的房素梅，拎着饭盒转身而去。

晨昱心情突然愉快起来，她还有重要的事情要做，可没时间陪李一诺伤春悲秋。

吃完饭，晨昱拎着从草原带回的特产，去找宿管阿姨，先是谄媚地恭维她的新衣服漂亮有气场，再献上礼物，直到宿管阿姨眉开眼笑，用慈爱的手捏她脸蛋儿说她晒黑了，不过这样也挺好看的时，晨昱才开始切入正题，询问九月份有没有自己的信件。

宿管阿姨想了想，打开抽屉拿出来一个小本子，翻了翻，说："有的，九月七号一封，还有九月二十二号一封，我记得去给你送的时候你没在，好像是你们宿舍的小胖子替你收的，她没有给你吗？"

"小胖子？"

510宿舍能称得上小胖子的只有汪茜茜一个，果然不出晨昱所料。

晨昱双手紧紧攥成拳头，强迫嘴角咧出一个不太自然的微笑："谢谢吕老师，我就是随便问一下。"一边说着晨昱一边掏出手机拍下了关于信件的记录。

晨昱也顾不上身后房素梅的劝说，从宿管室出来直奔五楼，一口气来到宿舍，一脚把门踹开，将房里的郭秀彦和汪茜茜吓了一跳。

郭秀彦抬头看见晨昱，有些不安地说："昱儿，你怎么了，谁惹……"

"你干吗？吓死人了知不知道！"没等郭秀彦说完，汪茜茜便埋怨道。

晨昱顾不上理会郭秀彦的关心，一把上前拎住汪茜茜的领口，怒道："小胖子，我的信呢？"

汪茜茜脸色变了变，张口结舌。

晨昱用力扯着汪茜茜的衣领："再说一遍，我九月七号和九月二十二号的信呢？"

汪茜茜见晨昱将日期都说出来了，自然是更加确定事情已败露，面色难堪，一时间想不到应对的办法，默默不语。

郭秀彦因为是宿舍长，又是四人中年纪最大的，平时都会处理寝室里的各种小矛盾，她一边向房素梅询问发生了什么事情，一边将晨昱和汪茜茜拉开。在得知事情始末后，她也开始去劝说汪茜茜将信交出来。

汪茜茜一副死猪不怕开水烫的样子，先是一语不发，后来则一口咬定，她将信放到宿舍书桌上，不知道谁拿去了，责任不在她。

晨昱怒不可遏，非要将她拖拽到辅导员处讨个说法。正在拉扯之间，就听到门口有一个清脆如黄莺出谷、冷漠如冬水结冰的声音："喂，您好，派出所吗？我要报案，我们宿舍发生拉扯打斗事件，嗯，对，常山大学女生寝室510，谢谢。"

外语系的几个姑娘早已经见过李一诺，已经有了免疫力，但初次看到李一诺的郭秀彦，眼睛都快直了，也顾不得劝架，喃喃地说："原来传言是真的，这世上真有仙女。"

晨昱见状也松开了抓着汪茜茜的手，停止了拉扯，看着李一诺，不解地问："你干吗报警？"

李一诺似笑非笑，淡淡地说："我不希望有人在我的宿舍动手打架。"

晨昱本来就心情不好，听到这话更是怒道："谁打架了，你这么漂亮的眼睛难道看不见东西，只是摆设吗？"

李一诺的眼睛转了转，语气仍是四平八稳："拉扯就是动手呀，再说，我也不希望我的住所有小偷出现。晨昱，我告诉你，对于罪犯，你不用动手，会有法律替你来惩罚她的。"

郭老七纳闷儿道："什么罪犯？什么小偷？"

李一诺水波不惊，轻启朱唇吐出了几个字："刑法第二百五十二条。"

晨昱的大脑被她牵引，不由自主地说："《刑法》第二百五十二条规定，隐匿、毁弃或者非法开拆他人信件，侵犯公民通信自由权利，情节严重的，处一年以下有期徒刑或者拘役。"

汪茜茜听到这话，立刻吓傻，瘫倒在地。510宿舍一时间鸦雀无声，只有大家急促的呼吸声。

晨昱用手挠挠脑袋，感觉大脑有些缺氧，不太听使唤。

片刻，听着警车鸣着警笛停在女生宿舍楼下，晨昱这才回过神来，盯着李一诺，说："我说，这位美女，作为当事人的我都没有说要报警，你干吗要让警察来呢？我们在学校发生的事，学校解决不就好了，更何况它也没有严重到惊动警察的地步呀！你这未免有些……"狗拿耗子多管闲事这句话晨昱虽然没有说出口，但晨昱意思已经很明显了。

李一诺轻轻一笑，自动忽略了晨昱未说明的话，注视着另外几个女孩："你俩拉扯着去找辅导员就能解决问题吗？或者我问你你觉得辅导员会用什么样的方式解决问题呢？"

晨昱愣了，这个她倒是真没有想过，她只是气愤汪茜茜对她的隐瞒和欺骗，才想教训教训汪茜茜。闻言她喃喃道："想让老师教育教育她，并让她把信还给我，因为那对我很重要。"

"你男朋友的?"李一诺似笑非笑地说。

晨昱点头承认,转脸又怒视着汪茜茜:"嗯,否则也就不至于弄成这样了,我们失联了,我等他的信都等了一个多月了。"

李一诺点点头:"私藏销毁他人信件已是犯法,如果是重要信件,对他人造成重大损失的罪加一等。"

晨昱挥舞双手,打断李一诺的话:"李一诺,你没明白我的意思,我只是希望汪茜茜把信件还给我,并给我道歉,我并不想她去坐牢,OK?"

正说着,身着帅气警服的警察来了。晨昱看着瘫倒在地的汪茜茜,又看看惊慌失措的郭秀彦和房素梅,再次用手捂住了头。

事情后来是这么解决的,警察念在汪茜茜未满十八周岁,而晨昱也不愿意深究,对汪茜茜进行了教育,并交给学校教务处处理,学校给了汪茜茜记过处分,并通报全校悉知。

之后,汪茜茜和晨昱、李一诺绝交,见面连话也不说,而且她每次都在宿舍关门前两三分钟才回来,谁都知道,她是在故意躲着晨昱。

因为这件事,班里和系里的同学们也在背后对汪茜茜指指点点,而她更是一下课就骑自行车离开了学校,不知所踪。

晨昱没有想到这件事会弄成这样,这不是她想要的结果和处理方式。

同样的事情,如果换作房素梅,她会自己生气,自认倒霉,但她会把这种情绪咽下去,不会有任何行动。

如果是郭秀彦,她会去找汪茜茜理论,但她最后也会念在室友一场的情分上,选择原谅,并且不会将此事张扬。

而李一诺,却将此事上升到法律层面,交由警察出场,最后闹得全校皆知。

据警察的询问得知,汪茜茜也没想到事情会这般严重,她藏晨昱的信件,只是好奇,另外,也有一些想看晨昱着急难过的原因存在。汪茜茜承认平时很看不惯晨昱,说轻了是嫉妒,说重了是嫉恨。她嫉妒晨昱出身好、长得漂亮,嫉恨张珏喜欢晨昱,甚至连晨昱有男朋友都觉得眼红心塞。

大家对此很不可思议,每个人都有自己的生活,为什么要去嫉恨羡慕别人呢?再说,羡慕可以,嫉恨就太过分了吧。

后来,大家从汪茜茜从前的校友口中得知,汪茜茜在初一的时候,她的父亲不幸罹患癌症,花光了家里大多数的积蓄后痛苦离世,而她的母亲靠着微薄的工资负担着女儿的学习生活费用。

而就在这个"十一",当晨昱和父母去草原自驾游的时候,汪茜茜的母亲改嫁了。因为没有心理准备,汪茜茜无法接受家里多出来一个中年男人,所以才会在假期未满就搬回学校去住。

当晨昱得知这些后,心里有些后悔难过。按理说晨昱觉得自己没有做错,是汪茜茜有错在先。但可恨之人也有她的可怜之处,如果当初换换方式,是不是对汪茜茜的伤害会小一点?

汪茜茜迅速地瘦了下去,班里的同学们都打趣说她是为了张珏才"消得人憔悴",汪茜茜喜欢张珏,大家差不多都是知道的。但510宿舍的几个人却知道事情不是这样,汪茜茜的憔悴,正是这个对她来说不友善的环境导致的。

说到张珏,从大学乃至毕业后的十年,无论是学校还是工作单位,都是个不可或缺的人物,在此不得不详细交代一番。

晨昱他们班一共有三十一个同学,英语系嘛,女孩子多很正常,有二十二个,男生只有九个。在阴盛阳衰的班里男生本就是宝,在这九个"班宝"中,毫无疑问,张珏是最耀眼的那一个。

张珏的显眼不是因为他成绩最不好,他来自高考特招省份,他的高考成绩比其他同学低一百多分;也不是因为他专业成绩好,相反,他平日靠同学帮助和抄作业过活;而是因为他长得帅。

张珏一米八三的身高顿时秒杀学校大多数男生,清秀的巴掌脸,从头到脚天天都在换的运动套装,迷倒了不少小女生,加上他能说会道的嘴,把很多老师和同学都哄得十分高兴,因此当选了班长一职。

刚开学的时候,张珏总是有事没事地来找晨昱,美其名曰向晨昱请教英美文学,或者跟晨昱这个副班长探讨组织班级活动。

但晨昱又不傻,学习英美文学需要经常给她带零食吗?探讨组织活动,需要请她去电影院、去人工湖探讨吗?这分明是醉翁之意不在酒。

不过,晨昱没有给过张珏任何机会,在晨昱眼中,张珏的确长得不错,但是却无法跟她的白惜墨相提并论!而张珏这一个月来也一直不屈不挠,大有对晨昱一见钟情,忠贞到老之势,直到李一诺的到来。

看到李一诺,即便是晨昱这样的女生,也是我见犹怜,自叹不如。就别说刚进大学,正处于青春期的男生们了。晨昱敢说,不仅他们班的男生,甚至全校见过李一诺的男生都会对其念念不忘、魂牵梦萦,他们背地里称她为千金女王。

李一诺的名字里有"一诺"二字,正好有个成语一诺千金,而她又很高冷,很有女王范儿,所以常山大学的校花就正式诞生了——千金女王,也简称千金。

自从千金到来,张珏同学就立即转移了目标,继而深深地爱上了李一诺,把当初那一个月对晨昱的热情全都转移到了李一诺身上。

从这一点上,晨昱是真心感激李一诺,是她的出现令自己彻底解放。毕竟,作为同学晨昱不太好意思对追求者直接拒绝,大家在同一个班级,这大学四年低头不见抬头见的,闹得那么僵,何必呢?更何况,张珏并没有直接跟晨昱表白,虽然司马昭之心路人皆知,可"皆知"并不等于当事人"挑明",所以晨昱只好一直装傻,假装迟钝。正在这时候李一诺从天而降,解救晨昱于危难,晨昱从心眼儿里觉得开心,就像是解放了一般。

第七章　永远多远

> 说永远会有多远，信守的承诺不会改变，诚意若能感动天，为何爱却留在原点。说永远能有多远，爱你的习惯不会改变，记忆中每个细节，纠结我的思念。——《永远有多远》

自从那天李一诺报警后，一连几天510宿舍的情绪都有些低迷。上课、自习、去机房，似乎大家都减少了回宿舍的时间，即便是回到宿舍，气氛似乎也变得阴郁低沉。

作为汪茜茜事件的女二号，晨昱也开始反思，自己所作所为的欠妥之处。

遗憾的是，晨昱依旧没有找回那两封信，因为汪茜茜一口咬定她忘记放到了哪里。而事情最后以这么惨烈决绝的方式收场，晨昱也不好再紧追着汪茜茜不放，所以就只好认命了。

看着汪茜茜每天一脸闷闷不乐的模样，晨昱想，如果当初自己不去追究，装作不知道，或者能像房素梅和郭秀彦一样，也就不会对汪茜茜造成那么大的伤害。

每晚晨昱躺在床上，微光中盯着汪茜茜的床铺，就会突然冒出想去拍拍她的肩，跟她道歉的冲动。可第二天一早，就会换了想法，觉得是汪茜茜犯错误在先，要道歉也该她道歉。

年少的我们太过要强，谁也不肯先低下高傲的头，去向对方敞开心扉或恳请对方的原谅,致使错过了许多美好和在一起的时光,甚至到最后两败俱伤。

想到丢失的两封信,晨昱在遗憾后悔的同时,也突然记起了白惜墨的那位好心师兄,忙翻阅手机短信记录找到了他的 QQ 号,加了好友。

白惜墨师兄的昵称是"风",头像是一头蓝乎乎胖嘟嘟的小海豚,甚是可爱。

晨昱的网名是"晨",就是她的姓氏,头像是系统常用的一个蓝发大眼的卡通美少女。

"蓝海豚"很快便通过了晨昱的验证,并先发过来一杯咖啡的图片。

晨昱在笔记本上飞快敲了一行字:师兄,很抱歉,我弄丢了你和我朋友的信,没能及时回复,失礼之外还请见谅。

"蓝海豚"回答说没关系,信件丢失率是很高的。

晨昱有些遗憾的回复,这是人为而不是天意。

"蓝海豚"问这是为什么。

当时,晨昱正是心情烦闷之时,也不好再和寝室里的人谈论此事,于是晨昱将事情的始末一五一十地对"蓝海豚"说了,并将自己最近几天的心情告诉了他,自己虽然有些怪汪茜茜的行为,但其实,更想做的是跟汪茜茜说一声对不起,只可惜她目前拉不下脸来道歉。

"蓝海豚"那边停顿了几分钟,似乎是在消化晨昱带来的庞大的信息量。

过了一会儿,"蓝海豚"回复:不要难过,责任不在你。

晨昱叹了一口气,回复道:我不杀伯仁,伯仁却因我而死。看着茜茜遭人白眼、受人排挤,我觉得我这么做,损人也没有利己,到底图什么?你不觉得我就像《绝代双骄》里面的白开心吗?之前读《绝代双骄》的时候,还在疑惑世界上怎么会有这种损人不利己的人,原来还真有,真是佩服古龙老前辈。

很快"蓝海豚"的图标闪动,他回复:你的阅读量真不小呀,我那时候觉得李大嘴挺好玩的。别难过,你只是想解决这件事,要回自己的信件,这也证明了你很在乎你的朋友,你是性情中人。而且,这件事你不要去责怪报警的那个同学,她的做法虽然不近人情,却是最简单有效的方法。在这一点上,不可否认,那位私藏销毁别人信件的同学的确应该受到惩罚。

晨昱撇撇嘴,长长叹息,可惜对方看不见,反应过来后,赶紧回复:可看她这样,我还是很难过。

"蓝海豚"回:不小心手上弄个小口子,也会疼两天,不过,过几天就好了。啥事都有个过程,需要时间,你说是不是呢?这些天你空闲时间可以干些你喜欢的事,来分散一下注意力。

说到兴趣爱好,晨昱嘴角不禁露出微笑:这个好办,我感兴趣的多了去啦,看书、游泳、打羽毛球、跳舞、跆拳道、画画写生……

"蓝海豚"夸奖道:没想到师妹多才多艺呀。

女孩子都喜欢被人夸赞,晨昱也不能免俗,手上打字:哪里哪里,我是多而不专。

可晨昱的内心却深以为然、得意非凡。

从那之后,晨昱渐渐喜欢上和这位"蓝海豚"交谈。平日她还是和房素梅一起上课吃饭、自习遛弯,到周末就回家,打球、游泳、看电影、吃大餐。当然她也会帮郭秀彦和房素梅带回来些。

郭秀彦家境贫寒,大学每天的课程不多,她做了三份家教来打工挣钱,另外饭点还在学校食堂打工,给大家打菜,划卡收钱,只是为了可以免费在食堂吃饭。开学俩月,她没有跟家里要过生活费,反而往家里寄了一千块钱。

晨昱能感觉到郭秀彦对自己毫无掩饰的欣赏和喜欢,郭秀彦偶尔会把她扔到床下的袜子偷偷帮洗了,也会从家教学生家里带回来水果,给她和房素梅尝尝,虽然那些水果晨昱在家经常吃,但很多水果房素梅却是闻所未闻、见所未见。

晨昱知道,那是郭秀彦自己舍不得吃,特意放包里带回来跟她们一起分享的。

有次,晨昱带她俩逛街,郭秀彦舍不得给自己买东西,却给弟弟买了个文具,给父母买了个棉坎肩。

在510宿舍,郭秀彦不仅尽到了宿舍长的义务,更像个热心勤快的大姐。她最疼晨昱,大家有目共睹,她也喜欢房素梅,还热心肠地帮房素梅介绍家教,只不过被后者拒绝了。

此外,郭秀彦对大家都不喜欢的汪茜茜也关怀有加,她曾约汪茜茜一起自习遛弯,也曾在汪茜茜刚被学校通报批评记过的那几天,打水打饭一直陪在她身边。这些,晨昱看在眼里,心下对郭秀彦敬佩赞叹不已。

虽然家境相仿,可不同于郭老大的坚强爽朗,房素梅就显得有些怯弱悲观。

房素梅很羡慕郭秀彦打工做家教挣钱,可自己却没有勇气去尝试。既然无法做到"开源",她就选择了"节流",她入学后申请了特困生补助,即便如此她的"节流"也到了"令人发指"的地步。

房素梅每次吃饭特别节俭,早晚各是一个馒头一碗米粥,而中午也只是在早晚饭的基础上多了半份素菜。她从来没有去学校超市买过任何零食,两个月来也没有置办一次新衣。更夸张的是,就连女孩子来"大姨妈"那几天,她居然也舍不得用卫生巾,而是用卫生纸,还是去批发市场买最便宜的那种。

有时,晨昱和房素梅一起吃饭,就让房素梅与她同吃。不同于房素梅的三餐,晨昱的早餐是牛奶鸡蛋,还加上些水果和全麦面包片。中午饭晨昱吃不惯食堂的饭菜，就去食堂楼上的特色小店，让师傅们单独给她炒上两个菜，一般是一荤两素。这些晨昱一个人也吃不完，就邀请房素梅同吃，她先是拒绝，但耐不住晨昱多番劝说，只好象征性地吃几口。

房素梅天性内向腼腆，在班里她除了与晨昱交好之外，很少与别的同学来往交谈，偶尔说上一句话也会未语先红脸，那对清澈的眼睛无辜且躲闪。

日子就这么慢慢地过去了，几个陌生又不同的女孩开始了一段难忘的青春时光。

转眼两个月匆匆过去，北方的十月底，已经到了深秋与初冬交替时节，校园里的乔木在寒冷狂风中瑟瑟发抖，早已经变黄的叶子，经受不住寒风的侵袭，虽有千万般不舍，但仍旧旋转着纷纷落下，在呜咽中与秋天恋恋不舍地依依惜别。

有人说，北方的十月底、十一月初是最难熬的。因为冬天来了，而暖气还没有来。而此时此刻晨昱却改了以往的抱怨，觉得这个冬天温暖无比，至少是心里足够温暖，因为她有了白惜墨的详细地址。

当然，这要归功于那位网名为"风"的师兄，他及时把白惜墨的班级和详细地址告诉了晨昱。晨昱靠着超强的记忆能力，又把两个月前的情书重新写了一遍，虽不能保证跟之前写的一模一样，至少百分之九十雷同。

写完后，晨昱连做两个深呼吸，才鼓起勇气把信投进了邮箱。

其实，吸取以前的教训，晨昱大可以采用电话告白或者电子邮箱的方式沟通，但她内心深处还是觉得电子工具虽然方便快捷，可它还是不能取代纸质版的，无论是图书还是信件，她喜欢那种握在手里的实实在在的"拥有感"，这种感觉更容易让人融入情感，而且，还可以收藏储存。

与上次不同，这次才过了八九天晨昱就收到了白惜墨的回信。

晨昱：

展信佳。

从野外军训刚回来就看到你的信，开心至极。

两个月的军训下来，我自己都快不认识自己了。说肤浅点儿是晒黑了，说深刻些就是脱胎换骨。其中的艰苦就不说啦，看到有些女孩子因为受不了在烈日底下站军姿晕倒在地，有人抱怨半个月不能洗澡浑身都馊了，我就在庆幸还好你没在我们学校，不用受这个罪。

因为我知道如果你在这里，你绝对会是第一个晕倒的。

说到大学，我看了你的来信，再对比一下我的学校，感觉其实都是差不多的，只是气候环境有些不太适应。我们北方内陆城市的人不适应南方沿海城市，是很正常的。没关系，慢慢来吧，有四年甚至更长的时间去适应、去习惯。

你在信中说到理想，这个我以前真没有想过。但既然你说到了，我便仔细想了一下。

我选择了法律这个专业，还是进入公检法部门比较好，最好呢，能进法院，做一名大法官；或者，做一名很厉害的大律师；再或者，进高校做一名学者，讲一步探索研究法律相关知识。

至于说决定人生的要素，我不太确定，所以不好下结论。但无论如何尽力就好，我相信天生我材必有用，一起共勉吧。

看到你的《越人歌》，不怕你笑话，刚开始我不太明白，还特意跑到机房去上网搜索了一下，看到网上的解释，我有些茫然和不知所措。

一、我不能确定你是随意一说，还是真如网上所解释的意思；二、如果网上说的正是你的本意的话，我想自己还是非常荣幸的。

我的情况你是了解的，能得到如此优秀的你的垂青，惊讶与汗颜并存，甚至还有一些沾沾自喜。但如果你非要我回答，我的想法可能有些不尽如人意。

作为朋友，互相欣赏、互有好感我们可以试着走走。但是关于承诺，对不起，我没有。我不能保证我们能走多远，但我相信，彼此之间，只要真心相待，就一定能够走远。

2004.10.16

信的末尾没有署名，只有日期。

信纸选用了带有卡通图案的，信纸的底色是浅紫色的玫瑰，信纸的右下方，差不多就是签名和写日期的地方，印着一个一元硬币大小的小熊，不是维尼熊，却和维尼一样憨态可掬。小熊背着一个箩筐，筐里面是一个英文单词 Love。而白惜墨则是把名字写在了小熊身上。

这封信晨昱保留了很多年，高兴的时候就拿出来看，难过的时候这封信就是光明和希望，有段时间她甚至将这封信放在枕头下，以期待能梦见白惜墨。

可直到十多年后的今天，晨昱依然不能确定信的真实含义，就如同白惜墨到底爱不爱她、有没有爱过她，她都不能确定。

但当时，收到这封信的晨昱显然欣喜若狂，在她的内心中依然当作是爱的表白。她第一个想分享的人就是柳璇，她立刻拨通了柳璇的手机，第一时间将内心的激动和狂喜向她诉说。

电话那边的柳璇沉默了片刻,向晨昱表示了恭喜和祝贺。

晨昱的小心脏因喜悦而跳得飞快:"璇璇,你说,惜墨信上所说的,只要真心对待就能走远,他的意思是不是想和我一直走到永远,走到白头到老,走完三生三世呢?"

柳璇在电话那头轻轻一笑:"肯定是呀,我就说过他喜欢你的,你还不信?"

得到好朋友的肯定和认可,晨昱心里像是放下了什么,笑得合不拢嘴。柳璇又说了她在学校的生活,可说不了几句就会被晨昱重新扯到白惜墨身上,仿佛白惜墨的名字就像革命口号一样,即便只是说说也充满力量。

第八章　虚己游世

　　　　　人能虚己以游世,其孰能害之。——《庄子》

晨昱没高兴几天,便接到一个令人毛骨悚然的消息,常山大学要为大一的新生安排为期一个月的军训。

晨昱看到信中白惜墨对军训的描写,虽然短短几句话,却令晨昱毛骨悚然。在电话里又听到柳璇诉说她二十天军训的趣事,柳璇体质好,又擅长体育,因此觉得有趣,可晨昱不一样呀,她一想到军训这个事情就头大无比。

其实晨昱的体质虽然比不上柳璇,也是很不错的。她自幼练习舞蹈,一练就是一个钟头,后来又练了三四年跆拳道,怎么说也有些武术基础。但有时候,人就是这样,习惯把不曾接触的困难放大,还没有亲身去实践,就已经先入为主地选择了惧怕和逃避。

晨昱本来心惊胆战地熬过去了两个月,得知朋友们军训都结束了,她不禁松了一口气,以为学校是不打算对新生进行军事训练了,他们有幸,终于逃过了一劫。

谁知道晨昱高兴得太早,刚进十一月份,教务处就发放通知,因为学校院系升级还有研究生增加专业的事情,致使新生军训推迟,现定于本月进行为期一个月的军训。

接着学校大喇叭开始通知大一各个班级的班干部去教务处领取迷彩服。

晨昱听完通知,如被雷劈过一般,呆若木鸡。待到张珏过来拍她肩膀,这才回过神来。

看到张珏一副兴高采烈的样子,晨昱心里就膈应得很。晨昱平日看到他就没胃口,更何况现在得知即将要军训的消息。

晨昱快快地从座位上站起来,垂头丧气地往外走去。没走几步,晨昱的后肩被人拍了一下,晨昱心想正好气没处撒呢,她冷哼一声,有些生气地回头一看——千金女王。

自从上回的汪茜茜事件后,晨昱就不怎么搭理李一诺,当然以李一诺的冷漠和高傲,她也不屑于搭理晨昱。所幸李一诺平时也不住宿舍,独来独往,不怎么与510宿舍的其他女孩有牵扯。

晨昱带着几分好奇,没好气地瞪着李一诺:"敢问,女王殿下有何指教?"

李一诺微微一笑,如雪莲盛开、冰雪初融,晨昱还有周边的男生女生都目眩神迷,发呆地看着她。

"怎么说你也算是个班干部,我不舒服,这会儿找不到老师,先跟你请个假。"

晨昱静静心神,努力使自己被勾走的三魂七魄归位,清清嗓子:"你找我请假?"

李一诺神色有些慌乱:"嗯,不舒服,请一个月,你不必帮我领军训服了。"

晨昱一眼便看出李一诺的想法,想来她的撒谎技术不太娴熟。不过晨昱却装作什么都不知道,点点头:"你哪里不舒服?要不要我陪你去医务室或者医院?"

李一诺秀眉微蹙,我见犹怜,淡淡地说:"我心脏不太好,医生特意叮嘱过,我平时不能进行过于激烈的运动,所以军训我就不参加了。"

晨昱听见李一诺的借口,心里不住地冷笑,想到李一诺平时高傲的模样,晨昱决定要好好借这个机会教训一下她。

晨昱笑笑,努力使自己左脸的酒窝深一点、可爱一点,更漂亮一些,再挺直了腰,甚至稍微地踮起了脚尖,也好使自己再高个一两厘米,看起来更加有气势一点。

"心脏病啊,这可不是小事情,李一诺同学要时刻注意一下自己的身体,万一晕倒了可就不好了。"晨昱一边说着,一边从衣服里掏出手机,迅速拨打了几个号码。

晨昱清清嗓子,用充满同情的目光关心地望着李一诺:"一诺同学呀,既然你病得这般严重,都没有力气说话,需要休养最少一两个月,那还是送医院吧。"说完晨昱就对着 120 的接线员汇报了地址,并留下了自己的电话号码。

挂了电话,晨昱上前挽住李一诺的胳膊,柔声说:"一诺同学呀,你看,我不是老师,也不是教务处的,没有权力批准你的假,但是作为同学和室友,我觉得我有义务帮你叫医生,陪你看看病。一会儿呢,120 救护车就过来了,我陪你一起去医院,你不必谢我,赶紧坐下来休息一下。"

晨昱的举动把李一诺惊到了,这次终于轮到李一诺呆若木鸡,愣在原地。

晨昱则在旁边不慌不忙指挥着张珏等几个高大的男同学去领迷彩服。

李一诺任由晨昱挽着她的胳膊一起回到最后一排角落的座位上,趁大家不注意把晨昱的手推开,伸出大拇指:"晨昱,算你厉害。"

晨昱不甘示弱,笑着说道:"女王殿下过奖,所谓近朱者赤,近墨者黑,这一招,说到底,还是跟您学的。"

李一诺点点头:"既然你看出来了,我就实话实说,我身体弱,不想参加军训。"

晨昱若无其事地嗯了一声:"英雄所见略同,我也不想。从这一点上,咱们两个终于想法一致。"

李一诺笑笑,从书桌里拿出一盒巧克力,放到晨昱面前,没有说话。

晨昱瞥了一眼,也不客气,三下五除二把精致的包装打开,从里面拿了八九块,放进了自己兜里。看着精美的内包装空了一半,她笑道:"谢谢你的巧克力,我借花献佛,拿回去给室友们尝尝,就说是你请她们吃的。"

李一诺撇嘴一笑,自己也选了一块巧克力放到嘴里。

晨昱一边吃一边说:"拿人家手短,吃人家嘴短,既然吃了你的,按理说是应该为你出谋划策、分忧解难的,可是你为啥不想参加军训呢?"

李一诺一副理所当然的语气说:"不想就是不想呗,还能为啥?怕苦、怕累、怕晒黑、怕身体受不了,我原以为晚来一个月就可以错过军训,可谁知道会发生这样的事。"

晨昱哈哈大笑,伸出手握住了李一诺的手:"不瞒你说,其实我也不想参加军训。"

"那你不帮我,还跟我拆台!对了……"李一诺像是想起了什么,看了看腕上的手表，不满地皱眉道，"这都快二十分钟了吧？这120办事效率也忒差了吧。还好我是装病，这要真是心脏不好，估计现在我就要去见上帝了，太过分啦！"

晨昱暗自偷笑，说："我刚才打的是10086，你隐约听到的是美女客服的电话录音。你以为我会跟你一样去浪费宝贵的医疗资源，告诉你，姐才没那么浅薄无聊。"

李一诺气得直跺了下脚，咬牙说道："晨昱，算你厉害。"

晨昱冲着李一诺吐了吐舌头，然后讨好地拉起她的手："女王大人，你来陪我军训吧，你看你本来就比我漂亮，比我皮肤白。如果我再去风吹日晒，而你温室里一藏，天天抹着护肤品，对比之下，我不是就更没法看了吗？"

李一诺甩开晨昱的手，没好气地说："我为什么要为了你参加军训，你是我的谁啊？"

晨昱知道自己刚才的举动得罪了李一诺，于是耐心地说："我们军训比较晚，我听高中同学说起他们的军训，貌似真的挺苦挺累，我就下意识想逃避。可我发现，他们跟我说的时候其实是很自豪的。我老爸跟我说过，逃避是解决不了任何问题的，那是懦夫的选择。想想也对呀，通常正规大学的新生都要经过军训，稍稍弥补一下我们一辈子也无法当军人的遗憾，你不觉得很有趣吗？再说，你放假回家，你的朋友同学都说起军训的经历，晒起英姿飒爽的军装照，就你没有，你不觉得……"

女王殿下突然眼睛一亮，打断晨昱的长篇大论，说："OK，你赢啦，我跟你一起去。"

晨昱拍拍手，从座位上站起身："美女一言，驷马难追！女王殿下您自便，我要去统计发放迷彩服了。这年头，当领导不易，操心劳神。"

李一诺拽住晨昱，悠然道："美女一言，驷马难追！"

很多时候，人，尤其是女人，是有很强的预知感应能力的，有人把这种预知感应能力叫作第六感，同为女人的晨昱不得不佩服李一诺的这种感觉。

李一诺提前就说她军训受不了，大家都以为她是装的，事实上，她虽然那个时候的确真是装的，但至少是很有远见和预见力的，因为她是英语系新生军训中第一个晕倒的！

那是军训的第一天，英语系的新生都在一起训练，以每个班为单位自己训练。教官在说了注意事项后，就让新生们站军姿。

年轻的教官十分敬业，给大家拆分了具体的步骤。最先，是立正的姿势，昂首挺胸直腰收腹，这个还好，差不多每个人都能做得勉强过关。

中途休息的时候，李一诺也不顾操场的脏乱和所谓的"洁癖"，一屁股坐在草地上，一边擦汗，一边大口喘气。

晨昱看看房素梅没什么大碍，就转头走到李一诺身边，递给她一瓶矿泉水，她看也不看，拧开便喝。

"谢啦。晨昱，我求你个事。如果我晕倒了，你一定要扶我去医院，我才不要去医务室，我不相信他们。"

晨昱也坐在草地上，喝了口水，点头道："嗯，放心好了。我一定抢着搀扶你，前提是我能抢得过那些男生。"

晨昱本是一句玩笑话，没想到李一诺却突然被这句话呛到了，咳嗽了起来："男生，绝对不行！我才不要他们扶我，他们都脏死了。"

晨昱嗯了一声，随口说："没想到你还有贾宝玉的觉悟，那你以后岂不是都不想找男朋友，打算孤苦一生了？"

李一诺杏眼圆睁，冷哼一声，也顾不得军训的劳累，一掌拍在晨昱肩上，力道居然还不小，晨昱手里的矿泉水差点儿浇了地上略微发黄的草。

"我是说咱们学校的男生都脏脏的，并没有说全部，你可别以偏概全，一棍子打死哦。"

晨昱从善如流，忙点点头，鼓励李一诺说下去："比如呢？"

李一诺却不上当："比如我爸。"随后，她犹豫了一下，"他也不干净，脏脏的。"

晨昱看涉及长辈，不敢开玩笑，随便说了几句，又开始训练了。

军训的头一天，他们个个累得像条狗一样，但好在混过去了。只是第二天早上起来，浑身上下像要散架似的，没有一处不酸疼的，那感觉，怎一个"酸爽"了得。

第二天练习正步，拆分步伐姿势，在这个环节，李一诺同学光荣地倒下了。

晨昱和房素梅二人快速对对方使了个眼色，飞快地跑过去，推开围绕在李一诺身边苍蝇一样的男同学们，飞快地搀扶她去医务室。

不一会儿，李一诺就苏醒了，扫了周围的人一眼，又看了看所处的环境，皱眉道："我怎么了？这是医院？"

晨昱瞥了一眼周围的校医，眼珠转动，回答道："诺诺呀，你终于未卜先知、梦想成真，你晕倒了，至少今天不用军训啦！"

李一诺还没有说话，旁边的校医见李一诺苏醒，缓步走到病床前，声音温柔地说："这位同学，你的身体素质很弱，不适合军训这么激烈的运动，我建议你还是暂时不要参加军训，好好休息两天。"

晨昱一听，冲李一诺调皮地转转眼珠、眨眨眼，表情也充满了邀功的意味。

李一诺好像并没有看见晨昱的挤眉弄眼，她不耐烦地挥挥手，说："我没事啦，老师，谢谢你们。"

这时，正好英语系的辅导员得知了李一诺晕倒的消息，赶了过来。看到李一诺躺在病床上，辅导员紧张地问："一诺同学，你没事吧？"

李一诺有些不好意思地说:"我没事,老师。"

辅导员听到李一诺的回答,这才终于松了口气。回过头,看见晨昱和房素梅,辅导员说道:"好了,既然一诺同学也没什么大事,你们两个就先回去吧,别拉下军训的进程。"

晨昱听到辅导员让自己离去,她正不知所措,这时,李一诺却突然说话了:"老师,同学们都在军训,我一个人待在医务室怪无聊的,而且万一有什么急事也不好弄,要不让晨昱留下来陪我吧。"

辅导员想了一下,说:"也好,那晨昱同学就留下来吧。"

晨昱一听赶紧立正敬了一个军礼,义正词严地说:"好的,老师,保证完成任务!"

第九章　谁家子弟

谁家子弟谁家院,无计悔多情。虎啸龙吟,换巢鸾凤,剑气碧烟横。——金庸

晨昱送辅导员和房素梅出去,把门关好,一边给李一诺倒水,一边打趣:"哎,我说,你真晕假晕呀?可吓得我担心死了呢。"

李一诺瞪了她一眼,虽在病中却依旧光彩不减:"装,你装一个我看看。你当我愿意来这地方,脏死了。"

晨昱点点头:"医院哪有不脏的,别告诉我你们那儿的医院干净,卫生赛过六星级酒店。"

李一诺哼了一声："就你贫，这吊瓶输的什么？"

"葡萄糖维生素呗，还能是什么？放心，你就是低血压、低血糖，没事儿，死不了的。不过，这下你因祸得福，可以不用军训啦。感觉是不是很爽，快要飞起来啦？"

李一诺答非所问："镜子呢？有镜子吗？"

晨昱有些愕然地看着李一诺："要镜子干吗？"

只见李一诺从迷彩服口袋里摸索片刻，掏出湿巾擦擦脸，接着擦擦手，又开始整理头发，掏出一面很古朴的小镜子开始自恋起来。

晨昱在旁边定定地看着李一诺的动作，阴恻恻地问："你要不要补补妆，擦擦粉，涂涂口红之类的？"

李一诺没有听出晨昱话里的讥讽嘲弄，嗯了一声："本该补补，可惜没随身带着，就算了吧，虽然补补更精神，但我自信，即便素颜哪怕一天不洗脸，我也是最美的。"

晨昱虽然心里认同，但却撇撇嘴，一副不屑的嘴脸："看来你不用等到输完吊瓶，现在就可以去军训啦，自恋到成狂成魔的地步，还怕什么军训？"

李一诺眼波流转，对着镜子做了个鬼脸："谁说我不去军训啦，我既然答应了你，就会有始有终。"

晨昱对于李一诺的回答很是意外，竖起大拇指夸赞："了不起，这才是我认识的女王殿下呢。"

李一诺看着镜子里的自己叹道："则为你如花美眷，似水流年。是答儿闲寻遍，在幽闺自怜。"

晨昱接道："原来这姹紫嫣红开遍，似这般都付与断井颓桓。良辰美景奈何天，赏心乐事谁家院！朝飞暮卷，云霞翠轩；雨丝风片，烟波画船。锦屏人忒看的这韶光贱。"

李一诺看着晨昱，露出惊讶的表情，却依旧出口戏词："砧声又报一年秋，江水去悠悠。"

晨昱来者不拒，笑道："惊觉相思不露，原来只因已入骨。"

李一诺目光中的惊讶渐渐变为狂喜，第一次主动握住晨昱的手："你也喜欢《牡丹亭》？"

晨昱不以为然："当然，不只是《牡丹亭》《西厢记》《墙头马上》，我喜欢一切古代文学的精华。"

女王大人急切地说："Me too。不过，你喜欢现代文学吗？或者，你看网络小说吗？"

晨昱摇摇头："不喜欢。我觉得从鲁迅、巴金之后，就没有文学了，充其量，那只是文字。"

李一诺狂热的眼神渐渐淡了下去，可晨昱当时却没有在意。后来李一诺的话渐渐少了，晨昱以为她累了，就扶她躺好，自己开始削苹果。

"女王殿下，一会儿你尝尝我削的苹果，不是我吹牛呀，我削苹果，那可是一绝呀，厚度均匀，而且皮儿还不会断，我这绝活儿……"

晨昱正在喋喋不休，门突然开了，一个人走了进来。

晨昱回过头，看着急匆匆走进来的人，顿时愣住了。过了一会儿，晨昱下意识揉揉眼，她居然看到了本省《新闻联播》中领导讲话、领导视察时经常见到的主角。

这时，晨昱听到了一个声音："舅舅，您来了。"带有李一诺独有的清脆，却少了她平日一贯的冷漠高傲。

一个月的军训就这样过去了，虽然辛苦，却充实幸福。但有一件让大家大跌眼镜的事，李一诺居然破天荒地不但参加了军训，居然还把它全程坚持了下来。

经过上次的"晕倒事件"，加上晨昱的"煽风点火"，辅导员本来已经当即明确交代李一诺不用去参加军训。晨昱以为李一诺会顺坡下驴将计就计，岂料，她反其道而行之，居然坚定地说自己身体没事，可以坚持下来。

这让包括晨昱在内的所有人意外，晨昱甚至担心她上次晕倒，连带着脑子也摔坏了，不过，看她其他方面挺正常，这才打消了带她去医院看精神科的想法。

在军训的一个月期间，李一诺还做了另一件令大家惊讶的事情，她从校外附近不远的豪宅搬回了宿舍。她选了一个上铺，用素色的帷帐将她的铺位围了个严严实实。

宿舍的人都定睛望着李一诺的举动，谁也没说话。只不过，汪茜茜目光中的愤恨更加浓烈。

晨昱看着李一诺一阵忙乎，直到完工了，才恍然大悟地说："女王殿下，您把您的铺位弄得跟别里科夫似的，难道不觉得气闷吗？"

李一诺在不透明的帐子里面，看不见表情，只听见语气淡淡地说："这叫隐私，晓得吗？真土！"

晨昱不以为然，冷哼一声："隐私？那你自己一个人在你的豪宅不是更好吗？谁让你来宿舍跟我们挤的？"

听到这话，李一诺居然把帐子的帘撩开了，透出秀美绝伦的脸，冲晨昱不怀好意地一笑："我搬回来是因为喜欢你呀！难道你不知道？"

李一诺的话彻底让晨昱无语了。

李一诺搬回寝室后，510宿舍除了那位性别不同的男宿舍长，剩下的五个人全齐了，郭秀彦建议重新排一下大小，结果没什么变化。凑巧的是，李一诺不但跟晨昱同龄，居然还同月，只是晨昱比她大了二十天。

虽然大了二十天，可那也是晨昱大，晨昱在宿舍的好汉排名没有变，排序结果为郭秀彦、房素梅、晨昱、李一诺、汪茜茜。

郭秀彦还是一样地繁忙，除了上课，就是去做家教，然后到了饭点赶回来,去食堂帮忙,为同学们打饭上菜。

汪茜茜也还是早出晚归,除了上课时间几乎不在班里,除了晚上睡觉时间几乎不回宿舍。但很明显,她这两个月来瘦了很多,脸色也更加苍白,虽然看似不健康,可不可否认的是,她越来越漂亮了。

所以整个寝室的闲人就只有晨昱和房素梅。

女王大人虽然看上去没有什么事情,但是她要么回她在外边装修豪华、有保姆阿姨伺候的豪宅,要么就搬着笔记本去自习室,不停地打字。因为尊重别人的隐私,所以她不说,大家也没有问她具体在做些什么。

但可以肯定的是,李一诺不是在学专业课,因为大伙儿发现她并不怎么喜欢英语,作为英语系的学生,她在班级里的成绩不能说是倒数,但也是中下。不仅如此,她还逃课、不交作业,上课老师提问或者让同学们发表意见,广泛交流时,除非被点名,她总是在角落里一语不发。即便是被点名,有一半的时候,她就三个字:"对不起。"

后来老师们渐渐有了共识,也就不怎么点她的名字了。期中考试,女王大人考了全班倒数第二。

有一次,晨昱在帮老师统计同学们的资料时,无意中发现,李一诺的高考分数的确很低,刚刚到常山大学的录取分数线。但重点是李一诺的高考总分有多高,而是,李一诺的高考成绩太奇葩啦,她数学、英语都是六七十分,连及格都没有;可偏偏语文居然能超过一百四十分!

语文一百四十六分!什么概念!

既然这样,李一诺为什么没有选择中文系或者新闻系呢?反而选择了成绩最差的英文系?晨昱心里有些好奇。

当晨昱问李一诺这个问题时,她正身着秋冬款的睡袍,头发随意用丝带一扎,泡了杯卡布奇诺,端坐在电脑前敲打着什么,闻言她斜睨了晨昱一眼:"你晨大小姐选择男友,是会选择死皮赖脸追求你的男生呢?还是选择你喜欢的,哪怕人家对你并不怎么热情的人呢?"

晨昱愣住了,思索片刻,认真地说:"我不喜欢男生没有骨气和傲气,像个纨绔子弟或者花花公子,见了美女就走不动。"

"除此之外就没有其他的吗?"

"有,我喜欢主动出击,不喜欢被动接受。"

"那不就是啦,这就是咱们狮子座女生的霸气之处,我也同样喜欢挑战。"

晨昱嗯了一声,随口说道:"你挑战不擅长甚至可以说差劲的专业,就是为了男生?或者说是为了你的'泥哥哥'?"

李一诺愣住了,半响才说:"什么跟什么呀,不过,你怎么知道他的?"

晨昱一边往嘴里塞薯片,一边说:"上次军训的时候你不是晕倒了吗,你嘴里口口声声念的就是'泥哥哥',不过你自己可能记不得了。"

李一诺闻言张口结舌,无语了。过了半分钟,她像是疯了一样,大叫一声,将雪白透明的纤纤玉手猛地插进漆黑的长发中,使劲儿挠着。

"不是的,不是的,你一定是听错了!我怎么可能叫那家伙?不是我疯了,就是你听错了,一定是你听错了!"

从小,家人就谆谆教导晨昱,每个人都有自己的隐私和秘密,只要这些隐私和秘密不触犯别人的权益,那么它就是合理合法的,是需要其他人尊重的。

知道归知道,可对于谜一样的李一诺,晨昱还是好奇心作祟,忍不住想要去刺探,所以晨昱也不管此时李一诺是不是暴走状态,不怕死地说:"回女王殿下的话,民女保证没有说错。不信你等小梅从洗衣房回来问问她,她当时也在,也听见的,你的确在昏迷中叫了'泥哥哥'。"

见还有人证,李一诺冷哼一声:"她?下次我的事别掺和上她,我宁可跟汪茜茜坐下来喝杯咖啡,也不愿意看见她那副苦大仇深、病恹恹的嘴脸。"

晨昱仿佛听到了世间最不可置信的消息，放下手里的"闲书"，蹙眉道："Are you kidding me？你可别把小梅和汪茜茜放在同一个档次上，好不好？"

李一诺面色冰冷，却很郑重地说："我没有将她们放在同一档次，因为这样对汪茜茜不公平，也是侮辱。"

李一诺竟然敢侮辱晨昱在班里最好的朋友，晨昱气得直大喘气。

李一诺见晨昱面带愠色，沉默不语，于是解释道："我知道你同情她，可是同情不代表喜欢和欣赏。你同情她代表你很单纯善良，不过，也恰恰说明你很没有眼光。你还小，根本不知道朋友是什么。没事，我喜欢你的善良，至于眼光吗？等你慢慢大了，自然就有了。"

李一诺不解释还好，这一解释，更加火上浇油，令晨昱气得直跺脚。

晨昱气愤之极，不怒反笑："李一诺，您怎么确定我不知道朋友的定义？朋友即彼此友好、志同道合，我和小梅就是这样。另外，李女士，您好像搞错了一件事情，不是你比我大，而是我比你大，虽然只有二十天，那也是我比你大，你这小屁孩，不懂就别乱说。"

李一诺抬眼扫了晨昱一眼，面无表情地说："我说的大小，不是生理年龄而是心理年龄。我且问你，你说自己和'房弱弱'志同道合，你们的'志'是什么？'道'又是什么？"

晨昱一时语塞，低头沉思片刻，这才故作高傲地仰起头："志自然是志向了，我们的志向不足为外人所说，道嘛，就是尊师求学呗！连这都不知道，真是……"

李一诺一边听晨昱的话一边面带嘲弄，淡淡地说："希望真如你所言，希望你们俩的友谊情比金坚，海枯石烂。"

晨昱又不是傻瓜，自然能听出李一诺话里的讥讽，她冷冷地回复道："放心，我们一定不让你失望。"

第十章　人生意气

　　　　人生感意气，相知无富贵。——荀济

　　自从和李一诺争吵以后，晨昱每天都回家去住，一来因为她军训黑了瘦了累了苦了，这是她母亲大人的原话，因此非要她回家住，让阿姨做点儿好吃的，好好给她补补。二来，也是因为她刚跟李一诺吵架，不愿意见到她，就索性借着母亲的话，光明正大、敲锣打鼓地搬回家住了。

　　不过，之后晨昱也从房素梅那里听说，她搬回家的第二天，李一诺也不住宿舍了。

　　这天，晨昱正在客厅的桌子上整理军训照片，她怎么看，都觉得自己的军装照蛮有味道。

　　晨昱想要选出最好看的几张去冲洗放大挂在书房和卧室，可拿不准主意到底选哪两张。晨昱心里不由得自恋起来，都怪自己天生丽质、气质不俗！

　　晨昱冲正在打扫的阿姨招招手："刘姨，您先歇会儿，帮我看看哪几张好看，回头我去照相馆洗了，放大，挂起来。"

　　刘阿姨忙洗洗手，走了过来，俩人一起窝在沙发上仔细观看。不一会儿，门外传来停车的声音，紧接着晨昱的父母拎着些东西出现。

　　想到父母好像很少一起回家，晨昱瞥了一眼他们手里的东西，好像是烟酒之类的，丝毫不感兴趣。

晨凌云走过来，摸了摸女儿的头发，将手里的两张卡递给晨昱："拿着，看电影、喝咖啡、吃西点，这是我们昱儿最喜欢干的事，回头约你的小朋友一起去吧。"

晨昱将电影卡和咖啡卡接过来放到衣服口袋里，拽着晨凌云的手："父皇，你说，到底朋友是什么？"

晨凌云还没来得及说话，冯蕾就将手里的东西交给刘阿姨，也过来坐到晨昱身边，拿起一摞照片，说："哟，你还别说，咱闺女这姿势还真像那么回事，不错不错。老晨，你过来看看，其实他们班里漂亮的女生也就这么一两个。"

晨昱听到母亲夸奖别人，心情不太好，又被无故打断谈话，于是翻翻眼皮，没有说话，以示不悦。

可惜冯蕾神经大条，没有发现晨昱的情绪，接着她大叫一声："哇！这姑娘是谁呀？真俊。别说什么大牌摄影师拍的艺术照，就这张军装照，绝对能'秒杀'什么世界小姐。闺女，这姑娘是谁呀？"

晨昱有气无力，哼了一声："有那么夸张吗，其实她跟我长得差不了什么的，你仔细瞅瞅。"

晨凌云听了她们母女夸张的言论，好奇地接过照片看了看，眼光亮了一下，赞道："嗯，挺漂亮，不过，我喜欢我们昱儿的这股子自信。"

冯蕾盯着照片中的李一诺，眼神陶醉，就差流口水了："啧啧，怎么长得这么好看，到底什么样的家长才能生出这么好看的孩子？"

晨昱看了看墙上的时钟，打开了电视，正巧，时间刚好。

晨昱指着《新闻联播》上正端坐在主席台正中央讲话的男子，干咳一声，接着又用手指指了一下相片中的李一诺："你不是想知道她父母啥样吗？她家人我没有见过，但是她妈就是电视上这个人的亲妹妹。你看着她哥哥，自己脑补一下他妹妹的模样吧。"

晨凌云和冯蕾对视一眼,眼神中有明显的吃惊,然后一起看向女儿:"这就是你那个晚去一个月的室友?"

晨昱心不在焉地嗯了一声。

"老爸,你还没告诉我什么是朋友?应该交什么样的朋友?"

冯蕾冷哼一声:"这还用问,当然是像这位美女这样的,还有像李哲曦这样的,别整天跟柳璇、郭秀彦、房素梅、白惜墨混,虽然长的是挺不错的,但这些都是什么人呀!丫头,我给你讲呀,交友跟结婚是一样的,都要门当户对的,晓得吧?"

晨昱和李一诺就是因为房素梅闹得不愉快,现在老妈又说房素梅不好,晨昱不免更加恼火,她"腾"地站起来,怒道:"人家哪里惹到了你们了,让你们如此诋毁?我觉得交友最重要的是一个'德'字,而背后说人坏话、恶意诋毁中伤他人,就是最大的'缺德'!"

晨昱此时也顾不上拿茶几上的照片,就怒气冲冲地奔回自己的房间,并示威泄愤似的将门重重关上。

交友不是贵在真心,志同道合的吗?什么时候也需要门当户对啦?门当户对不是古时候的说法吗?现在不是要与时俱进的吗?晨昱对于母亲的话心里有些不认同。

在晨昱看来,柳璇善良温柔、郭秀彦坚强乐观、房素梅清纯腼腆,她们都是很好的人。还有白惜墨,别说是见到他,单单是想到他,晨昱的心就很激动,回味无穷。念到他的名字,便像有魔法似的,晨昱就感觉自己的心情都很变得开朗起来。

想到白惜墨,晨昱顿时化戾气为糨糊,面色也从刚才的恼怒逐渐变为平和,还忍不住哼起了《世间始终你好》。

这时敲门声传来,接着晨凌云的声音传了过来:"老爸左手一盘水果,右手一摞靓照,来送给我的胖宝宝。来,宝宝给爸爸开门。"

晨昱出生时足足八斤，小时候很胖，加上肤色白皙，是民间典型的"胖娃娃"，而晨凌云在女儿小时候，一直称之为"胖宝宝"。

一贯严肃的晨凌云难得这般风趣幽默，还模仿起了《回娘家》，不过他哼的小调实在是不着调。晨昱一边摇头一边打开了门，皱眉道："老爸，你没有唱歌的天赋，就应该有自知之明，不要刺激别人的耳膜了。"

晨凌云笑着说："这一点上，咱俩一样。我本以为你随我，既然五音不全就会喜欢听不在调上的歌呢，看来是我想多了。来，先吃个苹果，老爸亲手洗的哦。"

晨昱从果盘里拿起一个切开的橙子，一边剥皮，一边不屑道："我本来还挺喜欢苹果，但您说您洗的，我却不敢吃了，万一没洗净吃了闹肚子可咋整？我还是吃能剥皮的吧。"

晨凌云也不以为意，笑笑，自己拿起苹果，一边吃，一边说："吃啥水果是人的自由，可以随意选择。当然，如果你喜欢，你可以一样吃一个，交朋友也是这样的。"

晨昱知道父亲这是要回答她刚才提出的问题了，这是父亲的风格，领导都讲究说话艺术，讲正事前都要有个引子，她老爸也不例外，于是就认真地听着。

"宝贝，在高中的时候，爸爸就跟你说过，成功幸福的人生不仅仅取决于金钱和地位。"

晨昱顺着老爸的意思，积极地接口："而是取决于良好丰富的社会关系。"

晨凌云满意地点点头："我家昱儿就是聪明，老爸说的话都能记得这般清楚。没错！咱们接着说，朋友呢，就是广泛社会关系中你可以选择的那一种。"

晨昱冰雪聪明，一点就透，问道："老爸，社会关系还分很多种，那么像家人亲戚是不是也是社会关系的一种呢？而且还是不能选择、先天注定的，对不对？"

晨凌云轻轻抚摸着晨昱的头发，满脸慈爱地点点头："能够举一反三，不错不错。家人血亲不但是社会关系中的一种，而且还是最重要的一种，因为只有他们才会毫无保留、无任何条件、不惜任何代价地支持你、帮助你。

"大学是增长学识、修养性格之所，也是交朋友的地方。人的一生一定要交到几个交情过命的朋友，可以分享你的快乐忧伤，为你出谋划策，为你排忧解难，将你放在心上，因为有朋友，你才觉得生活里处处有阳光。"

晨昱点点头："没错。这两天我跟朋友闹别扭，我就觉得很不舒服，干什么事都心不在焉的，外面明明是大好晴天，我也觉得一片灰暗。"

晨凌云耐心地问了晨昱和朋友闹别扭吵架的原因，晨昱一五一十地说了。

晨凌云笑笑，伸手慈爱地抚摸晨昱的头："宝贝，这就是我接下来要跟你说的。交友呢，不是去超市买蔬菜，看到了就放进购物车，马上你就发现购物车是有限的，你不能装下所有的朋友，而是要有所选择。而且即便你付出真心去交的朋友，也不一定能走到最后。

"这一点，你现在还小，还不能深刻体会，我就举个例子吧，你幼儿园的同学、你小学时交的朋友，现在还有几个联系着呢？还有几个可以打电话发短信，约着一起去图书馆、健身房、购物中心的呢？又有几个会互相说悄悄话、倾诉小秘密的呢？"

晨凌云的话很温柔，娓娓道来，他说的都是日常生活中的小事，每个人都经历过，但是，却没有几个人认真思考过。可能越是身边的琐碎小事，越不会引起人们的重视，但很多大道理却隐藏在这些琐碎小事中。

晨昱以前没有考虑过，听老爸一说，认真一想，不禁很是沮丧："老爸，你说的对！幼儿园和小学经常一起玩的小伙伴，现在还联系的真没有几个了，别说知心话，就连见个面都很少。"

晨凌云笑笑，笑容虽然很温和，但眼角的皱纹却彰显出他的无奈和伤感，他叹道："宝贝，不必伤感，这是很正常的事。你今天看幼儿园、小学的同学是这样，十年以后，你再看高中、大学的同学也是这般。"

晨昱觉得晨凌云的话有道理，可是却不喜欢被他言中，皱眉撇嘴道："我不要，我想要的必须是一生的朋友。老爸，您快教教我吧，怎么才能把身边的朋友变成可以交往一辈子的挚友。"

晨凌云叹了一口气，说道："无论是亲情、友情、爱情，能遇到相伴一生的人何其不易，又何其有幸？小时候，交朋友太简单，互相抄个作业、体育课一起玩、课间一起去个洗手间，或者喜欢同一个明星……都能成为朋友。"

晨凌云从西服口袋里掏出一盒烟，晨昱看他这架势马上要吞云吐雾，于是晨昱眼疾手快一跃而起，不等他点火，已经将烟抢了过来，对他怒目而视。

晨凌云干笑两声，知道跟一个极力反对他抽烟且意志坚定的女儿讨饶也没用，其实他之前试过多次，但均以失败而告终，于是他只好摆摆手，说："好好，爸爸戒烟，戒烟行了吧？至少在我家小公主面前不抽，可不可以？"

晨昱对晨凌云怒目而视："不是在我面前才不抽，而是任何时候都不能抽，把烟彻底戒掉，你可是答应过我和老妈的。"

晨凌云举手投降："好好好，彻底戒，彻底戒。"接着他忙转移话题，"我们刚才说到哪儿啦？"

晨昱想了想："说到小时候交朋友很简单。"

"对！我们接着讨论这个话题，小时候为啥交友简单呢？因为小朋友很单纯呀。可是，我们逐渐长大了，学识、能力、经验都进化了，我们的社会角色也不断变化，有些朋友不是我们有意和他们疏远，而是大家都不在一个社会环境中了。比方说，你要出国留学，正在努力地考托福、考雅思，你去跟一个小学毕业就不再继续读书，随着家里人在菜市场卖菜的幼儿园时期的朋友说托福、雅思有多难考，你有多么辛苦、多么努力，他听得懂吗？对于他，你要想有共同语言，你需要降低自己，来跟他讨论今天的菜价行情，或者哪样蔬菜好卖，向他请教如何将蔬菜保鲜。对于这样的朋友，不是你们俩互相嫌弃对方才疏远，而是不了解也不理解对方了，接触不了几次，大家都觉得索然无味，于是就在质疑友谊，其实不是情谊变了，而是人处的社会环境变了。"

晨昱若有所思："这大概就是所谓的'井蛙不可以语于海，夏虫不可以语于冰'了吧。"

晨凌云没有烟抽，百无聊赖，又不想嘴闲着，于是吃起了一旁的水果："没错！昱儿很懂事，书也没有少读，就是这个理。社会阶层不同的人，如果不理解对方的世界，就会逐渐陌生，就会渐行渐远，最终只能成为回忆。"

晨昱心里认同父亲的话语，可是却有些莫名的悲伤，喃喃道："那多遗憾，如果我不想放手呢？我该怎么做去维系这份感情呢？"

晨凌云无奈一笑，眼眸中仿佛有一丝悲凉一闪而过，叹道："除非你自己也变成夏虫和井蛙，否则，即便你单方面再努力，最后的结果也只能像两条平行线，再无交集。"

晨昱沉默良久，过了半晌才叹道："从这个道理上去解释，妈妈刚才说的友情也要跟爱情一样门当户对，是有一定的道理的，而不纯粹是歧视喽。"

晨凌云知道晨昱已经完全明白了他的话，于是笑着说道："你能这么想就好了，你妈妈马上四十五岁了，到了更年期，唠叨、神经质是有的。但是记住，我们是这个世界上最爱你的人，可能有些时候我们的方式不对，但对你的爱却是不容置疑的。"

晨昱点点头："刚才我的态度不太好，一会儿我去跟妈妈道歉。可你还没告诉我，什么是朋友，应该交些什么样的朋友呢？"

"人们从一生下来就纠结这些问题，先指定一个定义，然后去讨论辩证它是什么、为什么？例如，到底是先有鸡还是先有蛋呢？这些连哲学家都搞不清楚的问题，你就不要难为你这个学土木工程的老爸啦。朋友的含义是什么？你自己在探索中去思考总结归纳，等到十年后，我们再交流好不好？另外，说到应该交一些什么样朋友，这个，我比你年长了快三十年，还是可以给你一些建议的。"

晨昱有些不安地说："老爸，你不会也觉得李一诺出身高贵，倾国倾城，她就百般美好；房素梅既贫穷又胆小怯懦，她就一无是处吧？如果她们俩二选一，你选谁呢？"

晨凌云淡淡一笑："不，你搞错了，这又不是考试做单选题，为什么只能选一个呢？既然你之前跟她们俩关系都不错，就说明她们俩都有吸引你的地方，她们身上有优点值得你去发现和学习，对不对？"

晨昱大声说："没错。"

"既然这样，两人都交。但要有一点，你对待她们的心要公平公允，一视同仁，到最后时间会证明谁是你真正的朋友。"

"那是当然。"

老爸洞察一切的眼睛深不可测，淡淡地说："可我怎么觉得你偏袒房素梅呢？"

晨昱立即摇头否认："我只是在保护小梅。"

晨凌云用探究的眼神看着晨昱:"房素梅比你还大一岁,已经成年人了,不需要你保护她,她应该学会自己保护自己。"

晨昱想都不想,脱口而出:"小梅不行的,她连话都不敢说,一说话就低着头,红着脸,眼睛也不敢看别人。加上她是贫困生,而且还穿着二十世纪八九十年代的衣服,难免让同学们看不起。汪茜茜开学第一天就欺负她,被我给'灭'了。李一诺嘛,倒是没有欺负小梅,但我看得出来李一诺也看不起她。"

"昱儿,旁观者清,我都听出你对她们俩的态度就不一样,你还不承认。可能你自己也没有发觉吧,你对房素梅百般维护,而一提到李一诺,你就颇有微词。"

晨昱听到晨凌云的话,又回想了一下自己刚才说的话,发现自己心里的想法被晨凌云一语中的,晨昱顿时沉默无语。

"宝贝,与其纠结友谊的种种,不如用独处的时间积蓄力量、自我修行,只有自己有魅力、有价值了,才会像磁石一样,无论是朋友还是陌生人,都会围绕在你左右!"

有时候,晨昱自己都觉得自己很幸运,她有一个好爸爸,倒不是说她跟母亲不亲近,只不过"女儿孝父",相比较母亲,她跟父亲更贴心。父亲不仅仅给了她一个衣食无忧的环境、温暖舒适的家庭,更重要的是父亲教会她很多东西。儿时,父亲送她去上幼儿园,告诉她,以前她不懂的知识;长大后,父亲更像是一个朋友和智者,而不是长辈的身份告诉她,该交什么样的朋友,包括男朋友。

晨昱觉得只要是父亲说的就是真理,在父亲的教导下,她在心里重新考虑定位了一下关于交友和大学四年的打算。

的确,与其百般纠结如何交朋友,不如用独处的时间积蓄力量,只有自身有价值了,才会像磁石一样,使别人愿意主动围绕在自己身边!

在这一方面，即便是很多年后，晨昱依旧感激父亲，是父亲用看似和平温柔的方法，给她普及人生的知识和经验。

其实晨凌云从一开始就料到了晨昱的交友结局，只是没有明说，只是微微加以指引，毕竟，每个人的青春都只有一次，自己的青春由自己做主，就让当局者按照自己的方法去实践一遍，这样才能青春无悔。

在家待了一周，晨昱觉得甚是无聊，于是她又搬回了学校。

课间晨昱主动找到李一诺："一诺同学，那天是我态度不好，我以后尽量改正。"

晨昱觉得自己脸上微烫，她之前没有和别人道歉的经验，为了找回些面子，又解释道："我告诉你呀，我可没有认可你说的话是对的，我只是为了我那天对你的态度道歉，态度知道吧，不是内容，只是态度。"

李一诺点点头，若无其事地说："嗯，我知道！你表达的很明确，我的理解力也不坏。"

晨昱见李一诺好像并不在意自己的道歉，有些气不过的"哦"了一声。

李一诺叹道："我那天也不该直接说房弱弱，别瞪我，是房素梅，我不该说人家不好，毕竟我跟她只是同学而不是朋友。而且虽然我把你当最好的朋友，但我也无权干涉你交别的好朋友，这一点，我跟你道歉。"

晨昱突然间觉得自己的面子又回来了，她伸手拉住李一诺，笑道："我老爸说了，让我公平公正地对待你和房素梅，用实践证明看谁的友情能走到最后。"

李一诺愣了几秒，随后竖起大拇指赞道："晨叔叔高明，实在是高，姜还是老的辣。你回家一定要代我向叔叔问好。"随之发现她自己的手被晨昱拽在手里，皱皱眉，使劲儿将手拽回。

晨昱也不以为意，纳闷儿道："高明？你这话什么意思？"

李一诺淡淡一笑："没什么意思，就是向长辈表达一下尊敬崇敬的心情,怎么,不行呀?"

晨昱隐约觉得李一诺并不是她说的意思,但也猜不到她到底在打什么哑谜,只好不再搭理她。

第十一章 他乡故知

久旱逢甘雨,他乡遇故知,洞房花烛夜,金榜题名时。——汪洙

几天后,学校有通知说医院要来学校做宣传,号召同学们踊跃献血。关于献血活动,学校有一个规定、一个建议。

规定申请贫困生的学生,接受国家和学校的支持和救济的必须献血,享受国家福利就有义务为社会做贡献。建议学生会成员和班干部带头义务献血,跟大家做好榜样示范作用。

听到这个消息,李一诺冷哼一声,把发到手里的义务献血单撕了。

晨昱看到李一诺的举动,问她怎么啦。

李一诺冷笑道:"既然说是自愿,为什么要有'规定'和'建议'呢?人家贫困生虽然享用国家和教育部的特殊补助,那就必须一定要献血吗?从这一点出发,就已经不公平了。再说学生会和班干部怎么啦,为什么就得带头呢?我贫血,我就不献血。"

晨昱还以为谁又惹到李一诺,但没想到原来是为了这个,虚惊一场,笑道:"我还以为谁招惹我们女王殿下了呢?就为这事,不值当的。你身体不太好大家都知道的,你就别献了,我去,实在不行,你的那份也抽

我的。"

李一诺嘿嘿冷笑,冷傲清丽的脸上显得格外俏皮,与她平时的风格很不搭,晨昱就知道没好话,果不其然。

"好意心领,但不需要,不合理的事情我不会去做,更不需要别人代劳!不过,哼哼,我还好只属于'建议',而你的某位既勇敢又能干的闺密却在'必须'之列,你还是先心疼心疼她吧。"

到了献血那天,李一诺带着笔记本电脑跑到图书馆去了,晨昱和房素梅在排队献血,看着张珏因为晕血倒地,晨昱心里嘲笑。

如果说汪茜茜是晨昱在班里最讨厌的女生,那么张珏无疑就是她最讨厌的男生。一个大男人不学无术,天天攀高踩低,欺软怕硬。先是像个苍蝇一样盯紧晨昱,一副生死不渝的样子,可一旦遇到比晨昱更漂亮、家世更好的李一诺,立刻就扔掉晨昱,改追李一诺了。

看到张珏晕倒在地,晨昱纹丝不动,心下鄙夷,远远地瞧着,丝毫没有上去关怀的念头,说句不好听的,她甚至还有些小开心。

忽然晨昱感觉挽着自己胳膊的房素梅的手在微微颤抖,晨昱回过头,拍拍房素梅的手臂,以示安慰:"小梅,别怕,没事的,就跟打针一样。"

其实晨昱也是头一回献血,但是看到房素梅害怕的样子,她就只能装作有经验,安慰鼓励她了。

为了做好榜样,晨昱装着大胆,抢在房素梅之前先抽完血,轮到房素梅的时候,发现她居然和张珏一样——晕血!

但是,学校规定贫困生必须献血。

看到房素梅眼里的泪花,晨昱于心不忍,换了另一只手臂,对着抽血的白衣姐姐笑了笑:"美女姐姐,我替我朋友献血。"

身穿白衣的医生姐姐,微笑着摇摇头说:"你刚抽了200ml,以你的小身板,不能再抽了。"

晨昱看了看房素梅眼角的泪水，继续争取道："可是我朋友她是必须要献血的，你也看到了，不是她不想献血，是她晕血不能抽。要不这样，献血者登记成她的名字，让她能交差好不好？美女姐姐，您漂亮又善良，帮帮忙好啦。"

美女医生依旧摇摇头，说啥也不答应晨昱的要求。

房素梅在旁边一直流眼泪，晨昱只好带着她离开了队伍，晨昱看她哭得这么伤心，计上心头。

晨昱拉着房素梅来到厕所，将两人的衣服互换，让房素梅在远处等自己。

晨昱穿上二十世纪九十年代的粗糙衣服，系好四个古老又难看的纽扣，这对于爱漂亮从小就像洋娃娃一样的晨昱来说，真不习惯，但为了房素梅，也没办法。晨昱硬着头皮，耷拉着脑袋，做贼一样，东张西望，缓缓来到献血队伍。

这次晨昱特意在离自己之前最远的一队里排队，以免被认出来。轮到晨昱的时候是一个二十四五岁的年轻人，长得倒也清秀顺眼，晨昱把那只没献过血的手臂伸过去，并递给他房素梅的身份证和学生证。

年轻的医生并没有发现晨昱的冒充，晨昱心里不禁有些兴奋，没想到事情会这么顺利。

正当晨昱得意扬扬的时候，年轻医生突然一边抽血一边问："小姑娘，咱们是老乡，今年咱们那儿的核桃和板栗收成怎么样呀？"

晨昱一听顿时吓傻了，大大的眼睛写满了吃惊，鲜红娇俏的美唇也不由自主地抽搐了两下。

年轻医生看晨昱的反应不太正常，就用跟房素梅差不多的方言跟晨昱叽里呱啦地说话。

怎么会这么巧，哦，不，怎么会这么背！房素梅那犄角旮旯的穷乡僻坏,还能在学校遇上老乡。晨昱的心里在不停地哀号。

"小妹妹,你叫房素梅,挺雅致的一个名字。"

晨昱虽然心里在不停抱怨,但也不敢在面上表现出来,只好冲他龇牙微笑,算是回答。

"我去过你们镇,我一个高中同学就是你们那儿的,他叫郝立志,你认识他不?他比你大个七八岁。"

晨昱用没有抽血的手摇了摇,意思是说:我不知道。

终于抽完了,年轻医生一边给晨昱解开捆着手臂的皮筋,一边说:"小梅,你嗓子不舒服吗?你张开嘴巴,我帮你看看。"

你才不是嗓子不舒服呢,我只是不会房素梅那种方言,不敢说话,怕露馅而已。晨昱在心里回答道。

随后晨昱一愣,脑袋灵光一闪,对,装哑巴!她点点头又摇摇头,又伸手指指嘴巴。

年轻医生目光突然黯淡下去,轻声说了一句"对不起",见晨昱站起身要走,随即从兜里掏出了二百块钱,夹着名片,一起塞到她手里:"妹子,哥出来没带多少钱,你先买件衣服穿,咱山里的孩子再难,也别让别人看不起,都是老乡,别见外,你有什么困难来医院找我。"

晨昱愣了半响,正要解释,后面的同学已经坐到了献血的座位上。而年轻医生也开始准备给下一个同学抽血。

晨昱快步而行,离开了队伍,拿出名片,上面写着"人民医院骨科医师周博恒"。晨昱看着名片,不由得嘴角上扬。

"你在笑什么?"

"哦,我想到了老顽童周伯通,周博恒、周伯通是不是很像?"

晨昱这才发现房素梅正站在身边,一脸的好奇和关切。

晨昱压住心里的好玩和兴奋,连忙把房素梅拉到旁边没人处,这才将名片和二百块钱一起交给了她,并把刚才的经过复述一遍,说起自己装哑巴的事,兴奋得哈哈大笑。

房素梅凝视着手里的东西,发呆出神,过了半晌才突然跺脚惊叫:"我知道了,原来是他!"

晨昱很少见房素梅有这般活泼烂漫的时候,忙催促地问:"是谁?快说说。"

岂料平时慢性子的房素梅今儿转了性子,比晨昱更着急,手指用力地抓着晨昱的胳膊,激动地问道:"晨昱,快告诉我,哪个是他?"

晨昱的胳膊被房素梅抓得有些疼,下意识地指指最西边的那一排。

房素梅来不及问晨昱替她抽血成功与否,也不说跟她换了上衣,就急匆匆跑过去偷窥帅哥去了。

又是一个重色轻友的家伙!晨昱心里不满地咕哝。

不过难得看到一向心如止水、面如枯木的房素梅这么冲动。

晨昱斜倚在梧桐树干上,看着房素梅躲在远处看着身穿白大褂的老乡流口水,暗自叹息,看来坠入情网中的少女都一模一样呀。

晨昱不仅想到了自己初遇白惜墨的情景,就像电影画面一样,一帧帧、一幕幕在脑海中回放,想到陶醉处,她不禁闭上了双眼。

"昱儿,你没事吧。"一只手搭上了晨昱的臂膀。

晨昱睁开眼,不用看也知道是郭秀彦。

"老大,你在这儿干啥?"

郭秀彦贴心地扶住晨昱,责怪道:"你身体也不怎么好,为啥还要替小梅献血?你们可以叫我呀,由我来替她抽不是更好?"

晨昱往左右看了看,把食指放在嘴上做了个嘘声的动作:"哪有你说得那么严重!小事情,不过,你怎么知道的?"

"我怎么不知道?我也在排队,我听隔壁队伍,就是你们系的男生们议论,说他们的班长豪爽义气,替贫困生同学抽血。我还能不知道是你这傻瓜吗?小梅呢?"

晨昱朝远处努努嘴,不知道为什么貌似还真的有几分眩晕感,觉得脑袋沉甸甸的。

郭老大看了一眼,微微摇头,扶起晨昱:"今儿天冷,最高气温也就十来度。昱儿,我们回宿舍,姐姐给你熬姜糖水,驱寒补血。"

晨昱伸双臂挽住郭秀彦的臂膀,郭秀彦虽然比她矮、比她瘦,可晨昱总是能从郭秀彦身上感到温暖和依靠。

510宿舍里,晨昱正捧着郭秀彦亲手熬制的爱心姜糖水喝得一脸享受的时候。门"砰"的一声开了,李一诺搬着书、笔记本电脑,还有一个提兜气喘吁吁地回来了。她先将提兜往晨昱旁边的桌子上一丢,再去放她的书本和电脑。

郭秀彦招呼道:"一诺,我给昱儿熬了姜糖水,外边冷,你也喝一杯吧。"

李一诺虽然对晨昱板着脸,一副爱答不理的模样。但她对郭秀彦,还是有几分尊重的,忙拿了自己的杯子,倒了半杯在里面,赞道:"老大,谢谢你,你人真好!又勤快又能干,又体贴又友善,不像某些人不仅穷还懒,而且自私不长眼。"

这时,房素梅刚好回来站在门口。

晨昱本想质问李一诺指桑骂槐说谁呀,但看到房素梅,便笑道:"回来了,快进来,大姐熬了姜糖水,你也来喝些补一补、暖一暖。"

李一诺继续冷冷接口道:"她又没有失血,不用喝。老大抽了200ml,可你呢?400ml呢,厉害呀!"

房素梅嘴角微张,想要说什么,怯懦半天,啥也没说出来。

晨昱瞪了李一诺一眼,意思是让她闭嘴。李一诺摇摇头没有说话,一口气将半杯姜糖水喝完,又夸赞了郭秀彦几句,接着将桌上的提兜拎给了郭秀彦:"老大,我们宿舍数你手艺好,回头你把这几碗燕窝炖了,你和那位抽血 400ml 的牛人分了,每天一人一碗。我家里现在就有这么几碗,回头我再去买。"

晨昱这才看到原来李一诺的提兜里放的居然是燕窝,也就是说,在图书馆看书码字的她特意赶回校外的房子去拿燕窝。

想到这里,看着李一诺的脸,晨昱觉得莫名温暖。她上前一把抱住李一诺:"一边叫我傻瓜,一边对我这么好,人家别人都口蜜腹剑,你却相反,刀子嘴豆腐心,不是跟我一样傻吗?哦,不,你比我更傻。"

李一诺冷冷推开晨昱:"我可跟你不一样,离我远点儿,别把失血眩晕传染给我。"

第十二章　带刺蔷薇

> 真正的友谊无论从正反看都应一样,不可能从前面看是蔷薇而从后面看是刺。——吕克特

郭秀彦长这么大没见到过燕窝,忙拿起来仔细端详一番,一边惊讶地啧啧称赞:"这就是传说中燕子居住的窝,美容养颜、补血滋养的圣品!传说中只有后宫娘娘和富家千金才有资格享用的呀!"

晨昱笑笑:"不是传说,那是现实,这不,咱们千金女王就在服用呀。"

李一诺横了晨昱一眼："晨大小姐，你别告诉我你没见过也没吃过燕窝？"

晨昱轻轻一笑，不置可否。

郭秀彦摇头叹息："你们俩大小姐都见多识广，就我们见识浅薄，这样，炖好了我就尝尝，我皮糙肉厚不缺血，给我吃就浪费了。我就尝一口，剩下的都给昱儿吃，以后，我也能跟别人吹牛说我吃过燕窝的人，也享受过老佛爷的待遇，小梅，你也没见过吧，快过来看看，燕窝啊。"

房素梅没有说话，也没动弹，连目光都没有看过来。

晨昱笑道："回头炖好了，大家一起吃，明天我回家一趟，拎一箱回来。"

郭秀彦惊讶道："一箱？一箱有几个？这多少钱一碗呀？回头过年回家的时候我也想买点儿，给我爸妈尝尝。他们都六十岁了，生了我们兄弟姐妹五个，一辈子都没有见过这稀奇玩意儿。"

晨昱点点头，脱口而出："也不贵，包在我身上，就当我孝敬伯父伯母好了，一碗也就三四……"

晨昱那个"百"字还没有说出口，就被李一诺打断："老大，一碗也就三四十块钱。回头你买个五六碗带回去给老人家尝尝，我帮你买，我有会员卡，还能打个折呢，每碗按三十块就行啦。"

郭秀彦松了一口气："我本来还害怕成百上千我买不起呢，三四十块还是可以的嘛，大不了再多做一份家教呗。别说，我还真没有见过哪里有卖燕窝的，回头麻烦你俩帮我捎几碗。"

李一诺抢着说："没问题，包在我身上。"

看着李一诺上卫生间，晨昱也跟着一起，李一诺撇撇嘴："你是要说老大和燕窝的事吧？"

晨昱点头，不解道："你明明知道老大的家境，她一个人打了好几份工,偶尔闲暇下来,还帮我们收拾宿舍和个人卫生,我们送她一箱燕窝又能如何?干吗还要帮她买?"

李一诺啐了一声,不屑地说道:"老大坚强自尊,你要是白送,她会接受吗?你以为每个人都像你的房弱弱一样吗?"

晨昱愣了一下,貌似李一诺说的也有道理,不过她依旧不解:"既然你知道老大自尊心很强,那你又何必将燕窝的价格抹去了一个'0'呢?"

李一诺突然笑了,没好气地说:"你挺聪明一个人,为什么较真的时候这般弱智呢?老大是很孝顺,是一个知道心疼家人的好人,否则她就不会一个人这么劳累了。她想要给父母尝尝新鲜玩意儿,也是孝道的一种体现。但是如果她知道真实的价格,她还会买吗?这东西对于我们来说不算什么,可对于老大和房弱弱这种孩子,无疑是消费不起的。"

晨昱惊讶地望着李一诺,眼神满是敬佩:"所以你既要收老大一小部分的钱,又帮她满足了她对父母的孝心,既帮了她的忙,又不让她知道,你这般心思,我自愧不如,从这一点上,你比我强多了。"

李一诺笑笑:"没关系,你还小,大了就好了。"

晨昱比李一诺大了二十天,可总被她"倚小卖老"说自己小,不由得大怒,伸手去挠她,被李一诺笑着跑开。

到了饭点,郭秀彦约大家一起去食堂吃饭,汪茜茜依旧神龙见首不见尾,其他三个人都没有异议。

到了食堂,老大说:"要四份红枣薏仁粥。"

李一诺笑道:"我也正要点这个呢,这个粥补血祛湿比较好。"

这时,房素梅抢着对正在盛粥的师傅喊道:"要三份红枣薏仁粥就好,我喝棒子面粥,晚上我喜欢喝稀的。"

既然房素梅这么说,大家也都不好再说什么了,于是,就各点各的主食和饭菜。

李一诺单独去楼上要小炒，现点现做，晨昱要了一荤一素，老大要了一份蛋炒饭、一小份素菜。只有房素梅，要了一个馒头、半份清炒豆芽。

其他人都快吃好了，李一诺和楼上的做饭师傅才一人端着一个大盆过来。

晨昱看了一眼李一诺手上端着的饭菜，拍手称赞："当归炖黄鸡、西红柿牛腩，不错不错，我说女王大人，你也忒不厚道了，不早告诉我们，我都吃得六分饱啦。"

李一诺白了晨昱一眼："谁让你吃得这么快的。来来，快吃，我本来想要当归炖乌鸡的，可是咱们学校这破食堂，没有乌鸡，只能用黄鸡代替了。老大啊，你今儿抽血了，快尝尝，都是补气补血的。"

晨昱不管她们，抢着第一个动筷子，抢了个鸡腿，毫不淑女地大吃起来。郭秀彦也夹了一块牛腩，只有房素梅只吃自己的豆芽，对她们不理不看。

晨昱夹了一个鸡翅放到房素梅碗里："小梅快吃，女王殿下请客，不吃白不吃。"

房素梅眉头紧皱，一副不知所措的样子："我不吃荤的。"

那副无辜又可怜的样子，使晨昱觉得自己好像不经意间又好心做了坏事。

晨昱正尴尬得不知怎么是好，李一诺伸出筷子把房素梅碗里的鸡翅夹出来，直接扔到桌下的垃圾桶，淡淡道："房素梅，不好意思，我们都不知道你不能吃肉，以后再也不会出现今天这种事了。"

郭秀彦默默地看着这一切，愣了几秒钟，突然笑道："你们大家再帮我一个忙好不好？我家教的那家小孩，同时补习语文、数学、外语三科，现在还缺一个英语老师，央求我在这一周内帮他找一个，你们三个正好是外语系的，帮帮忙好不好。"

李一诺一笑："就我那专业课，也没什么好瞒着的，论排名，倒着数远比正着数要快得多，我就不去误人子弟啦，这忙，我实在是无能为力。"

晨昱一边大口吞咽，一边摆手："我干不了，本姑娘才懒得去伺候熊孩子。小梅，只有小梅适合，她性格温顺，有耐心。"

郭秀彦带希冀的目光转向房素梅："小梅，我也觉得你适合。那家条件很好，每小时二十五块钱，其他家都是每小时十五块钱。每次去辅导两小时，就是五十块呢。而且小孩爸妈脾气不错，有时候还留家教老师一起吃饭，还给水果，我带回宿舍的水果就是孩子妈妈给的。"

郭秀彦的话让晨昱和李一诺的眼光都集中在了房素梅身上，见大家都盯着她，房素梅的脸又开始莫名地红了，懦懦地说："我怕我干不了，我没有干过，而且我也没有自行车。"

郭秀彦安慰道："好妹子，没事的，我相信你的能力。以前我也没有干过呀，干什么不得有个第一次呀。"

郭秀彦话音刚落，晨昱她们三个用期许的目光看着房素梅。

房素梅用几不可闻的声音说："我没有自行车。"

郭秀彦连忙安慰道："没关系，回头我陪你去二手车市场买一辆，也用不了多少钱，一百块钱就可以了。"

晨昱忙接口道："我有，我把家里的骑过来，二十四寸新的，小梅，反正我也不用，总放着也放坏了，不如你先用。"

房素梅诺诺地说："我没做过家教，我不敢，万一……"

李一诺听到这话已经有些变了脸色，却强忍着没有说话。

郭秀彦和颜悦色地拍拍房素梅的肩膀："别怕，我之前也没有做过呀，没有谁生下来就是什么都会的，你试试就好啦，没有你想象的那么难，很好做的。"

晨昱也希望房素梅能走出自己的小圈子，连忙在一旁帮腔："就是就是，郭老大的话没错，小梅，别怕，什么事都没有你想象的那么难。"

房素梅低头不言语，用两只苍白得近乎透明的手使劲儿地绞着衣襟，那种表情活像一个被拐卖的受气吞声的小媳妇，仿佛大家不是在帮她，而是在联手欺负她一般。

李一诺往嘴里送了一块土豆，缓缓咀嚼，淡淡地说："钱不是靠省出来的，而是用劳动努力挣来的。所谓开源节流，其中开源才是关键。"

房素梅呼吸急促，终于鼓足勇气："不用的，我谢谢大家，我知道老大是为了帮我，才说家教的事，大家的好意，我心里知道，也很感激。但我真的不需要，我们家我是最小的，我爹娘和我哥姐会供我的。"

李一诺面色冰冷，声音却提高了几个分贝："供你？怎么供，砸锅卖铁，卖血卖肾吗？"

房素梅被李一诺讥讽得眼泪盈眶，泪水几乎瞬间就要掉下来。

李一诺没有理会房素梅的窘迫，冷笑道："收起你那一套，整天眼泪汪汪的装可怜，这个社会是个锻造炉，可不是什么慈善院。"

晨昱和郭秀彦没有作声，她们心里也是赞同李一诺观点的，虽然她的语言犀利了些，语气伤人了些，却一语中的。

房素梅似乎也被李一诺的语气激怒了，双手紧紧地握起，她抬起头，努力地不使眼泪掉下来，紧紧地盯着李一诺："我知道你们都是为我好，想帮我，可我就是这样的人，我也不想去改变或者争取什么。我再穷，我也没有吃你们的。你们施舍给我的衣服，我也没有要。请你们尊重尊重我，可以吗？"

晨昱想到自己之前送给房素梅衣服，都被她拒绝了，原来真正的原因在这里。看房素梅误会，晨昱心里也很委屈，解释道："小梅，你别想那么多，我是给过你衣服，可那不是施舍，新衣服是朋友间的馈赠，旧衣服是让它合理地二次使用，绝对没有施舍的意思，你不要误会。"

李一诺冷笑一声,起身扬长而去,关门的时候泄愤似的,把食堂门甩得险些掉下来,而房素梅忍得辛苦的眼泪也随着"砰"的摔门声滚滚而下。

正当晨昱觉得气氛尴尬,想着怎么才能缓和气氛时,门口传来一个同学的声音:"晨昱呀,正说找不到你呢,你的信,好事成双,一共两封呢。"

晨昱听闻,大喜过望:"一定是白惜墨的信,太好了!"

晨昱顾不得吃饭,飞奔过来。从同学手里将信抢过来,但在看到地址时,虽然还是很高兴,但却微微有些小失望。

不是白惜墨,而是他的师兄,那位网名叫"风"的"蓝海豚"。

晨昱从上次加了"蓝海豚"的QQ之后,他们一方面在网络上沟通,另一方面偶尔也有书信往来。

郭秀彦看了房素梅一眼,为缓和刚才紧张的气氛,故作夸张地说:"临海大学,是小白吧?来来来,快拆开,让我们来欣赏欣赏,你姐姐我活了二十年,还没有见过情书长什么样呢?"

晨昱瞪了郭秀彦一眼,喃喃道:"大姐,人家有名字的,你别小白长小白短的,很容易让人联想到《蜡笔小新》里面的那条小野狗,很尴尬的。"

郭秀彦摆摆手,做妥协状:"不好意思呀,我没有想到还有这么一层在里面,我可没有那个意思,你知道的,在我心里,小白……惜墨同学可是天神一样的存在,帅气、聪明、高大……"

晨昱拆开信封,里面只有一张明信片,还有一枚小小的徽章。晨昱把明信片甩到郭秀彦脸上,堵住了她喋喋不休的嘴:"这就是你所谓的情书,好好欣赏吧。"

"哇,百年校庆的明信片,不错不错,有收藏价值,还有一枚校徽呀,小白……白惜墨对你可真是不错呀。"

晨昱心里有几分失落,怏怏地说:"那根本不是白惜墨,大姐,你的眼睛不识字的吗?"

郭秀彦将明信片翻来覆去,看了好几遍:"署名在哪里?"

晨昱这才仔细看看,原来真的没有署名,好吧,她彻底无语了。

晨昱现在没有心情给郭秀彦解释这位"蓝海豚"的相关事宜,于是就由她胡乱猜测,反正都不是真的。

一顿尴尬的饭吃完后,晨昱三人回到寝室,看见李一诺正在书桌前对着电脑敲字。想到刚才的事情,四人互相看了一眼,谁也没有说话。

晨昱叼根棒棒糖,撕开了另一封信,来自唐冰的信。

唐冰是晨昱高中时要好的朋友之一,在高一没有分班的时候她俩是同桌。如果用一个词来形容唐冰,晨昱最先想到的是学霸。

唐冰和李哲曦是他们高中时班里的阴阳双煞,被誉为李唐双霸,无论大考小考,李哲曦都毫不含糊地是男生的第一名,而唐冰则霸气十足地稳居女生榜首。

如果非要在阴阳双煞中分出个高低上下,就有些困难了,他俩不分上下,得胜率各占一半。

唐冰的来信,主要可以归纳概括为三点:一、简要介绍了自己近几个月的校园生活;二、告诉晨昱她的具体联系方式,因为她刚买了新手机;三、她在信中再次控诉李哲曦的无耻,在遥远的北美,星条旗的飘摇下,还不肯消停,再次写了情书向她求爱,她就此事请晨昱给一个闺密的建议。

晨昱轻叹一声,她知道第三点才是重点。

第十三章　初会平生

　　未曾相逢先一笑，初会便已许平生。只缘感君一回顾，使我思君朝与暮。——佚名

　　关于唐冰和李哲曦，晨昱对于这两个人之间发生的事，不仅无语，还十分伤脑筋，她甚至有些不愿意提起。

　　唐冰对晨昱霸气无比地说，她很不喜欢李哲曦，高傲、自以为是，眼睛长在了头发尖上。高中时的李哲曦是板寸，全身最高的部分莫过于竖立的头发了。唐冰曾经说过，即便是将来自己一辈子嫁不出去，也不会选李哲曦这个神经病、变态狂。

　　李哲曦也曾跟晨昱豪气万丈放下话，唐冰是我见过最恶心的人。一个女孩子家，不漂亮、不温柔，头发短得像个假小子一样，说话也不好听，音色又粗又难听，活脱脱像是一只公鸭。

　　记得当时晨昱鄙夷地白了李哲曦一眼，满脸地看不起："你说的没错，不过，既然唐冰都是公鸭了，家禽你还喜欢？你是不是更恶心！更变态！难道说，难道你是母鸭？"

　　李哲曦被晨昱的冷嘲热讽刺激得说不出话来，不好意思地摸摸脑袋："我这不是善良吗，扶贫，你懂吗？"

　　晨昱挥挥手里的《大旗英雄传》抬起头，很是不耐烦地说："阁下没看见本尊正忙着吗？没那个闲工夫听阁下的扶贫计划，滚一边儿去！赶紧！

立刻！马上！"

李哲曦将晨昱手中的书夺了过去，哼道："不务正业，天天看闲书，怪不得物理不及格呢？回头我就去跟叔叔阿姨告状去。"

敢说晨昱物理不及格，李哲曦已经做好晨昱发飙的准备了。

好在晨昱迷恋着小说的精彩剧情，居然没有当场发怒，只是赠送他一个大大的白眼，不屑道："你尽管去告状，等会儿唐冰从卫生间回来，我就把你刚才说的话告诉她，也好让她知道在你心里她是多么恶心。公鸭？这种辱骂多别致，还真不是一般人能想出来的，不愧是李大学霸呀。"

这句话果然起到了应有的震慑效果，李哲曦忙将书还给晨昱，一边作揖赔礼，一边变戏法似的掏出巧克力来讨好："妹妹，我刚才是开玩笑，您大人不计小人过，就再原谅我这一次吧。"

晨昱接过巧克力不客气地吃了起来："妹妹？李先生，您再考虑一下您的称呼，我不喜欢听别人叫我妹妹，现在对女士的尊称都是姐，晓得吧？"

李哲曦剑眉微蹙，倒吸一口凉气，用手指头戳了一下晨昱的额头："过分了呀！我可是比你大半年的，叫你姐，你不嫌老吗？"

晨昱和李哲曦认识这么多年，自然知道李哲曦的弱点是什么。晨昱抬起头微笑着看着李哲曦，用手轻轻指了指唐冰的座位。

李哲曦咬了咬牙，低着头委屈万分地叫了一声"姐"，虽然声音太小，连蚊子叫的都比他洪亮，但晨昱这人比较善良，见好就收，就没有计较。

晨昱同意帮李哲曦在唐冰面前多多美言，虽然那些美言都是违心的，作为一个不资深、不专业的媒婆，晨昱还算是用心的，从网上搜罗了一些夸奖男孩子优秀的成语，仔细背过，然后背书一样说给唐冰听，尽管连她这个媒婆都不相信那些话语。

同时，晨昱还经常约唐冰去她家玩，唐冰周末不回家，到时候李哲曦也去她家，装作偶遇，也好显得他俩有缘。

对此，聪明如唐冰，竟然没有怀疑；痴情如李哲曦，更是感激不尽。

唯独晨昱老妈冯蕾，一百个不乐意，她倒不是不喜欢唐冰和李哲曦，但也不知道为啥，她就是不愿意看到唐冰和李哲曦同时出现在自己家，而且还是自己那个傻闺女给约来的！

当晨昱告诉冯蕾李哲曦就是为了唐冰才出现时，冯蕾傻了眼，百思不得其解。

"丫头呀，你说的是真的吗？小哲这孩子那么优秀，怎么会看上一无是处的唐冰呢？"

晨昱一听冯蕾的话，顿时不乐意了："妈，你怎么说话呢，人唐冰怎么惹你不待见啦？人挺好的呀，漂亮、聪慧，她和李哲曦是我们班最牛的两个学霸，并称'李唐双煞'，我觉得他俩挺般配的呀，只是可惜，唐冰貌似对李哲曦不怎么喜欢。"

冯蕾一听这话，顿时皱起了眉头："看唐冰穿着挺土的，举止行动也不怎么优雅得体，不像是好人家出身呀，她父母是做什么的？"

晨昱随口道："妈，你这话可有些不地道了啊！什么叫不是好人家，人家父亲可还是警察呢，不过已经过世了，貌似还是因公殉职。她妈妈是……这跟您有什么关系呀，你又不是警察，怎么还调查户口。"

"我的意思是她配不上小哲。"

晨昱冷哼一声："这都什么时代的思想啦，什么配上配不上，告诉您，您的宝贝干儿子对人家一见钟情，稀罕得不要不要的，反倒是人家唐冰对他很冷淡，貌似没有看对眼儿。"

冯蕾这才长吁一声，松了口气："那就好，那就好！"

晨昱看到母亲的表现，心里有种说不上的反感，为什么喜欢对年轻人的事指手画脚、横加干涉呢？既然不理解，她也就懒得理会。

不过需要解释一下，关于冯蕾和李哲曦的关系，老实说，有时候连晨昱都会吃醋，她好几次都怀疑自己和李哲曦是不是像《蓝色生死恋》的剧情一样，被医院弄错，抱错了。

晨昱的爸妈，尤其是妈妈，喜欢李哲曦这个干儿子，远远超过她这个女儿。

李哲曦的老爸李致远跟晨昱的老爸晨凌云据说是小时候的死党，经常一起上学、玩耍、淘气、打架。有时候他俩一起打别人，但更多的时候是他俩互相切磋，对打。对于战况结果，通常说，李致远十战八胜，至于晨凌云的战况，就不说了，晨昱这个做女儿的嫌丢人。

但晨凌云说起这个，总是借口说，因为李致远比他大两岁，他孔融让梨，让着年长的而已。

当然，晨昱和冯蕾都是不信的，李哲曦也不信，只有李致远笑着点头，再狠狠地在晨凌云的肩头来一拳，说他信。

十五岁的唐冰，十六岁的李哲曦，还有晨昱这个大灯泡，初识在九月的白云蓝天之下。

第一次来到省城的唐冰满眼新奇，第一次坐火车，第一次看到一站一停的公共汽车，第一次看到高楼大厦，一切都与自己生长的小镇不一样。

还没等新鲜劲儿过，唐冰就感受到了发自灵魂的失望和孤单。从小学到初三结束，从来没有得过第二名的她，在入学第一次测验中仅仅得了第十六名。

其实这也不足为奇，唐冰的中考分数，在班里只能算中上等，谁让这所学校是常山市最好的高中呢！

当唐冰知道自己的中考分数与班里第一名李哲曦的差别时，更是暗自攥紧了拳头。她从小养成的性格就是不能居于人下。父亲早逝，母亲带着她和弟弟过活，甚是辛苦。村里有个煤窑，很多人都在那里干活，但大多数都是二十岁到四十岁的壮年男子，只有唐冰的母亲一个女人。

多少次，唐冰看到自己的母亲佝偻着身子，去背那远远超过她自身负荷的煤炭时，不禁热泪盈眶，她暗暗攥紧拳头，直到觉得手痛，原来手心已经被指甲刺破，浸出鲜红色的液体。那种液体，跟父亲出事那天身上流淌的一模一样。

唐冰清楚地记得那天，父亲从派出所下班，来不及换下警服，便骑着摩托去镇上小学，接他们姐弟俩放学，唐冰告诉父亲自己在年级月考中又考了第一名，父亲很是开心，还说去小卖部买好吃的奖励他们。

在回家的途中，他们远远目睹了一起车祸，一个肇事的货车撞倒了一位四五十岁的大妈，不但没有停下车，反而加速打算离去。

当时不像现在街道上处处是监控，眼看肇事者要逃跑，父亲来不及停车将他们姐弟俩放下，便加速去追，打算将肇事车辆拦下。岂料肇事司机丧心病狂，不但没有停下来，反而向他们撞了过来。

唐冰只记得父亲将自己和弟弟推了下来，那一瞬间唐冰无意识地抱住了怀中的弟弟，可能是由于冬天，姐弟俩穿得厚实，被推摔出去两三米的姐弟俩只是骨折，而他们的父亲，却当场死亡。

坚强如唐冰，从被推出去到落地，都将弟弟牢牢地抱在怀里，直到听到自己下身清脆的哭泣声音，才注意到躺在血泊中的父亲，她挣扎着爬向父亲，恨恨地看着肇事货车扬长而去。十二岁的唐冰狠狠地咬破自己的手指，用血在地上写下了一串车牌号，直到自己痛得晕过去。

多年过去了，这个可怕的场面多次出现在唐冰梦中，坚强自傲如唐冰，虽然无数次哭着从梦中惊醒，但第二天依旧笑容灿烂。

其实，从高中开学报到的第一天李哲曦就注意到了唐冰。

开学第一天，十五六岁处于青春期的少男少女都希望能给第一次见面的老师和同学们留下好的印象，各个花样百出，别出心裁。只有唐冰一身土土的衣服，在一群时尚娇俏的女生之间，分外扎眼。

田文彬穿得很是时尚，一身国外名牌，看上去像个花花公子，与田文彬相比，他身边的李哲曦打扮没那么夸张，倒显得有几分温文尔雅。田文彬拽着李哲曦，指着唐冰哈哈大笑："快看，快看，那个穿翠绿上衣的女生。"

李哲曦明白他的意思，冷哼一声："有什么好看的？"

"怎么不好看，见过丑小鸭吗？这就叫鸡立，哦，不，是'鸭'立鹤群。"

李哲曦打量了唐冰一眼，心里突然微微一动，有了一种不一样的感觉。平心而论，唐冰长得不难看，只是算不上美女罢了。他见过的女孩子中，最漂亮的要数天天追着他叫"泥哥哥"的霸道小公主，最阳光的要数精灵古怪的晨昱。跟她俩一比，唐冰既不好看，又不可爱。但不知道为什么，李哲曦却感觉唐冰独一无二，无人可比。

唐冰，一米六的身高，不胖不瘦，肤色也不白不暗，但落入李哲曦眼中，那就是"增之一分则太长，减之一分则太短；着粉则太白，施朱则太赤"，再次验证了情人眼里出西施理论的神奇。

在李哲曦的眼里，唐冰干净的娃娃脸，虽然比不上霸道小公主的锥子脸冷艳，也不如晨昱的鹅蛋脸柔美，却格外娇憨可爱。一双又大又圆像小时候玩的黑色玻璃弹珠一样的眼睛，闪动着灵性与别致，可与北极星媲美。

就连唐冰被所有人称为"难听"的"嗓子像塞了鸭子毛"的声音，在李哲曦耳朵中也变了样，虽然不能说比百灵鸟更悠扬动听，却也是富有磁性，别有风味。尤其是唐冰爱笑，那笑声很具有感染力，无论李哲曦有什么烦心事，只要听见唐冰的笑声，马上就烟消云散了。

唐冰开学当天的装扮很快便让她出名了，田文彬下课来到李哲曦的座位上，跟他分享着自己得来的情报："你知道'小鸭子'叫什么吗？她叫唐冰。哈哈哈哈哈，把糖水冻成冰，还是冰块呀，也没有人爱喝，哈哈，笑死我了。"

李哲曦剑眉微蹙："名字倒不难听，不过，身形打扮的确像个小鸭子。"从此，他便记住了唐冰。

第十四章　此间少年

经不住似水流年，逃不过此间少年。——佚名

其实不仅李哲曦觉得唐冰好，就连晨昱也很快就被唐冰"俘虏"了。对此，晨昱也说不清唐冰到底哪里好，要知道，晨昱是个很重情重义的人，交友很谨慎的，要么交心，要么泛泛。加上她是个脸盲，她甚至同学几年连人家名字都叫不上来，而一旦选定，就是知己，就是兄弟姐妹！

晨昱在高中期间，朋友也就柳璇、唐冰、李哲曦三个了。至于白惜墨，在晨昱眼中与他们的性质不同，没有把他划分为朋友的范围里。而李哲曦则是因为晨昱的关系，才逐渐有机会接触唐冰的。

晨昱想了很久自己为何和唐冰关系如此之好，后来想到可能是互补吧，唐冰喜欢并擅长数理化，英语和语文却不咋地，不咋地的意思是刚刚及格。与唐冰相反，晨昱却是擅长文科，理科有些够呛。

不过，晨昱有个好老师，就是聪明得近乎变态的年级第一——李哲曦。此外，李哲曦不仅仅是晨昱的家教，还有部分兼职医生和保姆的职责，当然，这些在她眼里，都是哥哥照顾妹妹应该做的。

也不知道是遗传了谁，又或者是中学时代压力大学习苦，导致晨昱的

脾胃不太好。每次吃的凉了、烫了、多了、少了都会难受，每当这时候，李哲曦都会从口袋里摸出一袋胃药，用热水冲好了，端给她，并扔下一句"趁热喝。"

有一次，上晚自习的时候晨昱不知道是肚子还是胃突然疼痛难忍，唐冰见状赶紧通知班主任苏老师。

苏老师打电话给120，可李哲曦却一把将晨昱抱起，快步下楼，冲向校门口，唐冰和苏老师愣了一下，赶忙追了过去。

他们在门口拦住一辆出租车，一路上，晨昱痛得脸色苍白，双手捧着肚子，不停挣扎，额头豆大的汗珠滚滚而下。

唐冰也急得犹如热锅上的蚂蚁，但也只能跺脚，在一旁干着急。

李哲曦的手紧握着晨昱冰凉的手，一边帮她哈气取暖，一边柔声安慰。

唐冰事后告诉晨昱，她看到晨昱在挣扎的时候，不小心将李哲曦的手都掐破皮流血了，而李哲曦像是没有感觉到一样，兀自用另一只手拿纸巾轻轻擦着晨昱额头上细小的汗珠，安慰道："晨晨，不怕，没事了，我们马上就到医院啦，没事了。"

那一瞬间，唐冰虽然面无表情，内心却前所未有的羡慕。她想，如果生病的换作是自己，有没有人会像李哲曦对晨昱一样，对待自己呢？

经过诊断，医生说晨昱患的是胃痉挛，体壮如牛的唐冰第一次听到这个名字。看着李哲曦配合着医生忙来忙去，好一会儿，晨昱才安静了下来，医生建议留院观察一晚。

苏老师家里还有学龄前的宝宝需要照顾，于是就想给晨昱家人打电话，却被李哲曦制止。

晨昱的父母那半个月正好有事不在本市，李哲曦是知道的。他说与其深夜折腾保姆，还不如自己和唐冰守在这里。

说着李哲曦看了唐冰一样，使个眼色，后者会意，连忙点头称是。

苏老师想了想,又看了看他们一眼,嘱咐了几句,这才回去。

晨昱事后质问李哲曦,为什么非要折腾唐冰也在医院,无法回去休息?

李哲曦鄙夷地看了晨昱一眼,悠然地说:"第一,我不想被人说闲话,跟你孤男寡女共处一室,影响本少爷清白名声;第二,我喜欢唐冰留在这儿呀,多一点儿相处时间,没准还能增进一下感情。"

李哲曦的话把晨昱气得半死,也在晨昱的心里彻底坐实了他重色轻友的形象。

不过,晨昱事后回想,当时唐冰能瞬间理解李哲曦的意图并配合,看来俩学霸的智商不是盖的,起码,晨昱就远远比不上。

目送班主任走远,李哲曦轻轻带上门,对唐冰淡淡地说:"刚才谢谢你。"

唐冰头也不抬,冷冷回复:"晨昱是我同桌,也是我在这个学校最好的朋友,我陪着她是应该的,不用谁来道谢。"

李哲曦淡淡一笑,没有接话。

唐冰事后告诉晨昱,那天,晨昱睡熟后,依旧小狗护食般拽着李哲曦的手,而李哲曦也不嫌累,就那么坐在床边,手任由晨昱握着,还用另一只手轻轻地整理她鬓边的乱发。

晨昱听了后勃然大怒,一跃而起,立刻要去找可恶的李哲曦算账,可却被唐冰拽住。

唐冰用充满羡慕的口吻说当时她仿佛看到了偶像剧中的男女主人公少年的景象,男主角身姿如松、笑傲群雄,女主角貌美如花、多才多艺。

晨昱被唐冰这番不靠谱的臆想惊了一头汗。

晨昱这个身穿青衣唱红娘的女配角,可不能让真正的女主角误会,于是她对唐冰再三解释,拼命保证再三发誓说自己不是女主角,充其量算是男主角的妹妹,为了增加说服力,晨昱不惜把自己看上白惜墨的糗事说了一遍，并将自己高中开学报到第一天初遇白惜墨的始末回顾了一遍。唐冰这才若有所思地看着晨昱半天，陷入了深思。

唐冰说："你和李哲曦在这一点上，说的倒是口供一致。"

晨昱皱眉，不满道："我们又不是罪犯，什么口供不口供。"又忙问李哲曦这家伙是怎么说的。

唐冰想了想，继续以她的方式，边回忆边讲给晨昱听。

那晚，唐冰看着病榻前双手紧握的两个人，突然笑了笑，脱口而出："郎才女貌，说的就是你们吧，真好。"

李哲曦正在帮晨昱整理被子边角，险些被唐冰的话惊到，冷哼一句："小鸭子，别胡说，我和晨昱从小就认识，她是我妹子。"

唐冰撇嘴一笑，一副了然于胸的模样，拍着胸脯："我明白，放心吧，我一定会为你们保守秘密，我这个人别的优点也许没有，嘴巴却是很严的。"

李哲曦哭笑不得，被心上人误会他和别的姑娘的感情，不是件美妙的事。

唐冰像是突然想起了什么："对了，你刚才叫我什么？小鸭子？"

李哲曦暗恨自己嘴没有把门的，顿时一默，随后"呃"了一下，厚着脸皮否认："你听错了。"

"没有，我的听力很好的。喂，你为什么叫我鸭子？"

李哲曦没有办法，他总不能把田文彬的话告诉唐冰吧，要是那样的话，唐冰估计会恨死他的，无奈之下，他只好随口敷衍道："那是因为可爱，对，小鸭子很可爱。"

李哲曦自己都不相信这拙劣的解释，没想到唐冰却笑了，缓缓地说："我也觉得小鸭子很可爱，尤其是刚从蛋壳里孵出来的时候，那副小模样可呆萌啦，那时候它们还站立不稳，却一摇一摆地着急着去找妈妈。"

看唐冰说到鸭子一脸陶醉的模样，李哲曦愣了，随后问道："你怎么知道，你见过？"

唐冰点了点头："我爸走后，我妈是个农妇，没有稳定的工作，单靠种几亩薄田，卖不了几个钱。可她还要供养我和弟弟，所以她就养鸭，刚开始的那一年，只有几十只小鸭子，我们看着它们一天天地从蛋壳里孵化出来，我们喂它们吃粮食，喂它们喝水，生病时掰开嘴巴喂药，却还要担心会不会把它们噎住，能不能药到病除。等到它们可以下蛋，我们很高兴，因为可以拿到集市上卖钱，可是当母鸭不能再下蛋时，就要和公鸭一样，抓去卖给屠宰场，每到这个时候，我和弟弟都会哭，哭着求情不让妈妈去卖，因为我知道它们将……"

李哲曦第一次看到这样的唐冰，看到唐冰眼睛里亮晶晶的，李哲曦也不好接话，对于含着金汤匙出生，从来没有为生计发愁的他来说，唐冰说的这些只有在电视剧中才有，他同情，却不能感同身受。

唐冰轻叹一声，接着说："比起大规模的瘟疫，这个都不算什么。去年，一场瘟疫将我家五六千只鸭子都毁了，我家好不容易扩大了规模，可却因为这场瘟疫，损失了三万块钱，其中两万块是我家全部存款，一万块是借舅舅家的。"说到这里，唐冰眼中的眼泪再也隐藏不住，滚滚而下。

李哲曦打断唐冰，试着转移话题："我告诉你一个好消息，咱们学校有奖学金，而且金额还相当可观，你只要每次期中、期末考试，考进年级前五名就可以领到奖学金！"

唐冰一跃而起，一把拽住李哲曦的手，激动地问道："真的吗！你知道确切的数目吗？能告诉我是多少吗？"

向来讨厌别人亲近的李哲曦却没有因为唐冰的唐突而生气，他微笑道："名次越往前奖学金越高。至于数目嘛，你一年不用再跟家里要零花钱啦。如果你够节俭的话，放假回家还可以给你母亲和弟弟买些礼物。"

唐冰听到这话，开心得像个小孩子，拍手道："真的吗？那太好了，我一定争取，谢谢你！"

李哲曦看了看时间，马上就十二点了，于是对唐冰说："不早了，明天还有很多课呢，你去旁边陪床的小床睡会儿吧。"虽然，他恨不得跟唐冰彻夜促膝长谈。

唐冰看了看那个只有七八十厘米的小床，满眼向往，却还是礼貌地说："那你呢？"

李哲曦看了一眼被晨昱紧紧握住的右手，温柔一笑，说："我还不困，你先睡。"

唐冰"嗯"了一声，快步走过去，躺到小床上，临睡之前还不忘补充一句："我先睡一会儿，你三点叫我，我来守着她，换你去睡。"

李哲曦点点头。

每天学校的起床铃是五点四十分，唐冰又有些贪睡，其实早就困了，躺到小床上，不到十分钟便进入了梦乡。等到她一觉醒来，发现天色已亮，看时间已经五点了。

李哲曦坐在病床边，半睡半醒，因为没有支撑，头像小鸡吃米一样，不停地点来点去。唐冰呆呆地看了片刻，轻轻下床，慢慢走过去，温柔地拍了拍李哲曦的肩膀："你怎么不叫我？快，你赶快歇一会儿吧。"

李哲曦抬眼看到眼前的唐冰，赶紧将哈喇子擦擦，答非所问地说："做梦了？梦到你父亲啦？"

唐冰奇怪道："你怎么知道？哦，是不是我说梦话啦？不好意思，吵着你们了，让你见笑了。"

李哲曦笑了笑："每个人都会做梦的，做梦就难免说梦话，有什么不好意思的？"但是他的心里却想，小鸭子，还好你不知道自己在梦里哭泣，更不记得我去帮你盖被子，也不知道我去安慰哄你。

唐冰让李哲曦去休息，换自己看护晨昱。

李哲曦微微摇头，笑道："谢谢你，我不困。天还早，昱儿也还没有醒，唐冰，你再去床上休息一会儿吧，昱儿醒了，我再叫你。"

唐冰没有回话，默默坐到小床上，没有睡觉，只是静静地看着李哲曦和晨昱，默默发呆，也不知道在想些什么。

没多大一会儿，晨昱醒了，医生过来检查了一下，觉得没什么事了，拿了些药，就回学校去了。

从那之后，唐冰开始了死命学习，俗话说，"人为财死，鸟为食亡"，她即便不为名牌大学，也得为了奖学金。功夫不负有心人，她的成绩有了很大的进步，如愿以偿地拿到了奖学金。

从这一点上，唐冰说，她直到现在也是感激李哲曦的。

第十五章　青春滞留

青春活泼的心，决不作悲哀的留滞。——冰心

从那以后，李哲曦和唐冰两个人就开始了你追我赶的学霸生涯。晨昱很好奇唐冰的大脑架构是不是与正常人不同，可惜除了领悟力快、记忆力好之外，也没有发现她有什么特异功能。

从开学班里的第十六名，短短三四个月就进步到年级一二名，唐冰究竟是怎么做到的？晨昱心里很是费解。

老实说，晨昱曾瞅着左右无人的时候，偷偷地问唐冰是不是地球人。

唐冰被晨昱的问题给惊得目瞪口呆，等她反应过来，给了晨昱一拳算是回答。

高二文理分科，"李唐双煞"毋庸置疑地选了理科，俩人仍然是一个班。

而晨昱则为了离物理、化学远点儿，不顾别人的白眼，兴高采烈地选了文科。

而更让晨昱高兴的是，她居然被分到了和白惜墨、柳璇同班，晨昱沉浸在心愿得偿的欣喜中，丝毫不为将要离开唐冰和李哲曦而苦恼，甚至还高兴地哼起了《智取威虎山》，这让李哲曦和唐冰二人很是不满，异口同声地骂她没有良心、喜新厌旧。

晨昱笑嘻嘻地说"兄弟如衣服，美人如手足"，将两人气得直骂她重色轻友。怎奈，晨昱不但没有反驳，反而愈发冲着"重色轻友"的康庄大道上越走越远，大有一去不回头之势。

虽然分了班，但晨昱还是时不时跑过去"骚扰"唐冰和李哲曦。其实，即便晨昱不过去"骚扰"他俩，也能时时刻刻掌握"李唐双煞"的动向，但凡是他们高中的一个活物，即便是学校门口的流浪狗、流浪猫，也没有不知道他们俩的。

今天，学校大门口拉一条大红布，上面黄色的醒目大字，写着"热烈祝贺我校李哲曦同学获得全国奥数竞赛一等奖"，赶明儿横幅就换成"热烈祝贺我校唐冰同学获得全国化学竞赛二等奖"……

字数基本上不怎么变化，就只需要把获奖科目和获奖者换一下就好。

为此，晨昱还打趣唐冰："老实招来，别的不说，单说奖学金，你都得了不少钱吧。"

唐冰面无表情，仰头看着教室窗外飘忽不定的云朵，叹道："那是李哲曦在让着我。"

晨昱愣了一下，仔细想了想，觉得有些道理，不由得心里暗赞，没看出来，李哲曦这小子一副花花公子的模样，居然这般痴情，为了让唐冰缓解经济压力，居然舍得以年级第一相让，这份用心堪比情圣呀。

高一放暑假，唐冰兴冲冲地拿着奖学金回老家，李哲曦非要晨昱提出送唐冰到车站。

晨昱一来心疼唐冰，二来也乐于成人之美，毕竟做红娘是一件积德行善的事。当然，有时候，晨昱也会自怨自艾地想，如果白惜墨对自己能像李哲曦对唐冰一样该有多好，又或者自己身边也有个像自己一样称职的红娘该有多好。

晨昱说要送行，唐冰倒是没有丝毫怀疑，跟着她上了李哲曦的车。

等到了车站，唐冰已经走下了车，晨昱刚想跟着下车，却被李哲曦拉住衣服："昱儿，你不是给唐冰家人带了些礼物吗，你忘记拿了。"

晨昱那天恰好穿着背带裙，李哲曦这家伙居然慌张地拎住了她的背带。

晨昱很是尴尬，回头瞪了一眼李哲曦，一个粉拳捶到他前胸，怒道："死家伙，你敢对我耍流氓？"

李哲曦愣了一下，待到发现不妥，双手合十，一边道歉，还一边嘴贱："对不住，对不住，我没看见。不过，耍流氓，你高估自己了，我眼光很高的。"

晨昱被李哲曦气到了，看他似笑非笑，一副欠扁的样子。晨昱转转眼珠，冲着李哲曦抛了一个恶毒的眼神，忙拉住唐冰："冰冰呀，我有件事瞒着你，是这样，这个礼物呢，其实……"

李哲曦见状，急忙拉住晨昱，说："妹妹呀，你哥我就是流氓，你说我是什么我就是什么。回头我请你吃大餐，任你提条件。"一边说，一边跟晨昱使眼色表示求饶和解。

晨昱冷哼一声："我现在没空理你，不过我可是记住你的话啦，反正冰冰都听见了,也不怕你不兑现。一边去,我跟冰冰说话。"说着推开了李哲曦,来到唐冰面前:"冰冰呀,我给阿姨买了些礼物,让你帮忙带一下。"

这样的事情几乎每次唐冰放假回家都会发生,而晨昱,也习惯代替李哲曦当好人。这不能赖她抢功劳,是李哲曦他自己胆子小,谁让他非要学习雷锋,做好事不留名呢。

高考前夕,李哲曦不知道哪根筋不对了,居然写了一封表白的情书,让晨昱转交给唐冰。

看到李哲曦一脸紧张的模样,晨昱意识到这是一次难得的能抓住李哲曦把柄的机会,于是,晨昱很不道德偷看了情书的内容。她知道这样做不对,但她长这么大,还没见过情书长啥样,好奇之心人人都有嘛。

看着李哲曦信中的表白,无非是很老套的那一些,晨昱对他的文采顿时嗤之以鼻。其实,李哲曦在信上传达的主要意思就是想要跟唐冰报考同一所学校,想知道唐冰喜欢哪所大学。

晨昱把信拿给唐冰,唐冰摇摇头,说自己不喜欢李哲曦,她还说李哲曦对她也只是好奇和新鲜,李哲曦真正喜欢的人好像也不是她,只是,可能李哲曦没有搞清楚自己的心。

唐冰这话说得模棱两可,貌似还有很大的信息量,晨昱问唐冰最后一句什么意思?怎么会有人不清楚自己真正喜欢的人是谁呢?在她看来,李哲曦喜欢的就是唐冰呀,对于这点别说是李哲曦自己了,就连她和田文彬都可以出来做证的。

唐冰看着晨昱好大一会儿,才苦笑着摇摇头,默然不语。

晨昱好话说尽,为了打动唐冰,她不惜替李哲曦发誓说只喜欢唐冰一个人。好话说了一箩筐,甜言蜜语说得晨昱自己都想吐了,可唐冰只是一笑了之,依旧丝毫不为之动摇。

无奈之下,晨昱建议唐冰亲自写封回信给他,唐冰微微思考一下,从作业本上扯了一张百元大钞大小的纸片,提笔在上面写下:I'm sorry!

晨昱对于唐冰的敷衍有些不满,皱眉道:"你这也太简单了吧!马上就要高考了,你就算不喜欢他,也不应该这么明显地拒绝吧。还有,你就这一句话,也太不尊重李哲曦了吧。"

唐冰愣了一下,然后向晨昱展示了自己学霸高超的领悟能力。她重新弄了一张字条,写道:I'm so sorry!

晨昱看着唐冰递给她的字条,狠狠地咬住牙关。有种想要冲上去,挠唐冰几爪子的冲动。合着她费了半天功夫,又是当红娘,又是替李哲曦发誓,还站在朋友的立场上祈求唐冰不要在临近高考之际打击李哲曦,而唐冰居然不为所动。

因为这件事,晨昱好几天不理唐冰,连她自己都没有意识到,在唐冰和李哲曦之间,她还是偏向李哲曦这边的。

看着这封简短直接的回信,晨昱犹豫很久,将唐冰给她的字条撕碎扔掉,同样在自己作业本上撕下一小块纸,思索片刻,提笔写道:

知我意,感君怜,此情须问天……

晨昱与唐冰同桌一载,朝夕相处,自然对唐冰的字体极为熟悉。更何况唐冰虽然是超级学霸,但也有缺点——她的字写得相当难看,跟小学一二年级的小学生字体差不多。

晨昱幼时,家人极其重视对她的培养,琴棋书画不能说样样精通吧,但也都有涉猎。要是模仿什么大家的字体,晨昱没有太大的把握,但对于唐冰,就比较简单了。

这天,天气阴沉得吓人,晨昱冒着雨,跑到理科楼,在楼道里遇到了李哲曦,一边说着"李兄好雅兴",一边把自己造假的"情书"递了出去。

李哲曦看晨昱耳旁有一绺头发被雨水淋湿，正想打趣她几句，忽又想到她是为了给自己送信才会淋雨，心下感动。于是，他什么话也没有说，伸手将字条取过来，展开，却傻眼了，喃喃地说："这是情书吗？什么意思？"

晨昱一边整理头发，稳住心神，装作事不关己的模样："咋啦？难不成你家冰冰是用甲骨文回复你的？"

李哲曦喃喃自语："知君意，感君怜，此情须问天……"

晨昱一把从李哲曦手里将字条抢了过来，假装认真看了两遍，再装模作样地思索片刻，然后一拍手掌，也许是戏做得有些太过，倒将沉思的李哲曦吓了一跳。

晨昱拍了拍李哲曦肩膀，笑道："这首诗应该是出自温庭筠的《更漏子》，也不知道是冰冰心里激动写错了字，还是她故意在原作基础上，修改了一个字，原作是'知我意，感君怜，此情须问天'，意思就是，你知道我对你的情意，我知道你对我的爱怜，上苍可以做证。但是她这里改了一个字，我的理解是，我唐冰知道你李大公子对我的情意，我唐冰心里感激您这份爱恋，只能祈求苍天为鉴，愿我们此情不变、携手百年。"

李哲曦听到这话，只顾着高兴，根本没有理会到晨昱的尴尬和打趣，如获至宝般捧着字条，转身便走。

晨昱见李哲曦兴奋的模样，心里有些不安，赶紧抓住了他的手，问道："你去干啥？"

李哲曦满面春风，伸手揉了揉晨昱半湿的头发，笑道："我去看看冰冰，顺便互诉一下衷肠，你个小屁孩，不太适合，你还是回避吧，回头老哥好好谢谢你。"

一听到这话，晨昱顿时有些慌张，吓出了一头冷汗，勉强笑道："我说，你是真笨，还是装傻呀？我家冰冰昨天就写好给我了，但她一再交代，高考前不准给你，免得你去打扰她，扰了她心神，她家的状况你又不是不知道，她把未来所有的希望压在了高考上，你这时候打扰她，她不但会恨你，也会责怪我的。"

色令智昏，诚不我欺，聪明如李哲曦，一旦涉及唐冰，居然被晨昱耍得团团转。

李哲曦拍拍脑袋，苦笑道："你瞧我高兴的，居然把这么要紧的事忘了，谢谢妹妹提醒我，险些犯下大错。"

终究是骗人心虚，晨昱又嘱咐了李哲曦几句，确保他不会去找唐冰"诉衷情"，便快速撤了。

熬过了黑色的三天，晨昱终于长出一口气，不管三七二十一，就去云南玩了一趟，她不是斤斤计较的女孩子，考成啥样已经成了定数，担心也没有用，还不如在等"判刑"的时候，痛快地玩一场呢。

等到分数下来，晨昱对自己三年的成果还算满意，毕竟她不像李哲曦和唐冰一样聪明，也不像柳璇和白惜墨那般用功。

等到去学校报志愿那天，晨昱特意买了一件漂亮的新裙子，她不仅仅是去填写志愿，更重要的是，她要约白惜墨吃饭。

坐在教室里，老师在课堂认真地讲解填报志愿的注意事项，晨昱一个字都没有听进去。关于志愿，父母早已经帮她选好了，她只要按照计划填写即可。她在思索，一会儿如何去约白惜墨。

晨昱的心里此时紧张极了，她想着如果单单约白惜墨会不会像黄鼠狼给鸡拜年，有些过于明显了，让人一看就知道不怀好意，要不喊上柳璇一起？有个人做伴，也好有一个掩护，俩人尴尬的时候，有个第三者还能活跃一下气氛。

晨昱正在幻想和白惜墨约会，突然听见有人叫自己名字，忙收回色心，四下张望一圈，原来是李哲曦，在教室外向她招招手。

晨昱走到教室外的回廊处，还没等站稳，便有一物自上而下向她脸上砸来，晨昱伸手接住，定睛一看，原来是自己的赝品情书。

"晨昱，你说，这封信到底怎么回事？"李哲曦很少有这么严肃时候，更没有连名带姓的这样叫过晨昱。

晨昱轻叹一声，对上李哲曦铁青的脸，苦笑道："还是被你发现啦，没错，这是我故意模仿唐冰的笔迹写的。"

李哲曦面沉似水，神情淡漠，冷冷地说："你为什么要这样，让我像傻瓜一样，自作多情地跑到唐冰面前丢人现眼，这就是你想看到的吗？"

晨昱脑补了一下，定是李哲曦得意扬扬地跑到心上人那里"诉衷情"，却不想唐冰并没有答应他的爱意。况且唐冰因为对高考太过在意和紧张，加上"大姨妈"提前来访，考试失常，面对状元李哲曦，自然更加悲愤伤心。

看着李哲曦受伤的眼神，晨昱想到自己对白惜墨，起了同病相怜之意，拉住李哲曦衣袖："老哥，昱儿错了。可是我没有恶意，唐冰原本的回信是I'm so sorry！我怕你难过，影响考试……"

话还没说完，李哲曦一抬胳膊，将晨昱狠狠甩开，还没等她反应过来，李哲曦扔下一句："我需要你可怜吗？晨昱，你也太自以为是了！"

后来，李哲曦放弃了国内数一数二知名学府的邀请，去了美国读书，一来遂了李致远的心愿，更重要的是，他是伤心生气，唐冰的拒绝令他伤心，而晨昱的欺骗令他气愤。

临走，晨李两家人欢聚一堂为李哲曦送行，晨昱找借口推托，没有去。

晨昱的心里也十分委屈，明明是好心，却被当成驴肝肺，她还没有原谅李哲曦呢！

第十六章　爱与被爱

别人夸你懂事温和脾气好，只有在乎你的人才会关心你是不是受了委屈。——《我不喜欢这个世界我只喜欢你》

"嗨，晨大小姐，你在发什么呆？"

"昱儿，你没事吧？"

肩头传来温柔的触感，打断了晨昱的回忆。

收回思绪，晨昱有些迷离而涣散的目光重新聚焦。

晨昱望着室友们关切的眼神，幸福感油然而生。她站起身来，伸开双臂，左边是郭秀彦和房素梅，右边是李一诺，狠狠地抱住她们，笑道："我刚才神游天外，大梦三千年，醒了之后，还是觉得什么都没有你们三个好。"

李一诺冷冷地推开了晨昱，鄙夷道："白惜墨也没有我们好吗？"

晨昱摇摇头："这是两码事，友情和爱情不能画等号的。你看，我们多大度，从来没有吃过你的'泥哥哥'的醋。"

李一诺脸色微变，一会儿红一会儿白，出了一会儿神，拿出手机一边拨号，一边离开。

晨昱忙叫住李一诺，问她干吗去。

李一诺冷冷地说："给天上的'泥哥哥'打个电话，说说情话，怎么，你也要听呀？"

不等晨昱反应过来，李一诺不理会众人，扬长而去，留下她们三个面面相觑。

看着李一诺曼妙高挑的背影，郭老大满脸艳羡："昱儿，'泥哥哥'是谁呀？咱们是不是说错话，惹诺诺不高兴啦？"

晨昱也是丈二和尚摸不着头脑，纳闷儿道："不知道呀，我也不知道'泥哥哥'是谁，只是上次诺诺军训晕倒，她在昏迷中喊过这三个字。"

房素梅喃喃地说："她说给天上的'泥哥哥'，难不成……"

晨昱和郭秀彦同时反应过来，晨昱照着自己嘴巴轻轻地打了一巴掌，骂道："让你胡说八道！"

从那以后，寝室里的人不约而同，不但不在李一诺面前提到"泥哥哥"，在她面前甚至连"爱情""男朋友"之类的字眼儿，也不再提起了。

汪茜茜依旧不回宿舍，有的时候甚至彻夜不归，不可否认她瘦了，变漂亮了，学会了化妆，也更加会打扮了，只是，她越来越沉默。

对于汪茜茜的变化，一开始大伙是从心底里为她感到高兴，后来却因为李一诺的一句话，逐渐变得担心起来。

一次汪茜茜一阵风似的来到宿舍拿了身份证便风风火火地离开，在她离开后，郭秀彦说："茜茜身上好香呀！"

李一诺却在一边捂住鼻子，皱眉道："那不叫香，叫刺鼻，不正经的女人才用的。"

当时，李一诺只是随口一说，说完才觉得没经大脑。

但有些事，往往一语成谶。

事后，郭秀彦也曾在汪茜茜偶尔回宿舍的时间，守株待兔，想要跟她进行一次姐妹间的长谈，怎奈汪茜茜淡漠而疏离地说了声"谢谢关心，我没事"，便以家教为名，匆匆离去。郭秀彦闻到汪茜茜身上比之前更为浓烈的香水味，不禁摇了摇头。

转眼一学期过去了，晨昱收拾了些东西打算拿回家去，整理信件的时候,却发现这一学期自己收到的信件居然以"蓝海豚"写来的最多。

白惜墨说学业繁重,虽说与晨昱也有联系,但却是少得可怜。相反的,白惜墨的师兄"蓝海豚"却有大把的时间来给晨昱写信,有时是关于学习或者专业的;有时是关于学校或城市的新闻趣事;有时甚至是看到一个漂亮女生,想要采取行动,向晨昱求教取经……

因为白惜墨和"蓝海豚"同校,晨昱爱屋及乌,连带着想要通过"蓝海豚"了解白惜墨。既然白惜墨觉得学习压力大,没空与她联系,那么有个他身边的人来告诉晨昱关于他的信息也是好的。

有时候,晨昱会直接拜托身为学长的"蓝海豚"帮她多照顾照顾学弟;有时候,她会旁敲侧击地询问"蓝海豚"关于白惜墨的事情。

"蓝海豚"每次收信必回,而且还十分神速,关于晨昱的问题,他不但给予回答,甚至还会去调查,然后再向晨昱汇报。

比如,有次白惜墨回信说自己病了,所以一个月没有与晨昱通信。而晨昱从"蓝海豚"那里得到的消息却是,新生跨越南北方水土不服,他在食堂见白惜墨在饮食上可能也不太习惯,早晚只吃一份米饭,连菜都不吃,另外,中午正餐也吃得很少,而且永远是那么一两样素菜,因此得了一场重感冒。

晨昱知道后很是心疼,她心里明白,白惜墨根本不是水土不服才食欲不振。他是因为贫穷,过分节俭导致的营养不良。

这一点,白惜墨和房素梅十分相似,这也是晨昱对房素梅百般照顾的原因。

心疼归心疼,但是解决不了实际问题。晨昱思索片刻,想了一个办法。

当天晨昱回了趟家,充当了一次搬运工,把家里的燕窝、蛋白质粉找了出来,又到附近的超市买了很多的食物,腊肉、柴鸡蛋,还有粗粮面等,凡是晨昱觉得有营养的东西,她都买了回来。

当房素梅回到寝室，看着宿舍堆积成山的营养品和食物，惊讶地看着晨昱，问她是不是打算在学校创业，开个小卖部？

晨昱则无比自豪地告诉房素梅，她要把这些寄走。

随后，快递来收件，看到堆积如山的东西，好心地建议晨昱，这些应该走物流，这么多东西，走快递太贵了。

晨昱当场拒绝，说不怕费钱，就怕礼物走得慢。

一时间，整个学校都传遍了，有人说晨昱痴情，有人说晨昱有钱烧的，有的敬佩，有的鄙视……

晨昱自己也听到了些风言风语，但她不在乎，只要白惜墨能健康快乐，其他都是小事，无所谓的。

没过几天，晨昱接到了白惜墨久违的电话，不是打到她的手机上，而是打到宿舍的座机。

接通后，白惜墨语气不善地质问晨昱："邮寄那么多没用的东西想干什么？"

晨昱很是不解，也有几分委屈："什么叫没有用呀？我听说你病了，所以寄一些营养品，想让你补补。"

白惜墨长叹一声，淡淡地说："谢谢你，这些东西如果再给你寄回去运费太贵，我就不折腾，先收下了，不过下不为例。"

晨昱听白惜墨说收下了，顿时高兴起来，嘟着嘴撒娇道："只要你能健康快乐，这算啥呀？你先吃着，回头我再给你寄。"

岂料白惜墨说了一声"不必了"，不等晨昱说话，便径自挂了电话。

几天后，晨昱收到了"蓝海豚"的书信，他在信里说道，白惜墨一天连着收到九个包裹，营养品也就罢了，还有很多好吃的，而且还说是女朋友的爱心包裹，同学们都羡慕得不得了。不过，白惜墨倒是很大方，将晨昱寄的包裹当场给同学们分了，其中一大部分是分给了贪吃的女同学。

晨昱看到这里，当场呆了，也顾不得理会"蓝海豚"字里行间对自己的敬仰以及对白惜墨的羡慕。

晨昱的心里有些难过，白惜默怎么可以这样？自己费尽心思怕他营养不良，才给他寄过去的"爱心礼物"怎么可以随便分给别人呢？是不喜欢自己这份礼物，还是不喜欢自己这份"心意"？

后来，晨昱收到了白惜默的回信，他在信中感谢了她的礼物，在表达谢意的同时，更重要的是阐述了下不为例的观念，他说他不想让别人以为他傍富婆。

晨昱看到信，气得够呛，一连几天没有笑脸，作为赌气没有回信。

一个月后，同样也没有收到白惜墨的回信或者电话，俩人就这么冷战着。

一天，中午快下课时，有同学在门口叫房素梅的名字。

房素梅十分纳闷儿，闷葫芦一样的自己，居然还有朋友找？她刚走出教室，便看到了周博恒，想到周博恒居然会来找她，顿时，她心跳加速，慢慢地走过去。虽然只有几步路，但对于她来说该迈哪一条腿，该用什么话来打招呼，已经完全不知道。她就好像傻掉一样，机械得像行尸走肉。

还是周博恒先看到了房素梅，走了过来，笑道："同学，打扰一下，请帮我叫一下房素梅同学，好吗？我是她……"温文尔雅的周博恒白净的脸上居然滑过一片红云，"我是她老乡师兄。"

房素梅低下头，看着自己的脚尖，用小得几乎听不到的声音回复："周师兄，我是……"

这时，周博恒却说了一句："不好意思。"接着就将殷切的目光投向楼道口，房素梅跟随着他的目光向楼道口看过去。一束阳光从走廊的落地窗斜射过来，而此刻抱着一摞作业本的晨昱从阳光中走来，清丽脱俗、神采飞扬。

周博恒愣了一下，等缓过神儿来，便快步上前，没有说话，将晨昱手中的几十个作业本接了过来，笑道："小梅，还记得我吗？"

看到距离自己七八十厘米外的阳光少女眉头微蹙，满脸茫然，周博恒心里莫名地难受了一下，只得解释道："周博恒，还记得上次献血吗？"说到后半句，他自以为聪明地改用了方言。

对面的晨昱张大了嘴巴，用手指指着周博恒："我想起来啦，您是周博恒周医生，小梅的老乡！"

周博恒看到"房素梅"想起了自己，急切的心情没来由地突然明亮起来，她居然不是哑巴，她会说话，只可惜她的话自己有些听不懂。

不过，眼前的"房素梅"与献血那天有很大的变化。那天的她打扮得土土的，却依然难掩天生丽质。可今天，米黄色的修身风衣，英伦的格子围巾，脚上的纤巧闪亮的深棕小皮鞋，无一不透露着青春和高贵。坦白说，如果献血那日她给自己的印象是清秀和可怜，那么今天，则是高贵和有气场！

同一个人能在短短的两个月有如此大的变化吗？周博恒的心里有些疑惑。

看到周博恒呆呆的目光，晨昱伸手在周博恒面前晃了晃，笑道："既然您是小梅的师兄，那么，我也随她叫您周师兄吧。不好意思，那次献血的时候骗了您。不过，您的二百块钱，我已经帮您转交给真正的女主角了哦。看，她就在您身后。"说着，晨昱冲房素梅招招手，示意她过来。

等晨昱将事情的始末讲述一遍，周博恒顿时傻了。

周博恒在晨昱的介绍下，笑着跟自己真正的老乡问了好。房素梅一脸娇羞，用手指绞着衣襟，不敢说话。晨昱从周博恒手里接过作业本，说了声"拜拜"，不等俩人说话，转身离去。

中午午休时候，房素梅居然破天荒地没有回宿舍，李一诺好像也有事情，宿舍只有晨昱和郭秀彦。当晨昱笑嘻嘻地把房素梅暗恋周师兄的事以及今天的奇遇告诉郭秀彦之后，郭秀彦先是惊讶，后是开心，真心为房素梅开心。

晨昱边吃午饭，边笑道："老大，你不晓得，自从上次小梅看到周师兄，便像是鬼迷心窍似的，这回能跟偶像共进午餐，培养感情，一定开心坏了。"

郭秀彦默默地刷着饭盒，没有说话。

"老大，你听到我说话没有，咋不吭声呢？"

郭秀彦轻叹一声："听到了，我也为小梅高兴。倒是你，快点儿吃，吃个饭真慢，等会儿又说肚子不舒服了。快吃，五分钟吃完，我帮你洗碗。"

晨昱停下筷子，回过头斜睨着郭秀彦，嘿嘿怪笑几声："我家老大也开始思春啦，来，给我说说，我给你当军师出谋划策，包你手到擒来，抱得美人，哦，不，是抱得帅哥归。"

郭秀彦轻叹一声，缓缓道："我从来没想过手到擒来，我甚至都不确定那是不是你们所谓的'喜欢'和'爱'，只是想要知道他的近况，只是想在没说过几句话的基础上，能跟他成为朋友，只是朋友就好。"

晨昱听到郭秀彦的话，顿时目瞪口呆，顾不得快要凉掉的饭菜，竖起大拇指，赞道："亲爱的，从一个专业人士的角度，我是这样理解的，您的这种想法和行为呢，属于爱的最高境界，当然，这也是爱的初级阶段所特有的情形。"

郭秀彦给了晨昱一拳："说人话。"

晨昱吃痛，夸张地叫了一声，一边搓揉着被打的肩，一边笑道："人话就是你这是典型的暗恋。不过，究竟是何方神圣，竟让我老大这般着迷，快，说来我听听。"

郭秀彦缓缓走到窗边，推开窗，一股清冷空气迎面扑来，郭秀彦深呼吸一口,抬起头凝望着天边的一朵白云,悠悠地说:"他叫赵栋博,我们高中同学,在我们学校绝对是神一样的存在。"

晨昱激动地插嘴道:"东坡?他居然跟苏轼同名,神一样的存在,是不是长得很帅?"

郭秀彦依旧盯着天边的白云,没有接话,缓缓地说:"他长相一般,但是学习成绩特别好,各种奖项拿到手软。"

晨昱听到"长相一般"撇撇嘴,顿时失去兴趣:"不帅呀,那我不喜欢,你说拿奖拿到手软,跟李哲曦差不多,不过李哲曦这家伙,虽然不是东西,但是长得还算挺帅的。"

深知晨昱的脾气秉性,郭秀彦无奈地笑了笑,接着说:"他们家虽然是我们县城的首富,但他却不像学校其他的富二代,他待人很亲和,无论是接人还是待物,他从来没有盛气凌人的优越感,谦和有礼。我去向他请教作业,他给我讲得很认真,最后还问我听懂了吗,还有没有其他不太会的题。"

正说着,宿舍门开了,房素梅满脸幸福地推门进来,将一兜家乡的土特产放到桌上,温柔而羞涩地说:"我师兄给我带的,大家快尝尝。"

第十七章 临别回首

醉别西楼醒不记,春梦秋云,聚散真容易。——《蝶恋花·醉别西楼醒不记》

转眼间,晨昱她们由大一的新新人类,变成"人见人烦"的大四"老人"。看着上一届的师兄师姐毕业离校,她们就莫名伤感;看到朝气蓬勃、青春飞扬的新生入校,又无端艳羡。

回想着大学已经过去的三年,晨昱一声长叹:"姐妹们,你们觉得我们跟三年前,有什么变化吗?"

李一诺正忙着打理她的花,慢悠悠地说:"三年前没有《红了樱桃,绿了芭蕉》这部小说。"

晨昱脸上敷着黑色面膜,正巧面膜有滴精华液落到了她正在查看的《牛津词典》上,晨昱气得直咕哝,闻言撇嘴道:"听说是最近比较火的一部小说,貌似听说还要拍成电视剧呢,不过,老娘我没看。再说啦,这跟我们有什么关系呀?"

李一诺愣了一下,无奈地摇头叹息,继续修剪她的花,不再说话。

晨昱笑道:"我觉得你最大的收获是认识了你的送花天使。"

有段时间,不知道是谁,总是时不时送李一诺鲜花,因为订的是当地花店,于是,就有一位非常帅气的小伙子来送花,第一次见到李一诺,小伙子一下就被其外貌惊呆了。

后来,不需要神秘人士再订鲜花了,这位花店老板兼快递员,每天一束花,雷打不动,节假日不停。李一诺百般拒绝不过,只得每次给钱。起初小伙子不收,但如果不收钱李一诺就不接受花,最后商讨决定花束以成本价购买。

郭秀彦在旁替李一诺解释:"老三别瞎说,诺诺又没有同意他男友的身份,谁让那帅哥像段誉迷恋王语嫣一样迷恋诺诺呢?"

晨昱笑道:"那倒也是,不过,谁让咱们家女王殿下桃花太多,用每天这一束束的玫瑰、百合、向日葵来挡挡桃花也不失为一种明智的做法。还说呢,老大,你的东坡居士呢?我可还记得,你之前说过,只是想在没说过几句话的基础上,能跟人家成为朋友,这不也实现了吗。"

郭秀彦笑着摇摇头:"在这一点上,算是愿望实现啦。这还要多谢我们昱儿,多亏你的支持和鼓励,我才鼓起勇气给他写了信,这三年也收到了他十几封信,偶尔也会通通电话,当作朋友一样,了解他的近况,我已经很知足了。"

晨昱闻言,越过书桌和板凳,跳到郭秀彦面前,拍拍她的肩膀:"老大,这可不行,既然已经有了三年友情的铺垫,我们也该让它发生点儿化学反应啦,趁热打铁,趁着这半年,把友情发酵成爱情!"

郭秀彦微微一笑,神情淡然中带着一丝不易察觉的苦涩:"他马上要出国留学,还有,他几个月前在QQ空间公开了女友的照片,跟他同一所大学,艺术系的高才生,还是他们学校的校花,郎才女貌,跟他很般配。"

一时间,510宿舍很安静,落针可闻。

郭秀彦吁了一口气,缓缓地说:"其实这个世间很现实,老辈人说门当户对,哲学上讲前因后果,都是这个理,说通俗一点,美女和帅哥是一国的,才子和佳人也是一国的,这点我很早就能理解。我很感激他肯把我当朋友,在需要的时候,给我一些建议和忠告,我很满足,这已经是我和他最大的缘分了。"

晨昱张口结舌,不知道该说什么好,只有轻轻地抱住了郭秀彦,却被后者很不客气地推开:"亲爱的,你的高级黑面膜都滴到我衣服上了。"

晨昱哦了一声,伸手揭开面膜,并准确地将面膜扔到了垃圾桶里,转身依旧紧紧地抱着郭秀彦不放,以示安慰和支持。

宿舍门突然被推开,房素梅抱着洗衣盆和洗衣粉进来,看到这一幕,愣了一下,笑道:"我是不是进来的不是时候,打扰了你们俩培养感情。"

三年半的相处,房素梅虽然在外人面前依旧有些腼腆和沉默,但也改进不少,尤其是在510的室友面前,都已经进化到敢开玩笑的地步了。

郭秀彦来到房素梅面前,笑道:"我们宿舍最勤快的人回来啦,快说说,你这大学三年半,最大的收获是什么?"

不等房素梅说话,晨昱插嘴道:"还能是什么呀,小梅的收获自然是她的宝贝周师兄啦。"

房素梅将洗衣用具放到床下摆好,并拿拖把简单地拖了地上的水迹,边打扫边叹道:"昱儿,你快得了吧,我承认,我是比较欣赏周师兄。可周师兄每次来咱们学校,都要叫上你。每次无论是从老家带土特产,还是出差学习捎回来的稀罕玩意儿,都是咱俩一人一份,你说说,他到底在乎的是谁呀?"

沉默半晌的李一诺突然开口,淡淡地说:"那是,且别说昱儿身材窈窕,美貌出众,单是这份阳光洒脱、乐于助人就让很多人倾心。如果我没记错,咱们学校最喜欢昱儿的应该是你房素梅吧。她帮你献血,你计算机考试害怕考不过,不愿意补考,她帮你复习,自己却考了个不及格,你自己不愿意补考,她就愿意啦,你可曾为她想过?实不相瞒,像你这般自私,别说是跟昱儿比,换成任何一个人,哪怕是汪茜茜,我想,你的周师兄也不会选择你。"

晨昱怒道:"李一诺,你过分了,你又不是我,也不是周师兄,这事与你何干?"

李一诺抽抽嘴角,点点头:"好好好,算我狗拿耗子,多管闲事。"

看着李一诺甩门而去,这几年大家已经习惯了她女王般的火暴脾气。

晨昱拉住房素梅劝慰道:"小梅,你别生气。这丫头就这个脾气,她刀子嘴豆腐心,你不要跟她一般见识。"

房素梅面无表情,苦笑:"没事,我跟她是两个世界的人,咱们宿舍她也就看得起你,而你跟我走得比较近,她不开心也是正常的,我能理解。"

郭老大听闻,意味深长地看了房素梅一眼,没有说话。

晨昱总觉得房素梅的话哪里有些不对,可是一时间也想不通,于是没有出言反驳。

郭秀彦为了缓和尴尬的气氛,笑问道:"昱儿,你还没有说自己呢?"

晨昱有些沮丧,皱皱眉头,自嘲般地笑道:"我?我除了岁数大了几岁,眼角开始有了黑眼圈,又加了淡淡的小细纹,除此之外嘛,大概就是我的生命又减少了三年半吧。"

"话也不能这么说,你不是还有白惜墨吗?"郭秀彦忍不住插话道。

不提这个还则罢了,一说这个,晨昱心里更加堵得慌。她和白惜墨高中毕业时什么样,现在还是什么样,连半点儿长进都没有。

房素梅看晨昱面色不佳,问道:"昱儿,你不是考了白惜墨他们学校的研究生了吗?还没问你考得怎么样呢?"

晨昱嘴角抽搐了几下,随后抿起嘴唇,思索片刻:"我也不知道,没啥感觉,不好说。踏踏实实过个年,开春就知道成绩了。"

郭秀彦轻轻拍拍晨昱的头:"没事,尽力了就好,姐相信你的实力。"

房素梅笑道:"那是自然,白惜墨一定很期待你跟他考进同一所学校,他为你准备了那么多考研的资料,还有他们学校的专业课笔记。"

晨昱没有说话,嘴唇动了动,却没有发出声音。

晨昱都没有勇气告诉室友们,寄资料过来的人根本不是自己心心念念的白惜墨,而是那个素未谋面的网友兼笔友——"蓝海豚",他叫陈逸斐。

其实白惜墨是反对晨昱考他们学校研究生的,他说他们学校的英语专业不是太好,如果有能力不如考其他名牌大学。如果心里没底,不如就在本学校上,没有必要去报考他们学校。

晨昱满心热切,被白惜墨几句话浇了一个透心凉。

倒是一次晨昱在电话中跟陈逸斐无意中说到自己的迷茫,陈逸斐笑着问她:"你这么想上临海大学,是不是为了白师弟?"

晨昱沉默了，陈逸斐接着笑道："你这样一腔热血，不会后悔吗？"

晨昱没好气地反问道："师兄你可曾真心爱过？"

陈逸斐沉默片刻，却答非所问，只说了一个"好"字。

随后，晨昱收到了陈逸斐寄来的大包裹，专业课笔记、十年专业课真题。

晨昱知道这些资料的价值，感激之情油然而生，也曾打电话致谢，问这些资料是多少钱买的。

电话那头的陈逸斐爽朗一笑，说他考英语四级、六级的时候，多亏了晨昱的帮忙，否则自己八成连学位证都拿不下来，就用这些资料当作感谢了。

素未谋面，晨昱心里却将陈逸斐当成了知己。开心的事告诉他，悲伤的事也说，自己英语竞赛得奖，与他分享；白惜墨的模棱两可、若即若离令她难过，她不愿意跟身边的朋友同学诉说，也告诉陈逸斐；有其他男生给她写了情书，还有房素梅的周师兄对她超出正常范围的关心和思恋，她不知道如何处置，也请陈逸斐帮她出谋划策拿主意。

这几年来，这个深沉睿智的师兄像个知心朋友一样，分享、分担着晨昱的喜怒哀乐，同时，他也像长辈一样，为晨昱分忧解难、出谋划策，尽管他就比晨昱大了一岁半。每每想到陈逸斐，晨昱的心里满满的温暖。

第十八章　乱了心跳

　　童年的爱是很神圣的，什么都无法将之夺去，它会一直在那里，烙印在你心底，一旦回忆解放，它就会浮出水面。——《偷影子的人》

转眼间到了年关,大学都放了寒假。晨昱觉得无聊,没事就去找好友柳璇诉苦,当然都是关于白惜墨。

柳璇打趣她,既然这般思念白惜墨,为什么不去找他,见见面也好慰藉一下相思之苦。

晨昱很是心动,却是有些不敢。

最终晨昱下决心,还是因为柳璇一句话:"宝贝,你都不像是我多年前认识的那个晨昱了,在我心中,我最好的朋友是个阳光活泼、直爽豪爽、敢作敢当的女侠一样的女孩,那种女王的风范和气场令人心服,而不是像现在这样犹豫彷徨,患得患失,什么都不敢做的胆小鬼。"

晨昱被柳璇的这句话说动了,她知道柳璇说的没错,所以她要勇敢一点儿,敢于说出自己心里的话。

柳璇从晨昱兜里抽出手机,翻出了白惜墨的号码,递给晨昱:"宝贝,你思念的是他,就不用我当替身啦,给他打电话,把他约出来,诉说相思之苦也好,默默凝视互送秋波也行,都比你这样失魂落魄的强。"

晨昱喃喃道:"最近几年他不冷不热若即若离,我都不知道他是不是喜欢我,或者,曾经有没有喜欢过我。"

柳璇看着为情所苦的晨昱,叹息道:"宝贝,如果跟他在一起让你如此难过,失去自信,那我还是希望你俩不要在一起,我希望我的昱儿还是活泼阳光、自信豪爽的模样。"

可能是柳璇的激将法起了作用,晨昱大脑一热,心想有什么呀,大不了被拒绝呗。于是,便抓起电话,用略微颤抖的手迅速地拨通了白惜墨家的电话,很顺利地接通了,晨昱将约会地点定在了离白惜墨家不远的一个新华书店。

柳璇在一旁听到晨昱的话,顿时大跌眼镜,虽然她知道晨昱一涉及白惜墨便精神不正常，但在书店约会倒也真的是奇葩了。但为了不打击晨昱的信心，她只好闭嘴不语。

晨昱怕迟到，早早地便打车从家里出发了。

晨昱到达约定地点，白惜墨已经在门口等候。

高大修长的身躯在黑风衣的衬托下，显得更加清秀挺拔，脸如雕刻般棱角分明，俊美异常，乌黑茂密的头发，一双剑眉下是一对深邃的凤眼，让人一不小心就会沦陷进去，高挺的鼻子，厚薄适中的红唇露出令人目眩的笑容，温柔带笑的眼睛，竟有种让人沉迷的魅力。

晨昱看到白惜墨，心脏如被电击，剧烈地上下起伏着，有些喘不过气，就别提说话了。

白惜墨望向了晨昱："晨昱，好久不见。"

"好久不见"晨昱有些机械地回复。

晨昱心底有个声音，说道：的确是好久不见，可是，你不会知道，我的梦中，我们经常见的。

晨昱不知道该说什么，只是点头微笑，她担心此时发出声音，万一是颤抖的声音多尴尬。

"你确定要一直在书店看书吗？不过，我好像没有看到你翻过页。"白惜墨在她身后，轻轻笑道。

晨昱拿了本英文版的《飘》随手翻了一页，心不在书上，所以便一直发呆，的确不曾翻过页。被人看穿的尴尬使她越发无语，只得拿了书结账，还不忘问白惜墨一句："有你喜欢的书吗？我买来送给你。"

白惜墨笑着摇摇头，淡淡的带有一丝冰冷，就像这寒假的空气："你很有钱吗，动不动就要送人东西，是单独送我呢？还是人人有份？"

白惜墨不愧是名牌大学法律系的高才生，连随便说一句话都险些把晨昱噎死。

晨昱平时自认为口才也挺好，此刻却也无语。

白惜墨抢着帮晨昱买了单，二十几块钱晨昱也没有反对。男女朋友之间互送礼物，不是最正常不过的吗？

再说，白惜墨至今都没有送给过晨昱礼物，看来今天是个黄道吉日，居然收到了白惜墨送的第一份礼物。

从书店出来，白惜墨看看时间已经快十一点了，淡淡说了一句："快中午了，我们去吃点儿东西吧。"

晨昱愣了，思前想后，要找环境还可以，关键还得价格便宜的地方，犹豫半天，晨昱说了一个新开的地下美食城，白惜墨平时不怎么逛街，没有主意，就按晨昱的想法。

两人挤上了一辆公交车，正值高峰期，公交车上的乘客几乎到了站都站不稳的地步。晨昱被挤得有些难受，再加上车厢内混合了食物、垃圾、香水、汗臭的味道……对气味敏感的她感觉极为糟糕。

晨昱正想跟白惜墨商量是不是可以下公交，改去打出租车。还没等开口，突然一个急刹车，晨昱因为惯性，随着车向前冲了出去，正在大脑一片混乱不知所措的时候，突然觉得腰间一紧，一个结实的臂膀紧紧地搂住了她的腰。

晨昱眼光下移，看着那只紧紧搂着自己腰的手臂。

修长而骨节分明的手，在黑色风衣的衬托下显得越发白皙秀气，宛如白玉雕成，晨昱突然有些喘不过气来。

这时，身后有个声音传来："你很少坐公交车吧，赶上高峰期就是这样，忍忍吧，没几站我们就下车了。"声音很近，就在晨昱耳边，她甚至都能感觉到那清新的气息就在自己脸旁，晨昱感觉头脑一片空白。

"怎么啦，头也不舒服吗？要不我们下一站就下车，透透气好不好？"温柔而不失磁性的声音在耳畔响起，比十万只百灵鸟齐声歌唱更加婉转动听。

晨昱沉浸在自己的胡思乱想中，一时没有注意到白惜墨的话。过了一会儿，晨昱反应过来，他刚才说什么？好像是要下车？

晨昱看了看紧紧搂住自己腰的手臂，白惜墨还没有放开，心想是不是只要一直在公交车上，他就会抱紧自己不放？

如果是这样，晨昱真希望时间能够停止，自己宁愿一辈子就这样，她宁可忍受公交车上的拥挤、难闻的气味，还有自己的种种不适，也要换取这难得的片刻温存。

"晨昱，你在听我说话吗？还好吧？不行的话，我们马上下车。"

晨昱坚决地摇摇头，依旧目光呆呆地注视着前方，她甚至不敢回头对上白惜墨清冷的眼眸，轻轻地说："不，不要下车，天这么冷，车上人多也挺暖和的。"

白惜墨笑笑，没有说话，两人依旧在拥挤的人群中前后站立着，保持着背后拥抱的姿势。

直到公交车师傅笑着打断他们："不好意思了，两位，本车到终点站了，两位可以下去赶前边停着的那班车。"

两人突然惊醒，顿时面红耳赤。白惜墨触电般松开了晨昱的纤腰，突然失去目标的手臂竟然有几分无所适从，不知道放到哪里好。

晨昱神游天外忽然被打断，这才发现不知道什么时候不但拥挤的人群已经消失不见，就连车都已经到了终点。原本只有几站地的距离，可现在他们居然都坐到了终点站，还没有发觉。

晨昱的心里不禁有些汗颜，花痴呀，色鬼呀，为什么校草的一个背后拥抱，就能让自己忘了何时何地，忘了自己……

晨昱没有说话，红着脸，慌张地快步跑下了车。

白惜墨冲司机不好意思地一笑："不好意思呀，我们忘记下车了，谢谢您的提醒。"这才快步下车,追赶晨昱。

司机看着两人的背影,笑了笑,自言自语道:"真是一对金童玉女呀!"

第十九章　初恋最美

　　一生至少该有一次,为了某个人而忘了自己,不求有结果,不求同行,不求曾经拥有,甚至不求你爱我。只求在我最美的年华里,遇到你。——徐志摩

北方的冬天不如江南温润柔和,显得粗犷而苍凉。风,更是改变了来时的路,脾气变得飞扬跋扈,琢磨不定。树早已经掉光了叶子,在寒风的肆虐下,愈发显得孤单而萧条。冬季的荒芜沧桑,使得所有的情感仿佛也要冬眠,或者冻僵止步不前。

然而这个冬季却是晨昱二十年来感觉最为温暖快乐的,虽然外面天寒地冻,可丝毫挡不住初恋带来的温暖。

如果说,前些年晨昱对白惜墨的感情只是一厢情愿的暗恋,那么晨昱终于盼来了期待已久的初恋。

两人约着一起去图书馆看书,两人拿起一本书,却是什么也看不下去。时不时去偷看对方,却对上对方望向自己的眼神,慌乱之下,忙转头躲开。

他们一起去郊区的集市庙会,啥也不用买,只是找寻小时候那种热闹的感觉。年下的庙会,人山人海,为了不走散,白惜墨将晨昱的手紧握在掌中,直到手冻得干裂发红,才恍然想起,赶紧将两只紧握的手放进自己

的大衣口袋。

晨昱看到幼时的头花，好奇不已，白惜墨笑着买下，并帮晨昱将头花卡到长发上。晨昱掏出手机，将校草为自己戴花可惜手笨弄半天卡不上去的窘迫样子拍了下来，并将照片以彩信的形式群发给好友，赢得一片祝福之声。

其中，陈逸斐过了半天才回复，他解释说自己忙着公司的事情，回复晚了。晨昱这才想起来，比自己年长一届的他早已经毕业工作了，晨昱顺口向白惜墨询问起陈逸斐的事。

白惜墨惊讶晨昱居然还认识陈逸斐，随后淡淡一笑："那是我们学校的风云人物，怎么，你也知道？"

晨昱惊讶地说："风云人物？"

白惜墨苦笑一下，语气中带有几分散漫和不甘："是呀，法律和工商管理双学位，而且每个专业都是年级第一，大四就收到了斯坦福大学商学院全额奖学金的邀请，大家都很羡慕，可不知为什么，他居然拒绝了。"

晨昱好像从白惜墨的语气中听出了几分艳羡和嫉妒，不过，这些消息也足够让她吃惊，晨昱赞叹几声："那是挺厉害的，不过，既然这么优秀，为何还会失恋呢？"她想起前几天，有次陈逸斐喝了些酒，跟她打电话，说自己失恋了，是该放弃？还是该挽回？

"失恋？"白惜墨皱眉，"没听说过，追求他的女孩子挺多的，我们班女生就有不少，只是没有哪个女孩子能入他的眼。不过，你怎么知道他的？"

听到白惜墨询问，晨昱笑笑，就把大一开学寄错情书认识陈逸斐的事和他说了。

白惜墨没想到还有这么个插曲，很吃惊，笑了笑："没想到你们还有这个缘分，还好，你没在我们学校，否则，你会被我们学校的女生恨死的。"

晨昱痴痴地望着白惜墨，缓缓开口："在我心里，谁也没有你好，不管他是谁。"

白惜墨伸手在晨昱头上揉了揉，冰冷的眼神中浮现出温情和宠溺。

过年那几天，晨昱和家人去了海南的别墅度假，到正月初八回来，晨昱应邀去白惜墨家做客。

晨昱提着给白惜墨母亲的礼物，那是她特意去商场买的羊绒大衣。为了讨好未来的婆婆，晨昱特意请教了宿舍的几个姐妹。郭秀彦就按照村里的惯例，建议她拎上水果和牛奶，而李一诺的建议是衣服、首饰或者名贵化妆品，再加配上一束鲜花。

晨昱想了想，白惜墨的母亲是农贸市场摆小摊的，首饰和名贵化妆品都不适合，还不如买一件好一点儿的衣服。几千块钱的羊绒大衣，白惜墨的母亲平日一定舍不得买。想到这里，晨昱便决定送一件羊绒大衣给她。

去做客当天，晨昱一早便打扮好了自己，英伦范儿的羊绒红蓝连衣裙，过膝小羊皮长靴，头上米白色贝雷帽，外面罩上修身的羊绒大衣，看着镜子里娇艳如花的容颜，晨昱冲着镜子扮了一个鬼脸。

骗过了父母，晨昱打车来到白惜墨给出的地址。这是农贸市场旁边的等待拆迁的零散平房，灰色的砖瓦房在灰蒙蒙的天气中，越发显得破旧沧桑。

晨昱抬手敲了敲门，片刻，门开了，白惜墨一身二十世纪八十年代的绿军装站在门后，接着是一位四五十岁的中年妇人，衣着朴素却难掩风姿，笑着跟她问好。

晨昱心里暗赞，自己的准婆婆年轻的时候一定是个大美人儿。

看着这对母子红花的棉袄和军绿色且有破洞的大衣，晨昱恍如隔世。

进了大门是个小院，房间有四间，白惜墨母子租了东边两间，西边两间有其他人租住。

寒暄过后，白惜墨拉着晨昱来到自己的房间，并在第一时间将昨天才买来的取暖器打开。

白惜墨的屋里有一床、一桌、一椅,都是二十世纪八九十年代最为常见的简单样式。晨昱看到只有一把椅子,应该是以前白惜墨读书写作业用的,正不知坐哪里好,白惜墨突然将她拉到床前,扶她在床上坐下。

"不好意思,这里没有暖气,你穿得薄,如果不嫌弃,就披上件衣服吧。"白惜墨从床上拿起另一件军绿色的大衣,为晨昱披上,晨昱看到他冻得红肿不堪的双手,眼泪掉了下来。

晨昱轻轻抓起白惜墨的双手,心疼地说:"怎么办?有的地方都化脓了,疼不疼?"

白惜墨将手从晨昱手中抽出来,拿了桌上的纸巾帮晨昱擦擦泪,笑道:"傻丫头,我的手每年都会冻,早就已经习惯啦,倒也不觉得疼,倒是你的眼泪更让人心疼。"

晨昱哽咽道:"这就是你放弃首都名校,非要去临海的原因?"

白惜墨长叹一声:"是呀,如果这里没有合适的工作,我毕业后也打算留在南方,带着我妈去南方生活。"他看着晨昱,眼眸深邃,"我一定努力。但是,目前这就是我的生活环境,你也看到了,这种苦日子,你能接受吗?"

晨昱伸手擦干眼泪,努力挤出一个笑脸,一字一顿地说:"我愿意。"随后她又补充道,"一个人若是能够和自己真心喜爱的人在一起,就算住在草房里,也胜过广厦万间。"

从白惜墨家回来,晨昱就开始打起了自己的小算盘。

对于大四即将毕业的学生,寒假有一件很要紧的事,就是找实习单位,最好是能落实就业的工作单位。

晨昱学的是英语,而且学得还不错,专业八级一次性通过。毕业前她就已经找好了自己的实习单位,是省外事办。专业对口,还不累,晨昱自己感到很满意。

而白惜墨,别说是毕业后的接收单位,即便是实习的单位都还没有着落,学校让他们自己先找,如果实在找不到,就等四月份学校统一安排。

晨昱为了心上人,求了晨凌云好几次,希望晨凌云能够帮忙打听一下,有没有合适的单位介绍白惜墨过去。晨凌云知道女儿有了意中人,很是吃惊,他详细地问了关于白惜墨的一切。

最后,晨凌云问女儿,为什么喜欢白惜墨,他到底哪一方面引起了你的注意。

晨昱自己从来没有想过这个问题,笑着脱口而出:"因为长得帅呗,他是校草呢!"

晨凌云摇摇头,叹道:"天下学校多着呢,每个学校都有校草,你总不会是都喜欢吧?再说皮囊是最不重要的东西,随着岁月如梭,年华逝去,红颜白发,美人迟暮,还谈什么帅不帅呢?"

晨昱双手托腮,仰头望天,思索半天,居然没有想出自己到底喜欢白惜墨什么,甚是懊恼,随后她灵机一动,笑道:"老爸,我记得你喜欢看古龙的书,古龙老前辈有这么一句名言,'一个女人若对男人有了情意,根本就不必有什么理由,而且,女人们的理由,男人永远也不会明白的',这句话是不是能回答你的疑问呢?"

晨凌云没想到晨昱会说出这样一番话,哭笑不得,还想再说些什么,晨昱的手指已经堵在他的嘴上了:"老爸,还有一句,有时候,没有理由就是最好的理由。"

晨凌云拿晨昱没有办法,伸手刮了下女儿的鼻子,摇头苦笑:"我说不过你,有时间我帮你问问有没有适合法律系学生的实习单位。"

晨昱秀眉微蹙,噘嘴道:"老爸,不是问问,是一定要找到。"

晨凌云笑道:"我只能说尽力,你可不要认为好工作那么容易找,你让他不要抱太大希望哦。"

晨昱觉得晨凌云说的也有道理，这才停止了纠缠。

走到门口，晨凌云突然停下脚步，看着晨昱问道："昱儿，我问你，如果现在有一个工作机会摆在你和白惜墨面前，但两个人中只能录取一个，你希望谁被录取？"

"他！"晨昱连想都不想地说，"老爸，你说过人生都是祸福并存的，一个人不可能永远幸福好运，一个人也不可能一直痛苦倒霉。惜墨他已经够倒霉的了，我只想让他衣食无忧，快乐幸福。至于我吗，我在您的呵护下已经过了二十多年了，我和他如果注定一个人要吃些苦头，我愿意自己尝尝。"

晨凌云点点头，沉默离去。

寒假就这样过去了。在此期间李哲曦毕业，几次登门，晨昱都是避而不见，一来晨昱还在为替唐冰写假情书的事心里不爽，另外就是跟白惜墨谈恋爱，无暇顾及其他人。

等到元宵节，晨昱开学在即，想着这个寒假自己都没有和朋友们聚聚，于是，晨昱在家宴请好友。因为晚上要去赏花灯，征求了大家的意见之后，将宴会定在了中午。

元宵节那天一大早晨昱就开始准备，那股勤快劲儿让父母都大跌眼镜。

才刚过十点，晨昱就听到门铃响，没想到自己的客人来这么早，也顾不上解下围裙，飞快地跑出来开门。

突如其来，眼前跳出来一大束鲜花，晨昱被吓得愣住了。只见一个脑袋从花后缓缓探出来，露出一张神采飞扬的脸来——李哲曦！

晨昱怔了一下，确定是谁后就要关上大门。

李哲曦眼疾手快，忙用胳膊去挡。晨昱害怕夹伤他的胳膊，只得冷哼一声，放弃关门，转身离去。

李哲曦快步追上，笑嘻嘻地说："我就知道昱儿舍不得伤我，不过，你如果真的去关门，我也不会躲闪，为博美人一笑，失去一只臂膀又算得了什么呢？正好变成你喜欢的神雕大侠啦，多酷！"

晨昱冷哼一声："昱儿是谁？在下晨昱。"

李哲曦一手抱花，一手扯住晨昱的衣袖："好妹子，我错了。其实在骂完你之后我就后悔了，我妹子怕我伤心难过，影响高考，绞尽脑汁，费心劳神写了那个珍贵的情书来帮助我，而我还不知好歹，真是罪该万死、罪不容恕……"

晨昱冷冷道："谁让你过来的？我好像没有请过你。"

李哲曦看看周围没有人，贼兮兮地笑道："叔叔阿姨打电话给我爸，说晚上过来团聚，我就早点儿过来帮忙了。主要是，我心里想昱儿你啦。人都说女大十八变，我家昱儿出落得越发亭亭玉立、倾国倾城了。"

晨昱没有搭理他，思索片刻，掏出手机，翻出唐冰的号码："冰冰，我记得你之前说这几天来城里买返校的车票，你现在还在吗……那正好，来我家吃饭吧，今天是惜墨第一次来我家，我怕他尴尬，你过来帮我吧。"

李哲曦听到唐冰的名字，神情突然有些落寞，紧紧抓着晨昱衣衫的手也慢慢松开。

第二十章　鸿门盛宴

只考虑金钱的婚姻是荒谬的，不考虑金钱的婚姻是愚蠢的。——《傲慢与偏见》

等晨昱挂上电话后,李哲曦有些失意地说:"你为什么还叫上唐冰?"

一阵冷风吹来,晨昱缩缩脖子,这才发现自己穿得太单薄,忙伸双臂抱紧肩膀,扭头拾级而上,李哲曦忙脱下黑色风衣,为晨昱披上。

伸手不打笑脸人,晨昱其实早就原谅李哲曦了,边走边淡淡地说:"你不是为了唐冰才来的吗?我都当了那么多年红娘了,也不在乎再多这一次。"

李哲曦慌忙摆手,苦笑道:"我说妹子呀,这次真的不是因为唐冰,这样,你告诉我她的电话号码,我打给她,今天特殊,她还是不过来的好。"

"这几年,你都没有她的联系方式吗?"晨昱好奇地问,"那正好,让你们见见,一来成全了你的相思之苦,二来……"

李哲曦笑了笑:"那你先把唐冰的电话号码告诉我,行不?"

晨昱冷哼一声:"这个涉及个人隐私,恕我无可奉告。一会儿见了面,你自己问她好了。"

冯蕾在阳台看到李哲曦,很是高兴地说:"小哲,你来了,快进来,外面多冷呀,预报说这几天有可能下雪呢。"

晨昱翻翻白眼,喃喃自语:"老妈就这么喜欢李哲曦吗?真不知道谁才是她亲生的……"

晨昱在厨房里当帮厨,跟保姆刘阿姨忙得不亦乐乎,这边李哲曦和父母在客厅、喝茶、看电视、聊天。时不时有笑声传来,晨昱气得直咬牙。不过,想到一会儿能看到心上人,能为心上人穿上围裙做饭弄菜,也是很幸福的,虽然只是帮忙打个下手。

十一点钟,白惜墨和柳璇结伴而来。晨昱高兴坏了,忙着去迎接。岂料李哲曦不知道哪根筋搭错了位置,居然厚颜无耻地一直跟在她身后,不但非要晨昱为他们做介绍,还站在晨昱身后,以半个主人的姿态欢迎客人。

晨凌云在第一时间细细打量了白惜墨,喜怒看不出来,他对柳璇、白惜墨一视同仁，礼貌而客气。

而冯蕾对柳璇还算温和，对白惜墨明显冷漠。她接过柳璇带来的礼物，笑道："你和昱儿多少年的姐妹了，来这儿跟自己家一样，这么客气就见外了。"而对于白惜墨拎的水果和牛奶，冯蕾没有说话，也没有伸手去接。而粗心的晨昱只顾着端茶倒水招呼朋友，压根儿不曾发现。

不一会儿唐冰到了，奇怪的是李哲曦并没有对唐冰表现出亲近和热情，反倒是以半个主人的身份招呼着所有的人。

酒席上，晨昱拉着白惜墨，让他坐到了自己旁边，而李哲曦这家伙居然也肯舍下唐冰，挨着晨昱坐下。

晨昱心里暗骂李哲曦在国外喝了几年洋墨水，反而比之前更笨了。他之前还知道抓住一切机会往唐冰身边凑，今儿有这大好机会，反而傻到不去利用。

晨昱一边给心上人夹菜，一边招呼大家用餐。这些朋友里面，来她家玩得最多的就是李哲曦，唐冰其次，柳璇来过两次，只有白惜墨是第一次。

席上，冯蕾除了最喜欢的李哲曦之外，也跟唐冰说了几句，其他人就不怎么说话了，而晨凌云则关心地问起几个孩子的学业功课。

柳璇读的大专，早已经毕业半年，她在本市一所小学教书。

晨凌云问柳璇在学校还适应吗，小朋友会不会调皮难管。

柳璇笑着说自己一切都好，晨凌云也顺势嘱咐了她几句。

接着，晨凌云又问唐冰，快要毕业了，有没有考研。唐冰摇头说想工作，也好分担家里的重担。晨凌云又问有没有找到合适的工作。唐冰摇头，说女生学了机械自动化，工作很是不好找。晨凌云象征性地安慰了几句。

唐冰偷眼去看李哲曦，可后者就像没有看到一样，只顾着给晨昱夹菜倒水，仿佛没有唐冰这个人存在似的。

随后，晨凌云又问白惜墨的专业，也像问唐冰一样，问他将来有什么打算。白惜墨的回答是考研。这他之前没有说过，连晨昱也有些愣了。

冯蕾这时候接话道："考研好呀，如果有能力，继续进修是很不错的。不知道你家里是不是支持？"

白惜墨淡淡地说，家人不管，让他自己拿主意。

晨昱惊讶地说："你之前不是说要工作，让你妈……"

白惜墨淡淡一笑，打断她："本科毕业工作不好找，我就做两手准备吧。"

晨昱觉得好像哪里不对，但又说不上来，但是她还是选择相信白惜墨，笑着问："你报的是哪所学校的研究生？"

白惜墨将晨昱夹到他碗里的海参缓缓放到口中，慢慢咀嚼，缓缓地说："我们学校，想走公费保送名额。"

晨昱又将芙蓉干贝夹到白惜墨盘中，真心高兴地说："那就太好了，我也报了你们学校的研究生，而且，我觉得自己考得还不错哦。"

冯蕾以前不知道女儿考研的事，打断道："昱儿呀，我觉得吧，研究生不读也罢。无论研究生也好，博士生也罢，到最后还不是为了一个好工作，多少研究生、博士生想进你的实习单位都还进不去呢。"

李哲曦笑道："阿姨说的在理，这么好的工作，我建议，你还是先去上班吧，回头愿意继续读书的话，就请假一年，去国外读个研究生，一年就差不多啦，或者在职的也可以。"

冯蕾听到李哲曦的话，很是高兴："是啊，我看新闻上说最近研究生扩招，也不如前些年有含金量了。报道说，还有一些人，明明家里条件差得很，父母供他们读书都快砸锅卖铁了，孩子却不心疼家里的难处，没良心地去考研、考博，作孽呀！如果真有孝心，就应该努力找一份不错的工作，解决家里的困难。"

晨昱神经大条，根本没有留意白惜墨在母亲和李哲曦这一番话的轰炸之下，已经脸色通红，握着筷子的手微微颤抖。

吃完饭，冯蕾叫了晨昱去厨房帮忙收拾，而晨昱想在白惜墨面前表现自己的温柔勤快，也不做他想。唐冰、柳璇站起来也帮着一起收拾。客厅里只剩下晨凌云和李哲曦，还有白惜墨。

半小时过后，晨昱、唐冰她们回到客厅，还没有坐稳，白惜墨便站起身来，说家里还有事，起身告辞。晨昱苦留不住，只好送出门外。

临出门，李哲曦又将自己的黑色大衣强行为晨昱披上，晨昱无奈，白了他一眼，哼了一声："李哲曦，你今天中邪啦？你要讨好的人，是唐冰不是我。"说完，便拉着白惜墨出门了。

晨昱一直将白惜墨送出小区门外，两人走了十来分钟谁也没有说话。晨昱像往常一样，去拉白惜墨的手，不料却被他甩开。晨昱有些莫名其妙，不安地问道："惜墨，你是不是不开心？是不是我哪里做得不对啦？"

白惜墨淡淡一笑，侧眼瞥了一眼搭在晨昱肩上的风衣，沉声说："没想到你和李哲曦这般亲近。"

晨昱看白惜墨的眼光扫了一下肩上的风衣，忙将衣服取下来，想要丢弃，一想甚是不妥，穿也不是，丢也不是，只好将风衣搭在自己的手臂上，解释说："你误会了，我们两家是世交。他父亲和我老爸从小一起长大，亲如兄弟，我和李哲曦也是这样。他比我大了半年多，是我哥哥。"

白惜墨面无表情，轻轻哦了一声，没了下文。

晨昱停下脚步，将白惜墨垂下的手臂拉了起来，握住他的手，他的手冰凉刺骨，晨昱将自己的另一只手也放在白惜墨的手掌上，似是牵手，又像是在为他暖手。晨昱盯着白惜墨的眼眸，说："你不用担心李哲曦，我也不知道他今天发什么疯。他喜欢的人是唐冰，他只是我的发小，我的哥哥而已。当然，如果你不喜欢他，我以后不跟他来往好了。"

"你想多了，我根本没那个意思。"白惜墨眉眼平静，脸上看不出表情,"即便是我要在意,也在意不过来呀,咱们高中的风云人物、超级富二代李哲曦,还有我大学的名人陈逸斐好像都对你不错,跟他们一比,我是不是都没有在乎的资格呢?也是,他们是王子,而我只是平民……"

听到白惜墨这番话,慌乱之下,晨昱伸手去捂白惜墨的嘴,急道:"你在胡说什么呀?我都解释过了,跟李哲曦是发小,兄妹之情;至于你说的陈逸斐,我见都没有见过他,他是风云人物也罢,无名小卒也好,终究是一个陌生人,他们如何与你我有什么关系,我在乎的人只有你!"

晨昱的前几句是解释,最后一句就变成表白,"我在乎的人只有你"此句一出,白惜墨愣了,晨昱也傻了,意识到自己这表白也太突兀了,还夹杂着几分不合时宜,晨昱羞红了脸,下意识扭头,转身就跑。

晨昱跑了十来步,渐渐冷静下来,发现白惜墨并没有像偶像剧中的男主角一样追上来,这才回头去看,白惜墨已经转身走远了,一种莫名的心酸难过在晨昱心间蔓延。

回到家,晨昱无精打采,就连她自己也十分不解,本来是挺开心的呀,气氛究竟是从什么时候开始变质的呢?迎上李哲曦似笑非笑的脸,晨昱突然很生气,将手中的衣服冲他身上狠狠砸去,李哲曦微笑着接住衣服。

看到这幅场景,晨凌云一笑了之,冯蕾责备晨昱没有礼貌,任性胡闹。

唐冰还要回家,即便乘坐大巴也要两个小时的车程。晨昱知道她离家远,也就没再挽留,并让李哲曦开车送唐冰去车站。李哲曦笑了笑,对着唐冰做了一个请的姿势。晨昱目送唐冰上了李哲曦停在门外的车,李哲曦摇下车窗,伸出手摇了摇,扔下一句:"昱儿,等我,最多四十分钟就回来。"

晨昱懒得理会李哲曦的话,倒是一旁的冯蕾忙嘱咐他开车小心。

一时间,屋子里就只剩下柳璇,晨昱将她拉到三楼自己的书房。她给柳璇冲了一杯咖啡,自己却拿了一瓶啤酒,一仰头喝了半瓶:"璇璇,老实说，我今天主要想请的人是白惜墨，但我不知道怎么搞的，他好像不开心。旁观者清，你说，我是不是哪里做得不太好？"

柳璇安慰地拍拍晨昱的肩膀，笑道："没有呀，你没有哪里不好。可能是白惜墨他太敏感了，想多了。"

晨昱点点头："他好像不高兴李哲曦和陈逸斐，可是他为什么不高兴呀？"

柳璇疑惑道："不高兴李哲曦可以理解，但是陈逸斐是谁呀？"

晨昱心烦，摆摆手："你不认识，说白了，我也没有见过，不管他了。你说李哲曦今天是被鬼附身啦，他今天怪怪的，不去讨好唐冰，却非要纠缠着我？还惹得惜墨不高兴，一会儿，看我不削他。"

柳璇苦涩一笑："白惜墨之所以生气，是在嫉妒李哲曦的优秀，这是吃醋，证明在乎你呀！"

当局者迷，旁观者清，柳璇的一句话点醒了晨昱，她仔细想了想，突然一改阴郁沮丧，开心地笑了："对呀，他这可不是吃醋吗，我怎么没有想到呢。多亏你的提醒，来，抱一个。"

柳璇被晨昱抱住，她在晨昱耳边轻声说："晨晨，我真羡慕你。"

晨昱愣住："羡慕我？羡慕我什么？"

柳璇叹息道："所有的一切，包括白惜墨，你要好好珍惜他哦。"

晨昱突然放下了抱着柳璇的手，后退一步，定定地看着柳璇的眼睛："璇璇，你也喜欢他，对吗？"

柳璇苦笑："我喜欢的人多了去啦，如果我说我喜欢他，你会放弃吗？"见晨昱疑惑凝重的神情，柳璇扑哧一声，笑出了声，"逗你呢，这也相信？"

晨昱这才缓过神儿来，笑道："我就知道你逗我呢，不过话说回来，你或者唐冰，无论任何人，即便你们真的喜欢白惜墨，我也不会让的哦。"

两人说了一会儿话,柳璇起身告辞。片刻,李哲曦送完唐冰回来了。晨昱也不理他,自己跑到楼上卧室补美容觉了。

即便是晚上吃饭,看元宵灯会,晨昱依旧神色恹恹,打不起精神。好不容易送走了李哲曦,晨昱冲了一个澡,换了睡衣,趴在床上,拿着日记本,却迟迟下不了笔。此时,电话响了,晨昱看来电显示,愣了,居然是陈逸斐。

晨昱按了接听键,电话那头乱糟糟的,接着传来一个富有磁性却普通话不是特别标准的男声:"小师妹,元宵节快乐。"

听到熟悉的声音,晨昱莫名地开心:"师兄,节日快乐。你是不是在外面?声音有些吵哦。"

电话那边传来一声轻笑,陈逸斐笑道:"师妹不仅冰雪聪明,耳朵也这么好使,没错,我和朋友在外面聚餐呢。我输了,他们要我给一个女孩子打电话,说节日快乐,我就想到还没来得及跟师妹说,所以就给你打了。"

晨昱笑道:"哈哈哈,这个没关系,我朋友们也玩过,不过,输的人要找个人表白,说 I love you。不过还是你们这个好……"

晨昱还没有说完,就听到电话那头传来阵阵哄笑,还有个女孩子的声音:"妹妹,还是你聪明,陈逸斐的任务可不是说什么节日快乐,而是你刚才说的那句,只是他没有人可以说。"

陈逸斐在那头笑道:"别听他们胡说,你先歇着,回头再联系。"

晨昱笑了,眨眨眼,用英语快速地说一句:"师兄那么多追求者,随便打一个电话就好了,不过,既然打给我了,我愿意帮师兄完成这个任务,让你顺利过关。"

那头的陈逸斐陷入沉默,像是没有听懂,晨昱正想是不是自己的英文说得太快了,要不要重新说一遍。

就在这时,电话那头传来了陈逸斐有些颤抖的声音:"晨昱,我爱你!"

第二十一章　飞来横祸

　　天有不测风云，人有旦夕祸福。——《破窑赋》

　　元宵节过后，晨昱考研的成绩也出来了，陈逸斐打电话告诉她上网查询成绩，依旧缩在被窝里的晨昱听完来不及换衣服，穿着睡衣把笔记本抱到床上，开机查询，在输入准考证号和身份证号码的时候，她发现自己的手指居然有些颤抖。

　　对于决定命运的高考晨昱也不曾这般紧张，系统有些慢，想来是查询的人有些多，晨昱等得心焦，不停地搓着双手来缓解紧张。

　　终于页面刷新出来啦，三百七十九分！

　　这个分数相当不错，超过往年的临海大学研究生录取分数线近三十分。

　　丢下笔记本，晨昱在床上跳了起来。冷静下来，她第一个通知的是陈逸斐，向他表达感激。毕竟，这个好成绩与陈逸斐提供的资料密切相关。

　　陈逸斐向晨昱表示了祝贺，并说要注意三四月份的面试，晨昱虚心受教。两人谁也没有提起那天电话的事，对于陈逸斐来说只是寻一个挡箭牌，对于晨昱而言，只是帮陈逸斐一个小忙，还一个人情，以示感谢而已。

　　晨昱突然想起白惜墨说的关于陈逸斐的事情，突然来了兴趣，疑惑地问：“师兄，我有一件事很好奇，听说你收到斯坦福大学公费生的通知，多好的事呀，你为啥不去呢？”

　　电话那头的陈逸斐愣了两秒，随后轻笑：“你是怎么知道的，我记得我好像没跟你说过吧,莫不是我昨晚喝醉了,跟你说的?"

晨昱摇摇头:"不是的,是你学弟白惜墨说的。"

陈逸斐笑了笑:"看来学妹和白学弟的感情已经日渐升温了,学妹多年的心愿达成,师兄在这里恭喜你了。听说白学弟也报考了本校的研究生,回头师妹再考进来,就能做一对临海大学的神仙眷侣了。"

晨昱被陈逸斐说到心坎里,仿佛能从心底深处笑出声来:"谢谢师兄的祝福和帮助,晨昱感激万千。不过,您还没有回答我,为什么放弃呢?那可是斯坦福,世界名校呀!"

陈逸斐清了清嗓子:"我在没毕业之前已经签了一家企业,我从大三就在那里实习帮忙,在那儿学到了很多,所以也不好言而无信。至于出国进修嘛,如果想去,以后也有机会。"

晨昱突然觉得有些失落,八卦地说:"原来是这样呀,我们女孩子喜欢往香艳的地方去想,我还以为,师兄你是为了哪个绝代佳人而不愿意离去呢,原来不是呀,好失望呀!"

陈逸斐哑然失笑:"原来你们喜欢往这方面想呀,那好吧,你说的也有道理,的确也有这方面的道理。"

晨昱有些饿,用耳朵和肩膀夹着手机,拿了全麦面包片,又加了些蓝莓酱,边吃边说:"看吧,我就知道。难得师兄有喜欢的女孩,那就行动呗。需要出谋划策的时候,第一时间告诉我,我就喜欢当红娘,无论黑夜白天二十四小时在线。"

陈逸斐笑着称谢,并说:"为了表达谢意,等师妹来临海大学面试的时候,愚兄为师妹接风。"

晨昱想要等通知书下来,再给白惜墨一个惊喜。在此之前不想让他知道,既然陈逸斐说要为自己接风,那就最好啦。

两人聊了好一会儿,晨昱才意犹未尽地挂断电话。

晨昱穿着睡衣冲到楼下，边跑边大声喊叫："号外号外，晨姑娘通过了临海大学研究生笔试！"

屋里面静悄悄的，晨昱父母上班去了，保姆刘阿姨买菜去了，空荡荡的别墅居然没有一个人来回应晨昱的好心情，晨昱沮丧地回房继续睡觉。

开学，晨昱第一时间把自己的双喜临门，学业、爱情双丰收告诉大家。关于她的爱情，她早就给大家发过自己和白惜墨的照片，大伙都知道了。关于研究生成绩，大家却是刚听说，不仅仅是宿舍，班里所有的同学都向她表示了祝贺。

大四下学期，即将面临毕业，大家都开始忙碌起来。

晨昱在为研究生面试做准备，陈逸斐又给她寄了一些书籍资料，晨昱十分用功地研读。

郭秀彦参加了老家的招聘会，被聘用到县城的一所高中任教。寝室里的人都为她高兴，毕竟数学专业不好就业。

李一诺被家人逼迫要去国外读商学院，也好为家族企业接班做准备，只是当事人有些犹豫不决。

房素梅既没有去招聘会，也没有勇气参加校招，她的家人在老家镇上的学校为她联系了一所初中实习。

眼看着大家都将工作或深造，临别在即，510宿舍的几个女孩子决定聚一聚。

李一诺特意找了一家装修精致的饭店，订了一个包厢。当天晚上，四个人几乎说尽了大学期间所有的话，就连房素梅和李一诺都向彼此讲出了藏在心里的话。

等到四个人走出饭店的时候，已经是半夜了。晨昱拉着东倒西歪的李一诺，在路边大声喊道："再见了，我的大学；再见了，我的姐妹们！"

四个人中也只有郭秀彦还保持一些理智，她一边扶着已经没有意识的房素梅，一边时刻关注李一诺和晨昱的动向，与此同时，她还要站在路边打出租车。好不容易等来了一辆空车，郭秀彦赶紧将意识不清的三人塞进了车里，然后告诉司机地址。

司机把车停在了常山大学校门口，郭秀彦拉着走路摇摇晃晃的三个人来到宿舍楼前，却发现宿舍楼已经关门了。没有办法，郭秀彦只好又带着三人到学校附近的旅店，可是一连问了好几家，都没有空房。

郭秀彦被折腾得有些头疼，房素梅倒是比较安静，一句话不说，就是走路有些困难。倒是晨昱和李一诺两个人一点儿也不消停，到处跑来跑去，还大声喊叫。

郭秀彦眼看着晨昱和李一诺二人越来越疯，但奈何只有两只手，其中一只还得扶着房素梅，没有办法拉住这两个人，只好决定先找个长椅把房素梅放下，再来拉住耍酒疯的两个人。

就在这时，突然从旁边的小树林中蹿出了几个人，看样子应该也是不知道在哪儿喝多了，其中一个瘦高男子和李一诺撞到了一起。

李一诺哪是能吃亏的人，立马推开了瘦高男子，大声喊道："哪个不长眼睛的，居然敢占大小姐的便宜，活得不耐烦了吧！"

瘦高男子抬起头看见李一诺，顿时眼睛都直了，嘴里说道："这是哪个小仙女啊。"说着便往李一诺身上扑。

旁边的晨昱看见瘦高男子纠缠李一诺，伸出腿，一脚便把瘦高男子踢倒在地。

瘦高男子倒地后，引起了他同伴的注意，一时间，几个男子把晨昱和李一诺围了起来。

郭秀彦刚把房素梅放在路边的长椅上，回过头看见晨昱和李一诺被几个男子围住，心下顿时一慌，赶紧走了过来，说道："不好意思啊，我两个妹妹喝多了，我这就带她们离开。"

那几个男子自然不会轻易放过她们，尤其是瘦高男子，他指着晨昱，气势汹汹地说："刚才不是挺有能耐的吗？怎么现在知道害怕了，告诉你，今天除非你跪下给我道歉，要不然此事没完！"

晨昱被眼前的情况吓得清醒了过来，意识到发生什么事后，心里也有些害怕，但嘴上依旧不饶人地说："凭什么要给你道歉，你就是个不要脸的败类！"

晨昱的话再次激怒了瘦高男子，他开始对着晨昱动手动脚起来。

晨昱学过几年跆拳道，借着机会就是一拳，挣脱了瘦高男子的控制，趁机将李一诺推出包围圈。

李一诺站定后，终于明白了眼前的情况，她趁没人注意，将手伸进兜里，握着兜里的手机，然后使用快捷键功能，迅速拨出一个号码。

李一诺的异常行为被一个高壮男子注意到了，他翻出李一诺藏在兜里的手机，扔到了地上，大声地说："我告诉你，不要跟我们耍花招，不然要你们好看！"

李一诺看了一眼地上的手机，也不知道对方接通了没有，但眼下她也只好赌一下了。只见她装作害怕的模样，大声地说："别乱来啊，这里可是学校附近。"

高壮男子嗤笑了一下，用手拍着李一诺的脸，不怀好意地说："哟，小姑娘还挺烈，我喜欢。"

晨昱见李一诺被调戏，气得顾不上眼前的形势，一脚踢了过去。

顿时，晨昱和那几个男子打成了一团，李一诺和郭秀彦赶紧上前帮忙。晨昱的拳脚不错，再加上几个男子都喝得有点儿多，手脚不利索，一时间两伙人竟有些难分高下。

就在这时，瘦高男子突然摸出了一把匕首，随手一甩竟在晨昱的脸上划出一道，顿时，晨昱的脸上布满了鲜血。

大家都被眼前的情况吓坏了，一时间，谁也没动。

就在这时，一个急刹车声破空传来，在寂静的夜里分外刺耳。

伴随着剧烈的光照，一辆越野车横冲直撞地冲了过来，几个男子忙向旁边躲开。

那几个男子在没有搞清楚状况的情况下，不敢冒失行动，只得静观其变。

李一诺在看见车的一瞬间激动了起来，大声喊道："这里，快来帮我！"

李一诺这一声顿时吓到了那几个男子，他们对视一眼，向车上下来的一个戴着墨镜的青年冲了过去。

混乱中，晨昱压根没有看清来人的脸，就又开始打了起来。

"晨昱，小心点！"李一诺看见晨昱背后有个男子举起路边的一个木棍冲着晨昱砸了下来。

这一喊不要紧，墨镜青年愣了，细细打量晨昱，沉声道："昱儿？怎么是你？"

晨昱闻声识人，像见了鬼一样不可思议，惊道："李哲曦？"

李哲曦来不及回答，就看到一个明晃晃的匕首直奔晨昱脖子划来，他急忙将晨昱推开，之后就觉得自己右肩剧痛，转头一看，上面插着一把匕首，接着一脚，李哲曦向后摔倒。

"李哲曦！"晨昱奔到李哲曦身边，俯下身查看他的伤势，却丝毫没有留意即将落下来的木棒。李哲曦深吸一口气，忍着肩上的剧痛一个翻身抱住晨昱，木棍打在李哲曦后背，断为两截。

远远传来警车的鸣笛声，李哲曦像是松了一口气，将晨昱牢牢地抱在怀里喃喃道："昱儿，没事……不要怕……哥哥拼死护你周全……"说完晕了过去。

那几个男子听到警笛声往树林里逃去，瞬间，现场变得安静了下来。

救护车带走了满身是血的李哲曦和晨昱,两个人都晕过去了,却还紧紧地抱在一起,医护人员费了很大力气才将两人分开。

晨昱睁开眼就看到父母关切焦虑的脸,冯蕾看着脸上贴满纱布的女儿,眼眶一红,哭道:"可怜的孩子,吓死妈妈了,你现在觉得怎么样?"

晨昱想要挤出一个笑容,却觉得自己的脸颊火辣辣地疼,不由得哆嗦一下,这才想起自己脸上被划了一刀。她伸手想要去摸脸,却发现右手缠满了纱布,只好苦笑道:"妈,李哲曦怎么样啦?我宿舍的姐妹们呢?"

冯蕾抹着眼泪,叹道:"小哲比你伤得严重,他还没有醒过来,医生说他左肩的肩胛骨被刀刺伤,有九厘米深,几乎贯穿整个肩膀。不过你不用担心,还好没有伤到内脏,没有生命危险。"

晨昱挣扎着要去看望李哲曦,才微微一动,就觉得浑身刺痛,不由得倒吸一口冷气。

晨凌云满脸心疼,将女儿扶着躺好,柔声道:"不用担心小哲,现在你李伯伯和你那位漂亮的女同学正在守着他,醒了会告诉我们的。"

冯蕾怒道:"那帮家伙真是胆大包天,居然在学校门口作恶!"

晨凌云淡淡地说:"放心吧,这次的事已经引起了广泛关注,他们几个跑不掉的。"

晨昱想到自己脸上的伤,她素来爱美,看到被纱布包裹的左脸,皱眉伤心。

晨凌云见女儿难过,安慰道:"昱儿别担心,医生说你的伤口不深,只有三四毫米,也就是皮外伤,养几天结痂就好了,只要好好保养,就不会留下疤痕的。"

晨昱觉得委屈,噘起小嘴,点了点头。

第二十二章　爱情迷惘

　　爱情和友情不同。爱情是真挚的，是浓烈的，是不顾一切、不顾死活的，是可以让人耳朵变聋、眼睛变瞎的。——古龙

　　次日，晨昱还在睡觉，就觉得有人在轻轻地为她擦没有受伤的右脸，弄得她有些不舒服，不得已，只得伸手推开，却忘了自己手上有伤，疼得一哆嗦，睁开了眼。

　　映入眼帘的是一张倾国倾城的娇花容颜，一双清澈如水却摄人魂魄的眸子饱含温情，盼顾之间，妩媚生情，却又一尘不染，晶莹剔透。

　　看惯了李一诺冰冷高贵的模样，猛然见她这副模样，晨昱心里有些发毛，用嘶哑的声音问道："你这是干啥？你别这么看着我，我怕我受不了你的魅惑。"

　　见晨昱嗓子沙哑，李一诺亲手为她倒了杯水："这个季节空气干燥，我扶你喝些水润润嗓子吧。"

　　晨昱看病房只有她和李一诺两个人，皱眉道："我爸妈呢？"

　　李一诺笑道："叔叔和阿姨守了你两天，也累了，今天我和郭老大陪着你，来喝点儿水。"

　　晨昱喝了几口水，干燥的喉咙立即清爽不少，笑道："能被女王殿下亲自服侍，我也算三生有幸呀。不过，你咋不守着你的'泥哥哥'呀？"

　　晨昱已经知道李哲曦就是李一诺口中的"泥哥哥"，李哲曦在中学之

前在首都生活读书，后来因为家族企业的发展中心南移，才来到晨昱的老家常山。李一诺和李哲曦是儿时的玩伴，小时候还住过一个大院，那时候两个孩子还说不清楚话，李一诺本要叫"李哥哥"，却由于口齿不清叫成"泥哥哥"。

晨昱做梦也没有想到李哲曦居然是李一诺的"梦中人"，想到李哲曦和唐冰不清不楚的关系，这三人又都是自己的好友，晨昱不由得替他们几个头大。

李一诺冷哼一声，不屑地说："一个叫什么唐冰的过来看他了，那家伙稀罕得不行，眉开眼笑，笑得跟西门庆见了潘金莲似的，看着都让人觉得恶心。"

晨昱没有想到唐冰会来，很是纳闷儿，看李一诺不高兴，也不好多问，只好撇撇嘴，说："女王殿下，你这是在吃醋吗？"

李一诺笑了，嘴角上扬，露出一丝不屑："你是说那个什么唐冰？你也太小看我了，我要吃醋，也不会吃她的醋呀，就凭她，还不够资格！"

晨昱想要告诉李一诺关于李哲曦暗恋唐冰已久的事，话到嘴边又咽下去了，"哦"了一声，没有接话，拿过一瓶酸奶喝了起来。

反倒是李一诺静静地看了晨昱好一会儿，冷不丁地说了一句："别人无所谓，可我吃你的醋。"

晨昱正在喝酸奶，闻言险些喷了出来，顿时咳了好几下，震得她浑身的伤口都在叫嚣反抗，痛不可当。李一诺下意识地伸手去拍晨昱的后背，后者惊恐地避开。

"你吃我的醋？"晨昱突然紧张起来，"你不会……也喜欢我家惜墨吧？"

李一诺哭笑不得："白惜墨？如果不是你天天在我耳朵边叽叽喳喳地说他有多好，我都不知道他是哪根葱，我喜欢他，怎么可能，我才不会幼稚到去喜欢一个不爱自己的'花瓶'！"说到这里她忙住嘴，喃喃地解释，"我……我不是说你的白惜墨不好，你别多心哦。"

晨昱没有多想，松了一口气："那我就放心了，刚才吓我一跳，你如果喜欢白惜墨，我一定抢不过你的。你那么倾国倾城、狐媚惑主。"

"我说的是李哲曦，他在昏迷中，还在叫你的名字，让你别怕，他护你周全。"李一诺长叹一声，眼神语气里满是失落。

还当是什么事，原来是这个。晨昱长出一口气，笑道："这个不过是他日有所思，夜有所梦罢了。你可别忘了，他是因为你才去的。他第一时间帮你报了警，还怕警察去得慢，发疯似的一路飞驰赶过来救你，这般不顾生死安危，是因为你呀！"

李一诺叹道："可是，他受伤却是因为保护你。"

晨昱啐了一声，翻了个白眼，有气无力地说："这么说就没意思了呀，他当时可根本不知道我也在场，我也不能未卜先知知道他是你的'泥哥哥'。他是因为救你才去的，这一点是铁板钉钉，无法否认的事实。再者，怎么说我跟他也是多年相识，两家人还是世交，他就算不喜欢我，也有兄妹之情在里面呀，总不能见死不救吧？另外，所有人都知道，李哲曦喜欢的人是唐冰。"

此话一出，李一诺脸色突然变得很难看，晨昱顿时后悔不已。

李一诺像是要赶去救火一般说了一句"我去看看他们"，便丢下晨昱不管，径自走了。

晨昱叫苦不迭，正在担心的工夫，唐冰已推门进来，晨昱看到她突然松了一口气。

"你还好吧？你的英雄事迹我都听说啦，厉害呀你，一个女孩子去跟几个歹徒搏斗。"

"那当然。"晨昱自吹自擂了一番，才吐吐舌头，笑道，"我那不是没有退路了吗,事后想想也觉得后怕,还好,后来李哲曦和警察去了,否则不堪设想。"

唐冰知道晨昱爱吃水果,就拎了一个果篮,问晨昱想吃什么,晨昱随手指了指梨,唐冰拿水果刀削了起来,随口淡淡地说:"能让李哲曦这么奋不顾身,只身犯险,也只有晨大小姐你了,有时候,我真羡慕你。"

晨昱撇撇嘴:"你就饶了我吧。他爱的人是你,奋不顾身是为李一诺,跟我没有一毛钱的关系。我就不明白了,为啥我总是被当作挡箭牌受这个夹板气呢。对了,你刚才看到李一诺了吗?"

唐冰没有抬头,拿着梨继续削皮:"看到了,美得不像话的一个丫头,不过可惜的是她不想看到我,见了我就说你找我,想把我支开。"

晨昱哑口失笑,干净利索,言简意赅,这倒是很像李一诺的做法。

在离晨昱不远的病房,田文彬盯着李哲曦肩上的刀伤,长叹一声,无奈地摇摇头,又是一声哀叹。

李哲曦剑眉微皱,咳道:"老田,你啥时候成了林妹妹了,我还没死,你一个劲儿叹个什么气?"

田文彬转悠一下脑袋:"我说,老李呀,你犯得着这么不要命吗?医生说你肩上的刀伤如果再深两厘米,你就去见阎王了。哦,我忘了你不喜欢男的,应该是如果不是你运气好了那么一点点,你就去见奥黛丽·赫本了!对了,你还有没有别的伤?"说着,田文彬垂下眼皮,往腰部看去。

李哲曦怒道:"滚!"他伤重动弹不得,只能用语言和眼神来表示着愤怒和不满。

可田文彬依旧不知死活,用手扶着额头,作思考状:"我说老李呀,你喜欢的不是唐大才女吗,对她一见钟情,一见倾心,一生一世的吗,什么时候又对咱们晨大小姐海枯石烂,生死相许了?还有,那位从画里走出来的天仙,她对你很是关心,我看你的桃花都开了三里地了。"

李哲曦翻了一个白眼,没有说话。

"这三个女孩各有各的好,唐冰有才,晨昱有情,天仙有貌,你到底选哪个呢?"田文彬咬着手指头思索半晌,"还是晨昱吧?你看,你都能为了她去死,即便在晕倒的时候,也牢牢地将她护在怀中,啧啧,这种生死与共的深情,依我看你对唐冰也未必……"

"田老三,闭上你的鸟嘴,别瞎说。我不是为了晨昱才去的,我本来是救诺诺,至于昱儿,那只是一个意外。"

李哲曦自己也有些蒙,他本来约了李一诺见面,收到李一诺的求救,他在第一时间报了警,怕警察去得慢,他才驾驶着车一路狂奔赶去救助。

李哲曦本来不知道晨昱也在,可为什么……在看到晨昱遇险的一刹那,他就觉得一切都不重要,除了晨昱……

李哲曦闭上眼睛,努力使自己平静下来,嘴里自言自语地嘟囔:"我最喜欢的人是唐冰,奋不顾身救昱儿,是因为唐冰没有在现场,如果唐冰在,我肯定将她放在第一位,一定是这样!"

第二十三章　相见恨晚

　　追攀更觉相逢晚,谈笑难忘欲别前。——王安石

常山火车站。

拥挤的候车室内,或站或坐着很多等车的人们,晨昱一身运动装、棒球帽、墨镜、大口罩,站立在候车室。她百无聊赖,透过墨色的镜片四下

观察着。

　　既非过年,又不是过节,但火车站的旅客还是人满为患。有拉着拉杆箱、抱着公文包要去出差的白领一族;也有急着归家的打工男人,满是疲倦,拎着大包小包;还有依依不舍的情侣,紧紧相依,满脸不舍的眷恋,让人感觉爱情是那么美好……

　　晨昱静静地站着,凝视着不远处缠绵不舍的一对小情侣发呆,有一丝欣喜,有一丝落寞,有一些羡慕,又感到一丝孤寂。

　　此时,兜里的手机响了起来。晨昱皱眉,拿出手机一看是李哲曦打过来的。她此时不想说话,便将电话挂了。岂料李哲曦很固执,晨昱连挂三次,他却依旧锲而不舍地打过来。

　　晨昱只好接了电话。

　　"昱儿,你在哪儿?"

　　晨昱淡淡地说:"你有什么事?说吧?只要你不是帮他做说客就行。"

　　"我听说你要南下……去面试,正好我也要去那边考察市场,不如咱们结伴,一来沿海城市挺乱的,我家昱儿这么如花似玉的,也应该带一个保镖呀。二来你也可以有个说话聊天的人。你放心,你要跟姓白的卿卿我我,我绝对避开,保准不当灯泡,行不?"

　　晨昱把手机换到左手,冷冷地说:"是我家人让你来跟我做伴的吧,帮我告诉他们,我不需要!不需要他们帮忙找工作,不需要他们关心。还有你,你就不能省省心,消停一会儿,你伤得挺重的,没有一两个月根本下不了床,好好歇着,别留下残疾。"

　　这时,喇叭里传来了晨昱乘坐的列车开始检票的通知,晨昱冷哼一声,挂了电话,去检票候车。

　　晨昱买了卧铺,她的行李不多,将条纹小拉杆包放到铺位下,将背包放在铺位上,这才坐在下铺,呆呆地看着窗外。

静静地看着车窗外面飞逝而过的风景，晨昱突然觉得这样观赏风景也别有一番滋味。

车窗外的树木、田地、丛林，还有一片片的墓地……这些无不提醒着人们珍惜时光、珍惜身边人……

想到马上就要见到白惜墨和陈逸斐，晨昱的心情就无端好了起来。她摘下墨镜和口罩，掏出小镜子照了照，又叹了口气。

看着镜子里的自己，晨昱很是郁闷，心想自己最近是不是流年不利，得罪了美神维纳斯，怎么老是破相呢。先是两周前被刀划伤左脸，前天又被老爸一个耳光打肿了右脸。

晨昱是前天从医院"离家出走"的，她在医院里百无聊赖度日如年地眯了十天，收到的探视礼物堆积如山。

当然，最让晨昱高兴的是杜伯伯的到来，倒不是他带来的水果和花篮有多新奇，只是因为他是法院院长，而白惜墨就是学法律的，晨昱就想帮白惜墨问问工作的事。

还没说两句话，晨凌云就打断了晨昱的话："小孩子家的别乱说，打听这些做什么？"

晨昱自幼娇惯，二十年来也是顺风顺水，本就怪父亲不帮白惜墨，现在又当着外人这般不留情面地数落自己，心里愤怒，昂起头来，冲着父亲冷哼一声，撇嘴道："你不帮忙还不允许我找其他人了，我告诉你，我就是非白惜墨……"

还没说完，就听到"啪"的一声，紧接着晨昱就觉得右脸上火辣辣地疼，与此同时，还带了些麻。还没彻底清醒过来，晨昱发现自己已经奔到了住院楼下。

北方的春天还有些凉，晨昱穿着单薄的病号服，小风冷飕飕一吹，她不禁打了一个寒战，也清醒了些。正在不知所措，听到身后追过来的老爸和杜伯伯。

晨昱自幼娇惯，又是个倔脾气，第一次被父亲责打，还是当着外人的面，这让她不能接受，一咬牙快步跑出医院，打车回到学校。

室友们看到穿着病号服冲进来的晨昱都惊呆了，纷纷询问。晨昱是个直性子，把前因后果说了一遍，边说边哆嗦，也不知道是气得还是冻得。

房素梅拍拍晨昱的肩膀，帮她顺气，郭秀彦从晨昱衣柜里帮她拿了一件大衣披在身上，轻轻劝道："昱儿，叔叔动手打你是不对，可是，你也不能当着外人的面顶撞他呀。再说……叔叔没准不怎么喜欢白惜墨呢，放着李哲曦那样好的人在那里，你们又是青梅竹马的……"

听到这句话，晨昱猛然擦干眼泪，辩解道："怎么又开始扯上李哲曦了，我的姐姐们哪，你们就饶了我吧，我都说了李哲曦喜欢的不是我，不是唐冰就是李一诺。对了，女王殿下去哪儿啦，怎么没在？"

郭秀彦无奈地叹息一声："从你住院，她就没有回来过，应该是在医院照顾你们呀。"

晨昱"哦"了一声，心里说：她照顾的是李哲曦吧。

第二天晨昱就买了南下的火车票，跟学校请假说要去准备研究生复试。

经过了一天一夜，火车才到达目的地，虽然说卧铺舒服些，可将近三十个小时的车程，晨昱也有些疲累。临下车前敷了个面膜补了个妆，左脸的刀疤虽然经过这两周已经好得差不多了，但仔细看还是可以看出来的，晨昱哀叹一声，戴上墨镜和口罩，下车出站。

到了出站口，晨昱放缓脚步，将口罩摘下，目光透过墨色镜片缓缓扫视接站的人群。几乎是瞬间，她便将目光锁定在一个人身上。

在接站人群第二排逆光站立着一个男子，光洁白皙的脸庞，透着冷峻，乌黑深邃的眼眸，浓密的眉，高挺的鼻，绝美的唇形，无一不在张扬着高贵与优雅。

他嘴唇的弧度相当完美，似乎随时都带着笑容。这种微笑，似乎能让阳光猛地拨开云层，一下子就照射进来，温和而又自若。颀长的身材，穿着得体的米色休闲服，手上捧着一束白玉兰，微笑着观察着出站的旅客，整个人显出高贵不凡的气质，在人群中颇有几分鹤立鸡群的感觉。

此时他的目光对上了晨昱的墨镜，晨昱将眼镜摘下，微笑着向他走来。那男子微笑着将白玉兰递给她，温言道："结桂树之旖旎兮，纫荃蕙与辛夷。"

晨昱笑着接过花束："朝饮木兰之坠露兮，夕餐秋菊之落英。"并将右手伸了出去，"陈师兄，终于见到你啦，我是晨昱。"

陈逸斐微笑着伸手握住晨昱的手："追攀更觉相逢晚，谈笑难忘欲别前。小师妹，久违了。"

晨昱的手触手冰凉，而陈逸斐的手掌温热，两人握了几秒钟，才各自分开。

晨昱想要给白惜墨一个惊喜，因此没有告诉他自己来到临海的事，但又怕自己找不到路，于是就告诉了陈逸斐。两人怕认错人，陈逸斐知道晨昱喜欢的花是玉兰，这才有了出站口接头的一幕。

陈逸斐从晨昱手里接过行李，将她护在靠里的一边，边走边问她身上的伤怎么样了，坐了一天的车，累不累。

来到地下停车场，陈逸斐将行李放到车的后备厢，为晨昱打开车门，晨昱坐在副驾驶的位置。陈逸斐打开了音乐，是 Backstreet Boys 的 *I want it that way*。

晨昱觉得心里很温暖，暗自欣赏陈逸斐，玉兰花也好，后街男孩的音乐也好，都是晨昱喜欢的，难得的是陈逸斐居然能记住，并且准备好，这分尊重和细致就很难得。

晨昱心情不错，也跟着音乐轻声哼哼，陈逸斐只是偶尔看她一眼，微笑不语。

等晨昱哼完一首歌,陈逸斐这才问:"十一点了,我们要不要先去吃点儿东西,还是直接去学校?"

晨昱摇摇头:"师兄,谢谢你的好意。俗话说有情饮水饱,我不饿,我现在只想赶紧见到他。"说着她又从背包里取出小镜子,整理整理发型。其实她的马尾整理不整理都一个样,晨昱又看了看脸,顿时皱起了眉头,哀叹一声。

陈逸斐看晨昱噘着嘴皱着眉,甚是可怜,不解道:"怎么啦?"

晨昱仰起脸来,将受伤的脸转到陈逸斐那边:"师兄,你看我的疤还没有完全好,是不是很丑呀?你说白惜墨会不会嫌弃我呀?"

陈逸斐在心里叹息,脸上却不敢表现出来,看了她一眼,摇摇头:"你不说,我都没有看出来呢,不用担心,我认识你四年,在我印象中你可是个阳光自信的女孩呀。"

晨昱叹道:"自信是在别人面前,我自己也不知道为什么,每次到他面前我就不自信,就紧张,有时候还语无伦次,不知道该说些什么,我平时不是这样的呀!师兄,你仔细看看,真的看不出来吗?"

陈逸斐看了眼晨昱靠过来的如花容颜,如玉的鹅蛋脸,大大的眼睛,长长的睫毛,不过左脸上的确有道浅浅的疤痕,心里涌过一阵怜惜,看着晨昱用急切的眼神望着自己,不忍她失望,笑道:"真的看不出来,小师妹依旧是最美的。"

晨昱得到肯定的答案,心情好了不少,开心地笑了起来。她晕生双颊,梨涡浮现,陈逸斐看得目眩,险些蹭到了旁边的车。

到了学校门口,陈逸斐道:"现在是饭点,你要不要打一个电话,万一白学弟去就餐你不是就扑空了吗?"

晨昱摇摇头,坚持要去法律系的教室看看。陈逸斐陪着她,一路上晨昱满心激动，也顾不上看风景，走到教室门外，里面只有三五个学生在看书。

晨昱敲敲教室门，问道："同学好，请问白惜墨同学在吗？"

前排的一个戴着眼镜的男生抬起头来，看到晨昱，目光中露出一丝惊艳，随即摇头道："你找惜墨吗，他这两天没在学校，好像是出去了吧，你打他手机问问吧。"

晨昱本来是满怀希望，在听到这一句后心里空荡荡的，全是失落。晨昱一时语塞，无精打采地道了谢，倚在门口拨了白惜墨的电话，得到的消息是他刚找到实习单位，公司组织他们去邻市学习培训一周，最早也要下周才回来。

晨昱强忍着失落，依然想着要给白惜墨一个惊喜，咬着牙没有告诉他自己过来了，心里难过是难免的，却依旧用阿Q的精神胜利法安慰自己，他不在也好，自己还有五六天就要面试，这样，自己还能静下心来复习。

第二十四章　风雨欲来

> 一上高城万里愁，蒹葭杨柳似汀洲。溪云初起日沉阁，山雨欲来风满楼。——许浑

陈逸斐将晨昱的失落尽收眼底，心里五味杂陈，却装作若无其事，笑着安慰晨昱："小师妹，你不是担心脸上的伤疤还没痊愈吗？正好再休养几天，等伤好了，面试也顺利通过了，白学弟那时候回来，你们就能安心地

玩啦。"

陈逸斐的安慰倒是和晨昱的想法不谋而合,她顿时心情好了许多。

陈逸斐帮晨昱订了紧挨着学校的一家快捷酒店,安顿下来后,给晨昱介绍了一位英语系研一的学姐来指导她。

这位叫岳靓的学姐比晨昱大两岁,长相清秀,只是身材娇小了些,典型的江南女子,据说她还是上届英语系研究生第一名。

白天陈逸斐上班,晨昱就跟着岳靓去自习室复习,晚上陈逸斐下班后就过来陪着她们。岳靓头一天晚上跟着他们,三个人一起用了晚餐,至于晚上的活动就推辞了,笑着说自己不能当电灯泡。陈逸斐笑着否认:"靓靓,虽然我很想借你的吉言,但是你误会了,咱们小师妹心可不在我这儿,法律系四年级二班的白学弟,你知道吧?"

岳靓皱眉凝思:"白学弟?他的大名是?"

晨昱满脸绯红,低头小声地说:"白惜墨。"

岳靓思索片刻,才恍然:"白惜墨啊,就是跟尹……"岳靓话说到一半,接触陈逸斐制止的眼神,忙打住,张口结舌道,"白学弟呀,那一届法律系的系草呢!"

晨昱听到别人夸赞白惜墨比夸自己还要高兴,心里得意扬扬,却低头装作害羞矜持状,根本没有发现陈逸斐和岳靓的眼神交流。她很想从别人口里听说关于白惜墨的事,不过令她失望的是,从那之后他们两人都没有再提起白惜墨。

反倒是陈逸斐,尽管已经毕业半年多,可是走在学校里依旧引人注目,上至六七十岁的教授,下到十七八岁的大一新生,认识的跟他打招呼,不熟的也默默地行注目礼,尤其是一些花痴型的女生,晨昱常常听到她们窃窃私语。

晨昱扯扯陈逸斐的衣袖:"师兄,这么多女孩子喜欢你,你喜欢什么样的，告诉我，我来帮你挑。"

陈逸斐微微一笑，左右看看，对上那些向他行注目礼的女孩子，微微点头示意，随即扭过头看着晨昱："好的，如果有我就告诉你。"

晨昱眨眨眼，笑道："我记得有个人告诉我，他有喜欢的人呢，不过只是单相思哦。不过你告诉我，看在咱俩四年无话不说的分儿上，我帮你做红娘，也算报答你了。"

此刻一片落花落到晨昱的长发上，陈逸斐抬手温柔地帮她将花拍落，看着她，满脸宠溺地说："你是指我为你和白学弟的事出谋划策，还是指我教你如何在不伤人的基础下拒绝烂桃花？"

晨昱哼了一声："就知道转移话题，好吧，你不想提就算啦，就当我没说。"

岳靓看了两人一眼，又意味深长地瞪了陈逸斐一眼，翻翻白眼，以示鄙视。

晨昱看到岳靓，很是不解："师姐，你这是什么意思呀，你知道他暗恋的人？"晨昱盯着岳靓看了半晌，恍然大悟，"师姐，你长得这么漂亮，还这么聪明，该不会陈师兄暗恋的人就是你吧。"

岳靓像是听到了天底下最大的笑话一般，哈哈大笑，眼里都是对陈逸斐的嘲弄，还有同情……

转眼间，到了面试这天，晨昱穿着岳靓和她一起去买的正装，这是她第一次穿正装，总觉得哪里怪怪的，一个劲儿问："师姐，你觉得这个合适吗？会不会太紧？会不会太……"

岳靓拍了拍晨昱的肩膀，又伸手指了指身旁的陈逸斐，笑道："好不好，问我不算，看看咱们陈师兄都看呆了，不就有答案了吗？再看看这群面试的男生们，哪个不是盯着你看，男人的眼睛是衡量美女衣服最好的镜子，放心好了！"

晨昱对上陈逸斐的眼光，发现他居然脸红了，晨昱伸出手指在脸上羞了他几下，吐吐舌头。陈逸斐摇头笑了笑："看你这么顽皮，我就不担心你会紧张怯场了，相信自己，正常发挥就好，一定没问题的。"

晨昱拍拍胸脯："放心吧，师兄师姐帮了我这么多，总不能让你们失望才是呀，我进场了。"

陈逸斐目送晨昱随着大队进场，直到身影不见，这才轻叹一声。

"你不用担心，她基础不错，人又机灵可爱，即便不跟薛教授打招呼，也没什么问题的。"

"我担心的不是这个，"陈逸斐抬头看了看天上的棉花糖一般的云朵，"我怕的是一会儿暴风雨来了，你看她那么单薄瘦弱，我怕她无力躲避。"

岳靓看了看天，一个大好的艳阳天，哪有什么暴风雨的迹象呀，随即明白了："你是说白……"

陈逸斐叹道："我怕影响她考试，特意让公司将白惜墨这一周安排得满满的，你说，我这么做对不对呢？"

岳靓苦笑了一下："老同学，你当年如果对待佟佟也像这样，也不会……哎，不提了，就说眼前的事吧，你能拖一时，那以后呢？她迟早会知道的。"

陈逸斐面无表情地倚着一棵高大的木棉树，修长的手指像是弹钢琴一样无序地敲击着树干，脸上一改平时的温文尔雅，取而代之的是冷峻深沉。轻风吹拂，红色的木棉花随风飞舞，仿佛一幅水墨画。

"再说，眼下晨昱没有告诉白惜墨直接就过来了，可万一她打电话约白惜墨，即便是再忙，白惜墨也会抽空过来一下，到时候……"

沉默片刻，陈逸斐淡淡地说："无论如何，考完了再说。我总不能让她受到刺激，无法考试。以后如何，以后再说吧。"

次日，复试成绩出来，晨昱考得不错，第五名，一共招收十二人，她对自己很有自信。

岳靓向晨昱表示了祝贺,晨昱第一时间掏出手机,给白惜墨打电话。她没有说考研成绩,也只字未提自己在他学校的事,只请求他帮忙看一下成绩,听说放榜了。晨昱在电话里表示自己很急切,还说一定要他自己来看才放心。白惜墨说自己在上班,最快也要到中午了。

晨昱放下电话,对岳靓说自己要在这里等,想要第一时间见到心上人。

岳靓轻叹一声,说自己还有事,就走了。

晨昱又给陈逸斐打了电话汇报成绩,向他表示了感谢之后,专心地坐在木棉树下等候。她一边等候,一边跟亲友们打电话报喜。

此时,晨昱看到有两个男生来看榜,一边打电话,一边提到自己的名字,不由得十分好奇,站起身来,慢慢向他们走来。听着他们在电话中报着自己的成绩和排名,她好像明白了什么。

片刻,电话响了,白惜墨在电话中向晨昱报了成绩,并随口表示了祝贺,她能听出来,他的祝贺没有几分真诚。晨昱满嘴苦涩,苦笑着深呼吸几下,耐着性子问了他实习单位的名称。

"他只是太忙,没有时间过来,那么,我过去看他也是好的,反正他也保送了本学校的研究生,来日方长,有的是机会。"晨昱在心里安慰自己。

晨昱走到学校门口,叫了出租车,说了白惜墨实习单位的地址,这才想起来给陈逸斐和岳靓发短信,说不用等自己吃饭了。

白惜墨实习所在的欣斐集团位于市中心的繁华地段,一栋三十层的大楼拔地而起,晨昱仰起头来看了看,赞叹道:"看着似乎很不错哦。"

晨昱犹豫片刻进了大楼,门口保安向她行礼,问她是哪个部门的,晨昱摇摇头,说是找朋友。保安问有预约吗,晨昱不知道见朋友还要预约,保安没有让她进去,只是建议她先打电话预约一下。

晨昱不想打扰白惜墨的正常工作,叹了口气退了出来,四下看了看,最后坐在了写字楼前广场的喷泉池边。

看看时间才刚刚上午九点四十五分，离午休时间还有将近两个小时，晨昱用手机播放音乐，戴上耳机，闭上眼睛静静聆听着，脑海中浮现出和白惜墨的点点滴滴……

正在陶醉，觉得有液体滴落在脸上，晨昱睁眼，才发现下雨了。

晨昱还未反应过来，雨就噼里啪啦地下了起来。雨越下越大，一阵风吹来，这密如瀑布的雨就被风吹得如烟、如雾、如尘。

晨昱双手抱头，往离自己最近的一个店里跑去，是一个奶茶店，晨昱不好意思就点了杯红豆奶茶，捧在手里，她坐在靠近玻璃窗的位置，目光穿过如珠的雨帘目不转睛地盯着办公大楼的门口。

此刻，一个高个子的青年撑着伞从大厦出来，晨昱来不及多想，扔下奶茶冒着雨就冲了出去。

那个青年正要打车离去，却被晨昱拦下，看到不是自己期待的人，晨昱有些失望，却也松了一口气，一个劲儿道歉，那青年心情不快地哼了一声，拦车离去。

晨昱独自在路边，浑身湿透，兀自抬头凝望着大厦发呆。

十六楼，一个笔挺修长的身影靠着窗子呆呆地凝视着楼下那个娇小的身影，心痛得攥紧了拳头。终于他拿了一把伞就朝楼下奔去，走到了电梯旁却又退了回来，愣了片刻，又回到屋里，拿起电话，对着话筒说："简主任，麻烦您找个借口，让你们部门的实习生白惜墨出去一趟。"

晨昱正在发呆，突然一名保安飞奔过来，邀请她去大厦的会客厅等人。晨昱问在会客厅是不是能看到每一个进出大厦的人，得到肯定的答案后，晨昱谢了保安，躲在伞里跟着保安来到大厦一楼的会客厅。前台接待小姐贴心地帮她递了一杯热咖啡，晨昱倚在沙发上，双手抱肩取暖，可眼睛却依旧盯着电梯。

白惜墨在欣斐集团的法务部实习，才刚过了培训期，能在知名企业得到一个实习机会，他觉得很满意。他正在整理资料，却被主管吩咐去跟他们公司有业务往来的律师事务所取一份文件。

当白惜墨下了电梯，突然一个人影冲到他眼前。

一张完美的鹅蛋脸，大而明亮的眼睛，两颊晕红，周身透着一股青春活泼的气息，白色上衣，浅蓝色长裙被雨水淋湿，紧紧裹在身上，行走之间还有水滴缓缓落下，在干净得能映出人影的白色大理石地面上留下一道明显的水渍。

白惜墨有些不敢相信自己的眼睛，他张口结舌："晨……昱！"他将双手搭在晨昱肩膀上，还轻轻晃动，以验证真假。

晨昱伸手擦了擦头发上掉下来的雨水，咧嘴笑道："就是我呀，如假包换。"

白惜墨这才发现晨昱浑身是水，落汤鸡一样，皱眉道："你怎么在这儿？淋雨了？"

晨昱点点头，拉着白惜墨的手轻轻摇晃："我想给你一个惊喜，本不想打扰你工作，可是又怕错过了，所以一直在外面等你。后来，就下雨啦，这里的天气真奇怪，明明还是春天，怎么会有如此大的暴雨呢？"

白惜墨眼神有些湿润，将晨昱拉过来，抱在怀里，发现她裹在湿衣服里的娇躯瑟瑟发抖，赶紧脱下西服，搭在晨昱肩上："傻丫头，先去买一身衣服换上，裹着湿衣服会生病的。"他一手撑伞，一手搂着晨昱发抖的肩膀，冲进了雨帘。

十六楼，那个清俊儒雅的身影，双手随意地插兜，倚在窗前，淡淡地看着楼下白惜墨打伞拥着晨昱离去的身影，轻轻叹息。

第二十五章　月亏花谢

月有盈亏，花有开谢，想人生最苦离别。花谢了三春近也，月缺了中秋到也，人去了何日来也？——张鸣善

Mind over matter，晨昱现在就是这样。

淋成落水狗，像是三九天冻在冰层夹缝里的鱼一样，浑身疼痛麻木，眼看着要支撑不下去了，却在白惜墨为她披上衣服，拥抱她的那一瞬间起死回生了。

晨昱看着这件有着白惜墨体温的黑色西装裹在自己的身上，闻着有一种说不清楚却感觉很舒服的味道，晨昱心如小鹿乱撞，一股甜蜜的幸福感从心底涌出，片刻溢满全身。

晨昱偷偷抬眼望了白惜墨一眼，他眉眼冷峻，面目如画，即便是一眼，她却不忍回神，只是痴痴凝望着他，任由他拥着自己在雨里奔跑，心里默默祈祷，只愿此刻时间停止，这一路永无终点。

白惜墨拉晨昱来到附近的路边服装店，里面是一些外贸货，不是什么名品专卖店，此时的晨昱已经管不了那么多了，选了一件方格衬衣、一条牛仔裤，付款的时候是四百六十元，晨昱厚着脸皮讨价还价，最后四百元成交。

晨昱拿出卡，准备刷卡付账，却被白惜墨拦住，抢先用现金付了账。想到这是两人交往以来，他第二次送给自己礼物，晨昱也就没有推辞，只

是心里有些后悔,如果早知道白惜墨要买单的话,应该选最便宜的那一款才是。不过,没过多久,这点淡淡的后悔就被浓烈的甜蜜所代替。

换下了湿衣服,两人去吃饭。白惜墨问晨昱什么时候来的,为什么没有提前联系他。晨昱就将这两天发生的事讲了一遍,回想起自己出事那晚的惊险,晨昱心有余悸。

白惜墨听闻,惊愕不已,伸手拨开晨昱垂下的碎发,轻抚她清秀的脸颊,叹道:"还好你没事。不过,以后你的性子得改改,敢爱敢恨本身是个褒义词,可是放到生活中却不见得好到哪里去,容易得罪人不说,惹祸上身就得不偿失了。"

晨昱脱口而出:"我就是看不惯那些流氓看着一诺的表情,活脱脱一副社会败类模样,这样的人啊,就应该给他们点儿教训,否则还会伤害更多的人。"

白惜墨看着晨昱像竹筒倒豆子一般,说话干脆而富有感情,唯独没有将他那番语重心长的话听到心里,皱眉道:"越是这样的人,你就越不该招惹他们。他们这样的人,心眼小,逮到机会就会展开疯狂的报复,才不会管会不会有什么惩罚,这次的事件就是一个例子。"

晨昱理了理半干的长发,浑不在意地笑道:"你是在关心我吗,你也看到了,我没事呀!"说着还张开双臂转了个圈,以示自己安然无恙,"不用担心,你别忘了,本姑娘我是有功夫在身的哦!"

白惜墨无奈地撇撇嘴,淡淡地说:"刚才是谁说脸上被划了一刀,险些毁容,还庆幸复试的时候伤疤好了?以后注意点儿吧,再这样下去,你要担心的不只是脸,而是性命。"

晨昱狠狠地咬牙,说道:"你说的也有道理,如果不是李哲曦拼命保护我,估计那个躺几个月下不了床的就是我了。"

白惜墨挑挑眼皮,不动声色道:"李哲曦?他救了你?"

说到李哲曦舍命护自己，晨昱心里堵堵的，眼睛也有些酸，垂下眼睑，叹道："他为了救我们差点儿就没有命了。"

白惜墨没有说话，只是呆呆地凝视着晨昱，被看得满脸红晕的晨昱，看到饭端上来，赶紧转移话题："饭来了，快吃快吃。"

虽然是简单的饭菜，晨昱却吃得很香，但不知为何，坐在她对面的白惜墨却眉头紧皱，食不下咽。

晨昱边吃边给白惜墨夹菜，问道："快吃呀，你一个劲儿地看着我干吗呀？我又不能顶饱。"

白惜墨往嘴里放了一块木耳，却味同嚼蜡，听到那句"我又不能顶饱"突然被噎到，咳嗽起来，耳根通红，晨昱忙过来轻抚他后背为他顺气。

吃完饭，白惜墨送晨昱去宾馆休息，自己去律所拿了文件，继续来上班，一下午都心神不定。

白惜墨想到寒假时去晨昱家做客时的情景，晨昱爸妈对他这个女儿男友的态度是有目共睹的，别说是敏感的他，相信除了呆萌的晨昱外，其余在场的每个人只要有眼睛，都能领悟一二。

白惜墨想到晨昱父母对李哲曦和自己天壤之别的态度，本来已经让人心里不太舒服，没想到还有更不舒服的在后面。

寒假开学前两天，白惜墨和母亲摆摊回来，就看到门口停着一辆车，什么牌子不懂车的他不知道，反正车身流线挺好看的。他和母亲正在纳闷儿，车中人下来了。晨昱的父亲手里拎着过年串亲戚的水果补品，很客气地与他们打招呼。

白惜墨叫了声"晨叔叔"后，便没有再说话，母亲打开了门，晨昱父亲居然寒暄着进了门，他抬眼打量了白家母子的出租屋后，居然平易近人地坐了下来，与对面的母子俩唠起了家常。

晨凌云问了他们摆摊的收入，还用一副很能理解的口吻说大冬天出摊是挺不容易的，此外还问了白惜墨的母亲，除了煎饼果子，还会不会其他的手艺，比如做菜、面点之类的。如果会的话，可以帮她联系一份食堂帮厨的工作，每个月工资两三千元，交社保，有公休……

看到白惜墨母子俩惊讶的表情，晨凌云笑着解释，是女儿让他帮忙的。提起掌上明珠，晨凌云一脸的温柔和宠溺，说女儿被自己惯坏了，受不得一点儿罪、一丝委屈……

白惜墨母亲怯怯地附和，说晨昱是个好女孩。

晨凌云笑道："自己的孩子在父母心里都是宝贝，都是宠着护着，希望她一生衣食无忧。"

随后，晨凌云又亲切地问白惜墨毕业后的打算，还建议说南方沿海城市挺好的，比内陆各方面都发达得多，而且企业多、工资高，就业前景好。但如果白惜墨想在常山工作的话，他可以帮忙安排到李哲曦他们公司。

白惜墨淡淡地谢过，礼貌地回绝。

不一会儿，晨凌云客气地告辞离开。

白惜墨的母亲看出儿子的不高兴，于是不解地问道："墨儿，人家给我介绍的工作挺好的，给你推荐的那个难道不好吗？"

白惜墨摇摇头，面无表情地说："五百强企业，自然是好的。"

"那你为什么不去呢？我看晨昱爸爸人挺好的，这么帮我们，应该是喜欢你喽。"

白惜墨冷哼一声，不再说话。母亲是个没有读过书的家庭妇女，她会烙饼做面点，有些话她不懂，但是名校法律系的白惜墨却听得懂。

临近下班时间，大伙正在开会，白惜墨的手机响了，是尹心颜。白惜墨皱皱眉头，随手按了拒接，并将手机调成了静音。今天一下午他都有些魂不守舍，已经被主管"善意地提醒"两次了。此刻，因为怕晨昱找不到她，而忘记将手机静音了，看着被自己手机铃声打断的同事们，他不好意思地说了一声抱歉。

到了下班时间，白惜墨收拾东西，快速地去赶地铁返回学校，在地铁上接到尹心颜的电话，拒绝了她晚上约会的邀请。明天晨昱就要回去了，他于情于理都应陪晨昱吃饭。

白惜墨到了晨昱住的宾馆楼下，晨昱已经在门口等着了，跟她在一起的，还有另一个女孩。白惜墨看着有些眼熟，晨昱笑着给两人做了介绍了："惜墨，这是岳靓，这两天就是她帮我复习的。"

岳靓在英语系也算一个牛人，白惜墨听过这个名字，向她微笑道："师姐好，法律系白惜墨。"

岳靓对白惜墨似乎不太热情，客气而冷淡地寒暄几句，就离开了。

白惜墨拉着晨昱去吃了个饭，晨昱抢着要去结账，却被白惜墨拦下了，淡淡地说："我虽然很穷，但是偶尔请朋友吃一顿饭还是吃得起的。"

晨昱笑道："那当然啦，你以后工作了，我还等着白大律师请我吃海参鲍鱼呢，听说律师是个很挣钱的职业哦。糟啦，我吃撑了！"

看着晨昱挺胸抚肚，一脸调皮的模样，白惜墨笑了："如果你还能走得动，不如，我们四下逛逛消消食。"

晨昱以一个踢正步的姿势，抬起腿，挑眉道："那样最好啦。你瞧，我穿着运动鞋，怎么会走不动呢。"说完，快速小跑几步，回过头来，冲白惜墨笑道，"我的速度还可以吧？来追呀！"

白惜墨在几米开外，静静地看着晨昱，格子衬衣、浅蓝牛仔裤、白色运动鞋，看起来清新靓丽。娇俏的鹅蛋脸好像绽开的白兰花，洁净得一尘不染，浅浅笑意铺满了脸颊，溢着满足的愉悦。大大的眼睛呈现出一团温柔的火焰，嘴角淡淡上扬出一个美丽的弧度，左颊露出个可爱的笑窝，就连扎起来的马尾也因她的青春和阳光而肆意飞扬。

白惜墨被晨昱的情绪所感染，飞身向晨昱跑去，牵住了她柔弱无骨的小手，心间温暖溢满。

晨昱看到附近有影院，笑道："听说《加勒比海盗3》挺不错，你要是有时间，咱们去看看吧？"

白惜墨点点头，晨昱笑道："我是约翰尼·德普的忠实粉丝哦，虽然奥兰多·布鲁姆也很帅，但我还是喜欢杰克船长。说到帅，裘德·洛和莱昂纳多·迪卡普里奥年轻的时候才是真正的绝世美颜，无人可及呀。"

晨昱一提到帅哥，就原形毕露，好不容易伪装起来的淑女形象消失殆尽。此时的她，两眼放光，晕生双靥，从约翰尼·德普说到莱昂纳多·迪卡普里奥，又从克拉克·盖博、格利高里·派克到基努·里维斯，晨昱舌灿莲花，口水直飞。

白惜墨笑道："我觉得他们好像不是一个风格的帅哥，怎么，这些特色迥异的帅哥们，你都喜欢呀？"

晨昱不好意思地笑了笑："只要是帅哥，我都没有免疫力。赏心悦目，晓得吧？"随后像是想起了什么，低下头补充道，"可在我心里，他们都没有你帅。"只是这句话说得声音太轻，除了她自己没有人能听到。

两人买了票，晨昱选了英文原声版的，她觉得语言是电影不可分割的一部分，要看就看原汁原味的才完美。

买完票后，晨昱看了一眼表，还有二十分钟才开始，白惜墨去买了爆米花，两人坐在等候区闲聊。

白惜墨很好奇她和陈逸斐、岳靓的交情，晨昱没有丝毫忌讳，把经过详细地讲了一遍。

白惜墨听到陈逸斐与晨昱大学四年的交情，有些发呆，晨昱伸手在他眼前晃了晃，他才回过神来。

晨昱皱眉道："陈师兄在你们学校好像很有名气呀，好像很受女孩子的欢迎呀。"

"嗯,喜欢他的女孩子在我们学校是最多的。"白惜墨淡淡地说。

晨昱挑挑眉,有些吃惊,不过仔细一想,觉得那也是理所当然。

"你毕业后不是要去上班吗?学业和工作,你选哪个呢?"

晨昱看着白惜墨,回答道:"工作是我爸妈希望的,但研究生却是我自己考的,我的地盘听我的。"

白惜墨淡淡一笑:"敢情你是动感地带呀,不过,作为朋友,我想提醒你一句,很多研究生毕业也找不到你这么好的工作,你最好再好好想想再做决定。"

晨昱"哦"了一声,那句"我是因为想和你在一起,才考你们学校研究生的",在心里说得震耳欲聋,嘴上却没有发出任何声音。

第一次和心上人看电影,晨昱的小心脏既激动又兴奋,落座后,趁着影厅没有熄灯的时候,忙掏出手机,拍了一张两人合影,既可以留作纪念,还可以跟闺密们炫炫甜蜜。电影一开始,晨昱就忘了自己的小甜蜜,一心扎进惊险刺激的剧情中了。

将近三个小时的原声电影,晨昱看得津津有味,完全忽略了白惜墨的手机响了两次。

看完,两人携手走出了影院,晨昱依旧沉浸在剧情中不能自拔。

晨昱红着眼睛,眉头紧皱,一脸难过:"为什么他们俩不能在一起呢?为什么相爱的人要十年才能见一次面呢?一生就那么几十年,他们又能见几次面呢?"

白惜墨轻抚晨昱的长发,叹道:"威尔是有使命在身的,身不由己,命运弄人,也是无奈。说到感情,我还是喜欢用'情缘'这个词,因为两个相爱的人只有情是不够的,还要有缘。"

晨昱依旧沉浸在悲伤的剧情里,揉揉眼睛,垂泪道:"这便应了那句诗,'两情若是久长时,又岂在朝朝暮暮',虽然话是如此说,可是不管思念有多缠绵，都不如心上人陪在身边呀。"想到自己明天要坐车回去，晨昱的眼泪就更多了，就像暴雨一样，汹涌而来，滚滚而下，没有尽头。

白惜墨不愿意看晨昱伤感，打趣道："即便是十年见一次也比威尔变成章鱼头要好一些吧。"

晨昱不以为然，噘嘴道："有什么比离别更苦呢？月有盈亏，花有开谢，想人生最苦离别。花谢了三春近也，月缺了中秋到也，人去了何日来也？"

第二天上午，白惜墨请了两小时假，陪晨昱去了火车站，目送她上车离去。

晨昱坐在下铺，呆呆地凝视着车窗外的白惜墨，满眼不舍，努力地忍着的眼泪，却还是在列车缓缓开动时夺眶而出。

不一会儿晨昱接到了郭秀彦的电话，宿舍的姐妹们知道她今天乘车回去，问她是否上车，听着晨昱有气无力的声音，郭秀彦安慰说："过不了多长时间，你们就又可以见面啦。再说，你都已经考到他们学校啦，以后有三年的时候，天天见面，卿卿我我，又何必在乎这一刻的离开呢？"

郭秀彦不愧是大姐，总是几句话能说到人的心眼儿里，让人感到很温暖。

一夜无话，第二天下车，郭秀彦和房素梅到火车站接晨昱，三个人乘公交到半路，晨昱才想起来问道："女王殿下呢，不会还在医院照顾李哲曦吧？"

房素梅淡淡地说："没错，她都快一个月没有回宿舍了。"

郭秀彦叹道："日子过得真是快，距上次那件事都过去二十多天了。"

晨昱点点头，说："是啊，再过不久，我们就要离开学校了，估计以后再见就难了。"

晨昱的话说完，三人就陷入了离别的情绪中，谁也不再说话了。

晨昱想到李哲曦为了自己受伤,一阵温暖涌上心头,突然间很想见见他。于是就在半路下了公交车,从行李包里拿出带给李哲曦的礼物,其余的让郭秀彦和房素梅帮忙带回宿舍。

第二十六章　暗里着迷

> 其实每次见你我也着迷,无奈你我各有角色范围,就算在寂寞梦内超出好友关系。唯在暗里爱你暗里着迷,无谓要你惹上各种问题,共我道别吧,别让空虚使我越轨。——《暗里着迷》

来到医院,晨昱悄悄来到李哲曦的病房外偷偷窥探。她想万一李哲曦在睡觉的话,被自己打扰也不太好,不料却看到了令她目瞪口呆的一幕。

穿着条纹病号服的李哲曦安静地躺在病床上,眼睛紧闭,像是睡着了。看到他面色还算红润,晨昱放心不少。也不知道在梦中遇到了什么,李哲曦嘴里咕哝一句,他轻轻翻身,皱起了眉头。

身旁的李一诺拿着一本书,斜倚在躺椅上静静地看着,听到声音,忙放下书走了过来。她伸出白玉般的芊芊玉手,轻轻抚着李哲曦紧锁的双眉,轻柔地说:"怎么啦,做噩梦啦?"

午后的阳光透过窗帘轻柔地流泻在李哲曦清隽的侧脸上,投下淡淡的剪影,动人心弦。李一诺看着他,心里一阵柔情,俯下身轻轻吻了他紧锁的眉头。

晨昱在门外看得起劲儿,看到李一诺轻吻李哲曦,不由得张大嘴巴,暗自惊叹李一诺不愧是女王，霸气侧漏，色胆包天。

这时，李哲曦的梦里像是出现什么情况，他大叫一声"昱儿"，一把将亲吻自己的李一诺抱在怀里。

晨昱做贼心虚，根本没有注意到李哲曦其实只是在做梦，只当自己偷看被发现，只得在外面答应了一声，硬着头皮进来。

慢吞吞地推开门，晨昱双手捂住眼，不好意思地说："呃，那个，你们继续，我什么也没有看到。"

李哲曦咕哝一声，睡眼惺忪地眯起眼睛，似乎不相信自己看到的，兀自发呆。

李一诺则显得十分淡定地坐起身来，冲晨昱淡淡一笑："你都进来了，还让我们怎么继续呀？"

晨昱着实被李一诺的脸皮厚度惊到了，嘴角抽搐，说不出话来。

李一诺俯身给李哲曦倒了一杯水，试好了温度，递给他。

李哲曦却没有接，只是怔怔地看着晨昱，随即疑惑地问李一诺："小诺，那个……靠近门口站着的那个女妖精是谁呀？这小模样，怎么看着跟昱儿差不多。"

李一诺瞪了他们俩一眼，冷哼一声，没有说话。

晨昱往前几步，来到李哲曦面前，右手作爪假装去挖他眼睛，李哲曦大喊："鬼呀！"

晨昱在李哲曦头上弹了几个脑崩："你哪只眼睛看到我是鬼啦，有我这样好看的鬼吗？姐姐我是仙女，懂吗！"

李哲曦不屑地发出了一声浓厚的鼻音："聂小倩、连城都是鬼，你还是仙女？鬼都比你好看。"

眼看着俩人又要吵嘴争执，李一诺忙拉住晨昱："你什么时候回来的？考研也结束了，怎么没在那边多玩几天？"

李哲曦上下打量晨昱一番，抢着说："看这灰头土脸的样子，貌似是不太开心啊，来跟哥说说，是不是姓白的那小子欺负你啦？"

晨昱高傲地仰起头，不屑地啐了一声："什么眼神？怪不得唐冰……"

话说到一半，晨昱突然反应过来，瞥见李一诺在场，忙将剩下的话咽在肚子里。不过，她仍然气不过，打开手机，翻出相册，得意扬扬地给李哲曦看他跟白惜墨的合影："睁开你的眯缝眼好好瞧瞧，看到没？我们好着呢！"

李一诺也凑过来看了看："哇！牵手看电影，不错呀，晨昱。"

晨昱很是得意，满脸甜蜜地说："那是，我们还烛光晚餐了呢。"

李哲曦继续翻着手机里的照片，幽幽地说："就这几张，还有吗，怎么没发现床照？你是激动得忘了拍，还是压根儿没有？"

晨昱怔住了，随即恼羞成怒，照着李哲曦的前胸挥手就是一拳，却被李一诺伸手拦住了："晨昱，他伤还没好，别闹了。"

"还是你细心，"晨昱皱眉道，"我一着急就忘了轻重，那我就先不跟他一般见识，先记下，等他好了再打，反正逃不过的。"

李哲曦冷哼道："没良心的，我是为你差点儿死掉，你还要打我。打呀，你有良心的话，往伤口上打才好！"

李一诺连忙分开了两人，转移话题说："咱们学校这几天有大型招聘会，据说很壮观，你要不要去看看？"

晨昱对这个不感兴趣，她已经考研成功，当然要继续进修。她"哦"了一声："怪不得老大和小梅都已经去实习了还赶回来，原来是参加招聘会。"

李一诺阴阳怪气地说："也不只是为了招聘会，主要是有帅哥，外校的学生也参加哦。"

晨昱摆摆手，轻叹一声："曾经沧海难为水，除却巫山不是云。我心匪石，不可转也。我心匪席，不可卷也。"

李哲曦奸笑几声:"会说人话吗?"

晨昱也不生气,笑道:"人话就是,本姑娘才不稀罕什么外校帅哥,任他天神下凡,我心里只有我家白惜墨一个人,此生不换。"

李哲曦作了个呕吐状,也不知怎么的,最近他看到或者听到关于晨昱和白惜墨在一起,就浑身不舒坦,就像胃里吃坏了东西,堵得慌;又像是有人拧了他的心,闷闷地疼。

偏偏晨昱这丫头还是个厚脸皮,一点儿都不知道矜持,很喜欢跟好友们秀恩爱。去见个男友弄得人尽皆知,约个会,还广而告之,恨不得去中央电视台宣传一下。李哲曦心里抓狂,暗暗诅咒,秀恩爱死得快!

李哲曦也不明白自己到底是中了什么邪,他明明爱的是唐冰,喜欢的是李一诺呀。晨昱这个黄毛丫头在他心里,说好听点儿是妹妹,说难听点儿就是一假小子,谁稀罕她呀!

思前想后,李哲曦得出一个结论,一定是自己上次配合晨叔叔跟白惜墨演对手戏时,入戏太深了。娱乐圈不是经常爆料演员因戏生情,等戏拍完了,不多时俩人也就散伙了。

没错,一定是入戏了,过段时间就好啦!李哲曦在心里告诉自己。

晨昱在医院陪了李哲曦一会儿,被这家伙各种剥削,一会儿让她帮忙倒水,一会儿让她削水果,还让她去买饭,买饭就买饭吧,医院食堂的饭还嫌难吃,非要她去当地著名的饭馆去买。

晨昱将牙齿咬得咯咯响,狠狠地点点头:"小李子,算你狠。看在这次你是为了我受伤得分儿上,老娘暂且忍你。等你好了咱们再拿起算盘,好好算算。"

李哲曦丝毫不被威胁,居然觍着脸笑道:"谢谢夸奖,哥有那么帅吗?小李子,都拿我当莱昂纳多喽!"说着还哼唱了起来,"Every night in my dreams, I see you, I feel you……"

晨昱捂着耳朵跑了出去，正好撞上李哲曦的父亲，打了声招呼，落荒而逃。

李致远进屋就看到李哲曦在傻笑，问："昱儿这丫头是怎么了，你惹她了？"

李哲曦嘴角上扬："她跟个刺猬似的，我哪儿敢惹呀？"

李一诺看李致远来了，微笑道："李叔叔好，您过来陪他一会儿吧，我陪晨昱去买饭。"

晨昱一路上都在温婉却不客气地"问候"李哲曦，刚出了住院楼，手机响了，晨昱皱着眉头拿出手机，一看是父亲，怒气冲冲地将电话挂了。没过几分钟，老妈又打过来，晨昱闭眼长叹，没有办法，只得接了。

冯蕾在电话里只字没提之前的事，只是让晨昱回家吃饭，晨昱想起父亲给自己的那一巴掌，心里还在生气，只是说有事，没空回家。怕老妈继续纠缠自己，忙转移话题，问道："我刚下火车没多大一会儿，您这边就知道啦，难不成有千里眼、顺风耳不成？"

冯蕾很是得意："那当然，你这鬼丫头可是从你妈我的肚子里生出来的，你以为孙猴子能逃出如来佛的手掌心吗？"

晨昱笑道："您不是皇后吗？怎么又成如来佛了，不说我也知道，肯定是李哲曦那个浑蛋！"

冯蕾知道这是晨昱故意在套她的话，哼了一声："你回家，我就告诉你。你听我说呀，你老爸当时是在气头上，你当着外人那么没有教养，让你爸爸很难堪。其实，他打完你自己就后悔了，都怪那个什么白惜墨……"

有人拍了她的肩膀，晨昱回头一看，一张倾国倾城的脸："女王殿下，你不陪着你的'泥哥哥'？出来做什么？"

李一诺指指晨昱的手机，晨昱这才想起来，忙对着话筒说了一句："母后，儿臣这里有些许杂事需要处理，先行告退，母后万安。"不等冯蕾回答,就抢着挂了电话。

晨昱一把搂住李一诺的肩膀,说道:"你不在里面陪着他出来干吗?"

李一诺皱皱眉,一脸嫌弃地将晨昱搭在她肩上的手推开,淡淡地说:"那边一切可好?"

晨昱一怔,明白了她的意思,嘴角上扬:"都好,可谓是双喜临门,研究生的事已经差不多了;爱情的事,就剩下比翼双飞了。"

有时候李一诺挺欣赏晨昱这种阳光活泼、敢爱敢恨的性格,她将什么都写在脸上,看到她的脸就知道她心里想什么,纯净透明。

李一诺拍了拍晨昱的肩膀,然后说道:"站着别动,等我两分钟。"说完,径直去了停车场。

不一会儿,一辆跑车停在晨昱面前,"嘀嘀"两声。

晨昱没有反应过来,直到李一诺摇下车窗:"上车。"

晨昱这才恍然,打开车门上车,兴奋道:"这是你的车呀,真酷,有钱就是好呀!"她一边好奇地打量着车子,东摸摸西碰碰,一边不住地啧啧称赞,"豪车就是豪车呀,比我家的车好多了。"

李一诺瞥了晨昱一眼,淡淡地说:"晨昱,咱俩是朋友吗?"

"废话,明人不说暗话,有啥事直接说吧?"

"我想让你跟我说说你和李哲曦的过往。"

碰触李一诺审视的目光,晨昱似乎明白了什么:"女王殿下,你什么意思?你在怀疑我和他?"

李一诺转过头,躲开了晨昱的目光,淡定地看着前方,不再说话。

晨昱自嘲地冷笑一声:"我说,你这怀疑一切的精神是不是用错了地方?你如果喜欢李哲曦,你的目标不应该是我呀,我在李哲曦的故事里,不但不是女主角,甚至连女配角都算不上。"

李一诺看着晨昱,微微一笑:"那你说女主角是谁,唐冰?"

"你既然知道唐冰,还质问我干吗?说白了,我就是一跑腿传话的红娘,唐冰才是崔莺莺。"

"嘎"的一声,晨昱猝不及防,受惯性的影响向前冲去,还好系着安全带,否则就得跟车的挡风玻璃来一次亲密接触了。

即便是这样,晨昱还是吓得不轻,她转过头,瞪着李一诺,怒道:"你干什么?想谋财害命吗?"转而想到自己跟李一诺一比简直就是穷光蛋,于是改口道,"杀人放火吗?"

李一诺温柔一笑:"都不是,就是想跟你好好聊聊天。"

打开车里的音响,悠长而熟悉的旋律迎面而来,李一诺轻叹一声,缓缓点燃了一根烟,纤细优美如葱般的手指夹着一根烟,缓缓放到嘴边,浅浅吸一口,却闷了好久才轻轻吐出来,绝美的大眼睛微微眯起,慵懒地望着车窗外,似乎在看着窗外的整个世界,又像是目光空空,什么都没有看……

大学四年,晨昱都不知道李一诺会抽烟,正想问,李一诺吐出一个漂亮的烟圈,缓缓开口:"晨昱,你能告诉我什么是爱吗?"

本来就闻不得烟味,再加上一句"什么是爱",晨昱一阵恶心,险些没有吐出来。

李一诺皱眉:"怎么了,你不能闻烟味吗?"她一边说着,一边把烟熄灭了,"我以前也不能闻这味道,学会抽烟就能闻了。"

晨昱咳嗽几声,有气无力地说:"就像晕车的人,自己开车就不晕车了,对吗?"

"应该是吧,你说,按照这个道理是不是害怕孤独的人,学会了适应,也就不会害怕了呢?"

李一诺将胳膊倚在半摇下的车窗上,抬眼望着天上的白云,满脸落寞,缓缓开口:"我从很小的时候就很孤独,可是我还没有习惯,或者说还是讨厌孤独。

"我父母也可以说是真心相爱才走到一起,虽然摆脱不了联姻的模式,至少我上小学之前他们还算相爱,我也能感受到家里的温馨。到后来,不知道从什么时候起,他们俩就开始各忙各的,都很少回家,我从小跟着保姆和家教的时候比跟他们俩多多了。

"我从小到大的生活,都是由父母决定的,他们觉得学英语比较好,所以即便我的英语成绩那么烂,但我还是上了英语系。而现在,我父母又在逼我去国外学工商管理。"

"出国?终于下定决心啦?"晨昱舍不得李一诺,难过地问。

李一诺长吁一声,撇撇嘴:"快了吧。"

晨昱点点头,有些伤感地说:"打算什么时候走?"

"我还没有最后决定呢。"李一诺抬起头,迷人的凤眸紧紧盯着晨昱,缓缓开口,"而且,这个决定,还要你帮我来做。"

晨昱伸手指着自己的鼻子,不解地问:"我!你让我来帮你做决定?开什么玩笑,我的建议嘛,论情谊,我不舍得你去;论发展,你还是去吧。学学管理,回你们家的企业去锻炼一下,也好早点儿接手。"

李一诺很佩服晨昱总是能把话题越扯越远,而且还没有什么逻辑可以遵循,她骤然抬头,目光如电,死死地盯着晨昱:"我只是想让你回答我,你爱不爱李哲曦?"

"我说女王殿下,你这么瞪着我就是为了李哲曦?"晨昱定定地望着李一诺,正色道,"我说过很多次,我拿他当家人,当哥哥,但是绝对与爱情无关。如果你真的在乎他,那么你该担心的不是我,而是另有其人。"

李一诺点点头:"你是说那次在医院见到的唐冰,哼,除了你,其他的我都不担心。"

晨昱叹道:"如果是这样,那你就放宽心好了。如果说在初中的时候懵懂，对他的好感是有过的，但是，你知道的，他向来花心，我不喜欢花心的人。而且高中一开学，他就看上了唐冰，我帮他出主意，替他写情书、送信，你觉得我会爱上这样的他吗？"

李一诺没料到晨昱会如此坦诚，就连幼时对李哲曦的好感都交代得一丝不剩，也算是以诚相见，她轻笑道："你和他都是幸福人家长大的孩子，有时候不知道自己在干什么，也不知道自己想要什么。"

看到晨昱张嘴，似乎是不认同自己的话，李一诺苦笑一下，说："我不一样，我自幼缺乏家人的疼爱，缺乏安全感，所以我很想找一个人来陪伴，依偎着取暖。"

晨昱一直认为李一诺是最冷漠孤僻的人，没想到她竟还有这样的一面，也许正是因为缺乏安全感才自我封闭，以冷漠和高傲来保护自己吧。

想到这里，晨昱看李一诺的眼光不由得多了几分同情："所以，你觉得可以用来取暖的人就是李哲曦吗？"

"我一直觉得爱情的最高境界就是生死相随，他既然可以为我以身犯险，为我受伤，奋不顾身，我就认定他就是我要找的人！"李一诺目光坚定地说。

第二十七章　只道寻常

谁念西风独自凉，萧萧黄叶闭疏窗，沉思往事立残阳。
被酒莫惊春睡重，赌书消得泼茶香，当时只道是寻常。——纳兰性德

"人间四月芳菲尽，山寺桃花始盛开。儿童散学归来早，忙趁东风放纸鸢。"晨昱拽着从集市上买回来的大风筝，一边奔跑着希望风筝飞起来，一边嘴里还不肯闲地附庸风雅摇头晃脑碎碎念着，偏巧旁边还有一些好事的十二三岁的孩子们为她加油起哄。

一个孩子说："姐姐，你把古诗背诵错啦。前两句出自《大林寺桃花》，后两句出自《村居》，他们不是一首诗哦。"

晨昱兴致颇高，随口扔下一句："唉，那不都是描写春天的诗嘛。现在是四月，而我们正在放风筝。我告诉你们呀，人呢，不能拘泥刻板，要知道灵活变通。"

风筝好不容易飞起来一房高，也不知怎么回事，突然一个猛子一头扎了下来，晨昱顿时有些垂头丧气。

两个小男生走过来，眼巴巴看着风筝，讨好道："姐姐，让我们帮你放吧，保准能让风筝飞得稳稳地，而且肯定能把线都放完。"

晨昱心里腹诽：熊孩子这么说，是在鄙视我不会放风筝，虽然我的确不会。

将风筝交到孩子们手里，晨昱微笑道："既然豪言壮语已经立下，那就给我好好放。否则，风筝飞不高或者线放不完，我唯你们是问哦。"

看晨昱还跟孩子计较，房素梅在旁抿嘴笑。

晨昱将手在衣服上抹抹，从衣兜里拿出零食，边吃边四处观望："小梅，你们家乡的景致真不错呀。青山碧水，云雾缭绕，倒有几分江南水乡的感觉，弄得我都舍不得离开了。"

房素梅微微叹息："环境是还不错，可是又有什么用呢。交通不便利，通往外界的车两小时一趟，除了种田栽果树，干什么都不方便，工资也很低。"

晨昱转过头,看着房素梅,忽然想起了一件事:"我记得有一次英语口语课讨论问题,主题是城市和乡村你更喜欢在哪里生活。如果我没有记错的话,你发言的时候可是选择农村,还说自己喜欢家乡,喜欢淳朴的民风……"

孩子们愉快的声音传来:"老师,姐姐,你们看,风筝飞起来了。"

房素梅仰望着高空中的风筝,缓缓开口:"如果没有办法选择喜欢的生活,那就给自己一个冠冕堂皇的理由吧,虚荣也好,自尊也罢。"

"这就是所谓的面子,也叫'吃不到葡萄说葡萄酸'。"晨昱冲着房素梅吐吐舌头。

房素梅笑了笑:"算是吧。只是,我并没有说葡萄酸,我只是表达了苹果甜而已。"

晨昱拍了拍房素梅的肩膀,说道:"以前我认为女王殿下说话很有哲理,没想到你也这般。好吧,本宫自认神经大条、见识浅薄,就不在这里跟你们'形而上学'了。对了,今天食堂是什么饭呀?我来了四五天了,总不能天天吃土豆、白菜吧。"

旁边一个女孩满脸兴奋地说道:"还有肉呀,有猪肉呢。"

晨昱啐了一声,叹息道:"可那都是肥肉呀,腥气不说,还没营养,而且还会长胖,我才不要吃呢。"

"姐姐,那你们平日在城里都吃些什么呀?"小女孩好奇地问道。

"那可就多啦,小鸡炖蘑菇、西红柿牛腩、酱香肘子、莲藕排骨、蒜蓉扇贝、鲍鱼烩珍珠……"说起吃的,晨昱一脸陶醉,眯起眼睛,微微晃动脑袋,那种架势都快赶上满汉全席的唱菜员了。

听到一旁的房素梅怪声怪气的咳嗽声,晨昱这才停住,睁开眼,挤出一个迷人的微笑,伸手轻轻揉了揉小姑娘蓬松的头发,说:"不过,小妹妹呀,你们只要好好学习,用功读书,就有机会留在城市里,到时候好吃的、好玩的应有尽有呀！"看到小女孩若有所思地点头，晨昱这才舒了一口气。

房素梅心情有些不好，留下一句"你们玩吧，我先回去了"转身就走，晨昱虽然贪玩，却还是跟了上来。

"小梅呀，其实，你不用难过，你要是想留在市里，又不是没有机会。你是英语专业本科毕业生，虽然说我们学校不是什么985、211大学，可在省里也算不错的。太好的工作咱不好说，可是教个书、做一个翻译、当个文员这些都还是可以的呀，不如你就留在常山吧，你在那里读了四年书，也算熟悉，另外我们还能在一起。"

想到平淡的友谊终究比不过激荡的爱情，晨昱眼珠转了转，扮着鬼脸说："此外，还有你的周师兄呀，你留在常山，见周师兄也方便不是？"

房素梅脸上露出几分落寞，淡淡地说："我之前也想过，正如你所说，找个一般的工作，倒也不是不能，但是好工作就别想了。常山消费高，吃穿用度都要花钱，就算我一个月挣三千元好了，可是一平方米房价都要七八千元，我不吃不喝，三个月才能买一平方米的房子，这种日子太难熬了。"

听房素梅说到房子，晨昱以前从来没有想到这方面。在她心里，房子就像蜗牛的壳一样，是生下来就有的东西，对于她来说，别说是长大的别墅，即便是她喜欢的昆明和海南，家里也有房子在那边。

环顾学校一周，晨昱皱眉道："可你瞧这里，学校在半山腰，海拔一千米，环境是好，空气也清新。可是交通不便，吃住都很差，教室和宿舍都是平房。虽然说平房有平房的好，可它不隔潮，夏天会很难熬，而且冬天会很冷。再说，你实习在这里也就罢了，毕业后来这里就业，有编制吗？"

房素梅张了张嘴，沉默片刻："刘校长说现在编制紧缺，不好弄，要么就得通过统一考试。不过他说让我作为代课老师，先教个一两年，等回头有了名额就转正。"

晨昱对于房素梅的未来规划心有疑虑，于是她劝道："亲爱的小梅，你听我说，我们把自己的前途和命运放在无所谓的人身上，终究是不安全。与其这样，还不如自己拼一把。想过什么样的生活，我们就朝那个方面努力，爱拼才会赢。"最后一句她是用唱的。

房素梅默不作声，上课铃响了，她轻轻地说："我要去上课了，你继续在宿舍里待着吧。别乱跑，山里信号不好，丢了都找不到。"

晨昱从口袋里掏出手机，冲着房素梅晃了晃，闷闷不乐地说："知道啦，我哪里都不去，就在这里看电子书、吃零食、望眼欲穿地等着你回来！"

山里面没什么可以消遣的地方，同学们都去实习去了，晨昱又不想待在家里，只好蹭着房素梅来到了她生长的大山里。

房素梅教初一英语，平日里课不太多，一天上两三节课，没课的时候就能回宿舍陪着她，晨昱觉得这样的日子倒也不错。只是山里面信号不太好，电话、短信、QQ很大程度上受限，难免美中不足。

晨昱在山里待了半个月，虽然父母和李哲曦不停地打电话催她回去，但都被晨昱一句"山中岁月容易过，世上繁华已千年"为借口给打发了。

以前晨凌云和冯蕾希望女儿放弃读研，先去上班。后来拗不过她，想想女儿能凭借自己的实力考上一所名校的研究生也是一件值得骄傲的事。至于工作嘛，机会多的是，有能力的人还怕找不到好工作吗？

眼看快到发放研究生录取通知书的日子了，晨昱这才收拾行李，由房素梅陪同坐上了出山的汽车，依依不舍地离开。晨昱坐了两个小时的汽车到县城，倒一次汽车，一个小时后到了市里，又从火车站坐了四个小时的火车才到达常山。晨昱累得筋疲力尽，一下车就回家休息去了。

在家休息几天，晨昱看了看日程表，过两天就是五一长假，既然有时间可以玩个痛快，如果不加以妥善利用，岂不是人神共愤，天理不容。

本来晨昱的父母也想跟着去临海，但晨昱死活不让父母跟着一起去，冯蕾好不容易妥协,却是有一个条件,让李哲曦跟着去,还找借口说李哲曦家在那边的分公司有些事情需要处理。

晨昱不胜其烦,她就不明白了,为什么自家的事,老爸老妈非要李哲曦插进来呢?难不成真把人家当成亲生儿子了?

不过,李哲曦去也好,不是有句话叫"两害相较取其轻",跟父母比起来她宁可选择李哲曦。

晨昱想到李哲曦花花公子的做派,临海那边多的是时尚的美女,估计有他忙的,至少不用害怕李哲曦从中干涉自己和白惜墨谈情说爱……

不过,晨昱也担心李哲曦伤得不轻,这才过了不到两个月,也不知道他的肋骨痊愈了没有。

晨昱打电话给李哲曦询问详情,才知道他早已经出院一周了。晨昱"哦"了一声,打消了心里的顾忌。

本来晨昱想着万一李哲曦真有个三长两短,自己心里也过意不去,没准还得伺候照顾他。

因为李哲曦也跟着,出行方式上自然就马虎不得。一开始说要坐飞机过去,但李哲曦不知道哪根神经出了问题,非要乘坐火车,最后订了火车的软卧。

刚上车,李哲曦便掏出一大堆晨昱平日里爱吃的零食,谄媚地笑道:"你爱吃的鸭脖,还有酱牛肉,还有小黄鱼。"

李哲曦一副似笑非笑的模样盯着晨昱,晨昱被他盯得心里发慌,转而问道:"哎,我说,唐冰和李一诺,你到底喜欢谁呀?我警告你,她俩都是我的姐妹,我可不允许你脚踏两只船!"

李哲曦答非所问:"你真的喜欢那个姓白的家伙?"

晨昱停下咀嚼,缓缓将嘴里的鸭骨头吐了出来,正色道:"这还用问吗?让一个花花公子来质疑我对爱情的忠贞,实在是对我莫大的侮辱、莫大的不敬。我可不像某些人脚踏两只船,举棋不定。我喜欢白惜墨这么多年,终于如愿以偿,也算是苦尽甘来,任何人都不能让我改变主意的。"

李哲曦沉默片刻,从床上起身,坐到晨昱对面,面无表情地端详着晨昱,抿着嘴,轻叹一声:"其实,叔叔阿姨也是为你好,担心你以后的生活,白惜墨家里的情况你也知道吧,从小锦衣玉食长大的贵公主,嫁给一个穷小子,肯定不习惯。就像你不会去买站票,跟一帮辛苦而又汗味满满的人去挤着,而白惜墨估计也买不起软卧。门当户对,虽然有一些局限性,但流传几千年,不是没有它的道理。"

晨昱没想到这般老掉牙的话,居然从平时花花公子的李哲曦的嘴里说出来,晨昱险些惊掉了下巴,想到唐冰,晨昱顿时有些心凉,她冷笑着微微点头:"我明白了,还好我家冰冰从来就没有答应过你,我原以为她是无情,或者是对待爱情胆小犹豫,原来是我错了。还是冰冰聪明,早就知道你最终也不会选择她的,因为灰姑娘根本就配不上王子殿下,既然诺诺才是你门当户对的那个人,麻烦你好好对人家,别再三心二意了。"

说到唐冰,李哲曦难得露出了犹豫和迷茫的神情,双眼没有聚焦地望着车窗外,修长的手指没有规律地敲打着桌面,像是倾诉又像是在自言自语:"自从元宵节在你家和唐冰重逢,她就回应我了,我本应该欣喜若狂,可不知道为什么我居然没有。一周前我出院,她来看我,晚上没走……"

晨昱惊得张大嘴巴,半天合不拢嘴,刚刚放到嘴里的一块牛肉也掉了出来,也不顾什么社交礼仪和淑女风范,用油腻腻的手指着李哲曦:"你……你们……你们已经木已成舟啦?"

李哲曦还好动如脱兔,慢一分肯定会被晨昱油腻发亮的手戳到,李哲曦看着她的表情,觉得好笑,伸手从果盘中拿了一枚洗好的圣女果,轻而易举地塞到晨昱张得如同蛤蟆般大的嘴巴里,这才开口:"你想多了,不是那样的。你非要这么说的话……也许唐冰希望那样。"

"不可能,定是你这淫贼胡说八道诋毁我家冰冰!"晨昱一副咬牙切齿的表情。

李哲曦长长地出了一口气,带着几分落寞和不解,喃喃地说:"我知道这听起来匪夷所思。刚开始我也以为自己的耳朵出了毛病听错了。唐冰家不在市里,她来参加应届生招聘会,傍晚联系我,我们一起吃了一顿饭,逛了会儿街,我帮她订了一个酒店,将她送到楼下。她邀请我上去坐坐,又说从来没有住过酒店,怕不太会用,我就上去了。把她安置好,我就起身告辞。唐冰却小声说她不敢一个人,希望我留下来陪她……"

晨昱一边听着李哲曦的描述,一边张口结舌,一句话也说不上来。

"没办法,我只好又订了隔壁的一间。她晚上十二点给我发短信,我装睡,没有回复。短信我没有删除,你……要看看吗?"

晨昱有些反应不过来,摆摆手,有气无力地摇摇头。

李哲曦轻轻地叹了口气,有些伤感地说:"我也不知道怎么会这样,高一那种一见钟情的感觉再也找不回来了。不知道是她变了,还是我变了,抑或是整个世界都在变,我们所有人都改变了,那种刻骨铭心的美好失去就再也回不来了,就把它记在心里缅怀祭奠吧。"

第二十八章　何以爱情

我几乎忘了最初,那种缓慢,时光的虚度。
爱情疯狂的程度,谁能预估,还不如麻木。
也许你从不在乎,陪我跳完,最后这支舞。——《何以爱情》

到了目的地，李哲曦像是更年期的父母不放心孩子一样，唠唠叨叨嘱咐了晨昱多时，这才去了他家在当地的分公司。

住宿是李致远为他们俩安排好的，环境和条件晨昱都很满意。他们俩白天各忙各的，晚上回酒店，住相邻的两个套间。

晨昱下午去疯狂购物了一番，踩着下班的点才去白惜墨的工作地点蹲点，很遗憾居然没有等到。打他的手机，居然是无法接通。

晨昱一直等了将近一个小时，白惜墨也没有出现，却把陈逸斐等来了。

看到陈逸斐，晨昱很是惊讶："师兄，你……你也在这里上班呀？"上下打量一番，她由衷地赞叹道，"师兄穿职业装真帅！"

陈逸斐露出温润的笑容，说："谢谢夸奖，不胜荣幸。你这边一切可还顺利？"

晨昱点点头。

"你可是在这里等白学弟？"

晨昱很惊讶陈逸斐怎么知道自己的心思，难不成"思春""等人"这些有些丢人的字眼儿，统统出现在自己脸上？忙打开手机，对着屏幕看看自己的面部。

陈逸斐打了个电话，对晨昱抱歉一笑："不好意思，法务部的同事说，白学弟学校有事，今天下午请假了。"

晨昱点了点头，其实她已经猜到了："快要毕业了，学校的事情比较多。今天实习，明天写论文，后天交材料……杂事一大堆，啥时候是个尽头呀？"

陈逸斐也刚刚毕业一年，自然能够体会到晨昱的心情："也快了呀，再过一两天就是五月，一般学校六月底就毕业啦，再熬两个月就解放啦。不过怎么说呢，上学的时候满腹牢骚，等到毕业，才发现自己最怀念的竟是那段青涩的校园时光……"

晨昱点点头："少年不识愁滋味，爱上层楼。爱上层楼，为赋新词强说愁。而今识尽愁滋味，欲说还休。欲说还休，却道天凉好个秋。"

陈逸斐笑道："就是这个理。师妹，现在打算去哪里？要不我请你共进晚餐，不知有没有这个荣幸呢？"

"这是我的荣幸。不过，我请师兄吧，算是感谢。"晨昱此时灵机一动，生出一计。

陈逸斐哪里好意思让晨昱请客，于是说道："强龙压不过地头蛇，地主为大，到了你的地盘你再请我，好吧？"

晨昱点点头，有些不好意思地开口："师兄，那个……我想去你们学校吃饭……"

陈逸斐知道晨昱是想去学校找白惜墨，也不说破，笑道："我们晨昱是个贤惠节俭的姑娘呀，想要为我省钱，那正好，咱们就去学校吧。"

到了食堂，已经过了学生就餐的高峰期，食堂有一多半的空位。陈逸斐去打饭，晨昱随意找了一个座位坐下，目光就开始像机关枪一样四处扫射。只可惜，转了好几圈，都没有发现白惜墨的身影。晨昱心想也许是白惜墨已经在半个小时以前吃完饭了。不过转念一想，这也没关系，一会儿再去找他就好了。

想到过不了多久就能见到白惜墨，晨昱虽然有些兴奋，却也不太着急。跟陈逸斐说说笑笑吃完饭，又给白惜墨打了一次电话，却还是无人接听，晨昱的心稍稍有些不安。就连听说学校今天晚上在广场上有舞会，一向活泼爱热闹的晨昱也失了兴趣。

陈逸斐建议她往宿舍打座机问问，却没想到室友说白惜墨去舞会了。听到这个消息，晨昱突然开心起来，之前笼罩心间的阴霾就像乌云遇到风一样消失不见，险些忍不住叫出好来。

晨昱和白惜墨从来没有机会跳舞，既然他去参加舞会了，那么今天晚上就是最美好的夜晚，在能悦耳舒缓的乐声中，携手心爱的人翩翩起舞，四目相对……

光是想想，晨昱的心里都有些期待。

晨昱也不顾自己刚刚回绝了陈逸斐去舞会逛逛的邀请，忙拽着陈逸斐的手，迫切地问："师兄，你们学校舞会在什么地方举行？快带我过去！"

陈逸斐对晨昱的过激反应有些惊讶，皱眉："白学弟，他……在舞会现场？"

晨昱眉开眼笑，眼里星星直冒："我也没想到，他以前不喜欢这种跟文体相关的娱乐活动。难得他改变了他的死脑筋肯来舞会逛逛，这挺好的，最好再把他冷冰冰的冰块脸也改了才好呢！"

陈逸斐暗叫不好，看了晨昱一眼，她满脸兴奋，一时间也找不出什么让她改变主意不去舞会的法子，不由得很是着急。

晨昱看陈逸斐突然间脸色不好，关心地问："师兄，你怎么了？不舒服吗，要不要我陪你去看看？"

其实，晨昱只是随口一问，没有料到陈逸斐居然还真的点头同意要去看看医生。

也不是晨昱不关心自己这位蓝颜知己，只是在得知白惜墨去舞会之后，她便心急如焚，恨不得立刻也赶到现场才好。不过，谁让自己嘴贱多说了一句没用的废话呢，眼下，只能陪陈逸斐去看医生了。

看到晨昱一会儿灰一会儿白的脸色，陈逸斐自然知道她的心思，笑了笑说："别哭丧着脸啦，不漂亮了都。知道你迫切想见到某个人，我怎么能这般不识好歹跟你拆台唱对台戏呢。"

晨昱秀眉微蹙，作西子捧心状，可怜兮兮地眨巴眨巴眼睛："我都这样了，师兄你还逗我，看我笑话，真是不厚道，我脆弱的小心脏受伤了。"

陈逸斐笑笑："我们这就过去。"他打量晨昱的一身的休闲装，"你就穿这个去舞会吗？"

"哎呀！"晨昱一声大叫，跺脚道，"对呀，不能这么穿呀，必须换一身漂亮的裙子，不过，我的行李在酒店，离这里还挺远的，去哪里弄衣服呢？"

陈逸斐笑道："校门口出去，左拐，转过一条街就有卖衣服的，大学附近的服装店，你知道的，不名贵，但是贵在样式多。"

晨昱顿时眼睛放光："有漂亮的晚礼服吗？"

陈逸斐闻言皱了皱眉头："也不一定需要晚礼服吧，毕竟那是露天举行呀。"

"那就要辛苦师兄一趟，你如果身体能撑得住的话，就快带我去吧。"

晨昱选了一件仙气飘飘的白色长裙，店主又推荐了一款王冠花型的发饰，晨昱这才心满意足地催促着陈逸斐火速赶回学校。到了舞会现场，发现这里的人竟比原本想象中的还要多。一对对的情侣或四目相对、脉脉含情，或紧紧相拥、不离不舍，在音乐声中翩翩起舞。至少不下一百对情侣，晨昱很费劲儿地寻找着熟悉的身影。

因为身边的陈逸斐，晨昱额外受到了很多注目，还有熟识的人打招呼："陈师兄，您怎么过来啦，这位漂亮的美女是？"

陈逸斐顺着那句"美女"笑道："这位美女是我的一位妹妹。"

晨昱扑哧一笑，刚想回一句"你究竟有几个好妹妹"来打趣陈逸斐，却在不经意间看到了她想要找的人，白惜墨拥着一个女孩子在舞会的最边缘……

在见到白惜墨的一刹那，晨昱大脑停止运转，跟随着本能下意识地小跑到了他近前。此刻正好一个旋转，白惜墨背对着自己，倒是他那相貌平平却打扮得很妖艳的舞伴不明晨昱的来意，面露惊讶地望着她，但也没有停下舞蹈动作。

此时一曲结束，音乐骤然停下，舞会一片寂静，只有晨昱甜脆脆的声音响起："白惜墨，可不可以请你跳一支舞？"

在看到晨昱的一刹那，白惜墨的眼神居然有一丝躲闪和慌乱，随后是惊讶和开心。以至于晨昱觉得那一瞬间的慌乱肯定是自己的错觉。

白惜墨跟他的舞伴不知道低声说了一句什么，便过来挽住了晨昱："你怎么来了？"

没想到白惜墨的第一句话竟是这个，晨昱有些哭笑不得地说："过来领研究生录取通知书啊。"

白惜墨"哦"了一身，脸上浮现出一副恍然大悟的表情。

不知道为什么本该高兴激动的晨昱竟突然间有一种难言的心酸浮现心头。他竟然不知道我的行程，是工作太忙？还是……对我漠不关心呢？

正当晨昱沉浸在自己的胡思乱想中时，白惜墨的舞伴不知道什么时候出现在了晨昱的面前。那女生深情地望着白惜墨，不怎么漂亮的眼睛水汪汪的，像是快要溢出水来："阿墨，这位美女是谁啊？像这样级别的仙女，我在咱们学校竟然没有见到过。"

白惜墨的眼神像钟摆一样，在自己面前的两个女孩子间相互转换，最后终于停在了相貌平庸的舞伴脸上，看了半响才面无表情地说："她是我高中的同学晨昱。"然后指着身边的舞伴对晨昱说，"这是我法律系的同学尹心颜。"

晨昱没想到自己在白惜墨眼中只是"高中同学"，此时的晨昱心里五味杂陈，非常失落。连尹心颜向她伸过来表示友好的右手，都没有去握。

尹心颜撇嘴一笑，伸出右手去挽白惜墨的臂膀："惜墨，我们去转转，那边还有其他同学。"

白惜墨淡淡地说："你先过去，我朋友远道而来，有几句话要说。"说着将尹心颜搭在自己臂弯的手拿了下来。

尹心颜愣了一下,眼神中闪过一丝不悦,随即换成了谄媚的笑意,倒也没再说什么,微微一笑,转身离去。

"她是谁?"晨昱盯着白惜墨的眼睛,淡淡地问。

白惜墨轻轻地叹了口气,说:"我刚才不是都告诉你了吗?"

晨昱冷哼一声,将眼睛转向热闹的舞会,然后语气冰冷地说:"同学之间的礼仪就是挽着臂膀这般亲切吗?"

白惜墨被晨昱的话弄得哑口无言,过了好一会儿,他才有些祈求地说:"晨昱,这个同学帮过我的忙,今天是她的生日,我们好几个同学都在为她庆祝生日。这样吧,你先回去,晚上结束后我联系你,行吗?"

晨昱不可置信地看着白惜墨,心里想着他这是在撵自己走吗?逐客令?且别说自己为了他千里迢迢地赶过来,即便是这个舞会,也不是白惜墨家举办的,白惜墨凭什么让她先走?

看着白惜墨面无表情的脸上隐约有一丝无奈和难过,晨昱没有说话转身离去。她虽然很难过、很气愤,却有着自己的尊严和骄傲,白惜墨既然不愿意看到自己,又何必在这里碍眼惹人烦呢?

晨昱没走几步,广播响了。

"各位同学,感谢大家在百忙的学习中抽出时间参加我们的舞会。今天是法律系美女尹心颜的生日。在此呢,让我们大家祝她生日快乐,青春常在!"

闪光灯打向尹心颜,引来一片欢呼之声,在众多杂乱的"生日快乐"中,尹心颜站在舞台中央,笑着致谢。尹心颜的一个好友事先为她准备了一个小蛋糕,此刻将蛋糕捧到台上,尹心颜在舞会主持人的帮助下点燃了蜡烛,并大声许愿。

"谢谢大家,既然有这个难得的机会,那我就在这里'再拜陈三愿'

了。"尹心颜的幽默和才情引来大家一片赞扬和掌声。

晨昱停下脚步,嘴角带着鄙夷,冷笑道:"别人许愿都是闭眼默默许愿,哪里像她这般生怕别人不知道。就凭这个,她的愿望也实现不了!"想到这里晨昱又觉得自己这般诅咒别人,也不怎么道德,于是又在心里鄙视了自己一番。

这时,台上的尹心颜开始说自己的愿望:"春日宴,绿酒一杯歌一遍。再拜陈三愿,一愿在场的美女帅哥们,爱情甜蜜,心遂人愿;二愿父母师长们身体康健,永远少年;三愿我和郎君白惜墨岁岁常相见!"

她倒也有些才情,将《春日宴》做了些修改,迎合了在场的观众,竟还有几分韵律,有情有趣。最后一句一出来,引来现场一片口哨之声。人群中有人在喊:"白惜墨,白惜墨……"

没有等到"千呼万唤始出来",男主角已经被几个同学簇拥着来到台前,场面异常热闹。

晨昱呆呆地立在人群之外,像个木偶一样,茫然地看着台上,庆生,亲吻……直到有人轻拍她肩膀。

晨昱对上陈逸斐关心的眼眸,一脸麻木的她瞬间泪流满面。但,眼泪是什么时候流出来的,她自己都没有觉察。然后,她便逃似的转身快步就跑。至于为什么要落荒而逃,她也不知道原因。

也不知道哪里来的勇气或者是傻气,晨昱穿着五六厘米的高跟鞋在人潮拥挤的广场奔跑,跌跌撞撞,不小心撞到一对情侣,她跌倒在地,不等人去搀扶,自己便狼狈地爬起来,扔下一句"对不起",仓皇离去。

台上的白惜墨远远地看着,深邃的眸子中露出几分不忍和痛心,身体却是一动不动,僵硬地矗立在台上,在一片祝福和起哄声中,依旧理智地陪着尹心颜继续唱着深情的戏码。

晨昱不明白到底是哪里出了差错,自己明明在等待男朋友,为什么好不容易见着面，他却成了别人的男友？明明是自己的，怎么一瞬间就成了别人的？或者说，从来就不是自己的？

看着白惜墨和别的女孩子在台上秀恩爱，晨昱第一感觉是不可置信，她真希望是自己在做梦，一场噩梦而已，梦醒了就好了，一切还是正常的幸福和美好。

晨昱紧紧握住拳头，手心都流了血，可梦还没有醒。原来，这不是梦，而是最真实的现实。

晨昱突然觉得自己才是这个世界上最多余的人，既然不能凭空消失，她只有一个念头，那就是迅速地逃离现场，至于逃到哪里她不知道，心里只有一个念头，逃得越远越好，最好是没有人烟的天涯海角。

晨昱听见不远处仿佛有人在呼喊自己。声音很熟悉，是谁呢？不过是谁都不要紧，她谁都不想见，而且，也没脸见任何人。

第二十九章 一别两宽

你我皆凡人，生在人世间，终日奔波苦，一刻不得闲。

既然不是仙，难免有杂念，道义放两旁，利字摆中间。——《凡人歌》

晨昱一路狂奔，冲到校门口，正好遇到一辆出租车，晨昱也不管车上有没有人，强行打开车门，从口袋里掏出两张红色的钞票："开车！"

出租车司机很是惊讶地看着晨昱，说道："小姑娘，你去哪里？"

"我……我也不知道,您先开着车到处走走,走到哪里算哪里吧。"

出租车司机四十岁左右,长着一副真诚的好人脸,关切地看了一眼晨昱:"小姑娘,你喝酒了?那就别出去了,回宿舍休息休息,好好睡一觉,到明天什么事都没了。"

喝酒?哪里来的酒?!

晨昱透过后车镜,看到自己这副恶心邋遢的样子,在第一次见面的人眼里,竟像是一个醉酒的疯子。

晨昱苦笑,开口道:"谢谢你大哥,带我去酒吧,随便哪一家都可以。"

出租车司机的话倒是提醒了晨昱,让她想到了酒吧,原本,她都不知道要去哪里的。

"小姑娘呀,夜晚去酒吧不太安全,尤其是你这样的漂亮女孩子。"看到晨昱伤心的眼神和决绝的表情,司机叹了一口气,"姑娘,如果你非要去,我就带你去一个相对比较正规一点儿的酒吧。哎,你看那个冲我们挥手的年轻人,他是你同学吧?不如,我们让他一起上车?"

晨昱木然地回头,夜色迷离中,她远远看到陈逸斐在追赶着自己乘坐的出租车,还不停地挥手。

不知道为什么,晨昱本来冰冷刺痛的心,却因为这个画面,竟也莫名温暖了许多。多年后,每当遇到伤心难过的事,她总能在脑海中浮现出这个温馨的画面。

但当时的晨昱,不想见任何人。如果可以,也包括她自己。

晨昱收回目光,缓缓地吐出了两个字"开车"。

出租车司机倒是个热心肠的人,他从后视镜中看到追车的年轻人拦了一辆车在追着自己,于是在转弯或者遇到交通灯时都刻意放缓速度,免得后面那辆车跟不上。

到了目的地,晨昱不等司机找钱,就甩门下了车,连酒吧的名字都没看就直接闯了进去。

陈逸斐随后也下了车,看到载晨昱的那个出租车司机居然在等他,热心肠地告诉他,晨昱想要找个酒吧,他所知道的酒吧就属这个最好。他还语重心长地劝解,年轻人要珍惜眼前人,没有什么化解不开的矛盾……

陈逸斐知道司机这是认错了人,将自己当成那个惹晨昱伤心难过的人,也没解释,很配合地点头称是,真诚地道谢。

陈逸斐自幼家教甚严,他也是第一次来这种地方。他对酒吧的理解和认识基本源于影视剧,嘈杂的空气中弥漫着烟酒的刺鼻味道,还有劣质香水的呛味,摇滚乐声音开到最大,几乎要震聋人的耳朵,衣着暴露的男女在舞池里疯狂地扭动自以为很性感的身体……

但是这间酒吧倒是刷新了陈逸斐对酒吧先入为主的印象和偏见。

酒吧的灯光虽耀眼,却没有想象中的那般喧闹;音乐舒缓,沁人心脾。一个戴眼镜的文静而帅气的DJ抱着吉他,闭着眼睛,在清唱一首他不知道名字的伤感情歌。各种颜色的酒类琳琅满目,像是五彩的水晶,却是那般的诱人。温和的服务生、帅气的调酒师成了这里最美的点缀。

陈逸斐看到晨昱独自坐在最角落的位置,手里不知拿着一瓶什么酒,只见她盯着酒瓶呆呆地端详了半天,似是被酒的迷人色泽所迷惑,片刻,她将酒瓶对到嘴上,直接喝了起来,至于喝相嘛,甚是不雅。

陈逸斐犹豫一下,思索一会儿走了过去:"美女,请问这里有人吗?"

晨昱抬起头,看见来人是陈逸斐。不愿意见人是一回事,可人已经出现在你面前是另一回事,何况这个人不但是知己,而且还能说得上是恩人。对于这样的人,晨昱的脸皮还没有厚到六亲不亲,自是无法横眉相向撵他离开。

看着晨昱没有说话,陈逸斐本着"不说话就是默认"的原则坐了下来,正在寻思怎么开口,晨昱倒是先说话了:"师兄,你之前说你也曾失恋过，方便分享一下吗？"

陈逸斐没想到晨昱总是这么一语惊人，不按常理出牌，思索片刻，说："我觉得'失恋'这个词，从字面理解是先谈恋爱，然后又因为各种原因，不幸失去对方，才能算失恋。"陈逸斐笑道，"我这个呢，有些特别。高中的时候有个女孩子喜欢我，但是我这个人反应有些迟钝，当然，通常大家称之为'笨'。"

晨昱听得颇有兴致："你不知道她喜欢你？"

"那倒不是，我笨就笨在，我以为自己不喜欢她，就拒绝了人家。我从小接受的家教是温润礼貌，所以，即便是拒绝了，也是拒绝得相当委婉客气有诚意，于是乎大家还当一般朋友一样相处着。但是相处下来，我发现自己对她也不是全然不喜欢。但我这个人一向认为深沉闷骚是门很大的学问和优点，就一直这么贯彻执行着。"

晨昱听得哈哈大笑："我怎么没有觉得你深沉闷骚呀？"

陈逸斐见晨昱展颜欢笑，顿时觉得心情大好，接着说道："可能我们相处的时间不长，你还不曾有机会发现我这两项最大的优点吧。等到了大学，我们两人分开，她去首都读书，距离产生美，我才突然发现自己对她的感情已经如此之深了。

"当我想要放弃自尊跟她表白的时候，我恰巧看到了你给白学弟寄的情书，思前想后我决定不能贸然邮寄，还是亲自去看看她，当场表白比较好。

"我去了她的学校，却看见她刚好有了男朋友，据说是开学第二天打水的时候撞上了，我喜欢的那女生的水壶坏了，开水淋了那男生一腿，没想到腿好了，脑子却'坏'掉了。那傻瓜居然喜欢上烫伤他的人。俩人一拍即合……然后，他们俩请我吃饭喝酒，我就没出息地祝福他们，安静地退出了。"

晨昱先是笑得前仰后合，后来思索片刻，无端地伤感起来，端起那杯不知名的蓝色液体："这么说，咱们都不算是'失恋'，你是后知后觉遗憾错过，我是暗恋终结，自己活该。"

陈逸斐点点头，然后说道："'明朝且做莫思量，如何过得今宵去'，无论如何，先把难熬的今朝熬过去。"

其实，事后想想，晨昱很看不起当时的自己。

当着众人被失恋却不敢上去问个究竟，落荒而逃还害怕别人知道自己的可怜，只能像一只鸵鸟一样，缩在酒吧，希望用酒精来麻痹一下自己，做一个可以借着酒疯发泄自己的疯子和懦夫。

一阵酒意袭来，晨昱觉得胃里翻江倒海，头疼欲裂，不过意识还算清醒，她不许陈逸斐跟着，自己跟跟跄跄地跑到卫生间吐了一番，胃里好些了，可是头却依然疼得快要炸开。

就在晨昱去卫生间的时候，她放在桌上的手机响了，陈逸斐瞥了一眼，看到来电显示上的名字"最爱墨墨"，陈逸斐被晨昱闷骚般的热情和取名字的重口味惊了一下，愣了片刻，帮她接听了电话。

晨昱也没整理妆容，用清水洗了一下脸上的污秽，稍微清醒了些，就回到了酒桌上，叫来服务生，说是要把这里的酒都尝一遍。

帅气的服务生事先收到了陈逸斐的叮嘱，看着晨昱微笑，爽快地答应了下来，端来的却是度数不高、名字浪漫的饮品。

在晨昱这个外行眼里，这些五光十色的东西都是一个样。于是，她像个猫一样窝在角落里，灰暗的灯光使人觉得安全，尤其是那些秘密和伤口，可以有个角落躲藏，听着那些忧愁怀旧的歌曲，她很快就潸然泪下。

平日里被晨昱不屑的低俗的网络歌曲，在失恋的时候听着居然别有一番风味。那些或如泣如诉、或撕心裂肺的歌词曲调，却可以在酒精和失恋的刺激下，达成心灵深处同一频率的共振，实乃匪夷所思。

不知过了多长时间，陈逸斐说他有些不舒服，出去一下。

晨昱了解，知道他是找个借口想要去吐，也不说破，"嗯"了一声，本想点头，可是头又麻又痛，连点个头都不利索。

不一会儿，晨昱感觉有人来到她的身边，一把抓住晨昱的手。

晨昱攒足了力气，却不如对方力气大，没能挣脱，只好悠悠地叹道："师兄放手，你啥时候这么不绅士？不是说好了吗，今儿咱们两个失恋的人，哦，不，是没来得及恋爱就失去的人相互陪伴，一醉方休的吗？你不会醉的忘记了吧，哦，你吐得倒是挺快的……"

晨昱抬起沉重的眼皮，眼前一张英俊帅气的脸，却不是陈逸斐的。

晨昱用另一只手揉揉眼，苦笑道："师兄，我喝得眼花了，你的脸都变成白惜墨的了。你还是放开我吧，免得我一会儿醉了，对你意图不轨……"

这时，晨昱听到对方沙哑而冷漠的声音："晨昱，对不起。"标准的北方普通话，与陈逸斐浓重的南方卷舌音截然不同。

晨昱握着酒杯的手一抖，水晶般晶莹剔透的玻璃杯落地，发出清脆刺耳的破裂声。

无法面对的人出现在面前，晨昱有些手足无措，她是属鸵鸟的，不会想到怎么办，就只能想到逃走。她抓起手包，还不忘捡起地上破碎的杯子，打算结账走人，却慌里慌张地被碎玻璃割破了手。

伴随着鲜血的流出，一种尖锐的刺痛感冲击着晨昱的大脑，倒是让沉闷憋屈的心有个了宣泄口，竟舒缓了许多。

感受着这种凛冽的快意，晨昱清醒了许多。她没有刻意去止血，为防止别人看到害怕，就将手伸到连衣裙的口袋里，就要离去，却被白惜墨伸手拽住。

"晨昱，我们谈谈。"

既然走不了，晨昱也就不做无谓的挣扎，否则倒显得矫情，虽然她有时候真的很矫情。

晨昱走回自己的座位，身子卷曲在软软的沙发的最深处，将脸藏在黑暗中，不吭声。

白惜墨像是有些不知道从何说起，怔怔地望着晨昱，半天默不作声。晨昱这边也不曾有只言片语，只有吧台处传来沧桑而略带伤感的歌声：

> 你我皆凡人，生在人世间
> 终日奔波苦，一刻不得闲
> 既然不是仙，难免有杂念
> 道义放两旁，利字摆中间
> 多少男子汉，一怒为红颜
> 多少同林鸟，已成分飞燕
> 人生何其短，何必苦苦恋
> 爱人不见了，向谁去喊冤

一首《凡人歌》，道尽人生无奈与悲凉，晨昱和白惜墨两个人静静地听着，都没有说话。过了许久，白惜墨才淡淡开口："多少同林鸟，已成分飞燕。有时候，不是因为不爱对方，而是因为不得已。"

或许是因为不爱了，又或者在心里从来就没有爱过。想到这里，晨昱觉得胸口隐隐作痛，连带着五脏六腑都揪成一团。她不敢说话，生怕一开口，便会像电视剧中那样，不争气地吐出一口老血。

白惜墨沉默片刻，坐在对面，面无表情地低着头，抿着嘴，手伸向晨昱面前的酒杯，一抬头，将杯里的酒全部都倒在了嘴里，漆黑的眸子写满沉痛与落寞，凝视晨昱半响，才缓缓开口："我已经对不起她，就不能再耽误你了。我知道自己有错，不求你能原谅，却真心希望你能开心。"

晨昱内心的刺痛感更加强烈，不但伤心而且一团愤怒的小火苗在逐渐燎原。不能对不起尹心颜，就只能对不起她晨昱了。明明是喜新厌旧，却还说得这般冠冕堂皇。

白惜墨像毒蜘蛛一样结了一张漂亮结实并充满诱惑的网，而晨昱觉得自己就像是那些可怜的蚊虫飞蛾一样，不管不顾，傻傻地一头撞了进去，无论怎么挣扎都无济于事，只能加速沦陷，最后只能绝望地等待那不可逆转的结局。

"但无论如何，你是我此生第一个爱上的女孩，感谢你的出现，温暖了那些年的孤寂心灵，点亮了青春年华。"

晨昱心想，他这是在作诗吗，这般文绉绉的。这个事应该是李一诺干的呀。

想起尹心颜在舞台上的"再拜陈三愿"，晨昱恍然，白惜墨这是受尹心颜的影响。想起"近朱者赤，近墨者黑""情侣在一起越长越有夫妻相"之类的话语，晨昱的愤怒之感更甚。

晨昱深吸一口气，自己觉得不会吐血，才缓缓开口："'等闲变却故人心，却道故人心易变'，我是不是这样回答才算应景？"

白惜墨低下头，不敢直视晨昱："有时候分手也不一定是因为变心。"

晨昱强忍着胃里的翻江倒海，惊愕且不屑地反问道："那还能因为什么？因为是兄妹？还有因为其中一方得了绝症，好不了了，不愿让对方难过？白惜墨，你以为拍电视剧呀！"

白惜墨苦笑，像是自嘲，又像是对什么人的不屑："同学聚会，我喝多了。她说我非礼了她，反正我心情不好，喝得断片，什么也记不得……"

同学聚会、喝醉了、负责任，这都是什么狗血桥段。

与其是这样，晨昱还不如接受自己刚说的"兄妹""绝症"这种剧情呢，情节虽然老掉牙了，但比起白惜墨和尹心颜的版本，至少还"真善美"一些。

晨昱强压着恶心和想要呕吐的冲动，开口道："白惜墨真是既重情重义，又有责任心，在下失敬。"

晨昱虽嘴上说白惜墨重情重义，但心里却在鄙视他的所作所为，重情重义却做出这种丑事？白惜墨要对尹心颜负责，那自己爱恋他多年，就可以不负责任，弃之如敝屣？

晨昱话里话外的不屑和讥讽，白惜墨岂能听不出来。看着晨昱的愤怒隐忍和在眼眶里的眼泪，白惜墨的胸口像是被大锤狠狠敲打，闷闷地疼，他闭上眼睛，狠心地说："晨昱，对不起。对你，我不想隐瞒，其实这件事已经发生好几个月了，我好几次想要告诉你，却开不了口。也许我的潜意识在等待一次转机，等待尹心颜说她不喜欢我，又或者这中间还有什么误会和意外，这样我们两个说不定还能当作什么也没有发生。"

晨昱强忍着心痛，怒极反笑，挑了挑眉："什么也没有发生，原来在白先生眼里，我竟然是世上最笨的傻子。"

白惜墨摇摇头："晨昱，你永远都不明白，我和你在一起需要承受多大的压力？你的家庭、你的父母、你的朋友都是我无法企及的存在。我承认，是我对不起你，但是我请你相信，我们走到今天这一步，绝对不是出自我的本意。"

晨昱看着白惜墨，发出嘲弄的笑声，说道："按照白先生的意思，我们之所以会变成今天这样，还是因为我了，因为我的家庭、我的朋友。"

晨昱的话似乎触到了白惜墨的伤心处，他几乎是用质问的语气说："晨昱，我不知道你相不相信命运，反正我是相信。为什么有些人一生下来就拥有一切，就像你和李哲曦，你们从来不用为任何事情发愁，等待你们的是体面尊贵的一生。而像我和柳璇、唐冰这种人，我们要付出比你们百倍的努力，苦苦挣扎，才有可能拥有你们从出生就有的东西。而人们世俗的眼光是那般的现实和残酷,仅仅因为我们是两个阶层的人,我们的真心相恋就是我逾越?就是我别有用心?就是我不堪不配?你们凭什么看不起人,侮辱人?谁给了你们这种特权?"

白惜墨越说越是愤怒,口若悬河滔滔不绝,看来他选择法律做专业,真是选对了。一个负心的辩护,居然还这般据理力争,不明白真相的人,看到这一幕,十个人中倒有九个半人要来指责晨昱了。

晨昱被骂得也是丈二和尚摸不着头脑,一边惴惴不安地在心里反省自己的种种行为,一边小心翼翼地问白惜墨:"那个……谁看不起你了?我吗?"

"你觉得你的家人和李哲曦,他们很喜欢我?"

晨昱张口结舌,说不出话来。

白惜墨又往自己的喉咙中灌进去半瓶酒,借着三分酒气和自己的七分不平,愤怒地说:"他们说得对,我们本来就是两个世界里的人,就像两颗坠落的行星,相遇时的光芒绚烂夺目,却只是一瞬间,万万不会长久,迟早有一天会分开。而如今我们以这样的结局落幕,趁彼此还没有陷得更深之前,说不定这还是一件好事。"

说到动情处,白惜墨的语气也柔和了几分:"晨昱,你是我第一个真心喜欢的女孩,也是这世上除了我妈,对我最好的人。这辈子我们没有缘分,是我对不起你,如果有来生,让我先爱上你,报答你。"

晨昱感到鼻子一阵酸涩,像是不小心被辣椒水呛到了,眼睛也开始发烫发涩,似乎有液体要流出来,她强忍着汹涌的泪意:"感谢白先生曾经垂青,在下愧不敢当。此生遇到白先生,在下已经倒霉不已,不希望来世还继续厄运缠身,今生来世,我们再不相见!"

如果时间还记得

多年过去,
你原谅当时那个一往无前自以为是的自己了吗?

下

依祎 / 著
YI YI ZHU

台海出版社

第三十章　相忘江湖　　　　// 207

第三十一章　错位表白　　　// 213

第三十二章　青春散场　　　// 218

第三十三章　独家记忆　　　// 225

第三十四章　师之不易　　　// 234

第三十五章　久别重逢　　　// 241

第三十六章　难测人心　　　// 247

第三十七章　穷通前定　　　// 252

第三十八章　是缘是劫　　　// 260

第三十九章　尝试一切　　　// 267

第四十章　　对错之间　　　// 275

第四十一章　相亲经历　　　// 281

第四十二章　念念不忘　　　// 287

第四十三章　职业选择　　　// 295

第四十四章	意外闪婚	// 302
第四十五章	惊天巨变	// 311
第四十六章	人情冷暖	// 321
第四十七章	远走高飞	// 328
第四十八章	生活生存	// 334
第四十九章	一吻定情	// 341
第五十章	职场法则	// 350
第五十一章	并非意外	// 357
第五十二章	新的生活	// 362
第五十三章	真爱迷茫	// 368
第五十四章	以退为进	// 373
第五十五章	爱一个人	// 379
第五十六章	各有因缘	// 386
第五十七章	挚爱北辰	// 394
第五十八章	一时瑜亮	// 399
第五十九章	如此深情	// 404
第六十章	青春正好	// 409

第三十章　相忘江湖

　　回忆若能下酒,往事便可作一场宿醉。醒来时,天依旧清亮,风仍然分明,而光阴的两岸,终究无法以一苇渡航。我知你心意。无须更多言语,我必与你相忘于江湖,以沧桑为饮,年华果腹,岁月做衣锦华服,于百转千回后,悄然转身,然后,离去。——简嫃

　　晨昱清醒的时候依然觉得迷糊。本以为自己应该在江边,却不料居然在一个挺舒适柔软的床上。脑袋稍微用力思考,头就隐隐地痛,就连眼睛也说不出的难受,习惯性地拿起床头的手机,看了看,时间居然是上午十点五十分,手机上显示有十一个未接来电。
　　晨昱看了看,冯蕾打了一个,白惜墨打了一个,剩下九个全是李哲曦打的。
　　晨昱忍不住回想自己昨夜到底干什么了,没有听说过喝酒喝得听力不好的,连手机铃响都听不到。晨昱光着脚丫,跃下床去,将房间的窗帘拉开,随着手的扯动,一道剧烈的强光刺得她本来就睁不开的眼睛愈发疼痛。
　　晨昱下意识地闭眼片刻,过了一会儿才缓缓睁开,外面的阳光真好呀,不管昨晚再怎么风雨交加,终究会有晴天;无论昨夜再怎么寒冷黑暗,第

二天依旧光明温暖。

晨昱将窗户打开，深吸一口气，缓缓凝视着楼下不远处的江水滚滚流逝。绞尽脑汁地思索着昨晚的情景，但是她的脑袋还是有些乱，而且身上的气味也不好闻。说到气味，她这才发现自己昨天刚买的那件飘飘欲仙的白色长裙居然不见了。

"啊！"晨昱抱着快要爆炸的头，大声地喊了一嗓子。

四月底五月初对于晨昱长大的北方，气温还乍寒乍暖，但对于亚热带的临海来说，无疑是夏天。因为宿醉，头脑不清醒，她竟然没有察觉自己身上少了件衣服。

"咚咚咚……"有人敲门。

"晨昱，你醒啦？你的衣服在外面。你洗个澡换身衣服，我先去楼下透透气。"

居然是陈逸斐的声音。

晨昱"嗯"了一声算是作答。听到门外传来一声关门声，晨昱这才裹了被子，将门悄悄开了一条缝，门外是客厅，茶几上摆放着衣服盒子，晨昱打开盒子，里面是一套粉色的真丝衣裙，还有两套内衣。

晨昱拿着两套尺码相邻的内衣，脸像火烧一样红了起来。此时手机响了，是陈逸斐的短信：衣服你选个自己的尺码，我不懂，就选了两套相近的。

晨昱没有回复，抱着衣服去洗澡。

晨昱隐约记得昨夜自己跟白惜墨说了此生永不相见后，就跑了出去。当时好像打车去了江边，好像陈逸斐也在。印象中自己絮絮叨叨，又哭又笑，甚是豪迈。但是具体的细节，她却不记得了。

洗了澡，换了身衣服，晨昱便给母亲回了电话，解释说自己昨夜和朋友们跳舞看电影玩嗨了，没有听到手机铃声。

冯蕾赶紧问男的女的？

晨昱皱眉说男女都有，这才将冯蕾哄了过去。

冯蕾最后提醒晨昱，让她赶紧给李哲曦回电话，这才挂了。

晨昱一边吹头发，一边思索该怎么跟李哲曦解释。她这边还没来得及想出一个好办法，李哲曦却打来了，晨昱只好皱眉接听。

"你昨天夜里干什么去了？"

"没干什么。"晨昱淡淡地说，装作若无其事，"跟朋友跳舞看电影，没有听到。"

李哲曦显然不像冯蕾一样好骗，在电话里冷哼了一声，说："失恋的人还有兴趣去电影院，你的脾气和品位什么时候变好啦。"

晨昱心下一凉，没想到李哲曦居然知道了，他是怎么知道的？

"谁告诉你的？"晨昱皱眉，颇有几分心虚地问。

李哲曦浓重的鼻音传出来："这还用说？我问别的同学要了白惜墨那浑蛋的电话，顺便去把他修理了一顿。"

晨昱心里叫苦不迭，秘密突然被发现，她有一种羞耻的暴露感，说不出话来。

"你现在在哪儿？你说吧，是我去接你，还是你二十分钟之内赶回来？"

晨昱叹息一声，还算乖巧地说："我吃了饭，自己回去。"

"你还吃得下去饭？"

晨昱冷哼一声："我为什么吃不下去，哪里规定了失恋就不准吃饭。李哲曦，我的事不用你这花花公子管……"

"哎，你这死丫头，说谁花花公子呢？像我这么痴情重义的人，世间也算凤毛……"

晨昱没有心情跟李哲曦斗嘴，没等他说完话，就不客气地挂了电话。

随后，晨昱邀请陈逸斐进行"最后的午餐"。就在这家海边温泉酒店，还省得来回折腾，晨昱虽然吃不下去，却也点了几个硬菜，来充当道谢兼道别的门面。

"师兄，这些日子以来让你费心了，大恩不言谢，我先干为敬。"

陈逸斐客气地说着得体的话，晨昱问到买衣服的钱，陈逸斐愣了片刻，还是报了一个数，晨昱向他要了一个银行账号，说这两天将钱打到账号上。

陈逸斐苦笑点头，然后，两人就陷入了沉默。

晨昱心里有一个疑问，问吧，于事无补；不问，留在心里，总觉得膈应。她斟酌再三才缓缓开口："师兄，关于那个……尹心颜，他们的事，你之前知道吗？"

陈逸斐刚将一块黑椒牛柳放进口中，听晨昱这么一问，一个吸气，咳嗽起来。

晨昱歉然道："我没有别的意思，他们的事如果说同学、同事都知道的话，我在想，师兄说不定也有耳闻。"

陈逸斐端起红酒轻轻喝了一口，又拿纸巾擦擦嘴，才慢慢地说："没错，我也听说过。之所以没告诉你，是因为你前段时间一直在忙着考研的事，不想让你因为这件事而分心。"

晨昱自嘲地苦笑："如今读研究生对我来说已经没有了意义。"

陈逸斐摇摇头，没有再接话。

晨昱想了想自己之前的荒唐模样全被陈逸斐看到了，有些不好意思地说："昨天真是谢谢你了，要不然说不定我会发生什么事呢，我应该没做什么过分的事吧？"

陈逸斐看到晨昱一副小心翼翼试探的样子，脸上露出狡黠的笑容，说："你真的不记得了，你昨晚说了好多遍你和白惜墨的事，还拽着我说要不要我们也学学白惜墨和尹心颜，看看我们醒来后会怎么处理……"

看晨昱瞪大眼睛，先是不可置信，随后眼睛里露出惊恐的目光，陈逸斐继续说道："不过，你不用担心。我就是怕我们置于两难的选择，所以忍着巨大的诱惑和煎熬拒绝你啦，但是，现在想起来，又有些后悔自己的胆小。"

晨昱窘迫得快要哭出来了，陈逸斐这才大笑："我讲的冷笑话不好笑吗，你为什么这副表情？"

晨昱一开始听到陈逸斐的话，脸像调色盘一样，一会儿红，一会儿白……直到听到陈逸斐说是玩笑，这才放下紧绷的神经，大口喘气，一边拍着胸口，一边皱眉道："有你这么开玩笑的吗，吓死我了！"

"这有什么好害怕的呢？"

"当然害怕啦，无论怎么样，我也不愿变成自己最讨厌的样子。再说，即便有一天我变坏了，真要那么做了，我也不希望那个人是你。"

陈逸斐心头一紧，像是一颗心被谁的手掌用力攥住，狠狠地揉搓着，他忍着心塞，装作不在意地问："为什么？"

晨昱微笑着说："因为你是我最在乎、最珍贵的知心朋友。失恋已经够倒霉了，我可不想再失去你。"

陈逸斐感觉自己的心突然被松开，一下子轻松自由了，被一种异样的感动填满，他淡淡地说："不会的。"而他也在自己心里补充道，只要你需要，我愿意随时在你身边。

与此同时，陈逸斐也为自己昨夜的理智和决绝感到既心酸又欣慰。

昨夜心碎绝望的晨昱错将陈逸斐当作了白惜墨，扯着自己，不让自己走，哭诉衷情并求他不要离开。

陈逸斐只得狠下心来将晨昱锁在屋内，隔着一道房门，听见晨昱喃喃地说："你宁愿陪着那个相貌平平的尹心颜，也不愿陪着我，看来在你心里我的确不如她，你的确不爱我。"

陈逸斐自己在外屋的沙发上坐了一夜，半夜晨昱吵着要喝水，陈逸斐扶她喝了一杯水,不一会儿,酒和水在晨昱胃里剧烈融合,她就吐了。衣服上也染上一些秽物,陈逸斐不得已,只好屏住呼吸忍住心跳帮她脱掉外衣。

晨昱在醉梦中还兀自伤心地说:"原来……你都不爱我……"

陈逸斐拿着湿毛巾为晨昱擦拭呕吐的秽物,悄悄地告诉熟睡的晨昱,不是不爱,因为深爱,才不忍心伤害。

吃完午饭,晨昱跟陈逸斐道别,也没有回去找李哲曦,而是自己去了车站,在拥挤杂乱的候车厅呆呆地坐到深夜,这才坐上了一辆北去的火车。因为已到四月三十号,遇上五一小长假,晨昱没有事先订票,只得买了一张站票,就上了车。

晨昱被挤在两节车厢连接处的吸烟室,亏得她还有兴致,粗略地数了一下,三四平方米的吸烟室居然挤了二十来个人,她算是真正地体会了一把"无立足之地",还好她没有行李,倒也方便不少。

待了一会儿,晨昱实在受不了了,离开了吸烟室。不是因为挤得,是因为熏得,晨昱来到车厢的过道,找了一个挨着座位的空地,她强挤过去,占了地方。

这个地方比较好,站累了还能用背靠着两排座位中间的靠背。旁边的一个青年,二十五六岁的样子,看到晨昱很憔悴,便站起身,说自己去抽烟,让晨昱坐到他的座位上休息一会儿,就这样,青年时不时让晨昱在他的座位上休息,两人替换着坐。

如果放到以前,晨昱一定无法忍受硬座车厢,她讨厌那些身上由于长期不洗澡、不清洁导致有气味的外出务工人员。而现在,在如此拥挤的车厢中,却是这样的人舍得自己受累,给晨昱让座。

以前,那个冷漠高傲不食人间烟火的白惜墨在晨昱眼中好似完美无瑕的神祇,而现在他不过是……

可见心境不同,看待事物的感官也会发生相应的变化。

通过聊天，晨昱得知，对面这个年轻人只比自己大两岁，在外地打工，一年回家两三次，看看年迈的父母和久别的妻儿。更让晨昱惊讶的是，他居然还有个三岁的孩子，他几乎算是自己的同龄人呀。

晨昱心想，自己在为失恋痛不欲生，可这个只比自己大两岁的人，就需要为一家五口的生计打拼。晨昱陷入了深思，深思的结果是她临时下车，临下车前她给那个分给她座位的年轻人留下了五百块钱，不等那人追过来，她便匆匆下了车。

第三十一章　错位表白

可不可以把"我爱你"倒过来，说一次给我听，哪怕是开玩笑。——佚名

世界上有些痛苦是谁也无法安慰的，比如亲人的逝去、爱人的背叛……而这种无人能开解的难过才是真正的痛苦。"当场被失恋"带给晨昱的愤怒和绝望，依旧蚕食着她空洞的心，想忘忘不了，想放却又放不下。

往往一个人流血的时候就不再流泪了，同样，身上痛苦难熬，心上的苦就会减轻。晨昱没有回家，而是去了房素梅的老家。一路换乘，她疲惫不堪，而经过三天的折腾，她终于到了房素梅的小山村。

晨昱在这里睡了一天一夜，醒了之后就是发呆和去后山闲逛。没过几日，天突然热了起来，也许是水土不服，晨昱长了一身的疱疹，又疼又痒又影响美观。

如果是以前,晨昱早就忍受不了了,而这次她居然不理不睬、不喊不闹。直到脸上也冒出来几颗,被房素梅发现,才非拖着她去医务室拿了药膏抹上。

房素梅关切地问:"昱儿,你自从这次回来就不太对劲儿,发生什么事了?"

晨昱淡淡一笑,嘴里叼着一根狗尾巴草,一副满不在乎的表情说:"没事呀,我这不是挺好的吗。"

房素梅看着晨昱的样子,就知道自己也问不出什么,只好作罢。

这天房素梅上午有课,晨昱一个人在宿舍抄写《楞严经》,听见有人敲门,打开门,却是杨丽。杨丽跟房素梅是同村老乡,因为房素梅的关系,晨昱跟杨丽也接触了几次。

"杨姐,你上午没有课吗?快进屋来吧。"

"美女,我一直不知道你的名字,是晨昱吗?"

敢情不太熟悉的人跑过来串门子,就是为了问一句名字。晨昱"呃"了一声,点了点头,算是回答。

"原来还真是你呀,快去校门口看看吧,有人找你。门卫大叔不知道你的名字,说没有这个人,不让他进来。"杨丽热情地说道。

晨昱皱了皱眉:"在这里我不认识什么人呀。"不过,她相信平日里不苟言笑的杨丽不会骗她,便随热心肠的杨丽一起来到学校大门口。说是大门口,其实就是一个一米多高,六七米宽的铁栅栏而已。

有时候,这矮矮的铁栅栏根本拦不住调皮捣蛋的学生,几乎形同虚设。不过对于拦截四个轮子的汽车,它却发挥了门神的作用。

看到李哲曦双手插兜,悠闲地靠在车身上,晨昱很是惊讶。

同样惊讶的还有李哲曦,看到晨昱脸上、胳膊上都是鼓起来的红包,他露出一副见了鬼的表情。

"你怎么来啦?"

"你这脸怎么了?"

两人几乎同时开口。

晨昱示意门卫大叔将李哲曦和他的车放了进来。

"你这是在出水痘吗?怎么弄成这副样子?"李哲曦心疼万分地说。

晨昱淡淡地说:"水痘的传染性可是很强的,你赶快走吧,千万别被我传染了。"

李哲曦笑道:"我打过疫苗,哎,我说,你怎么选了这么个鸟不拉屎的地方实习呀?"

"实习,你太高看我了。是我同学在这里实习,我只是闲住。以我的水平和急躁的性子,哪里能教得了学生呢?"

李哲曦环顾四周,剑眉紧皱:"这所学校不会都是砖瓦盖的平房吧,这些人真讨厌,总这么盯着别人看,多没有礼貌,没有见过帅哥吗?"

晨昱被李哲曦的自恋逗笑了,打趣道:"是呀,这些老师和孩子们平日里没有什么娱乐项目,就爱看偶像剧。可能他们觉得你的车比较霸气,还有你长得人模狗样的,当然更主要的原因是在这里,即便是夏天,也很少有人骚包地戴墨镜,除了小混混儿。"

李哲曦吓了一跳,忙摘下墨镜,伸手整理了头发,作个自我陶醉状:"你也觉得我帅吧?要不这样,给你个机会,做我女朋友吧?"

地面本来就不平,又被李哲曦的话吓得不轻,晨昱一个趔趄险些摔倒,还好李哲曦眼明手快,将她拉住了,就听他说:"听到我的表白,至于这般开心吗,激动得都不会走路啦?"

晨昱突然停下来,李哲曦收不住脚步,险些撞上她。

"你这是跟我表白?"

李哲曦左右看看,发现依旧有人在看他们,忙将晨昱拉到一棵硕大的白杨树下,并且转到树后,再抬头看看,已经看不到偷窥者。这才紧张地吸了一口气,从衣兜里掏出一个折好的纸片,拉住晨昱的手,将纸片拍到她手里。

晨昱皱眉道:"这是什么,居然还折成心形,最主要的是还折得这么难看!"

自己的心血被晨昱如此诋毁,李哲曦心里很是急躁,又从晨昱手里抢过心形的纸片,三下五除二将折纸打开,又塞到晨昱手里。

晨昱打开纸张,上面粉纸黑字写着:

亲爱的昱儿:

当你打开这封信,就是我正式向你表白之际。你不用紧张,也不用惊讶。我来解释给你听。

没错,我的初恋是你的闺密——唐冰,苦恋这么几年,终于在三个月前如愿以偿。可令我不解的是,我没有想象中的兴奋激动,也没有预期的甜蜜幸福。相比之下,我看到你和姓白的在一起,却有种不知名的愤懑,就像自己挚爱的宝贝突然被别人抢走了的感觉。

你我受伤当天,我的确是约了诺诺,我也的确是为了救她才赶过去的。可是,当我看到你遇险的一刹那,我就忘记了诺诺,也忘记了自己。一开始,我也搞不清楚,自己对你的感情,直到你和姓白的浑蛋分手。

刚知道这个消息时,不瞒你说,我居然是高兴的。我知道这很不厚道,但我的确心里窃喜了半天,后来看到你伤心欲绝,我居然很心痛。我想做一切事情让你开心,我才意识到田文彬和李一诺说的竟是真的，我真心喜欢的人居然是你！而这么多年，我居然蠢笨如牛而不自知。

昱儿，叔叔阿姨说得对，住惯别墅的人住不惯出租屋；坐惯软卧的人受不了硬座。白惜墨已经过去了，唐冰也过去了。不如，妹妹就给我一个机会，我一定让你过得像孝庄一样！

看完信，晨昱拍手赞道："老哥，这篇情书除了写错了女主角之外，总体上还算差强人意。毕竟，比起你四年前给唐冰写的那封，文笔和才情不知道好了多少，有长进。我给你点赞！"

李哲曦伸手拉住晨昱的双手，眼睛紧紧地盯着她，急切地说："昱儿，我是真心的。"说着将晨昱的双手强行按在自己的胸口上，"听到没，你听听。"

晨昱冲李哲曦翻了一个大大的白眼，狠狠地抽出手来，还顺带给了李哲曦一个粉拳，不屑道："不听也知道，心跳不是因为某个人，而是因为它不跳了，人就死了。"

枉李哲曦自认为聪明，此刻却被晨昱噎得说不出话来。

晨昱叹道："老哥，我给你一个忠告，下次对女孩子表白，千万不要说让她过得像孝庄一样。因为，孝庄并不幸福。"

李哲曦皱眉，不解地问："孝庄有什么不好的？她聪慧美丽、高雅大气，识大体有格局，是我最欣赏的女人。"

晨昱叹道："父亲不疼，为了利益将她远嫁；老公不爱，正妻是她姑妈，最爱的是宸妃；儿子不孝，为了一个女人弃国离家。孝庄纵然倾城绝色、聪颖无双、权倾天下，又有什么用呢？你可以欣赏她，甚至喜爱她，但不能诅咒别的女孩子过得像她。"

第三十二章　青春散场

　　何日归家洗客袍？银字笙调，心字香烧。流光容易把人抛，红了樱桃，绿了芭蕉。——蒋捷

　　时光流逝，转眼到了六月，天气渐渐热了起来，北方正式步入了夏天，晨昱她们结束了实习，回到学校准备论文答辩。

　　手机叮叮咚咚响了起来，晨昱拿出手机一看，原来是周博恒。上次住院的时候，晨昱受了周博恒许多照顾，出院后，一直忙考研面试和白惜墨的事，便将他忘记了，仔细想来也该向人家表示感谢。

　　房素梅瞥了手机一眼，着急地说："快接呀，是周师兄呢！"房素梅一脸的兴奋，就连声音都比平时高了不少分贝。

　　郭秀彦几不可闻地轻轻一笑，微微摇头。

　　晨昱抓起电话，"喂"了一声。

　　周博恒听着晨昱的声音有些有气无力，像是丢了魂魄似的，关心地问她的身体，有没有好些。晨昱只好跟周博恒寒暄了几句。周博恒说自己在楼下，给她带了些调理的中药，让她下来取。

　　晨昱客气地拒绝了，房素梅却抓住晨昱的手，着急道："昱儿，你要是没有力气，不想动弹，我帮你下去取。周师兄也是好意，既然这药都已经买了，总不能浪费。周师兄大老远跑到学校，你也不好让人家白跑一趟吧。"

晨昱这才有些反应过来，忙在电话里答应了下来。房素梅急着要下楼，晨昱叫住她，从抽屉里拿出一张饭店的储值卡，放到房素梅手里，说："中午了，你替我请周师兄吃顿饭，表示感谢吧。咱们学校附近也就这家饭店还算可以，你和周师兄就凑合着在那里吃吧。用餐快乐，不用帮我省着。"

房素梅脸红了，有些扭捏不安，不过依旧点点头，飞快地出了门。片刻她又回来，对着镜子整理整理头发和衣衫，这才微笑着出门。

晨昱呆呆地望着房素梅的举动，叹道："还有一个人值得用心地去喜欢、去爱，也是一种幸福，真羡慕她呀！"

郭秀彦点点头："昱儿，你也可以的，只要你愿意，还有很多优秀的人值得你去接受他们的。比如李哲曦、比如你的'蓝海豚'，还有这个周博恒……"

"老大，你胡说什么呀，李哲曦跟我是发小，陈逸斐是知己，至于周师兄，那就更不用提了，我都没跟他接触过几次，都称不上熟悉。再说，你也看到了，小梅迷恋周师兄都迷出新高度啦。"

郭老大淡淡一笑："所以小梅才希望你选择李哲曦呀，而这恰恰是一诺不愿意看到的。我在这个宿舍，甚至这个学校，最喜欢的就是昱儿，你无论做什么选择，我都支持，还会力所能及地给予帮助。但是，如果你不喜欢他们，我觉得不如跟她俩说清楚，大家相识一场不容易，姐妹四年，因为这个伤了感情，多了猜疑，多不值呀。"

次日，晨昱收到了来自临海大学研究生院的录取通知书，如果放到一两个月前，她会喜极而泣的。但现在物是人非，她就像拿着一片草稿纸一样，冷笑一阵，又叹息几声，随手扔到抽屉里。

论文答辩、照毕业照，日子一天天从指间溜走……眼看着大家都要离开学校，开始一段新的人生旅途，晨昱心里有些不舍，于是，便约着大家出来吃一顿散伙饭。

聚餐当天是个火热的艳阳天,太阳毒得像是仇人的恨,恨不得将人一寸寸凌迟,还好空气中尚有一丝丝温热的微风,来缓解这窒息的闷热。

晨昱穿了一件及膝的白色亚麻裙子,简洁明快,主要是凉快。

而李一诺却是一反常态,一身酒红色的长裙,蹬着六七厘米的高跟鞋,本就高挑的她显得更加窈窕修长,一头大波浪形巧克力色卷发披散在肩头。

众人看到这两人都惊呆了,房素梅看看晨昱,又看看李一诺,对郭秀彦小声地嘟囔:"大姐,她俩是不是把衣服穿错了?活泼的晨昱应该穿红色,而冷漠高傲的李一诺穿白色才更加像一块寒冰。"

第一次看李一诺穿红色衣服,大家都有些不适应。不过,谁也不能否认,对于倾国倾城的李一诺来说,无论什么颜色,都可以驾驭。尤其这一身酒红色,穿在她身上却有种令人头晕目眩的美。

李哲曦看到李一诺的刹那,眼珠子险些掉了出来。晨昱看了看自己特意邀请过来的唐冰,她浑不在意的脸上难掩落寞,晨昱轻叹一声,没有说话。

李哲曦走在最后,边走边撇嘴,直到漂亮的服务员小姐将他们领到订好的包间,李哲曦看到包厢后,皱眉道:"昱儿的眼光总是这么差劲,这里也没有啥吸引人的地方呀,还不如让我来订呢。哎,郊区新开了一家饭店,用竹子建成小木屋,坐落在人工挖成的大湖上,里面的桌椅都是原生态木质的,也可以选择在很大的乌篷船上用餐,漂浮在水面上,很有几分人生如浮萍的感觉,非常有情调。还有,市区在新华路有一家古堡餐厅,从外边看就像一座石头山,其实里面却……"

晨昱心里怒火燎原,白了李哲曦一眼,淡淡地说:"李总,李大公子,让你纡尊降贵来我订的地方,的确是对不住啦,您若是不喜欢,就请便吧。"

李哲曦忙闭上了嘴,讪讪地笑道:"我这不是想找个新奇的地方,让你……让大家高兴高兴吗？"

　　晨昱不理李哲曦，推着大家坐到她已经安排好的座位上。李哲曦被安排在唐冰和李一诺之间，房素梅挨着周博恒，晨昱和郭秀彦坐在靠近门口的位置，而晨昱的旁边还空着一个位置。服务员拿来了七套餐具，晨昱让她再拿一套过来。

　　郭秀彦问："昱儿，我们正好七个人呀，难不成还有人要来？"

　　晨昱淡淡一笑，默不作声。

　　席间，大家谈笑风生，即使是第一次见面的李哲曦和周博恒也很快成了朋友，气氛一团融洽。只有晨昱默不作声，不停地看着手机。突然晨昱站起身来，灿烂一笑："这里插播一下广告，大家先吃着，我出去一下马上回来哦。"

　　几分钟后，包间的门被推开，晨昱挽着一个人走了进来，大家的目光不约而同地看了过去。

　　只见那人二十三四岁的模样，身材修长，长相俊雅，深邃的眼眸，挺拔的鼻梁，剑眉入鬓，带着一种清雅的书卷气息。

　　他向大家微笑着点头打招呼，笑容和煦，似乎能让阳光穿破乌云，照到人们心坎儿里去，他神情温和而又自若，谦逊却不卑微，高贵而不傲慢。他身型颀长优雅，即便是穿着百搭而俗气的白衬衫黑西裤，也能穿出高贵不凡的气质。

　　晨昱像个树袋熊一样，挽着青年的手臂，迎着众人或惊讶或出神的目光，向大家介绍："各位亲友们，在这大学毕业，辞旧迎新之际，我在这里隆重地向大家宣布我的大学四年时光没有虚度，我得到了毕业证、英语专业八级证书，最重要的是，我收获了我的挚爱，我的男朋友——陈逸斐。"看着大家又呆又傻的表情，晨昱不悦地狠狠清了清嗓子，补充道，"我觉得，此处应该有掌声！"

陈逸斐向大家微微鞠躬:"我是陈逸斐,不好意思,第一次来这个城市,不太熟悉,来晚了,请大家见谅。"

大家都愣在座位上,晨昱甚是不满,从怀里掏出一张纸,随着几声清脆的碎裂声,她将手里的碎纸片,撒向自己和陈逸斐的头上,笑道:"你们都好没有情趣呀,新人入场不是都要撒花的吗?既然指望不上你们,本姑娘只好自己来了。"说着,拉着陈逸斐一起坐下。

碎纸片纷纷落下,唐冰心细,发现被晨昱撕碎的纸片居然是研究生录取通知书:"晨昱,你疯了,你把录取通知书撕了!"

晨昱笑道:"冰冰,干吗这么惊讶呢,以前考研是为了某个人,所谓此一时彼一时,既然某人已经成为过去式了,这种废纸也就没有了价值。"

陈逸斐发现晨昱的"壮举"后,嘴角僵了僵,知道此时不是说话的时候,微微一笑。

大家平静下来后,纷纷要求陈逸斐讲讲爱情经历,晨昱眼皮猛烈地跳了跳,连忙阻拦:"陈师兄……那个……逸斐他很腼腆,你们有什么好奇的、不懂的都可以私底下问我,我一定知无不言,言无不尽,我这么瘦,你们不用担心我食言而肥。"

陈逸斐却笑了:"我觉得爱情其实就像打计程车,第一,不像公共汽车,只需等待就会自动来到你的面前,而需要你先向它招手才停;第二,如果你碰到的是空车,那就是你的幸运,但往往车上已经有人了,你就需要耐心地等待;第三,走了多少距离就要付出多少代价。"

晨昱没想到陈逸斐出口成章,讲起了哲理故事,而且还蛮有道理的,举起手掌刚想要鼓掌叫好,手却被陈逸斐抓住,正感惊讶,却见陈逸斐温柔地看着她,说道:"认识晨昱四年,我对于她来说只是一个朋友和知己,我知道她有喜欢的人。实不相瞒,我是因为错拿了晨昱寄给白学弟的情书,才有幸认识的她。所以,我只能忍着对白学弟的嫉妒,隐藏自己不纯净的龌龊心思，把自己伪装得像个普通朋友。我很感激上天给我转正的机会，来给我这个卑微的暗恋者一个体面的成全，也谢谢晨昱，愿意给我一个证明自己的机会。我不能保证自己一定做得比别人好，起码我能做到，不让她为自己选择了我而后悔。"

晨昱看着陈逸斐的眼睛，迷人的凤眼深邃得像是宇宙黑洞一样，漆黑看不见底，却又像在散发着光芒，最后，他的双眼湿润，水汪汪地写满情谊。

唐冰在旁鼓掌赞道："太感动了。"

随后，郭秀彦、房素梅都开始鼓掌称赞。

晨昱这才反应过来，心中大赞：陈师兄这样的演技，学什么法律和管理呀，真是暴殄天物，应该去学表演才对呀。你看这含情脉脉，都快能滴出水来的眼睛，怎么演的呀？刚才没见他往眼睛里滴眼药水呀，回头我可得好好学学。

晨昱崇拜地望着陈逸斐，如果不是手被对方牢牢握住，恐怕她也会不由自主地鼓掌叫好。看着陈逸斐望着自己微笑，她突然意识到自己该说些什么，可说什么好呢？自己可不是李一诺，诗句储存量很是有限，该说句什么两情相悦的诗句呢？

两情若是久长时，又岂在朝朝暮暮？不行不行！

山有木兮木有枝，心悦君兮君不知？不应景！

本来词汇量就不多，再一紧张，晨昱更加不知道说什么好，书到用时方恨少，怎么办？

此时，晨昱的手机突然响了，正好给了她一个下台阶的机会，忙打开手机，却是一条短信。发信人是李一诺，上面写道：愿得一心人，白首不相离。

晨昱挤出一个笑容，眨眨眼，却丝毫没有期望中的水汪汪含情脉脉之意，晨昱在心里责怪自己的演技，比起陈师兄差得可不是一丁半点呀，正在沮丧之意，陈逸斐掏出手帕，关切地说："怎么了，眼睛不舒服？"

晨昱嘴巴微张，突然温柔一笑，抓起手帕，捂住了眼睛，假装感动地说："我没事……就是有些感动。我想起了卓文君那句诗，愿得一心人，白首不相离……"

晨昱的话还没有说完，便被一道冷冰冰的声音打断："昱儿还是不要选用文君相如的故事来自比了。卓文君丈夫刚死，便不堪司马相如的挑逗，有了夜奔之壮举，此乃不忠不义之举。再说那司马相如，当时一贫如洗，焉知不是为了文君之父卓王孙的财产。照此一看，司马相如乃不折不扣小白脸一个也；再者，纵然在娶了文君为妻，得到卓王孙资助后，司马相如依旧寻花问柳，花名在外，更加佐证了他对文君实非真心也。"

这番煞风景的话自然是出自李哲曦。

饶是晨昱没有李一诺那般冰雪聪明，却也不是傻瓜。听了李哲曦这番不阴不阳的话，句句不是暗示自己向卓文君一样不忠不义、无情无义，便是讥讽陈逸斐像司马相如一样不安好心、动机不纯。

陈师兄是要到首都出差，临时往常山拐一下，看看自己。是晨昱听了郭老大的话，临时起意，想要让李哲曦和周博恒对自己死心，才拜托了陈逸斐陪自己来演这么一出戏。

人家陈师兄气质高雅，正人君子，却因为帮助自己，被李哲曦这般侮辱诋毁。晨昱简直快气炸了肺，"腾"的一下从椅子上站起来，就要理论，却被陈逸斐按住肩膀，压了下来。

陈逸斐笑了，端起酒杯对着李哲曦笑道："这位兄弟说得很对，我也不喜欢卓文君和司马相如，只不过喜欢那句诗而已。"

看到陈逸斐一副完全不受李哲曦一番话影响的样子，晨昱的心里有些敬佩起他来。

李哲曦面露惊讶之色,这才知道晨昱抓来的"男友"不是一般人。

晨昱一脸崇拜地望着陈逸斐:"陈师兄,你有大将之风啊。"为了做戏做逼真一些,她又满脸热情地挽住了陈逸斐的胳膊以示亲热。

第三十三章 独家记忆

我喜欢你,是我独家的记忆,谁也不行,从我这个身体中拿走你。——《独家记忆》

六七月是个伤感的季节,因为这是个离别的时节。

小学、初中、高中、大学,每每毕业,同学们总是难舍难分,伴随我们一起走过青春岁月的好友们,即将各奔东西,各奔前程,也许我们还有幸在一个城市,也有可能我们很难再次遇见,无论我们是交过心,还是拌过嘴,那些难忘时光终将一去不复返,而我们的青春过往也终将湮没在历史的长河里。

郭秀彦回了老家的一所学校教书。

李一诺不知道为什么,居然舍得放下李哲曦,去了英国继续深造。这样也好,对于不喜欢的英语却逼着自己苦学四年这般有毅力、有魄力的她来说,去国外继续将英语学习到底,也不失为一种令人敬佩的选择。

房素梅回了原来实习的那所乡村中学教书。

而晨昱居然像是傻了一般,不但没有去读研,也放弃了难得的实习工作,居然打着去支教的旗帜,跟着房素梅去了山村教书。

起初，冯蕾死活不同意，为此母女俩吵了好几次，晨昱不肯妥协，冯蕾也不愿意退让。

还是晨凌云目光比较长远，在他心里，只要女儿跟白惜墨断绝了关系，不再吵着非白惜墨不嫁，其他都是小事。

晨凌云心想，既然女孩子矫情，觉得为情所伤，心灰意冷，一定要有个什么仪式才能证明自己。不如就如晨昱所愿，去小山村隐居一段时间，那里条件不好，配套设施也不完善，连交通都不方便，从小在城市锦衣玉食惯了的晨昱肯定在那里待不长久。

在家庭关系中，无论是夫妻，还是儿女，晨凌云都很赞同放风筝式的相处方式，只要将线牢牢地掌控在自己的手里，即便飞多高多远都没有关系。

晨凌云跟晨昱约法三章，去支教可以，但也要有个年限，半年为佳，最长不得超过两年。晨昱在合同中签字画押后，才跟随房素梅又回到了那所半山腰上的学校。

当然，暑假还是要过的，晨昱以前就比较羡慕那些自由自在、满世界跑的背包客，只是自己没有勇气去尝试，这次好不容易借着心灰意冷，无所顾忌的优势，想要自己背包去祖国的大西北玩一玩。

鉴于晨昱没有一丁点独自旅行的经验，亲友们都坚决反对。而此刻处于敏感时期的晨昱，似乎抱着一种证明自己的想法，别人说什么，不管对错，她都要不假思索地反对，来证明自己的独立和放下。

最后还是陈逸斐的话管用，他说对于没有经验的女孩子来说，独自旅行是很危险的。不过，难得晨昱有探险吃苦的精神，自然不能在没有尝试的情况下就放弃。晨昱听了心情大好，顿时觉得这个知己没有交错。

陈逸斐建议晨昱先从短线开始，最好再报一个驴友们一起行动的组织。

晨昱很是纳闷儿，问道："旅行社吗？"

陈逸斐解释说不是旅行社,就是专门有机构组织一些驴友统一行动。有时候他们负责提供交通工具,还有一些户外装备之类的。在穿越或者徒步的过程中,对于一些不太有经验或者遇到特殊情况的驴友,组织者会提供帮助和便利。

晨昱第一次听到还有这样的组织,不由得十分兴奋,后来,她在陈逸斐的帮助下,在网上找到了一家本地的户外运动组织公司,并从那里买了一些帐篷、防潮垫、睡袋、登山杖、护膝等装备,开始了她的户外探险。

从刚开始的一两日穿越无人的野山,到为期一周的沙漠探险,晨昱越来越喜欢上了这项运动。

每次去之前晨昱都要打电话告诉陈逸斐自己的行程,陈逸斐给她提供意见和建议,中肯而实用。晨昱曾开玩笑地问他:"师兄,你是万事通吗?好像在我眼里,你没有什么是不知道的呀。"

陈逸斐笑着解释,说之前有个好友,因为失恋喜欢上了这项运动,想要借助恶劣的环境和身体上的极度疲累,来缓解内心的痛苦和绝望。

晨昱没有说话,因为,这句话也是她的真实感受。

在晨昱和驴友们的徒步中,有时候大家围着帐篷,点了篝火,围坐着火堆,烤肉,唱歌,也有人讲述着自己的感情故事。有次大家掷酒瓶,瓶口指着谁,那个人就要唱歌或者跳舞,或者讲笑话,实在没有什么才艺的话,也可以讲讲自己难忘的人或最囧的事诸如此类。

那天月亮很大,夜色很美,大家已经连续在沙漠徒步了三天了,不知道别人怎么样,反正晨昱觉得自己快要累死了。在沙子上铺了一块毯子,晨昱半坐半卧,闭着眼睛,听着别人的表演,直到旁边有人推推自己:"美女,轮到你啦。"

晨昱没有办法,讲笑话本来是最容易的,可一时也想不起来,再者,对于悲伤的自己,目前实在讲不出笑话。跳舞吧,民族舞和芭蕾舞她都有涉猎，可是现在快累死了，腿像是灌了铅，拖都拖不动。没办法，只好唱歌了。

  忘记分开后的第几天起
  喜欢一个人看下大雨
  没联络孤单就像连锁反应
  想要快乐都没力气
  雷雨世界像场灾难电影
  让现在的我可怜到底
  对不起谁也没有时光机器
  已经结束的没有商量的余地
  我希望你是我独家的记忆
  摆在心底
  不管别人说的多么难听
  现在我拥有的事情
  是你，是给我一半的爱情
  我喜欢你，是我独家的记忆
  谁也不行
  从我这个身体中拿走你
  在我感情的封锁区
  有关于你绝口不提没问题

  一曲未完，晨昱已经泪如雨下，声音哽咽。
  身边有一个比晨昱大三岁的妩媚女子，体贴地从口袋里掏出纸巾递给她,拍拍她的肩膀,说:"妹子,失恋啦?"

晨昱没有说话,印象中这个女子好像叫鲁苏,平日里很受同行的男士们喜欢。倒不是这个鲁苏长得有多漂亮,若论清丽她绝对比不上晨昱,个头也比晨昱矮三五厘米,体重也比晨昱重上几斤。

但鲁苏身材好,该胖的地方绝对不瘦,该瘦的小腰,盈盈一握,几欲折断。加上会打扮,队里其他女孩子都是普通的运动装,运动装无法跟时装相比,终是显得臃肿些。而鲁苏是唯一一个不穿运动装的人,她用舒适的休闲装来代替。即便是每天的旅行累得要死,可鲁苏总是妆容精致,金色的披肩卷发一丝不乱。

失落的晨昱一改往常的活泼,此次徒步过程中几乎不怎么说话。没想到鲁苏却问了这么一个尴尬的问题,晨昱面露窘迫,不知道如何答复。

鲁苏拉着晨昱离开大家的篝火晚会,来到帐篷里扔给晨昱一罐一斤装的黑啤,自己也打开一瓶。

"妹子,看你这么难过,这几天都没有笑过,应该也是被甩的那一方吧。哎,想开点儿吧。你只是离开了一个不太爱你的男人,而那家伙却失去了一个这么漂亮,还那么爱他的女孩子,这是他的损失,对吧?我经常用这句话来安慰自己,刚开始觉得是文绉绉的废话,可等说多了,我居然信以为真,把它当作至理名言了。"

晨昱很是惊讶,皱了皱眉:"姐姐,你也失恋啦?"

鲁苏笑道:"失恋是痴情人的专利,我为什么就不能失恋呢?"

晨昱喝了一口黑啤,一股清新的麦芽香扑面而来:"我的意思是姐姐长得那么……"她不好意思说妖艳,于是改口说,"那么迷人有魅力。"

"遇不到对的人,漂亮有什么用?我是在快要结婚的时候,突然被丢弃的。"

看着晨昱不可置信的目光,鲁苏轻叹一声,问:"小妹妹,你跟你男朋友发展到什么程度了?"看着晨昱茫然不解的样子,又补充道,"到几垒了?"

晨昱皱眉:"几垒?垒球?哦,不对,是棒球。姐姐还会打棒球呀,真厉害。"

听着晨昱驴唇不对马嘴的回答,鲁苏忍着好笑,耐心地将几垒分别代表什么,一一告知。

晨昱知道鲁苏的意思后,不好意思地伸出右手食指,红着脸说:"应该算一……一垒吧。只牵过两次手,还有……背后拥抱,那是因为公交车上拥挤,我不习惯,险些摔倒,他才……"

鲁苏有些哭笑不得地说:"才一垒,妹妹难过些什么?"

晨昱不以为然地说:"失恋跟这个没什么必然的联系吧,有些纯洁的暗恋,在得知那个人有喜欢的人了,也是会伤心难过的;而有些……就算是本垒,也不见得有一丝情谊的呀!"

鲁苏沉思一会儿,点头称是:"你说的没错,几垒不重要,重要的是用情有多深。像我跟他,高中同学,大学他在首都,我在东北,我们忍受了三年的异地恋。我大专上三年,一毕业就来首都陪他,他本硕连读,一共七年。我就在首都打工,一个月三千块钱,用我微薄的工资,我们在学校附近找了一间平房。"

听到这里,晨昱"啊"了一声,晨昱出生于传统的家庭,受到的教育是自尊自爱,不到结婚,不能有更近一步的关系。所以即便是她再喜欢白惜墨,也仅限于牵手、拥抱。

鲁苏看了晨昱一眼,随口解释了一两句:"这个……可能对于你们传统的女孩可能……但是,在我们那里,这不算什么。"

不理会晨昱张大的嘴巴,鲁苏端起啤酒,扬起头来,"咕咚咕咚"喝了几口,甚是豪爽大气:"这几年,我打工,他读书。有幸福,也有争吵。

他虽然外表看起来文质彬彬，可是性格很是暴躁，一旦不高兴，轻则吵架，重则动手。"

晨昱静静地听着，没有说话。

鲁苏打开第二瓶啤酒，继续说："哦，对了，我有没有跟你说过他长得像苏有朋？"

晨昱摇摇头，说："现在说了，不过，我喜欢胡歌。"

"人哪有十全十美的呢，我觉得，一个男生学习好、长得帅，有点儿小脾气也是可以理解和接受的。"

"我不这么认为。"晨昱摇摇头，"新闻报道上常有因家暴而导致的悲剧。姐姐，你这还没有结婚，他便已经开始家暴了。凭他学习再好、长得再帅，也不能要呀！"

"是呀，我们都开始要准备结婚了。我这三年攒了一些钱，再加上家里人给了几万元，凑了十万元，他们家凑了二十万元，打算贷款买一个小房子。这不，因为房子发生了争执，他就动手打人，还将我往外推。"说到伤心处，鲁苏没有掉泪，却是无奈地苦笑。

晨昱关切地问道："姐姐，你没事吧？"

鲁苏撩起袖子，雪白的臂膀上星星点点分布着不均匀的斑点，或青或紫，触目惊心。

晨昱看着这些伤痕，一边心疼，一边怒火中烧地说："姐姐，这哪儿是优秀的人才呀，这分明就是败类呀，动不动就打女人，太不是东西了！姐姐你告诉我他在哪里，我帮你去揍他！"

看着鲁苏惊讶的眼神，晨昱讪讪地有些不好意思："我……练过几年跆拳道，一般情况下，我是很淑女的，只有实在看不下去了才出手。"夸自己淑女，饶是晨昱脸皮厚也不禁有些发烫。

鲁苏满眼欣赏地看着晨昱，笑道："谢谢妹子，不过不用啦，我已经跟他断了，下个月就要结婚了。报这个团就是想在结婚前，到处看看。没想到竟然能遇到妹妹这么漂亮可爱的女孩，真是不虚此行呀。"

晨昱一口气没有上来，刚喝到嘴里的酒全部喷了出来，开始剧烈地咳嗽："姐姐要结婚，不是分……跟那个败类刚分手吗？"

鲁苏叹道："不是他，是另外一个。工作的时候认识的一个小老板。他好像从一开始就对我有好感。这不，我这边分手了，他就向我求婚了。"

晨昱被鲁苏失恋到结婚的速度着实惊呆了："姐姐，你了解他吗？他是什么样的人？什么脾气秉性？老家是哪里的？家里还有什么人？"

鲁苏点点头："了解一些，他比我大十岁，今年三十五岁。初中毕业，有一个二十个员工的小规模印刷厂，平日里印一些宣传海报之类的，在首都四环有一套九十平方米的房子，没有贷款，还有两辆车。"

晨昱皱眉，有些不可思议地望着鲁苏："我说的了解不是这些，三十五岁，初中毕业就出来打拼了，那他有没有结过婚？他的脾气好吗？他是初中，姐姐是大学，你们有共同的世界观和价值观吗？有共同语言吗？当然，我的意思不是看不起低学历的人，我的出发点是为了聊天说话能说到一起。"

鲁苏仰起头，妩媚一笑，笑容中却隐藏着几分落寞和无奈："这就是我在犹豫的地方，他有过两次婚姻，还有一个七岁的小女儿，可能要跟着我们，这着实令人头疼。"

晨昱很是愤怒，站起身来，不屑地说："看着姐姐挺不错，却不想是这样的人。连个小孩子都容不下去，不好意思，这种人，晨昱不敢与之结交。"

鲁苏嘴角抽了抽，啐了一声："不是你想的那样的，唉，跟你也说不清。总之，我生在一个小村落，家里条件不好，我还有个弟弟，即便我可以随心所欲，选择自己喜欢的人谈恋爱。可结婚，还是要找个有房有车、条件好的男人。"

晨昱对鲁苏说的话不太认同,心里觉得有些不对,却也没有出言反对。

"贫困,因为贫才处处被困,那种绝望是你根本想象不到的!"

晨昱叹道:"我知道,我有个同学就出生在那种环境的山村,她的衣食住行让人心疼。可也有坚强不息,靠自己的努力和勤奋撑起一片天地的。"

晨昱想起郭秀彦,即便是暑假,她仍留在学校,三伏天里,接了四份家教,舍不得坐公交,骑着一辆破自行车满市跑着打工做家教。

"《银魂》里有句台词,有的人光是活着,就已经竭尽全力了。而我们的人生并不比这好多少,生老病死、失恋、失业……为了生活,我有义务让自己变得更好。相比于你们那些出生在山顶的人,我们更知道山路崎岖难行。在那些人生难免下坡路的时候,我想我们会走得更加坦然一些。"鲁苏接着说。

晨昱没有说话,她的心里觉得堵得慌。

鲁苏看着晨昱的模样,说:"妹子,我的故事讲完了。来,作为出生就站在山顶的人,跟姐姐说说你的故事。姐姐好歹比你大了三岁,没准还能给你出个主意呢。"

晨昱的故事很简单,没有暴力,没有怨恨,有的只是她对自己的后悔和埋怨。

鲁苏听后,感叹道:"这样的人,他从一出生,就跟你不是一个世界的人,云泥之别。有个这样的事作为由头,将他忘了也好。依我看,你不如就选择与你青梅竹马一起长大的那个。"

"李哲曦?"晨昱怒道,"他跟我的两个至交好友纠缠不清,她们俩胜负如何与我无关,但是,我绝对不会做出抢姐妹心上人的卑劣事情!"

第三十四章　师之不易

教师的人格就是教育工作者的一切，只有健康的心灵才有健康的行为。——乌申斯基

时光荏苒，如白驹过隙。毕业的那个暑假显得格外匆匆。一晃眼，温柔多情的秋姑娘逐渐赶走了暴虐的夏天，又到了新的开学季，晨昱也按时赶回了学校，开始了她职业生涯的第一个里程碑——教师。

农村的学校急需要老师，尤其是像房素梅和晨昱这样正儿八经本科毕业的大学生，肯来这里代课教书，无论是校长还是教课老师都开心坏了。

晨昱刚来的时候，因为学的是英语专业，而且她是学校里唯一一个拥有英语专业八级证书的人，所以学校领导就安排她教初三的英语。晨昱适应得很快，除了刚开始嗓子有些吃不消外，其他倒也没有什么事。

初三的孩子们十五六岁，正值花季。山区不比大城市，没有图书馆、体育馆，也没有音乐厅和电影院。他们的消遣就是放学回家，趁着家里人没在家，偷偷看几眼电视剧，或者用为数不多的压岁钱和零花钱，买一个没牌子的随身听，再买来当红歌手的磁带偷偷听。

晨昱抓住过好几个在她的英语课上偷偷戴着耳机听歌的男生。晨昱自幼就不是什么循规蹈矩的好学生，将心比心也没有罚他们，反而是将耳机戴到自己耳朵上，听了听，皱眉道："这个机子和磁带的音质都太差了，这样吧，你们上课好好听讲，下课，我让你们见识一下什么叫好的音质。"

下课后，晨昱说话算话，将自己的随身听从宿舍拿过来，放进去磁带，那音质真是好，几个男孩子听得目瞪口呆。晨昱还有个 MP3，里面也下载了不少好听的音乐。晨昱想了一个主意，每周英语小测验和每周课堂表现最好的学生，她各选出一名，将随身听和 MP3 给他们用一周。这个深明大义的决定深受同学们的拥戴。

起初，也有调皮捣蛋的男生看晨昱是个城市姑娘，就搞恶作剧，在粉笔盒里放上五六厘米、手指头粗细的青色大虫子。晨昱在拿粉笔时，抓到一个软绵绵还会蠕动的东西，觉得不对劲儿，等看到手里的东西时，不由得大声尖叫，以抛物线的弧度，将虫子赶紧丢弃，却不小心落到第二排一个女孩子身上，于是又是一声尖叫，紧接着便传来全班哄堂大笑的声音。惹得隔壁班的老师赶忙放下手中的课本和粉笔，跑过来看看什么情况。

还有就是批作业的时候，作业本里面经常夹杂着什么飞蛾、蜈蚣、蝎子之类的虫子，被做成标本，安静地躺在作业本里。等晨昱翻到的时候，又是一声大叫，在安静的办公室里，显得分外刺耳。

为此，晨昱没少挨校长和教导主任的训斥，说她没有老师应有的威严和稳重。晨昱吊儿郎当惯了，对于批评早有了抗压能力，这些责备当作耳旁风听听罢了，浑然不在意。

晨昱仔细翻看了一下作业本，发现一个现象：夹杂着标本的作业本都是学习比较好的女孩子的作业本，可见这本来就是栽赃嫁祸，毫无线索可以究查。晨昱也就放弃了追究的念头。但也不能任由这样的情况发生，于是她想了个办法。

一天上课，晨昱进了教室，跟下面的同学们说，其实蜈蚣和蝎子都是很贵的药材，以后如果谁想送给她这些，不妨明着送过她，她还会感激那个人。

慢慢地，通过作业本来送标本的人少了起来。

十月一日国庆节放七天假，在山里待了一个月的晨昱趁此机会跑回家搬了一些好吃好玩的，还买了许多适合十五六岁青少年看的电影光碟。回来后，放给学生们看，深受孩子们的喜爱。

晨昱分给孩子们的零食，都是他们平日里只在电视中见过的稀罕东西，自然很是受欢迎。渐渐地，捣乱的孩子少了，作为回报，有心的学生家里包了饺子，腌了腊肉，也会给晨昱带过来些尝尝。晨昱的小小虚荣心得到了满足，还向身边的朋友好好地嘚瑟了一下。

晨昱为了把她受孩子们欢迎的事实记录下来，她还特意买了一支内存较大的录音笔，随身带着，每当学生们夸奖她时，她就悄悄按下录音键，将这难得而感动的瞬间记录下来，以备将来作夸赞炫耀之用。

转眼到了年末，期末考试批完卷排好名次，就可以放假了。当老师最大的好处就是每年有两个假期，寒假和暑假加起来差不多三个月。当然有利就有弊，坏处就是，老师压力大，每次考完试，老师还要根据自己学生的成绩进行排名。

别看晨昱平日里吊儿郎当，一点儿老师样子都没有，经常跟学生们一起玩闹，却不曾想她教的学生的成绩反而是最好的。不但在镇上名列前茅，在全县也排进了前十名。这可是这所中学建校以来的最好成绩了。

学生陆陆续续放假离校了，晨昱正在收拾行李，却听见学校的喇叭在广播让老师们半个小时后在大会议室开会。

晨昱和房素梅两人一起去开会。校长邹玉林对此次的成绩和大家的努力表示了肯定和鼓励，然后又嘱咐了假期安全事宜，最后，让每人拎一桶食用油、一袋面、一袋米，就宣布正式放寒假了。

晨昱将自己的米、面、油给房素梅留下，并在房素梅的陪同护送下坐上汽车，辗转五个小时，最后终于在天黑时赶到家。

像其他八〇后、九〇后的大学生一样，晨昱在家的日子很随意，晚上不睡、早上不起、四体不勤、慵懒度日。

临近年关，父母都放了假，于是，晨昱一家三口带上姥姥姥爷一起去了昆明过年。

转眼过完了元宵节，就又到了开学的时间，晨昱将自己从云南带回来的小玩意儿收拾了一个提包，带到了学校，打算分给同事和学生们。

拒绝了家人开车送她的要求，晨昱只让父母送自己到火车站。上了车，辗转到了学校，房素梅已经在等着她了。

晨昱将旅行中买回来的小玩意儿让房素梅先挑，出乎晨昱的意料，房素梅在看到一对用泥捏制的身着民族特色服装的情侣娃娃时，眼睛发光，脸颊微红，嘴角噙笑，双手忍不住轻柔地抚摸。

晨昱见状打趣道："看来，我们家小梅红鸾星动了，好事将近呀！好啦，既然你喜欢这对娃娃，就送你好啦。"

房素梅不好意思地低下了头，对晨昱说了声谢谢。

晨昱打开自己的女士手包，从里面拿出来一个盒子，交给房素梅。

房素梅打开一看，惊呼道："好可爱的弥勒佛，这浅紫色也漂亮，这玻璃晶莹剔透的，看着就让人心里舒服。"

听到房素梅说晨昱买的礼物是"晶莹剔透的玻璃"时，晨昱险些吐出血来，心里在为这块上等的紫罗兰吊坠抱不平，却也不便说破，笑着说："我给你和老大一人选了一件，它们埋藏地下千万年甚至上亿年，其中含有大量矿物质元素，所谓人养玉，玉养人，长期佩戴对身体好。人都说'男戴观音女戴佛'，我不知道你喜欢什么样造型的，就选了一个佛。你肤色白，我选的紫罗兰，老大肤色暗，选的和田玉的。"

房素梅这才恍然大悟，慌忙将玉吊坠还给晨昱："这挺贵重的，我不能要。"

晨昱笑道："我一共选了四块，你、老大，就连那个惹人讨厌的李一诺都有,一人一个,算是做个念想吧。她们俩的我已经用快递寄过去了,你也就不要推辞了!"

房素梅这才满脸感激,郑重地收下,然后找了一根红绳,小心翼翼地穿上,挂到了脖子上。

新学年开学第一天,学校也是喜气洋洋的,大门上贴着宽大的对联,进门甬道挂上了两排火红的大灯笼。

同学们也穿着过年的新衣服,尤其是女生们,天性爱美,穿得五颜六色,分外亮眼。调皮的男生们时不时从衣兜里偷偷扔出几枚摔炮,声音不是很大,却也清脆喜庆。

众所周知,新学年开学的第一件事就是开全员大会。校长邹玉林率先做了振奋人心的发言,对全体师生去年的表现和成绩提出表扬,并对从今天开始的新学年提出了更高的要求。

会议到了尾声,由政教主任宣布一些人事上的变动。

本来,晨昱觉得这种事情肯定与自己无关。天这样冷,大伙都在户外冻着,还好她聪明,早些将暖宝宝充电,懒洋洋地抱在怀里,肚子和手都暖暖的,高兴了听几句台上的讲话,不高兴了就神游天外。

正当晨昱陷入自己的幻想时,却被房素梅猛然推了一下胳膊,晨昱条件反射地站起身来,脱口而出:"到!"

以前,晨昱上课不听讲被老师点名的时候,房素梅就会用胳膊推她一下,或者用腿踢她示警,晨昱立马就明白过来。此时,晨昱慌慌张张站起来,却看到别人投过来怪异的目光。而台上的政教主任只是淡淡说了一句"恭喜晨老师啦,以后再接再厉",便继续讲起别的事宜。

房素梅看晨昱会错了意,心里又郁闷又好笑,忙将她拽着坐了下来,在她耳畔压低声音说:"主任刚才说,因为你教得好,所以要将你调到临镇的高中去教书,虽然是好事,可是……我舍不得你。"

晨昱不可置信地大声叫嚷:"什么?"

晨昱的声音引来周围一片师生的注意,晨昱讪笑几声,低下头,压低声音说:"我不去。"

旁边一个女老师劝慰道:"晨老师,其实临镇的高中挺好的,是县里最好的三所高中之一。"

晨昱纳闷儿地问:"咱们镇上没有高中吗,为什么要去临镇呢?"

房素梅叹道:"咱们镇上没有高中,这里的孩子上高中要么去县城,要么去临镇。"

晨昱憋了一肚子火,好不容易挨到散会,便第一时间找到了政教主任,说明自己想跟房素梅在一起,其他哪里都不想去。

政教主任说这是教育局的决定,他们也没有办法。按理说晨昱教的成绩不错,农村的学校也没什么优秀教师,他们也希望晨昱教的毕业班能在今年中考的时候考个不错的成绩,为学校争光。但是,县教育局既然已经下发了人事调令,即便是校长,也没有办法。

晨昱想想,觉得有道理,也就没有说话,闷闷不乐地离开了。

政教主任提醒晨昱,让她回去收拾收拾行李,下午学校开车将她这个名师送过去。

晨昱才不在乎自己是"名师"还是"暗师",只知道要跟房素梅分开了,怏怏不乐地来到宿舍。房素梅此时正在上课,晨昱将自己买来的小礼物、小玩意儿抱到教室,分发给学生们。大伙都很开心,又想到晨昱马上要调去别的学校,于是又都愁云惨淡,闷闷不乐。

看着这帮与自己相处半年的孩子们,晨昱心里也有几分不舍,只好笑着安慰他们,还有一学期就要中考了,好好考试,没准大家能在临镇的高中重聚呢。

安抚完学生们,晨昱便垂头丧气地回到宿舍,房素梅还没有回来。晨昱心里觉得郁闷，便给郭秀彦打了一个电话，诉说自己的郁闷。

郭秀彦笑着安慰晨昱："这是好事呀，证明你有能力，教得好。再说了，你不是想用一两年的时间体验一下作为'人类灵魂的工程师'的感觉吗？这下不是更好，你教了半年初中，再去体验教高中，多一份经历。我跟你说呀，高中跟初中的感觉很不一样，压力大得多，也累得多。"

被郭秀彦这么一开导，晨昱心里顿时没有那么堵得慌了，但还是有些不安："那我就和小梅分开了，你知道，我害怕孤独，希望身边能有朋友做伴。"

"昱儿，你在上大学之前也不认识我们呀。旧朋友难舍，说明你重情义，可是人生没有不散的筵席，你到了新学校还能认识一些新的朋友。再说，你可以用周末的时间回去看小梅呀，这也不是什么大事。"

晨昱笑着冲电话隔空飞吻，说："谢谢你老大，你是我最爱的老大！"

郭秀彦笑着叮嘱晨昱这件事要跟家里人说一声，两人才依依不舍地挂了电话。

一会儿，房素梅回来了，看到晨昱，一把抓住她："怎么样，主任怎么说？"

晨昱无奈地摇摇头，将政教主任的话甚至还有语气绘声绘色地复述一遍，在得知好友下午就要走的时候，房素梅一脸失望，反倒是晨昱像个姐姐一样过来安慰她。

下午，房素梅随着学校的车将晨昱送到临镇的高中，并帮着晨昱将宿舍布置好，又一起吃了一顿饭，到晚上七点天色漆黑，她才恋恋不舍地离开了。

教高中和教初中看似都是在教书，但其实有很大的区别。比起初中，教高中压力大、更累，而且知识点也要复杂得多。晨昱刚接手高一下半年的课程，有些不太适应。

这座历史上赫赫有名的大山，孕育了燕赵儿女，有很浓厚的历史积淀。而这里的人民也大多淳朴憨厚，在这种环境下长大的学生们学习踏实，吃苦耐劳。

的确，山里的孩子没有城市里孩子的兴趣广泛、多才多艺。但是他们对于有限的书本，有着一种几乎偏激的热爱。究其原因，一部分源于对知识的追求，更多的是，他们迫切想要摆脱祖辈那种"面朝黄土背朝天"的生活模式，想要去城市里看看不同的世界。

晨昱所任教的高中是一所全日制的寄宿中学，为了最大程度提高升学率，加强对学生的统一管理，无论学生家离校远近，一律住在学校，而最让晨昱头疼的是早读和晚自习。

早读每天早上六点到七点，七点到八点之间吃早餐，早上八点正式上课，一直到下午六点。有一个小时的用餐和打水休息时间，晚上七点开始晚自习，一直到夜里十点才结束。

对于懒散惯了、早上不起、晚上不睡的晨昱来说，这种作息时间无疑是地狱般的考验。

第三十五章　久别重逢

并不一定每一个相遇都是久别重逢。但若珍惜，请把每一个久别重逢，都当作初识的相遇。——仲尼

对于新学校魔鬼般的军事化管理，一向以崇尚自由为名，学生时代就

经常逃学旷课的晨昱，居然奇迹般地坚持了下来，不仅令所有熟悉她的人大跌眼镜，就连当事人晨昱自己也对着镜子里的自己挑了几下眉毛，内心深处对脱胎换骨的自己表示由衷的刮目相看。

晨昱叫苦不迭，但也咬牙坚持。就这样，晨昱在新学校居然坚持了三个月。

三个月的时间，晨昱只回过一趟家，另外还去了一趟郭秀彦那里。

一次两人通电话，听到郭秀彦略带羞涩地说自己有了男朋友的时候，晨昱兴奋激动得险些将手机扔掉，这让几百公里之外的郭秀彦备感幸福。

之后，晨昱便激动地说要去看看"准姐夫"，郭秀彦很是痛快地答应了。

当晨昱辗转半天到了郭秀彦所在的地方，刚出出站口，便看到了分别半年的郭秀彦，没有眼神交流，两个人不约而同地奔跑几步，熊抱住对方。

"老大，不到一年的时间，你漂亮多了。"郭秀彦得体的深色套装，一头染成深棕色的长发，烫成大波浪，平日爽朗的她看上去更加成熟大方，晨昱发自内心地赞美起来。

"昱儿，你比以前更瘦了。不过，我的妹妹，怎么样都好看。"郭秀彦看着晨昱，由衷地喜欢。

晨昱仰起头，摆出一副盛气凌人的高傲模样，伸手抚了抚自己的齐耳短发，满脸得意之色："那是当然，我是特意变瘦的。你仔细看看，眼睛是不是变大了，脸是不是变小了？"

郭秀彦早就习惯了晨昱偶尔的自恋，于是，她满脸微笑，顺坡下驴，赞叹道："没错，越来越卡通了，哦，不是，是像卡通人物一样，叫卡哇伊。"

晨昱笑着挽住郭秀彦的胳膊，两人嬉笑着，上了一辆公交车。

在一条繁华的街道上，两人下了公交车，晨昱四下打量，不远处一幢六七层高的大楼，应该就是郭秀彦工作的地方。

虽然说郭秀彦任教学校的硬件不如晨昱任教的高中，但是比起房素梅任教的学校，不知道强出了多少倍。

郭秀彦将晨昱带到自己的宿舍，这是一套一室一厅一卫的朝阳小公寓，大概五十来平方米的样子，虽然不华丽，却整洁干净得就像是房地产公司售楼部的样板房，晨昱连声称赞。

这时候突然从厨房里蹿出一个人来，相貌平平，中等身材，但是落到见惯了帅哥的晨昱眼中，就自动下降一级，变成了相貌丑陋、五短身材。这也怪不得晨昱，在她的眼中，男孩子身高在一米七八以下，便觉得矮，看此人身高也就一米七左右。

再一看此人的长相，晨昱略微有些失望。在她眼中，只有胡歌和古天乐才能叫帅哥，只有白惜墨、李哲曦、陈逸斐这样的才叫美男。

此人身上系着围裙，手上胳膊上还沾有一些白色的面粉，看到她们两人回来，便憨厚地笑道："你们回来了，快坐下歇一会儿，我这饺子快包好了。"

看到他，郭秀彦的眼睛出奇闪亮，就像是夜晚星空的星光，平凡无奇的脸上浮现一丝娇羞的红晕，那是世上最贵的胭脂都画不出来的漂亮。

郭秀彦微笑着给两人做介绍："丁老师，这是我给你说起过的，我最好的朋友，也是我的妹妹晨昱。昱儿，这位……这位是我的同事丁老师，丁文鑫。"

晨昱笑得不怀好意，瞥了郭秀彦一眼，说："你们学校的人际关系真是好啊，同事都会在你宿舍帮你做饭。"晨昱一句话噎得郭秀彦说不出话了，脸愈发红润了。

晨昱冲着丁文鑫灿烂一笑："姐夫，呃，丁老师，很高兴见到你。你居然会包饺子。请收下我的膝盖，让我好好崇拜崇拜你。"

丁文鑫在看到晨昱的一瞬间有些惊讶，这般阳光灿烂、漂亮热情的女孩子在这个小地方不多见，而像晨昱这般说话的人，就更是罕见了。

因为晨昱这番竹筒倒豆子的俏皮话，丁文鑫倒是不知道该如何接话了。他张了几下嘴，不知道说什么好，只是憨笑说："你……你好。"便逃似的躲回厨房继续包他的饺子。而两位女士则在客厅里说着重逢后的悄悄话。

"老大，你们这里的环境和条件不错呀，比我和小梅那破地方强多了。"才在山沟沟里待了不到一年，晨昱便将自己和房素梅一起归结为山沟里的人了。

郭秀彦听到后觉得很有意思，便随口说："是吗？要不这样，你也来这里陪我待一段时间吧。"

晨昱眼睛眨了眨，笑道："这本来是个好主意，不过，你也知道我刚刚失恋，最是见不得别人在我跟前秀恩爱，我怕我受伤的小心脏受不了这么大的刺激。所以，在我找到新的男朋友之前，这个好主意只怕要搁浅了。"

郭秀彦泡了两杯菊花蜂蜜水，递给晨昱一杯，将自己那一杯捧在手里。

晨昱"嘿嘿"干笑两声，放下手里的茶杯，伸出手拉着郭秀彦，压低声音，贼兮兮地笑道："老大，你这么快就放弃你念念不忘、魂牵梦萦的'东坡居士'了？"

"你不用把说话声音放这么小，丁文鑫他是知道的。再者说，我那也不叫恋爱经历，充其量是怦然心动而已。"郭秀彦淡然一笑，有些忧伤地补充道，"最可悲的是，男主角都不知道我的这场轰轰烈烈的暗恋，就仓促和女友订婚，双双出国留学去了，委实令人心伤唏嘘呀。"

晨昱悲叹一声，无奈地说："那也总比男女主角因爱生恨，形同陌路的好吧？"

郭秀彦知道晨昱这是想起了白惜墨，于是转过身，轻轻地抱了抱她，安慰道："有时候，恨也是一种特别的爱。"

晨昱已经到嘴边的"无语"两个字还没说出来，丁文鑫已经端着热气腾腾的水饺走过来了，总算晨昱还有一丁点儿眼色，忙站起身来，接过丁文鑫手里的两盘水饺，单是闻到香气便赞不绝口。

本以为丁文鑫会留下来一起吃饭，没想到他将两盘水饺端上桌，便以约了朋友吃饭为名走了。

晨昱没有拦住，郭秀彦也没怎么挽留，嘱咐他少喝酒之类的话，便放他离开了。

饺子一盘荤一盘素，素的是韭菜鸡蛋馅的，荤的是香菇猪肉洋葱馅的，晨昱一样尝了一个，赞不绝口。

郭秀彦笑道："今天我有三节课，还得去车站接你，这些都是丁老师准备的，亏得他手艺不错，不然我一个人，无论如何也赶不出来这些活儿。"

晨昱一边大口吃饭，一边闲不住舌头，口齿不清地问："丁老师这个人，看样子蛮不错的，挺憨厚，他是教什么的？哪所大学毕业？"

提到丁文鑫，郭秀彦一脸温柔："他目前没有教书，只是在后勤帮个忙，至于大学，好像是个大专院校，而且还是自考，反正没怎么听说过，具体名字我也记不清楚了。"

晨昱"哦"了一声。

郭秀彦有意无意地补充说："学历只是一个敲门砖而已，工作久了，谁还在意什么学校学历呢？只看专业技能和人品好坏了。"

在晨昱的爱情世界里，要选男朋友或者未来的另一半，必须具备几个硬件条件：一、身高不能低于一米七八，否则，将不予入选；二、男孩子的学历必须比自己高，如果学历相同则必须学校比自己的好，她不能接受不如自己聪明的男生；三、为人正直善良，有责任心，有个性；四、帅；五、很帅……第六、第七、第八、第九条等同第四、第五条。

在晨昱的择偶字典里，丁文鑫可能只符合第三条，当然，接触的时间短，甚至连这唯一的一点，能不能百分之百符合，都是两说。

平心而论，晨昱真的没觉得丁文鑫有哪里好，但是看在他是郭秀彦看重的人，她也不便表达自己真实的想法。何况，她还吃到了人家包的这么好吃的饺子，拿人家手短，吃人家嘴短。

晨昱"唔"了一声，点点头，将饺子咽了下去："我觉得，他人还不错哦。"

郭秀彦赞道："这一年，你长大了，成熟很多。"

晨昱啐了一声："老大，你就比我大一岁而已，干吗总把自己弄得老气横秋的，像个大妈。"

"我夸你，你还有这么多意见。"郭秀彦笑道，"我知道，按照你以前的性子，你会列举出一大堆丁老师的不好。让我想想啊，以你和诺诺的眼光，他矮，学校不好，学历不高，工作不好，人也不帅……"

晨昱惊讶万分，放下饭碗，用崇拜的眼神看着郭秀彦，饱含深情地说："你怎么知道？你是我肚子里的蛔虫，还是天上的神仙呀？"

郭秀彦照着晨昱脑袋轻轻敲了一下："什么蛔虫不蛔虫的，说得这么恶心，还让不让人吃饭了？我还不知道你的性格，不过，你知道体谅别人的感受，真的是长进不少。"

晨昱轻叹一声，咕哝道："都是被小梅锻炼的，老大你知道的，她比较敏感，要照顾她的情绪和心情，只能多想想。不过这样也好，如果我能早点儿这样，也许……"

郭秀彦以为她又想起了白惜墨，忙打断说："过去的就过去了，我们不说了。"

晨昱知道郭老大误会了，其实，她想到了汪茜茜。如果当初，她也能像对待房素梅一样对待汪茜茜，不因为一封信就把事情闹得那么大，是不是寝室五个人就能像好姐妹一样，好好生活，而不是分道扬镳，形同陌路。同理，如果一年前，自己也能设身处地地为白惜墨好好考虑一下，是不是也会有个不一样的结果呢?

有人说过,"如果"是这个世界上最无奈、最令人伤感的字眼儿。当一切尘埃落定,当一切后悔莫及,再说"如果当初"还有什么意义呢?

在晨昱的眼中"如果"就等同于后悔药,她多想豪气万丈地大吼一句:"大夫,有后悔药吗?给本宫来一车厢!"怎奈,这只是可怜而毫无裨益的异想天开而已。

晨昱想到还是李商隐大才子有文化,人家是怎么样的脑洞大开,才写下了"此情可待成追忆,只是当时已惘然"呢?

郭秀彦看着突然发呆的晨昱,伸手在她眼前晃了晃:"亲爱的晨大小姐,你的魂魄又穿越到哪儿了,快吃饭吧,饺子凉了就不好吃了。"

晨昱这才回过神来,喃喃道:"嗯,饺子又不是黄花菜,说到黄花菜,我就想到了明日黄花。还有大把的五颜六色的花,等着我们去采呢。"

郭秀彦知道晨昱的思维向来天马行空,毫无逻辑可言,也不在意,边吃边笑道:"就是,我们可以坐着彩虹去采这些颜色的花,才不稀罕什么明日黄花呢。"

第三十六章 难测人心

> 权,然后知轻重;度,然后知长短。物皆然,心为甚。——孟子

晚上,晨昱和郭秀彦吃完饭,去操场上遛了一会儿,很多学生见到郭秀彦很是有礼貌,纷纷跑过来打招呼。

晨昱想到自己的学生,心里一阵温暖,笑道:"姐姐,这就是当园丁的自豪和骄傲吧?"

郭秀彦从来没有想过这个问题,思索片刻,微微点头:"也许是吧,我没有想过。我只是想着凭借自己的能力找到一份不错的工作,来供养家里,并实现自己的价值。至于当老师嘛,以前没有想过,但是,既然机缘巧合得了这个缘分,自然也应当尽职尽力。"想了想,又补充道,"我一个数学专业的不好就业,能找到这份工作已经很不错了。"

晨昱苦笑,轻叹道:"你和小梅都是至诚至善的人,而我没有这么深刻的觉悟。虽然说老师这个职业是我毕业后的第一份工作,可是我却没有把它想得有多高尚,充其量,我只是需要一个地方逃避失恋,需要一个地方来安放空落落的心,你可以管它叫'疗伤'和'流放',也可以叫它'逃避'和'矫情'。当时,我恰恰就是在这个时间段来到了小梅的家乡,又恰好做了一段时间的代课老师而已。"

郭秀彦拍了拍晨昱的肩膀,笑道:"你做得已经很好了,甚至,你的这种'无为而治'比某些'刻意为之'还要好,你的教学成绩就是个有力的证明。虽说你这样的做法我不能理解,在我看来所谓的'疗伤'和'流放',只出现在电视剧中,至少在我生活的周围,是不怎么存在的。这可能也是因为我们所处在不同的家庭环境中吧。但是,亲爱的昱儿,你是我最好的朋友,最可爱的妹妹,你做什么,我都会支持。"

晨昱心里顿时暖洋洋的,眼眶也有了发热的感觉,伸手抱住了郭秀彦,说道:"谢谢你,老大。我一直知道,你对我最好了,对宿舍的每一个人都很好。你知道吗,我最羡慕的人是诺诺,她那么倾国倾城、才华横溢;最心疼的人是小梅,她有些地方和白惜墨很像,让我情不自禁地想要照顾、帮助她;但是,要说到最敬佩的人,那就是你了,坚强、善良、不卑不亢、永不言弃。"

听到这番话,郭秀彦甚是惊讶,居然还有些不好意思,嘴巴嚅动,却没有发出任何声音,过了半天才喃喃地说:"哪里呀,我是我们几个里面最不出众的一个,我只是想让自己和家人过上好日子而已。说来惭愧,我是其中最庸俗、最现实的那一个。

"按理说,我家境不好,为了更好地照顾家里,选男朋友的时候,应该找个比自己挣的多的,即便不比自己多,但也不能少。可是……可是我自己的长相,从小到大,我没有收到过一封情书,没有一个男孩子向我表达过好感。丁老师……丁老师他是第一个,也是唯一一个。"

听到这个,晨昱一改刚才的沮丧,两眼冒着绿光,激动地说:"情书,老大,求求你了,能不能让我看看你的情书?你放心,我不拍照,不宣扬,保证看了就忘。"

郭秀彦红着脸,忙不迭地摇头摆手,引来了很多学生好奇的目光,还有两个学生过来,关心地问:"郭老师,您没事吧,需要帮忙吗?"

郭秀彦头摇得更厉害了,连忙道谢,说不用了。

晨昱哈哈大笑,显得十分得意的样子。

郭秀彦恨得咬牙切齿,对着晨昱恶狠狠地说:"有,就是不给你看,你能怎样?"

晨昱眼珠咕噜咕噜地乱转,发动所有的脑细胞想着对策,怎么样才能让郭秀彦乖乖地把情书拿出来。

郭秀彦看着晨昱的模样,就知道她在想什么,于是,叹了口气,说:"其实压根儿没有什么情书。我刚来学校那会儿,人生地不熟,是他主动接近我,帮我熟悉环境,告诉我应该注意的事项,帮我打水打饭……对于男生的恭维讨好、帮助照料,在你和诺诺看来是司空见惯,觉得理所当然,但是对于我来说,这是从来没有的事,我心里很感动。原来这个世界上,还有一些善良的男生不以貌取人,对我这样一个平凡无奇的女孩动心。"

晨昱心里腹诽,丁老师他自己长得也不帅呀,若论相貌,他并不比老大好看,但嘴上却说:"老大,你太妄自菲薄了,你这么好,在我看来,反倒是他未必配得上你呢。"

郭秀彦仰起头,看着天边,此时太阳已经落山很久,还有丝丝火红色的晚霞挂在天幕,预示着明天是个艳阳天,她轻叹一声:"你不会也觉得他没有学历,挣钱少吧?"

晨昱远远看见丁文鑫和几个男老师遥遥走过来,晨昱心里在认真地思索这样的偶遇到底有几分是有缘,几分是刻意?

突然听到郭秀彦的这句话,晨昱心里一凉,说:"姐姐,我在你心里就是这么世俗、唯利是图的人吗?还是分别不到一年,老大自己也变了呢。"

郭秀彦闻言,脸色一变,一边跺脚,一边伸手照着自己额头就是一掌,愧疚地说:"昱儿,你自然不是这种人,否则你当年就不会喜欢穷困的白惜墨。是姐姐我错了。我最近也不知道怎么了,想得比较多。每个人都说丁老师不合适,他家里穷,父亲过世了,一个老母亲拉扯三个儿子,丁老师又是家里的老大,还得照顾他妈和两个弟弟,负担比较大……"

晨昱叹道:"那你是怎么想的?"

郭秀彦深吸一口气,缓缓道:"我觉得人心才是最重要的,其他的对于爱情来说都是可有可无的附属物,有当然更好,没有那也是命。我认定了这个人,其他的困难两人一起承担总比一个人要好。"

郭秀彦的这番话声音温润柔和,语气却是铿锵有力不容置疑,像是回答晨昱的问话,又像是在郑重许诺。

晨昱微微一笑,冲着郭秀彦身后,大声地说:"丁老师,我老大的这一番话,你可听清楚了?"

丁文鑫看着郭秀彦,半晌没有说话,后者被他看得都有些不好意思了,微黄的脸上泛出些许红晕,想说些什么,手却被丁文鑫紧紧地握住,两人在激动之下，愈发不会说话了。

晨昱偷偷给眼前的两人拍了张照片，然后以彩信的方式发送给李一诺和房素梅。

房素梅不知道在忙什么一直没有回信，倒是李一诺很快便打来电话询问情况。

晨昱将自己看到的情况如实和李一诺说了一遍，两个人针对郭秀彦的恋情交流了一下自己的想法，李一诺便挂断了电话。

晨昱百无聊赖，想到今天上午坐了半天的车，觉得身上脏兮兮的，顿时有了洗澡的念头。好在郭秀彦的公寓里可以淋浴，晨昱花了半小时洗浴，刚洗完，晨昱穿着睡裙，敷了一张面膜，正想放点儿音乐，却听到有人敲门。

晨昱一边喊着"老大"，一边飞快地去开门。

门开了，却是丁文鑫，只见他手里拎着的东西"哐啷"一声掉到了地上。

晨昱这才想起自己脸上贴着竹炭面膜，对方一定是被自己吓到了，她有些不好意思，忙将黑色面膜揭了下来，干笑道："丁老师，不好意思呀，我以为是老大回来了，吓着你了吧？"

说着，晨昱便俯下身去捡散落一地的苹果和橙子。

晨昱刚洗完澡，穿着裙装的睡衣，这是她大学在宿舍经常穿的样式，说暴露倒也不算，黑色的真丝连衣裙，有着宽宽的吊带，点缀着漂亮的流苏和蕾丝花边，配着晨昱高挑的身材、白皙的肌肤，显得格外动人。晨昱好意帮忙去捡水果，半弯着身体，从高处看下来，胸前的隆起若隐若现，有晶莹的水珠从晨昱齐肩的发梢上滴落，珍珠一般滚落到精致的锁骨，滑进衣服里，不见了……

丁文鑫的鼻血却随着水珠的消失不见，喷涌而出。

丁文鑫借了卫生间去清洗鼻子，晨昱自己待在客厅里回想刚才的一幕，渐渐地明白了些什么。突然，晨昱计上心头，狡黠地笑了。

见丁文鑫从洗手间出来，晨昱关心地上前："丁老师，您没事吧？"

丁文鑫有些不好意思，红着脸道："谢谢关心，我没事。"

晨昱眨眨眼睛，清清嗓子，挤出一个笑容："那个是这样的，我暂时还没有男朋友，我看丁老师对老大细心的样子，就觉得丁老师一定是个好人。所以就想问问丁老师，不知道你身边有没有什么合适的人选，可以给我介绍一下。"

一听到晨昱这话，丁文鑫有些喘不上气，顺势拉起晨昱的手，激动地说："你真的这样觉得吗？"

晨昱将手夺了回来，将手掌攥为拳头，摆了一个跆拳道的姿势，正想要教训对方，却听到门口一个声音："昱儿。"

第三十七章　穷通前定

> 人生百年有几，念良辰美景，休放虚过。穷通前定，何用苦张罗。——元好问

听到郭秀彦的声音，晨昱忙将举起要揍人的拳头放下，回过头来，这才发现原来公寓的门没有锁。而此时，郭秀彦正呆呆地站立在门口，她的旁边是滑落在地上的手提包。

晨昱不知道郭秀彦站在门口有多久了，也不知道她将这场闹剧看进去

了多少。

做贼心虚，明明出发点是好意的晨昱，竟有几分莫名的心虚。她支支吾吾地挤出来一句："老大，你……什么时候回来的？"

郭秀彦笑了笑："我刚到，你们这是？"她转向丁文鑫，"丁老师，这么晚了，你在这里干吗？"

丁文鑫正在兴奋点上，本就脸色发红，此时，看到骤然出现的郭秀彦，愈发紧张，竟说不出话来。

郭秀彦淡淡一笑，看到室内的水果，笑道："这么晚了还来送水果，真是麻烦你了。正好，我也该去买水果了，谢谢丁老师了。"

丁文鑫这时候缓过劲儿来，一本正经地笑道："你这里来了朋友，我怕你没有水果零食，特意去超市采购了一些。只不过，我来得不是时候，你朋友刚洗完澡，她把我当成你了，就开了门，我不小心撞到门上，鼻子流血，就进来清洗一下。"

郭秀彦没有说话，温婉一笑，又说了几句得体的话，便让丁文鑫走了。

屋里只剩下她们两个人，晨昱刚想要开口说话，郭秀彦便去洗澡了。她洗了将近一个小时才出来，看看时间已经晚上十点了。郭秀彦伸手费力地敲打着后背，叹道："累死我了，再这样下去颈椎、腰椎迟早都得废了。"

捶背过程中，郭秀彦够不到的地方，晨昱帮她捶着。她则趴在床上，将脸埋在被褥里。晨昱心里也不舒服，但是她生性直爽，不会欺瞒骗人，便弱弱地开口："老大，我有事想跟你说说。"

郭秀彦将脸埋在被褥里，就连音色都带了几分疲倦和慵懒："昱儿，我今天很累，有什么事明天再说好吗？明天我下午没课，咱们俩去人民公园逛逛，好好说说话。"

晨昱看见郭秀彦一副不想说话的样子，只得作罢，不一会儿就睡着了。

借着窗外路灯透过来的昏暗灯光,郭秀彦定定地凝视着晨昱熟睡的侧眼,目光复杂,有羡慕、有嫉妒、有心疼……

次日上午,郭秀彦早早起来去食堂打了些饭端回来,然后再温柔地喊依然睡在床上的晨昱起床用餐。

晨昱揉揉惺忪的睡眼,由衷地说:"老大,你这么善良、勤快、温柔、贤惠,将来一定是贤妻良母。如果我是男的,肯定娶你!"

郭秀彦冷笑一声:"等你变成男的再说。不过,现在,限你五分钟给我起床吃饭。"

吃完饭,郭秀彦收拾收拾就去上课了。她今天上午有三节数学课,一直要上到十一点十分。晨昱百无聊赖,想到昨天晚上的一幕,心里不舒服,正想着要给李一诺打电话,也好撒撒气。这时,却有人敲门。

想到郭老大有课不可能这个时候回宿舍,而且她还有钥匙,用不着敲门,晨昱便有了几分防范之心,从门镜一看——丁文鑫。

晨昱眉头皱了起来,想到自己昨天的鲁莽之举为自己和郭老大引来的无穷麻烦,眼看这人又找过来了,谁都知道郭老大上午有课,他这个时候过来做什么,还不是"司马昭之心,路人皆知"嘛。

晨昱不想与这个令人生厌的丁文鑫模糊不清,又不知道怎么处理,正想要装作没人在家,却听见门口传来说话声:"昱儿,你在里面吗?我看你们没有去食堂吃早饭,特意出去买了些回来。"

原来是来讨好的,晨昱眼珠转转,将手机的录音功能打开,这才开了门,皱眉道:"丁老师,不好意思呀,我们老大不在,她上午有课,回来最早也得十一点了。"

丁文鑫看着晨昱冷漠的脸,微微发怔,忙将手里的饭递了过去:"我没看见你们俩去吃饭,就帮你们打回来了。"

晨昱的手依旧在风衣兜里,没有去接,淡淡地说:"我替老大谢谢丁老师。不过，我们已经吃过了，就不用了。"

丁文鑫有些搞不懂晨昱的心思和用意，将自己的另一只手从背后伸出来，居然是一束花，他脸色有些不自在，喃喃地说："早上出去溜达的时候，发现田地里有些花已经开了，就……就帮你采了一些，我看电视上大城市里的漂亮女孩子都喜欢花。"

晨昱故作惊讶，提高了嗓音说："这花……是……送给我的?"

丁文鑫点点头，害羞得不敢看晨昱的眼睛："你喜欢就好。"

晨昱瞄了花一眼，都是些喇叭花，只不过颜色不同而已，有紫、有粉、有红，点缀了点狗尾草，还有一些晨昱不认识的田间花草："真漂亮，不过……我们老大的那一份花呢?"

万万没有想到晨昱会这么说，可怜的丁文鑫愣了，张口结舌地说："我忘……这份先送给你，希望你喜欢……回头我再……"

丁文鑫听郭秀彦管晨昱叫"昱儿"，便也跟着叫，却不料晨昱被这声"昱儿"吓得鸡皮疙瘩掉了一地，如果不是正在录音取证，她早将花塞到这恶心的人嘴里了，顺便再给他几拳，狠狠地惩罚一下这个朝三暮四、脚踏两只船的家伙。

晨昱清了清嗓子，将汹涌而来的恶心努力地压下去，本着做影后的强大决心，努力将脸上厌恶的表情隐去，装出一个笑容："既然这样，我就不客气地收下了。不过，丁老师，玫瑰、百合这些我倒是经常收到，可是这喇叭花……有什么花语呢?"

丁文鑫闻言大喜，胸口开始有些起伏，忙抬起头看着晨昱，急急地解释道："这附近没有花店，如果有，我也会送你玫瑰的，你要是喜欢，我今天下午去市里的花店买。"

晨昱再也忍不住，哈哈大笑起来："谢谢丁老师的好意，只不过我觉得你如果非要买花的话，还是买黄色的玫瑰吧，而且不是送给我，而是送给我老大。黄玫瑰的花语是道歉，做错事了自然需要道歉，不管那个人原不原谅。"说完，"砰"的一声，晨昱不客气地将门关上，门外，丁文鑫像个傻子一样呆立在原地。

中午，郭秀彦带着晨昱出去吃饭。其间，晨昱几次想要开口，都被郭秀彦突然打断，拦了下来。用完餐，风和日丽，不冷不热，两人来到公园散步。

晨昱看到湖心有人在划船，突然兴起，快步跑过去付了二十元，她选了一艘造型可爱的鸭子船，双手挥动着桨，冲郭秀彦用力地挥舞："老大，快过来，我们划船。"

两人坐在船上，湖面平静得像一面镜子，午后的阳光洒在湖面上，小船游荡其间，搅散了一池阳光，星星点点，像水银一般耀眼。春日的阳光温柔地照在人身上，感觉暖洋洋的，仿佛挚友的箴言，又像情人的拥抱。

晨昱微微仰起头，闭起眼睛，感受着阳光的温暖，不由得心情大好，一边深呼吸，一边缓缓诵道：

> 绿叶阴浓，遍池亭水阁，偏趁凉多。
> 海榴初绽，朵朵簇红罗。
> 乳燕雏莺弄语，对高柳鸣蝉相和。
> 骤雨过，似琼珠乱撒，打遍新荷。
> 人生百年有几，念良辰美景，休放虚过。
> 穷通前定，何用苦张罗。
> 命友邀宾玩赏，对芳樽，浅酌低歌。
> 且酩酊，任他两轮日月，来往如梭。

郭秀彦拍手赞道:"穷通前定,何用苦张罗。没错没错!"

晨昱道:"我喜欢最后一句,且酩酊,任他两轮日月,来往如梭。"

午后的气温渐渐变暖,来逛公园的人逐渐多了起来,湖面上的小船愈来愈密集了。她俩只顾着说话,险些撞到一条迎面而来的小船,晨昱忙将鸭子船的方向盘打死,两只小船这才幸免碰撞,不过对面船上的小朋友已经吓得尖叫起来。

对面船上是一家三口,俊男美女加上一个三四岁的小女孩,晨昱和郭秀彦二人连忙道歉,对方笑着说没关系。两只小船擦身而过,而晨昱和郭秀彦两人仍旧扭着头,定定地望着小女孩发呆。

郭秀彦感叹地说:"多可爱的宝贝,我也想有一个这么漂亮可爱的小女孩。"

晨昱心里也有同感,嘴上却说:"那姐姐你就找个帅气的姐夫,马上就结婚,不出一年就有宝宝了。"

面对晨昱的打趣,郭秀彦长叹一声,点点头,出人意料地居然没有反对,将头转向一边,幽幽地说:"这话也没错,本以为可以马上实施,却没想到人出了问题,没办法,只有抓紧时间重新物色喽。"

闻言,晨昱心里突然一凉。原来,老大早就知道,只不过,她需要一天时间来消化和接受这个事实。

晨昱有种小孩子做错事无言以对的感觉,想要解释,却不知道从何开始;想要道歉,又不知道该说什么。

郭秀彦突然将头转了过来,定定地看着晨昱,伸手握住了晨昱的双手,眉眼平静地微笑,说:"昱儿你什么都不用说,你对姐姐的好,我知道。这件事我不怪你,相反,我还要感谢你,是你让我看清了一个人的真实面目。"

话是没错,可是,想到自己的行为导致的后果还是伤害了老大,晨昱心里很是难过，喃喃地说："老大，对不起，我也没想到结果会是这样，早知道……"

郭秀彦似乎是想起了什么，冷哼一声，有些自嘲地说："早知道，就不该有眼无珠，认人不淑。你知道的，我从来没有被人喜欢的经历。所以，当有个人对我很好，温柔地说他喜欢我的时候，我就分不清东南西北，忘了自己是谁了，以至于没有看清那个人的真实面目和用心。"

晨昱忙伸手抱住了郭秀彦，安慰着她："老大，你别难过，人生难免遇到几个浑蛋来给咱们上几堂课，没关系，咱学了经验，吸取教训，就能修得金刚不坏之身，练就火眼金睛，终能选一个对的人，最后修成正果。"

郭秀彦点点头，眼泪却缓缓地落下来，还好低着头，晨昱看不到。

晨昱道："老大，你说丁老师他……"她想问丁文鑫为什么会假装爱上郭秀彦，可是当她转过头，看到郭秀彦正在伤心，她虽然好奇不解，却无论如何也问不出口。

郭秀彦推开了晨昱，自嘲地笑笑："说来，可能是你老大我太优秀的缘故吧。这个学校刚刚成立，而且是这里最差的高中，一般知道实情的人都不愿意来这里工作的。"

晨昱很是吃惊："差，哪里差了，六七层崭新的教学楼，还有你们的教师公寓，已经很棒啦，你是不知道，这里比小梅那里好出了几十倍呢。"

郭秀彦拍了拍晨昱的肩膀，有些意味深长地笑道："有些人和事不能只看外表，就像有些人长得好看，其实人品不好；有些人表面对你好，其实是心存利用。你看到的这个学校，我们是一个多月前才刚刚搬过来的。去年我毕业来报到的时候，学校在镇上的村子里，破旧不堪，房子漏雨，厕所还不如农村里的，茅坑里到处都是苍蝇的幼虫在缓缓爬动……"

晨昱有些恶心，忙转移话题："老大，那你的运气不错呀，待了不到一年，就换了这么好的。"

郭秀彦笑了笑:"也算是吧,我说这个是想告诉你,本来这个学校是没有人愿意去的。招我来的郭校长说我是我们学校唯一一个本科院校毕业的教师,其他人大都是专科。郭校长觉得他在招聘会上把我招过来,心里有几分过意不去,所以,我一来就是班主任。而且他承诺再过两三年,我一到年限,就给我提职称。"

晨昱拍手赞道:"这么好呀,看来那句'宁为鸡口,毋为牛后'是很有道理的。老大,你们校长是不是喜欢你呀?"

郭秀彦伸手轻轻拍了一下晨昱的脑袋,嗔道:"小小年纪,想什么呢?思想怎么这般龌龊,郭校长比我老妈小四岁,又是同一个县城的老乡,同姓同族,加上他心里的那点儿愧疚,他是真的把我当女儿看的。"

晨昱拍拍胸脯,长出了一口气,笑道:"那就好。"

"正是因为别人都知道郭校长对我很好,可能有些人就动了歪心眼儿了吧。"郭秀彦苦笑道,"我也是傻,丁老师以前说他羡慕我,因为我一来就可以当班主任,还有几百元的班主任补贴,在我们学校老师中挣的算多的,他还说如果能转正就好了,我还答应有机会帮他问问,在郭校长面前美言几句……"

晨昱是个急性子,听到这话,气得柳眉倒竖:"利用一个弱女子算什么本事?还老师……我去找他说说,顺便跟你们校长汇报汇报,别说转正了,连临时工他都不配做。"

郭秀彦拍了拍晨昱的手,笑道:"性子还是这么急,这可不好,对你的身体没有好处,也容易得罪人,以后可要慢慢改改。丁老师也不容易,他家里条件差,压力大,虽然做的事不地道,可毕竟他也有他的难处,得饶人处且饶人,就当这件事没有发生过吧。以后当个一般同事相处就行了,没必要把事情做绝。"

晨昱抱住郭秀彦:"老大,你是我见过最坚强、最勇敢、最善良、最识大体的人。我要是个男人一定娶你。"

郭秀彦无奈地说:"你还有其他形容我的褒义词吗,一起说了,也让我自恋一把。"

晨昱听见郭秀彦难得的调侃,觉得她的心情应该是好了。于是,两个人哈哈大笑,爽朗的笑声在湖面上久久回荡,连从湖边掠水飞过的小鸟也瞪着圆圆的小眼睛,好奇地张望着。

第三十八章　是缘是劫

　　留人间多少爱,迎浮生千重变,跟有情人,做快乐事,别问是劫是缘。——《流光飞舞》

转眼到了五月,火辣的夏天送走了温柔的春天,田野里的各色花争相开放,红的、黄的、紫的,整个大地一片姹紫嫣红;燥热的阳光从密密层层的林间透过,调皮地在地面洒下一片树影斑驳。

对于晨昱这种受季节影响感性的人,四五月份浪漫多情的季节当然要好好出去玩一下。利用五一假期,晨昱花了三天时间跟着之前参加的户外团队去雪山穿越了一回,过了把驴友的瘾。

但是晨昱还有些自知之明,放弃了闻名遐迩、难度非常大的雪山,选择了旁边攀登难度较低、入门级的山峰。

入队的时候,晨昱特意观察了一下,之前结伴玩的鲁苏没有来,晨昱虽说和她关系并不算好,但此时没有看到她,心里还是略微有些失望。

头天傍晚晨昱在山脚下的酒店入住，次日早上八点半开始组队，沿着原始森林顺着清澈的山溪蜿蜒而上，背着厚重的背包，晨昱咬着牙，蹒跚而行，徒步穿越广阔的草甸林地。

这片未经开发的原始山林保留着大自然对人类最好的馈赠，美得令人窒息，晨昱脖子上挂着单反相机，不停地拍照，走得愈发迟缓，后来不得已，户外团队的领队，一位三十岁左右的帅气大哥过来"帮"她一起走，所谓的"帮"，其实就是帮她拎着相机，让她减少不停拍照的机会，并时不时也搀扶晨昱一把。

中午，大家拿出自己背包里准备好的食物，简单地吃了一些，便继续攀登，直到下午四点，大家才陆陆续续到达海拔三千五百米的中转站，找到了一排木屋，取暖休息，决定今晚暂时住下。

吃过晚饭，晨昱听专业的老师讲解了登山知识，还有一些明天要注意的事项后，就回到木屋整理相片，一时心血来潮，便从手机里翻出了鲁苏的手机号码，不知道她有没有换号码，便试着拨了出去。

电话居然接通了，晨昱说了自己来攀登雪山，问了鲁苏的近况，电话那端的鲁苏爽朗而幸福地笑道："说自己最近不能去运动了，虽然说怀孕两个月别人还看不出来，可毕竟自己得多加注意。"

晨昱很是惊讶："鲁姐，您结婚啦？"

鲁苏笑道："嗯，半年前的事了。因为你姐夫是三婚，就没有大肆操办，所以就忘了跟你说。"

晨昱"哦"了一声，问："就是你之前说的那个人吗？"

鲁苏笑道："是的，好不容易相中一个你情我愿的，怎么也不能让煮熟的鸭子飞了呀。"

晨昱说了几句恭喜的话，就快快地挂了电话，不知道为什么，她的心情突然有些低落。鲁苏是因为对方在首都有车有房，而选择下嫁；丁文鑫为了利用郭秀彦，而假意在一起；还有李哲曦，他前几年待唐冰，那种痴迷就好像唐冰是天下无双的稀世珍宝，可才过了几年，唐冰回头的时候，他却厌倦了，反倒是跑到自己面前来诉衷情，这便也罢了，偏偏他还有好几个或性感或美丽的备胎……

晨昱心里不禁想到，爱情不应该是纯洁唯美、完美无瑕的吗，怎么我们眼睛看到的却是千疮百孔面目全非呢？

想到为爱远走异乡的李一诺，晨昱不由得叹息，女王殿下放着那么多优秀的追求者不屑一顾，非要吊死在李哲曦这棵不上道的歪脖树上，是缘是劫？如果爱情只是披着高贵圣洁的外衣，内里却是这般不堪，那么自己宁可孤独一生，也不会轻易交出自己的心，绝不将就！可是，如果有一天，再次遇到一个让自己心动的人，又该如何？可还有再一次赴汤蹈火的勇气和无畏？

晨昱思索半天不得其解，窝在床上，听半山寒风凛冽，呼啸而过，在迷迷糊糊半睡半醒间，居然梦到了一个衣袂飘飘的古代美男，背负着行囊在山水之间，口里吟诵着："我问佛，如果遇到了可以爱的人，却又怕不能把握该怎么办？佛曰，留人间多少爱，迎浮生千重变，跟有情人，做快乐事，别问是劫是缘。"

迷离中的晨昱似乎有了超能力，飞扑至近处，那峨冠博带的古代美男在蓦然回眸的一瞬间，却成了陈逸斐的样子。晨昱松了一口气，缓缓笑道："陈师兄，好久不见。"

陈逸斐剑眉一弯温柔一笑，眼眸中含着宠溺，拉住晨昱的手，说道："小昱，携手同归？"

晨昱回握住陈逸斐的手，刚想说几句既显得有文化，又能应景的话，不料一阵狂风，山石乱飞，晨昱一脚踩空，落入万丈深渊……

晨昱大叫一声，发现自己安安稳稳地躺在床上，原来是一场梦，一边擦额头上的冷汗,一边拍着胸脯,说道:"谢谢老天爷,幸好是一场梦。"

人生最美好的事情,莫过于遭遇大不幸的时候能够及时地醒来,发现原来是一场噩梦,生活依旧灿烂美好。

天还没亮,队长便喊醒登山队员,起床冲向山顶,大约徒步七八公里,终于在中午十一点钟登上了山巅,尽情欣赏群山美景。温暖的阳光照射在皑皑的白雪上,像是镀上了一层闪亮的银光,钻石水晶般灿烂耀眼,似乎到了九重天的仙幻之境。

晨昱突然想起了凌晨的梦境,淡淡一笑,双手合拢,做成喇叭状,放在嘴边,用了最大的力气喊道:"莫问是缘是劫。"

结束了旅行,晨昱将照片冲洗出来,选了一些拍得不错的,第一时间寄给了陈逸斐。看到了美景,遇到了奇遇,晨昱总是第一时间想让他也看到,一同分享。

假期结束,晨昱一边唉声叹气,一边收拾行囊。

母亲冯蕾问她:"怎么,那鸟不拉屎的山沟沟里,你还待上瘾啦?"

晨昱撇撇嘴:"上什么瘾?那边不好玩,条件差,还累得跟狗似的,平心而论,实非长久之计也。"

冯蕾正在敷面膜,听女儿这么说,很是惊讶。不过,却是从心里高兴,趁机劝道:"既然那么不好,你干吗还去受罪?"

晨昱偷偷地将冯蕾昂贵的面膜往自己背包里装,晨凌云看到微微一笑:"你这么小的年纪,用这么……"

晨昱怕老妈听到不肯给她用,忙冲老爸摇摇头,做了个嘘声的手势,接着回答母亲的话:"我不是跟人家签了一年的合同吗,人总得说话算数,我可不想食言而肥。"

冯蕾还没有说话,晨凌云接过话头,笑着揉了揉晨昱的头发,说:"昱儿说的也有道理,做人应当有始有终,岂能半途而废?反正也就两个月了,再熬六十多天，就解放了。"

晨昱伸出双臂环住晨凌云的脖子，在他微胖而带有胡碴儿的脸颊"吧唧"亲了一口："还是老爸懂我。"

冯蕾略带醋意，不屑道："你们俩慢慢懂吧，谁让你们俩人是上辈子的情人呢。"

晨昱回到学校，继续做着她全封闭高中教师的工作，每天起得比鸡早，睡得比狗晚，虽然苦，但工作该干还得干。不过，水波不惊的生活偶尔也会起一下波澜。比如，李哲曦再次跑到了学校。

李哲曦是哪天来的，晨昱记不清了，只记得那时差不多快该吃中午饭了，李哲曦手捧一束乱七八糟、五颜六色的花，往那儿一站，车豪人帅，引起青春懵懂的高中小女孩阵阵尖叫和一大堆芳心暗许。晨昱对此哭笑不得，只得拿着笤帚将他往外轰。

因为同年级其他班的英语老师家里有急事，需要回去两天，便跟晨昱换了课。在辛苦了两天后，那位请假的老师回来，晨昱这两天便无事可做了，于是，她心血来潮连夜赶去看看房素梅，想给她一个惊喜。

算起来有两三个月没有见到过房素梅了，晨昱很是想念，此外，她还想跟房素梅说说郭秀彦的事，以及自己的心事。

晨昱从校门口拦了一辆面包车，花了五十块钱让司机师傅将她送至房素梅的学校。

没想到房素梅却不在学校，晨昱向老师们打听之后才知道，房素梅回家去了。好在晨昱在这儿教书的时候也去过几次房素梅家，于是，便没有打招呼直接前去找她。

晨昱刚到房素梅家门口，便看到房素梅的父母站在外面："叔叔阿姨，小梅在家吗？"

房素梅母亲看到晨昱，有些不好意思地拉住晨昱，说："这不是晨昱吗？我听小梅说你被调到镇上教书了，怎么有时间来找小梅啊？"

晨昱被房素梅母亲的表现弄得有些发蒙，但也不好意思驳了长辈的话，于是回答道："我和其他老师调课了，正好有时间，便来看看小梅。阿姨，小梅是发生什么事了吗？"

房素梅的母亲回头看了一眼屋子，然后说道："晨昱你今天来得真是不巧，小梅此时正在屋子里相亲呢，要不你和我们一起在外面等一下？"

晨昱惊讶地看着房素梅的母亲，说："相亲！和谁？"

房素梅的母亲也知道晨昱和房素梅的关系很好，于是也没有隐瞒："就是本村的周博恒。"

晨昱张大了嘴巴，不禁提高了嗓门儿："周师兄！"

房素梅母亲吃惊地说："你也认识？"

晨昱笑着说："当然了，之前在学校周师兄来找过小梅好几次呢。"

房素梅母亲一听这话，顿时心里开心了起来，觉得这次相亲应该会是皆大欢喜了。

就在这时，周博恒从屋里走了出来，看到门口的晨昱有些没反应过来，他揉了揉眼睛，发现门口站的真是晨昱，兴奋地跑了过来。

"晨昱，真的是你，你怎么在这儿。"

晨昱尴尬地笑了笑，说："好巧啊，周师兄。"

晨昱说完就看见房素梅一脸哀怨地走出来，房素梅看见晨昱，脸上的表情立马变得愤怒了起来。

晨昱还没有弄明白发生了什么，只见房素梅快步走到晨昱面前，拉起晨昱的手就跑了起来。

"小梅，你怎么了？你要拉我去哪儿？"

房素梅没有理会晨昱的话，直到跑到村东的树林，房素梅才停下来。

晨昱弯下腰，上气不接下气地说："小梅，你……你怎么了？"

房素梅转过身死死地瞪着晨昱，然后冷冷地说："你说呢，晨昱？"

晨昱被房素梅的语气吓了一跳，她有些紧张地说："小梅，有什么话咱们好好说，你别吓我好不好？"

房素梅突然歇斯底里地喊道："晨昱，你少在这里装好人了，我今天这样全都是拜你所赐！老天爷为什么这么不公平，怎么所有好事都是你的，你拥有好的家世，一出生便拥有我一辈子都得不到的东西；你拥有好相貌，所有的男生见了你都会喜欢你。而我呢，就是一个低到尘埃里的丑小鸭，说是你的好朋友，其实还不如说是你的奴才，我所有的一切在你眼里都不值一提，就连周师兄也被你三言两语吸引走，为什么，为什么……"

房素梅说到后面已经有些泣不成声，晨昱虽然不知道到底发生了什么，但看到房素梅这样，她的心里也非常不好受。

晨昱抚摸着房素梅的后背，然后说道："小梅，到底发生什么了，你和我说说，我一定会帮你的。"

房素梅一把甩开晨昱的手，然后咬牙切齿地说："晨昱，从今天开始，你再也不是我的朋友，我们永远都不要再见面了！"说完，房素梅就要走。

晨昱赶紧拉住房素梅的手，说："小梅，你到底怎么了，就算是要和我绝交，也要告诉我到底是因为什么吧。"

房素梅转过身，冷冷地看着晨昱，说："你还要问我为什么，你明明知道我喜欢周师兄，你为什么还要和他拉拉扯扯、不明不白，你是存心不想让我好过，不是吗？"

晨昱赶紧摇头，解释道："我没有，我怎么可能和你抢男朋友呢？"

"你少来了，如果不是你，周师兄怎么可能拒绝我，我看你就是因为被白惜墨甩了，所以才看不惯我好吧？"

房素梅的话狠狠地伤害了晨昱，晨昱愣愣地看着房素梅，似乎从来不曾认识她一样，过了好久，晨昱自嘲地笑了笑，然后无奈地说："原来我在你眼中就是这样的人,也好,那我们就再也不要见面了,四年的朋友就当我们都瞎了眼。"

晨昱伸手擦了擦脸上的泪水,然后头也不回地离开了树林。

晨昱满怀失望地回到镇上学校,她没有把这件事告诉任何人,只是一个人沉闷了很久,晚上独自看着外面的月亮,哭了好几次,她不知道房素梅为什么会变成这样,她忽然想起当初自己在李一诺和房素梅之间彷徨时,父亲说的那番话,或许时间真的是检验感情的最好途径。

第三十九章　尝试一切

I messed up tonight, I lost another fight.
I still mess up but I'll just start again.
I keep falling down I keep on hitting the ground.
I always get up now to see what's next. ——*Try Everything*

晨昱结束了将近一年的教师生涯,对于她来说,这是一段奇葩的经历,比电视剧还像电视剧。

没有去年失恋时的大张旗鼓和矫情,晨昱默默在家里窝了几天,怎奈天性闲不住,做不了文静的宅女,便出去玩了几天。

晨昱的父母在得知了房素梅的事情后,心里很是气愤,尤其是冯蕾,好几天都愤愤不平。倒是晨凌云很看得开,一笑了之,安慰爱妻道:"哪有一帆风顺的成长呢,人生无常,变幻莫测,多经历一些也挺不错的。再说了,昱儿这前二十年,我们把她保护得太好了,以后走入社会,人心、世故她都需要经历,这样才能长大。"

冯蕾觉得丈夫说的有道理,但还是觉得有些气不过,叹道:"我就是见不得我们宝贝被伤害。先是被人划破脸,后是被白惜墨劈腿,现在,居然连平日里文文静静说话都不敢抬头的房素梅,居然也……当真是'咬人的狗不叫'!"

晨凌云叹道:"有时候不是你想给,别人就想要的,昱儿上大学的时候,我就告诉过她,随着环境和自身条件的变化,人都是会变的。而感情作为人的附属,自然也会跟着变化。这是大多数人都要经历的,咱闺女要是连这个也受不了,怎么能行?你呀,快五十岁的人了,还这么急躁,对身体可不好。去年体检说心脏有些问题,这段时间好些了吗?"

冯蕾笑道:"吃着药,好些了。人长到一定岁数,小病小痛是免不了的。不过,你只要少说几句快五十岁的话,我就好得多了。"

晨凌云伸手环住爱妻的肩膀,温柔道:"在我心里,你依旧是二十岁,大学初遇的样子,年轻、漂亮、活泼、可爱……"

晨凌云表白的话还没有说完,就被突兀的掌声打断,抬头一看,晨昱斜倚在门上,似笑非笑地望着他们:"你们继续,要不要我帮你们拍照?哦,不,是录像。"

冯蕾顿时脸就红了,娇嗔道:"死丫头,说什么呢,不声不响地出现,想要吓死你妈呀。"

晨凌云招招手,示意晨昱过来。

晨昱坐在二人中间,将头靠在冯蕾肩上:"老妈,你不用为我担心,我都二十三岁了,我有两个小学同学都已经是孩子的妈了,我也该长大成熟了。"

晨凌云和冯蕾对视一眼,从对方给眼睛里读出了怀疑和惊讶,急忙问道:"宝贝,你不会又干了什么事吧?"

晨昱嘻嘻一笑:"没事呀,我就是就事论事,发表一下建议而已。此外,我打算去通信公司上几天班。"

冯蕾觉得自己实在不理解晨昱的想法,忍住想要发火的冲动,深吸一口气,说:"你之前联系的实习单位不是说让你九月份去报到吗?你怎么又跑到通信公司卖手机了?这不是服务员干的事吗?"

晨昱解释道:"在家里待着也是待着,不如去尝试不同的生活。我觉得通信公司的工作服挺漂亮的,主打白色和蓝色,还有彩虹颜色的漂亮丝巾、贝雷帽,看着倍儿精神。"

冯蕾觉得晨昱的行为过于无理取闹了,语调不自觉地就高了起来:"宝贝,你都这么大了,怎么还这么天真呢?你喜欢他们的衣服,咱们去买几套,管他空姐还是护士,放在家里,随时都可以穿。"

晨昱被冯蕾的话弄得哭笑不得:"在家穿哪有上班穿酷啊,再说啦,这是我正儿八经考上的,要求很高呢,专科以上学历,二十五岁以下,净身高一米六三以上……"

冯蕾一副恨铁不成钢的样子,咬牙道:"卖手机、交话费这种活儿还需要上过大学,就算是大学生干的不也是服务生的活儿。"

晨昱帮冯蕾捶了几下背,讨好地说:"妈,话不能这么说,公务员还是人民群众的公仆呢。再说你和老爸的单位,用人要求不是也提高了吗,要求高只能说明单位好。"

晨凌云哈哈大笑,从口袋里摸出了一根烟,掏出打火机,正要点燃,却被晨昱抢过来,瞪眼道:"不许抽烟,说过多少遍了,五十岁了还是老小孩。"

晨凌云伸手拍了拍晨昱的头,温柔地说:"没错,我们老了,以后就成老小孩,需要你照顾了,所以,你应该成熟起来,挑起这个家。"

晨昱从桌上拿了一袋薯片，一边吃一边豪爽地回答："没问题，我养你们是应该的，不过那要等我赚足了钱……"

冯蕾哼道："你就好好地听话，少整些乱七八糟的事就行了。"

晨昱撇撇嘴，不以为然地说："反正我的单位九月份才能去报到，窝在家里三四个月，还不如去挣点儿零花钱，也好减轻你们的负担。"

冯蕾假装感动地点头，说："也对，我女儿真是能干，当了将近一年的老师，挣了多少钱来着？哦，一个月工资五百元，还要从家里拿一两千元，真是年轻有为……"

晨凌云忙咳嗽打断冯蕾，拼命使眼色。

提起学校和教书，晨昱不自觉地想起房素梅，心里一阵绞痛。

晨昱装作若无其事地说："母后大人言之有理，不过，这次的工资是三千元，是不是很棒？"

虽然父母不太满意晨昱去通信公司工作，但她还是穿着心仪的制服，高高兴兴地去上班了。

刚到公司晨昱得知在正式上班之前，她还要经过两周的培训。

参加培训的一共十八个女生，十二个男生。培训期间大家的工作比较少，所以经常聚在一起聊天。

有比较活泼的女孩子问晨昱有没有男友，她微笑着摇头。也有不错的女孩子跑过来邀她一起吃饭、一起锻炼，晨昱礼貌地谢过之后，找个借口拒绝了。晨昱和每个人都保持着距离，不是这些人不值得交往，而是她的心底充满了深深的畏惧。

忘了谁说过的，人都是戴着面具的。像房素梅一般看起来纯良无害的人，谁能想到竟然会因为一个不喜欢她的人和自己最好的朋友翻脸。

培训结束，开始上班，晨昱被分到郊区的一个网点，跟她一起的还有一男一女两个同批的新人。相对于两个同事的抱怨，晨昱却不以为意。

因为上班距离较远,晨凌云特意为晨昱买了辆车。

车型和颜色是冯蕾选的,她少女心很强,自己年轻的时候没有车,内心那些卡哇伊的想法无处释放,因此她将这种强烈的热情统统发泄到晨昱的车上了。

当晨昱看到父母送的车时,惊得不知道该说些什么。车是浅粉色的,两边的车灯上被贴上两道长长且上翘的浓黑假睫毛,车灯中间画着一颗鲜红的桃心形状美人痣,美人痣的上方还画有咖啡色的刘海,上面还别着一枚大红蝴蝶结发卡,最下方还勾勒一枚触目惊心的烈焰红唇。

冯蕾搂住晨昱的肩膀,笑道:"怎么样,老妈做主送给你的礼物,她叫阿魅,魅惑的魅,喜欢吗?"

晨昱嘴角抽了抽,倒吸一口冷气,挤出一个笑容:"老妈,我想问一下,阿……阿魅这个性感的妆容都把我这个主角比下去了,所以,我……咱能不能给她卸卸妆?"

冯蕾撇撇嘴,严肃而庄重地说:"不能,因为这个妆你三四个月的工资都不够。"

晨昱只好咬着牙,开着这个骚包的"阿魅"上下班,在路上,她都能感觉到来自各方的注目礼。

更重要的是,因为冯蕾弄得这么一辆扮相骚包的甲壳虫,为晨昱带来了许多烂桃花运。跟他一起分来的男生,中午请她吃饭。

晨昱愣了,不好拒绝,思来想去就约上了另外一个新来的女同事同去。席间,男生问晨昱有没有男朋友,晨昱摇摇头,那个男生直白地问:"那……你看我怎么样?"

晨昱一口鱼汤喝呛了,咳嗽了老半天。她真庆幸自己那个时候没有吃酸菜鱼,否则,卡在嗓子眼儿里的就不是汤,而是鱼刺了。

晨昱本以为这事只是一个意外,没想到,意外一个接着一个。

没几天，有个年长晨昱两岁的前辈也开始制造意外。不过还好，他至少没有像上次那位一样直接突兀，而是给晨昱发了一大堆示爱的短信，晨昱每每看到都是头疼无比。

晨昱心里不解，他们喜欢的是她这个人，还是他们很认同老妈的眼光，喜欢上了那辆打扮得性感火辣的"阿魅"？

这天，晨昱在柜台招待完一个客户，正在装订客户资料，另一个客户已经坐在对面的座位上。

晨昱露出职业微笑，问道："您好，请问您办理什么业务？"

映入晨昱眼帘的是一张放大的俊脸，只见李哲曦似笑非笑地说："我想开通一个女友包年业务……哦，不，是包一辈子的业务。"

晨昱握紧手里的订书器，正想照李哲曦的头上狠狠地敲上一记。突然想起身后有监控，这才"嘿嘿"干笑两声，咬牙道："不好意思，这位先生，我们这里没有这项业务，不过，你出门，向着西边一直走，走到地下通道，那里的墙上有时候贴着一些广告，你可以联系她们，只要你足够有钱，且不害怕得病，包多长时间应该都可以。"

安静的营业厅传来一阵磨牙声，李哲曦狠狠地说："这你都能知道，这是有教养的女孩子应该知道的吗？"

晨昱背对着监控，轻轻一笑，压低了声音，说"这位先生，敢问，你问的问题是一个绅士应该问的吗？"

李哲曦无奈地点点头，眯起眼睛，说："美女，充话费。"

"好的，先生。请您说一下要充值的号码和金额。"

"我的号码，你记不住？"李哲曦皱眉，不满地质问。

晨昱摇摇头，强调道："请您说号码。"

李哲曦无奈，报上了自己的号码，晨昱很利索地帮他充了一千元，当她跟他要钱的时候，那家伙居然说："可以刷卡吗？我没有那么多现金。"

晨昱险些晕倒，将李哲曦的八百元收下，又从自己钱包里拿出来二百元垫上，冷哼道："下次记得还我，你可以走了，其他人还等着办理业务呢。"

李哲曦恋恋不舍地站起身，转身离开。

因为李哲曦的捣乱，晨昱有些心不在焉。客户交一百元话费，晨昱还想着刚才李哲曦的事，一个走神，多敲了一个0，系统上显示一千元，而此时，粗心的晨昱居然没有发现。

下班前半小时，晨昱开始核对一天的账目，核对了两遍都对不上。电脑系统显示今天交话费金额为两千三百六十元，可她收到的现金只有一千四百六十元。

晨昱百思不得其解，明明自己没有贪污，还为李哲曦垫了两百元，可是，为什么钱会少呢？

晨昱将一天的账单全部找出来，平常人们交纳话费一般都是五十元或者一百元，只有李哲曦这样的变态大款，才会一下子交一千元。晨昱将一天的账单对照下来，发现居然还有一个人交了一千元。

毫无疑问，晨昱肯定是弄错了。没办法，自己的错误自己承担。

虽然万分不情愿，晨昱还是硬着头皮去敲了大厅经理的门，汇报了自己的错误。经理倒也没有过分批评她，只是简单地说了几句，点到为止，并让她把今天的差额补上，等到明天再去联系那名客户，看看人家愿不愿意补上剩下的九百元。

晨昱身上一时间也没有这么多钱，还是周围的同事帮她垫上的，晨昱既感激又沮丧。

第二天一到单位，晨昱便拨打了昨天的那个号码，前两次没有接通，第三次人家接了，说是在外面出差，过四五天才能回去。

晨昱将事情的经过一五一十地告诉了人家，并希望客户能将那九百块钱的差额补上。

但是客户也不太乐意,埋怨说哪有人交一千元话费的,再说,这个月工资已经花完了,即便是要补,也要下个月发了工资再说。

晨昱挂了电话,心里感到十分难过。倒是她的经理人还不错,安慰她说:"没事,这种事情以前也发生过。现在文明社会,人都讲道理,回头你买些东西,去看看人家,伸手不打笑脸人,说点儿好话,话费反正也是用,人家被你求得不好意思了,说不定就答应了。"

如果这件事发生在一年前,晨昱根本不会在乎这九百块钱。可是,在山区待过之后,晨昱知道了生活的不易,这些钱几乎是代课老师两个月的工资。

晨昱和经理千方百计地打听到那个客户的家,拎着东西拜访了人家两次,人家终于抹不开面子,将另外的九百块钱补了上去。

晨昱谢了经理,心里一块石头落了地。

晨昱在心里算了一笔账,不算上她和经理的误工费和车马费,单是两次去客户家里买东西就花了四百元,扣除这些,自己追回来了五百。原来,赚个钱竟然这么难。

这件事晨昱跟李哲曦严肃庄重地谈论过,李哲曦一副满不在乎的样子,说:"宝贝,这事还不简单,不就五百块钱,哥给你补上。"

晨昱悲叹一声,无奈地说:"'夏虫不可以语于冰',对于您来说五亿元也不算什么,可是对于……算啦,我的本意是生活的艰辛,跟你说不清楚,罢啦。"

而当晨昱跟陈逸斐说的时候,陈逸斐则严肃地说:"职场不是慈善堂,一是一、二是二,错了就要承担责任。你这还好,几百块钱,我知道一个刚毕业参加工作的翻译,她在合同中将 million 和 billion 搞错了,只是一个字母,你知道这其中的差别有多大吗?"

晨昱张大嘴巴,失声道:"这中间可是相差了一百倍呀,而且开始的基数又大,这要是真的错了,我就是把家卖了都偿还不起啊。"

"是呀,所以说我们做事一定要小心谨慎,不能做到不犯错,但要尽量少犯错。"

晨昱经历了这件事,对于陈逸斐的话深有感触:"以后我一定多加注意,你这么一说,我汗毛都竖起来了,还好我只是在一百的后面多加一个0,要是在一百万的后面多加一个0,后果简直不敢想象。"

陈逸斐笑了笑,说:"所以你就别再郁闷了,你该庆幸这次犯错的代价不大,可以承受。"

晨昱唏嘘道:"没错,没错,还好那位姐姐将 million 和 billion 搞错了,总比把 million 和 trillion 搞错得好。"

"还好,那个女孩也比较幸运,两家公司都是诚信的大企业,知道小女孩不容易,经过协商重新修改了合同,为了警告,只是罚了她一个月工资。"

晨昱长吁一口气,拍手笑道:"很久没有令人高兴的事了,听到你说的这个故事的结局,真让人觉得温暖。"

陈逸斐笑了,他没有告诉晨昱,那个女孩子曾经在他们公司待过,他只是将自己在职场的经验用通俗的话语告诉她。

第四十章　对错之间

既然不能驾驭外界,我就驾驭自己;如果外界不适应我,那么我就去适应它。——蒙田尽管晨昱到处取经，小心谨慎，可是还是出事了。

通信公司举行新一季的促销活动——交话费赠粮油。

这天，晨昱帮一位常来的大爷办理业务，大爷充值了二百块钱话费，按规定要送两袋十斤的大米，还有一桶五升的豆油。

晨昱帮大爷拎了礼品，笑问："张爷爷，您是怎么过来的呀？"

"我骑着我那小三轮车来的，咋啦？姑娘。"

晨昱这才放心，笑道："三轮车好，放这些粮油方便，我怕您自己带不走这些东西。"

大爷呵呵笑道："小姑娘，你想的真细心。还好，骑着三轮车，装得下。"

晨昱笑道："好咧，我帮您把米和油搬到车上去。"晨昱帮大爷将粮油装好，笑着和大爷道别，"大爷，路上骑慢点儿，注意安全哦。"

突然，晨昱被尖锐的喇叭声吓了一跳，原来是一辆车紧急刹车。晨昱蹙眉冷哼一句，转身就往营业厅走去。

"等等！"车里走下来一个三十来岁的肥胖男子，他伸出一根手指指着晨昱，喊道，"小姐，留步。"

晨昱回头，冷冷地说："您有什么事吗？"

肥胖男子上下打量晨昱，微微点头，问道："你是这里的营业员吗？"

晨昱没有正面回答，只是说："你需要办理什么业务吗？如果需要请去营业厅办理，如果不办业务，这里不能随便停车。"不等对方回答，晨昱便径自进了营业厅。

肥胖男子尾随着晨昱进了大厅，冲着晨昱办公席位走了过来。

晨昱只好忍着心里的厌恶，深呼吸一口，脸上挤出一个职业性的微笑，问道："先生，您好，请问需要办理什么业务？"

"刚才那个老头子办理了什么业务，我就办什么业务。"

晨昱面无表情，淡淡地说："现在有充话费送粮油活动。刚才那位大爷充值二百元，赠送两袋米和一袋油。"

肥胖男子点点头，说："我就办这个。"

晨昱在电脑上敲了几下，道："先生，收您二百元。"

肥胖男子从口袋里摸出钱包，抽出两张百元大钞，递给晨昱。

晨昱瞥见肥胖男子短粗且肥胖的手指上，套着三枚黄灿灿的戒指，显着短胖的手指更加粗壮了。

由于对肥胖男子没有什么好感，晨昱没有像往常一样礼貌地伸双手去接，而是迅速地将钱一拽，随手扔进了验钞机，确定钱没有问题后，就准备录入系统。

肥胖男子饶有兴味地看着晨昱，眼里的光芒越来越盛。

"先生，请说一下您的手机号。"

"13348399845。"

晨昱边听边录，输到第四位号码的时候停了下来，笑道："不好意思，先生，这个133的号段不是我们公司的号，您应该去隔壁的营业厅办业务。"

肥胖男子轻轻一笑："没关系，那就在这里办一个新号吧。"

晨昱递给肥胖男子一张开户的单子，说："好的，先生，请您出示一下身份证，并填写一下单子。"

终于帮肥胖男子办完业务，晨昱帮他拎出来两袋米和一桶油，放在柜台上，微笑道："先生，您慢走。"

肥胖男子却没有伸手去拿礼品，而是用怪异的眼神看着晨昱："小姐，麻烦你帮我拎到车上去。"

晨昱看向肥胖男子身后排队等候办理业务的客户，笑道："不好意思，这位先生，您看后面还有人等着办理业务，我实在走不开。况且，我们也没有要将礼品送到客户车上的规定。"

肥胖男子"哦"了一声,语调有些上扬:"那我刚才怎么看到,你提着这些东西去送一个穿着破烂的老家伙呢,难不成你们对客户还区别对待?"

听着肥胖男子口口声声的"破烂""老家伙",晨昱心里有些发火。不过,她还是强忍着怒意,解释道:"那位爷爷七十岁了,身体不好,我才帮他拎出去的,而您……"晨昱上下打量着肥胖男子,眼睛里流露出嘲弄的意味,剩下的话,她没有说,想必肥胖男子也能明白她的意思。

肥胖男子咧嘴一笑,露出一嘴大黄牙,冷哼道:"我最近身体不太好,刚做一个结石手术,所以……还请小姐你,像对待刚才那个老头儿一样,帮我也送到车上。"

这时,营业厅班长过来了,笑着劝解道:"先生,您看有客户在排队,不如这样,我帮您拎出去,好不好?"

肥胖男子摆摆手,用金光闪闪的粗手指冲晨昱一指:"我就要她。"

营业厅班长冲晨昱点点头,晨昱会意,一语不发,拎起粮油,冲着那男子微微一笑:"先生,您先请。"

晨昱不理会肥胖男子,径直走出了大厅,肥胖男子奸笑一下,尾随在她身后也走了出去。

晨昱走到那辆车车尾,等候在后备厢前,岂料肥胖男子却将后车门打开,说:"放到车上。"

晨昱看见这情况,心想原来肥胖男子不喜欢用后备厢,但那是人家的自由,晨昱也不好说什么。

晨昱灵机一动,将米和油直接放到后排座位上,心想粮油外包装不太干净,讨厌的死胖子,你自个儿去洗座位套吧。

没想到肥胖男子却说:"我说了我刚做了手术,不能搬东西。你送佛送到西,帮我送到家里吧。"说完从怀里掏出一张名片并夹杂着几百块钱,就往晨昱手里塞。

晨昱一抬手打掉肥胖男子手里的名片和钱,冷笑着说:"不好意思,我们是通信公司,没有先生您需要的业务。"

肥胖男子没有理会晨昱的话,转而说道:"小姑娘,你当个营业员能挣几个钱,清高什么。"说着,胖乎乎的手就往晨昱腰上伸去。

晨昱退后一步,一个漂亮的踢腿,冲着肥胖男子的裆部踢了过去。伴随着杀猪般的惨叫,肥胖男子仰面跌倒。

晨昱看也不看,转身离开。

肥胖男子挣扎半天,笨拙地爬起,冲到营业厅去闹。

值班班长和经理出面调解,肥胖男子依然不依不饶。经理不愿意让事情闹大,影响公司形象,就劝说晨昱给客户赔礼道歉。

怎奈这次晨昱是"王八吃秤砣——铁了心",死活说不是自己的错,坚决不道歉。后来惊动了警察调了监控录像,才平息了此事。

事后,公司开全员大会,着重批评了晨昱意气用事跟客户动手,造成极大的不良影响,并让晨昱在会上做检讨。

晨昱的火暴脾气,加上不认输的性子,当场断然拒绝。双方僵持不下,最后,晨昱大闹会场,愤然辞职。

晨昱再次回到家里,冯蕾乐坏了,反倒是晨凌云轻叹一声:"亲爱的宝贝,现在知道生活的艰辛了吧?"

晨昱心里很是沮丧,皱眉道:"老爸,你说世界上怎么会有那么多没有素质的人存在呢?如果没有这些人,这个世界那该有多好,而我……这些事情也不会发生,对不对?"

晨凌云想了一下,说:"有句话说'地球不会围着你转,除非你是太阳'。我们没有办法去左右别人的想法和做法,但是,我们可以左右自己的心态和做事方式。亲爱的宝贝,你自己想想,在这件事的处理方式上你有没有什么欠妥的地方?"

晨昱垂头丧气地哀叹一声,有些不甘地说:"老爸,你说的有道理,我承认我对那个胖子有成见。从他对我鸣喇叭开始,我就讨厌他。其实,这件事可以有个平和的处理方式,是我没有控制好自己的情绪,选了最差的一种。"

晨昱难得这般有自知之明,这让晨凌云很是欣慰,正想要夸她几句。不料,晨昱幽幽地开口:"老爸,你说你这么聪明睿智、深谋远虑,简直太让我敬佩了。有件事,我很好奇,你有没有做错什么事?不要跟我说小时候偷西瓜被打,也不要说考试作弊被老师罚,我说的是——大事!"

晨凌云一愣,一口气没顺过来,就咳嗽起来。

冯蕾白了晨昱一眼,体贴地倒了一杯茶递给晨凌云。

晨昱赶紧递过水,说:"晨局长,这么心虚,该不会真的做了什么坏事吧?"

晨凌云忙将双手举过头顶,说:"你老爸我穷苦人家出身,哪有你这样的闯祸资本?"

晨昱哑然失笑:"闯祸还需要资本?"

冯蕾鄙夷地看了晨昱一眼,有些无奈地说:"你以为呢,从小你就调皮捣蛋,不让我们省心,我们为你收拾的烂摊子还少吗。像你爸小时候,家里穷得不行,饭都吃不饱,哪还有劲儿惹事。你运气好,赶上了好时代,也生在好家庭,没事偷着乐去吧,我们养你,供你读书,你就只要找个好老公嫁了就行,如果再惹事,让你老公管好了。"

晨昱还没来得及说话,冯蕾意味深长地一笑,补充道:"我看小哲这孩子就挺好,为你挨过刀,有收拾烂摊子的经验,挺好!"

第四十一章　相亲经历

> 二十三岁前,我根本不把男人当回事,因为有本钱;二十四五岁时,我把男人当生活的调剂品,反正也不缺;过二十六岁后,我渐渐发现身边的未婚男人越来越少,条件好点的只有在别人的婚礼上才能找到。半推半就地开始接受家人安排的各种相亲,从期望到失望,从失望到绝望,从绝望变成无望。——《相亲以后》

晨昱虽然不能理解,但是她很清楚冯蕾对李哲曦的那分喜爱。这分喜爱,二十年来发自内心,说是把他当作自己亲儿子来疼也不为过。

晨昱和李哲曦小的时候,两家大人还曾开玩笑要不要定个娃娃亲。而现在他们大学毕业,玩笑也就有了几分真心。只可惜,一个花心,一个无意……

小时候的晨昱,趁着大人不注意偷偷看电视剧,看到古装武侠剧的时候,她就很郁闷,因为漂亮娇俏的女主角总是管另一半叫"哥哥"或者"师兄"。当小朋友们在课间探讨电视剧的时候,晨昱的同桌对她说:"你没有哥哥,你长得再可爱、再漂亮,也嫁不出去的。"

争强好胜的晨昱生气地瞪大眼睛,大声喊道:"谁说我没有哥哥?我哥哥叫李哲曦,他很聪明,也很帅气,比你们的哥哥强一百倍!"

之后很长一段时间,晨昱特意减少了欺负李哲曦的次数,小小的心眼儿里也有了些计较:如果自己总是欺负他,他会不会长大就不娶自己了,而自己除了他又没有其他的哥哥，岂不就被可恶的同桌诅咒成功了。

晨昱现在回想起来，觉得那时候真可爱。可转念一想，如果每个人长大后都注定要嫁给自己的"哥哥"，那这个世界上会不会减少很多不必要的失恋，相对地这世上的痛苦是不是也会减少。

又一次失业，晨昱窝在家里，想去找朋友们玩吧，大家都很忙，只有她一个人无所事事。正在无聊，手机却响了，拿出手机，发现是好久没有联系的柳璇。

晨昱激动地接起电话，与她的兴奋激动形成对比，电话那端的柳璇兴致却不高。

"昱儿，你还在山里吗？我想去找你玩玩，顺便在你那里住几天。"

晨昱笑道："你是想我，还是想要去山里玩？"

没想到晨昱会这么问，柳璇怔住了，随后说道："都有吧，这……不是一样的吗？"

晨昱笑道："如果你要是想我了，就来我家住几天吧。如果你是想要出门散心，那咱俩就结伴去旅游，好不好？"

柳璇听到晨昱的话，惊讶地说："你居然在家？"

晨昱叹道："此话说来一言难尽呀，你来了之后咱们再详谈吧。你自己过来，还是我和'阿魅'去接你。"

柳璇不知道"阿魅"是谁，就拒绝了："我自己过去就行，你跟阿姨说一下，我可能要打扰几天，让她别介意。"

晨昱哈哈大笑："我的地盘我做主，等你。"

不一会儿，柳璇抱着一束花、拎着一些糕点出现在晨昱家。晨昱知道好友心情不好，把花和糕点交给阿姨，拉着柳璇来到湖边，解开了系在石榴树旁的小木船，冲柳璇招招手，示意她上船。

看见晨昱手里拿着木质的船桨，柳璇愣了："我说，姐姐，你们家有救生衣吗？借我穿一件呗。"

晨昱听出了柳璇话里对她的不信任，很是生气，照着柳璇的肩膀便是一拳："你这是不相信我的技术，告诉你吧，我们家就属我的划船技术最好，你就把心放到肚子里去吧。"

柳璇耸起消瘦的肩膀，眼神里流露出害怕："这水……这是人工湖，水应该没有多深吧。"

晨昱豪气地扶柳璇上船，与其说扶，还不如用"拖"和"拽"更为确切。还别说，直到上了船，柳璇才发觉，原来晨昱的划船技术还真不错，船居然平平稳稳地行了起来。

"亲爱的，这湖就是为了种种莲花、养养鱼用的，当然，也可以垂钓、划船，其实没多深，也就两三米。"

晨昱本想吓唬吓唬柳璇，却不料后者长叹一声，说："像我这样的人，淹死了也无谓，一个残疾，谁又看得起呢，苟延残喘也只不过是浪费空气，给人添乱罢了。"

晨昱划着桨的手一顿，急忙问道："你这是怎么了，发生什么事了吗？"

柳璇幽幽地问了一句："你相过亲吗？"

晨昱被惊到了，赶紧摇头："没有，没有人给我介绍，听说很好玩的。你怎么说起了这个了？"

"我相过亲，而且两次了。"

"你已经毕业参加工作两年了，家里人担心你，为你安排相亲也是在情理之中的呀。"

不说还好，晨昱的话音还没有落，柳璇的眼泪便掉下来了："可他们为什么非要给我介绍那样的呢。一个四十二岁的离异大叔，带着一个上高中、比我小不了几岁的女儿。我自己才二十岁出头，我要女儿可以自己生，不需要别人的，何况还是叛逆期的少女。"

听到柳璇的话，晨昱惊得张大嘴巴："这……这也太离谱了……"

柳璇低头垂泪，接着说："这个大叔人品工作倒也不错，长相儒雅，在政府部门工作，除了年纪大，带着一个十六七岁的女儿以外，条件也算可以。可是……可是，今天他们又给我安排了相亲……"

晨昱也紧张起来，小心翼翼地询问："今天？今天相亲怎么样呀？"

柳璇往晨昱身上一靠，用仅有的那只手，捂住脸，边哭边说："今天的更过分，是个刚刚刑满释放的小混混儿，初中都没有毕业，除了打架斗殴、街头肇事之外，一无所长。你是没看见，他眼角到嘴角有一条十几厘米的刀疤，紫红色的腐肉往外翻着，面目狰狞，一看就不是好人。他看着我的眼神，我……我现在还觉得瘆得慌……"

晨昱听完大怒，生气地说："哪个不长眼的办事这么不靠谱呀，这都是些什么人呀！我家璇璇长得好看、身材好、工作好，人又温柔善良，要介绍也应该是顶好顶好的帅哥才是呀。璇璇，你别难过，回头，我帮你介绍好的……呃，不过要等我认识了……"

柳璇狠狠地咬住嘴唇，片刻便有血迹从唇边涌出，她嘶声道："你问是谁给我介绍的，呵呵，是我的家人呀，那个四十岁的大叔是我妈托人给我介绍的。而这个劳教犯是我姑姑给我介绍的，他们是我亲妈和我亲姑姑呀！"

晨昱把到嘴边的脏话给咽了下去，她虽然觉得柳璇的母亲和姑姑过分，但是当着柳璇的面，她也不能骂人家的至亲。

柳璇气得胸脯剧烈地颤抖，有些喘不上气来，晨昱吓坏了，忙掉转船头，用力地往回划："璇璇，你别着急。咱们不理他们，你先静下心来，在我家住段日子，也好陪陪我。回头，你家里人找过来，我帮你去跟他们解释。"

柳璇感激地看着晨昱，接着说："我生下来就少一只手，这是我愿意的吗?既然这只手让我亲人这般在意,为什么不一生下来就将我弄死,我努力地活到现在,努力地让自己变得更好。难道就因为我是残疾,就不配拥有自己的爱情和幸福吗?"

柳璇在晨昱家里住了下来,晨昱的父母对于柳璇还是很同情的,所以在晨昱的所有朋友里,对柳璇是最好的,当然除了李哲曦。

这次听说了柳璇的遭遇,晨昱的父母对待柳璇也多了一些心疼。他们安慰了柳璇,并让柳璇安心住下,不要有心理压力,就好好陪陪晨昱,免得这个不让父母省心的家伙又出去闯祸。

柳璇的到来,对于晨昱来说,倒是一件天大的好事。

瞌睡的时候有人送枕头,郁闷的时候有人陪伴,就连伤心的时候也还有人同病相怜。

夜晚,晨昱和柳璇两个人窝在床上,边喝酒,边聊天。当柳璇得知房素梅的事后有些不可置信,先是生气愤怒,最后是为晨昱感到不值得:"你对她那么好,她还这么对你,真是不知好歹。"

其实这件事已经过去了好几个月了,晨昱早已不似事情发生时那么气愤了。

听到柳璇为自己打抱不平,晨昱淡淡地笑了一下,缓缓地说:"这一年我经历了爱情的背叛和友情的破裂。老实说,不伤心那是骗人的。有段时间,我的确怀疑过人生,觉得自己以后再也不相信爱情和友情了。可回头一想,白惜墨虽然不喜欢我,可也有人喜欢我,比如李哲曦,比如房素梅暗恋的周师兄;虽然房素梅不再把我当成她的朋友,可我还有你们呀,我身边的朋友一点儿也不少,我真的感到很温暖。

"这段时间,我也在反思自己为人处世的方式,以前没觉得哪里不妥,但现在觉得自己太自以为是。爱情也罢,友谊也好,我都是随心所欲,自己喜欢谁,就不顾一切地闯了过去,根本不去管别人喜不喜欢自己,愿不愿意自己接近。因为自己的热情和主动，而忽略了别人的想法，造成了别人的反感，而自己还浑然不觉……"

柳璇丢下酒瓶，伸手环抱住晨昱，安慰她说："昱儿，别这么说自己，这都是你的优点，是那些人不懂得珍惜。你知道我是从什么时候认定你是我一生的朋友的吗？因为我的手……"

晨昱推开柳璇，冲她摆摆手，说："你没有手没有错，不要把所有的错误都推到自己的手……"

柳璇打断晨昱的话，说："我不是说这个。因为我手的缘故，从小到大不知道受了多少白眼，大家一看到我的手都会被吓到，除了你！晨昱，你是第一个，也是唯一一个看到我的手，没有犹豫，也没有害怕，而是坚定地上前握住了它，就为这个，我感激你一辈子。"

柳璇的话将二人的思绪拉回十年前。

那年读初一，晨昱体质不好，体育课上老师让跑八百米，晨昱才跑了四五百米，就觉得受不了了，呼吸急促，有些喘不过气来，两腿也酸软得抬不起来。

这时，一个高挑漂亮的女孩子站到了晨昱面前，问道："你还好吗？"看着晨昱摇摇欲坠的样子，女孩连忙伸手扶住了她，"同学，跑步的时候不能这么急促地大口喘气。来，你把嘴闭上，平静呼吸，我陪着你慢慢跑。"

虽然现在晨昱和柳璇的身高差不多，但是在初中的时候，柳璇发育得早，已经有一百六十厘米了，而晨昱才一百五十厘米多点儿，所以当柳璇向晨昱伸出了友好的手，浑身无力的晨昱像是溺水的人看到了救命稻草，不顾一切地抓了上去。

等到晨昱反应过来柳璇的手跟别人的不一样时，受过的教育和教养不允许她放手松开，只得一直抓着。

如今，听柳璇提到当年的往事，晨昱笑道："璇璇，你是知道的，我习惯以貌取人，无论是爱情还是友情，我都喜欢漂亮可爱的。你那么好看，而且你的体育还那么厉害，我自然被你吸引了。还有我说过的，手不重要，你放心，你终究会遇到那个对的人！"

柳璇也笑道："有你这样的朋友，我当然有信心，我想终有一天，也会有像你一样的绅士，能把我当正常女孩子一样，自然而然地握住我的手，说以后的路我们一起走……"

晨昱拎起酒瓶，对着柳璇的酒杯碰了一下，说："一定会的！为了这一天的到来，我们干杯！"

晨昱又想起了白惜墨，苦笑着和柳璇说："璇璇，你知道我的理想吗，那个人曾经给我写信说'我不知道我们能走多远，但我相信，只要真心对待，就一定能够走远'，你看，咱们的校草就是有个性，写封情书都能与众不同。但是那时的我真心期盼的是他能跟我说'昱儿，把你的手交给我吧，我会陪着你到海角天边、海枯石烂'，好笑吧？都分手一年了，而我居然还在天天做梦，梦见我们可以回到当初，什么事都没有发生的时候……"

第四十二章　念念不忘

来我的怀里，或者，让我住进你的心里，默然相爱，寂静欢喜。——《见与不见》

柳璇望着晨昱，露出惊讶不解的眼神："你……还爱着他，你不恨他吗？"

晨昱无奈地摇摇头:"恨不是由我说了算的,同样,爱也不由我,由心!而我却控制不住。"

柳璇轻叹一声:"你听过《见与不见》吗?"她没有等晨昱回答,悠悠吟诵道,

你见,或者不见我,我就在那里,不悲不喜;

你念,或者不念我,情就在那里,不来不去;

你爱,或者不爱我,爱就在那里,不增不减;

你跟,或者不跟我,我的手就在你手里,不舍不弃。

来我的怀里,或者,让我住进你的心里,

默然相爱,寂静欢喜。

晨昱听得入神,半晌才轻叹道:"或者这才是世间最美的感情吧,看来这辈子,我只能让他永远地住进我心里了……"

柳璇缓缓摇头,说:"这首诗我一次听到,便是从你那位口中听到的,而且,如果我没有猜错的话,他吟诵这首诗的时候,心里想的也是你……"

晨昱苦涩一笑,没有说话。

柳璇知道晨昱不相信,便解释道:"你们分手后,他来找过我。"

对上晨昱错愕的眼神,柳璇轻笑:"实不相瞒,我也喜欢过他。其实,咱们上高中的时候,喜欢他的女生可多了。优异的成绩、聪颖的头脑,还有那媲美偶像剧男主角的颜值和身材……我也不能免俗。不过你别多心,在高中的时候,他喜欢的女孩子只有你一人。我曾暗暗地难过,也偷偷地羡慕嫉妒你。但是,更多的是为你高兴。你是我最好的姐妹,他是我最喜欢的男生,你们两个都很优秀,是最般配的一对,而我……只是情窦初开

的女孩对异性的一种喜欢和崇拜而已。"

晨昱心里一酸,柳璇喜欢白惜墨,她又不是瞎子,怎么会不知道。只是,自己爱白惜墨太深了,所以才一直躲避这个问题。此时听柳璇说起,晨昱有些心虚,觉得自己对不起柳璇,不由得脸一红,喃喃地说:"对不起,璇璇,我……"

"亲爱的,你对我只有帮助和照顾,从来没有对不起。即便在以后的日子里,你真的对不起我了,也不用开口说,因为我们之间,不需要这个。我刚才扯远了。白惜墨去年暑假回来的时候约过我,与其说是找我,不如说是想通过我了解你的情况……"

晨昱吁了一口气,叹道:"去年暑假,那时候我们已经分手……说分手也许不适合,事实上,我们都算不上正式交往过,应该说是'绝交'比较恰当。"

"别这么说,白惜墨知道是他做错了。"

事情已经过去一年,晨昱还是放不下,冷笑着说:"他做的时候就知道错,却还是做了。"

"你也知道他的家庭情况,我承认他做得不对。可是,我却能理解他的做法。从这一点上讲,我比他幸运,或者说,作为你的好友,比作为你的男友要幸福。"

晨昱不解,挑了挑眉道:"你这是什么意思?"

"晨叔叔会因为你的请求,去帮助你的好友,却不会去帮助他看不上眼的未来女婿。相反,他还会去帮倒忙,施加压力。"

晨昱思索片刻,觉得柳璇的话不无道理,心里渐渐有了种不太好的预感。

"在他和尹心颜开始之前,也就是大四那年元宵节我们在你家聚会之后,晨叔叔去他家里找过他。"

晨昱"腾"地从床上站起来，却因为喝了些酒，床垫又软，险些摔倒，她挣扎着站稳，居高临下地看着柳璇，问道："你说的是真的，我爸……我爸去他们家闹事？"

柳璇忙将晨昱拽下来，解释道："闹事倒没有。相反，晨叔叔人很好，他还帮白惜墨的母亲找了工作，就是在你父亲单位食堂帮忙。说来也不错，不用再起早贪黑地摆地摊，也不用再风里来雨里去。晨叔叔对白阿姨也不错，一个月给她两千多元，提供食宿，还给缴纳五险，有个头疼脑热也有个保证。"

晨昱皱眉，不解地说："我老爸为什么没有告诉过我呢？这么说他帮了白惜墨一家，如果我知道了，也是会感谢他的呀，可是……老爸他为什么要瞒着我呢？"

柳璇有些哭笑不得，有时候她觉得晨昱聪明绝顶，可有的时候，晨昱又想问题太过单纯，只看到表面现象，却懒得往深层次去考虑。也许正是这种性子，晨昱还才能保持一颗单纯善良的心。

柳璇思量了一下，这才缓缓开口："你先答应我，我说了，你不准去找叔叔算账。"

晨昱这次倒是从善如流，忙点头说："放心，我不会把你出卖出去的。"

"晨叔叔这么做，是为了让白惜墨明白他们家不能给你幸福，或者是说白惜墨配不上你。你想啊，叔叔如果喜欢白惜墨，何不帮他安排个好工作，而是可怜同情他们的处境，帮阿姨找个工作糊口呢？"

晨昱一听柳璇的话，一下子惊呆了。

柳璇不想看晨昱难过，看她这副样子，心里不忍，解释道："也许晨叔叔的初衷不是这么想的，但是你也知道，'一百个人眼里就有一百种哈姆雷特'，可能白惜墨他们母子俩想错了，也未可知。"

晨昱仰起头："他跟你也是这么说的？"

"可能……他内心深处有些自卑吧……有很多表面看起来桀骜自负的人,其实都是装出来的,因为他们不愿意别人看到他们的自卑和无奈。"

晨昱叹道:"是什么已经不重要了,我们已经分手了,而且此生再无可能。不管我老爸这么做的初衷是什么,至少他帮助了白惜墨母子,做了好事就是美德。白惜墨曾说过'把别人想得太坏,何尝不是对自己的一种贬低',呵呵,这句话应该说给他自己听才是。别人帮助了他,不知道感恩也就罢了,还在心里诋毁埋怨,甚至以此作为做错事的借口。"

晨昱见柳璇还想说些什么,愤愤地打断了她,冷冷地说:"亲爱的,不用再帮他说好话了。我以前总是天真地以貌取人,忽略了人的本质。经历了这么多,我终于看清楚了,我和他是不可能了。也许我永远不会忘记他,但是,却不能认同和原谅他的所作所为。"

柳璇若有所思地说:"西方有句谚语,'人们因为不了解结合,因为了解而分手'。这也许是爱情中最令人无奈的矛盾和悲哀了吧。"

忘记是哪位大师说过,把痛苦告诉给朋友,痛苦就会减掉一半;把快乐与你的朋友分享,快乐就会一分为二。

晨昱心里十分感谢柳璇的出现和陪伴,恋人反目、朋友离弃,好不容易找到的工作也因为突发事件而"被迫失业",还好此时柳璇出现在她身边,缓解了她悲伤的心情。

晨昱和柳璇报了个旅游团,去东北玩了一圈。跟旅行团就是这样,走马观花、浅尝辄止,好在两人就是为了散心,倒也没有抱着多大的希望,因此,也无所谓失望,还算尽兴。

两人在赶回来的路上,接到了初中同学结婚的通知。对于饱受爱情创伤和挫折的两人来说,最不愿意听到的怕就是"结婚"二字吧。

晨昱皱眉道:"她这么早就结婚,到了法定年龄了吗?"

柳璇笑了:"这都什么时候了,还法定年龄呢?她今年二十三四岁了吧,早过了好几年了。"

"哦,可能是我潜意识里一直觉得自己还小,所以就觉得太早了。"

"你呀,就是生活得太幸福了,根本不知道人间疾苦。那些没有读大学的同学,早早地就把自己嫁出去了,有的甚至都已经有好几个孩子了。"

晨昱被柳璇的话惊得目瞪口呆,感叹道:"我一直觉得结婚是世间最神圣的事情,怎么经你一说,倒像是过家家一般。我现在心里难过,最是见不得别人幸福,我们可不可以不去参加婚礼呢?"

柳璇像是看外星人一样瞅着晨昱,后者都被她盯得不好意思了,小心翼翼地说:"我……我说错了吗?那好吧,我们就去观观礼,沾点儿喜气也好。"

"谁告诉你婚礼一定要去的,很多时候,人家告诉你,不是为了你去祝贺,是为了让你送礼的,只要钱到了,巴不得你不去呢,这样还能少些人吃饭,省些成本呢。"

晨昱小鸡啄米似的点头,感觉像是又学了一招:"哦,原来还可以这样呀。"

回到家里,晨昱和柳璇休息了一晚,第二天晨昱便开车载着柳璇去参加婚礼,按照当地的习俗,每个人包了一个红包,晨昱将车停在二百米外,让柳璇作为代表去登记。

车里剩下晨昱一个人,有些百无聊赖,就将音乐打开。是张信哲的《白月光》,晨昱皱眉,她最近听不得伤感的歌,免得眼泪纷纷如雨下,忙换了一个台,却是花儿乐队的《嘻唰唰》,这个也不行,太闹腾了。晨昱深吸一口气,将音乐关了。

晨昱本就不高兴,现在就连歌都没有喜欢的,顿时更加烦心了。这时手机突然响了起来,是《最初的梦想》:"最初的梦想,紧握在手上。最想要去的地方,怎么能在半路就返航。最初的梦想,绝对会到达,实现了真的渴望,才能够算到过了天堂。"

"这个还不错。"晨昱一边摇头晃脑,一边闭着眼睛,陶醉地跟着哼哼。哼了半天,才想起来这是自己的手机来电铃声,忙打开手机,原来李哲曦,晨昱没有理会。

一会儿,电话又响了,这次是冯蕾。

晨昱深知冯蕾的脾气,思量片刻,只得接了,一句"老妈"才喊了一半,那边便传来震耳欲聋的狮子吼:"死丫头,你不在家里绣花练字,又跑到哪里去了?"

晨昱早就见识过冯蕾七秒钟的记忆力,怏怏地说:"回禀母后,儿臣去给朋友送大婚的贺礼,昨日已向父皇母后禀报,并争取了二位的同意,难不成母后事务繁忙又忘记了?"

冯蕾那边没了声音,过了大约十秒钟,才传来一声:"哦,可能是母后最近比较忙,忘记了。不过,我要说的重点不是这个……"

晨昱从善如流,假装谦卑地询问:"还请母后示下。"

"你忙完了,马上回来收拾东西,我们后天就要进京……"

晨昱不解道:"进京,不知道最近首都有什么大事吗?竟惹得您老人家也要去凑个热闹?"

冯蕾得意地笑了:"我们就是奔着大事去的。"

"老妈,你要去参加奥运会?您都五十岁了,还能跑得动?"

"我是去看奥运会开幕式,你知道票有多珍贵吗?算了,说了你也不懂,快点儿给我滚回来,下午,我们去买衣服购物,明天就出发……"

晨昱想了想,问:"有多余的票吗,柳璇能不能一起去呢?"

"都说了一票难求,你是学英语学得中国话都听不懂了吗?柳璇最多可以在我们家里多住几天,但是不能带她去。"说完,便挂了电话。

回到家,晨昱发现李哲曦也在,不过也习以为常了。晨昱没有问他为什么出现在她家,他却恶人先告状,面沉似水地质问:"你为什么不接我的电话,这么没有礼貌,那些被你外表迷惑、苦苦暗恋你的男生们知道吗?"

晨昱也不以为意,将包包一扔,往沙发上一卧,沙发上的李哲曦被她强大的冲力冲得弹了起来,李哲曦皱了皱眉:"越来越过分了。"

晨昱笑眯眯地说:"这是我家,李总,您待不习惯,就请自便。"

李哲曦拿晨昱无可奈何,便去跟柳璇说话去了。得知晨昱一家要去首都观看奥运会,柳璇提出要回家,晨昱连忙冲她摆摆手说:"不用,亲爱的,你就在这里好好住着,让你的家人也好好反省反省,你想吃什么让刘阿姨给你做,过不了几天我就回来陪你了。"

柳璇想了想,也就答应了。

到了首都,安排下榻的酒店,晨昱这才发现一个大问题,原来是晨李两家一起过来的。

看到李哲曦的父母,晨昱露出安静而温柔的笑容:"伯父伯母好。"心里却叫苦不迭。

自从晨昱知道了李哲曦对自己的感情,她就一直在和稀泥,想着二人好歹也是一起长大的,不能因为这件事而闹翻,但既然他与自己的两个好友牵扯不清,那这浑水,无论如何,也是不能蹚的。

如果唐冰和李一诺知道了自己和李哲曦一起来看奥运会,会不会不高兴呢?晚上晨昱躺在酒店的大浴缸里,一边练习憋气,一边闷闷地想。

不管了,反正我问心无愧,管她们怎么想呢。一个花心大萝卜,有什么好的呢?人人都把他当个宝一样,真是不可理喻。古话说,"易求无价宝,难得有情郎,"怎么到了这个时候,换成了"不屑有情郎,但求无价宝",真是本末倒置。晨昱实在是想不明白。

第四十三章　职业选择

> 如果我曾经或多或少地激励了一些人的努力，我们的工作，曾经或多或少地扩展了人类的理解范围，因而给这个世界增添了一分欢乐，那我也就感到满足了。——爱迪生

在首都待了几天，晨昱深深地感受到了国家的伟大振兴，民族自尊心和自信心空前高涨。至少在看开幕式和精彩赛事的时候，自己根本无暇顾及平日里烦扰自己的那些鸡毛蒜皮的事，这可能就是伟大的爱国主义吧。

回到家里，晨昱还沉浸在奥运会现场的氛围中，满脸陶醉地跟柳璇讲着。她在家里找到重播，又在电视机上观看了一遍，不由得摇头："还是现场版好，那种激动、振奋、惊心动魄，从电视上看，比现场观看差远了。"

柳璇笑道："嗯，可以理解，我觉得美女和帅哥也得现场近距离看，才更加勾魂摄魄。"

晨昱不解地说："帅哥美女？你是说拍电视剧吗？这个我不大清楚，没去过片场。"

柳璇浅浅一笑，幽幽地开口："就拿李哲曦这位帅哥才子来说，像晨昱这种有灵性的美女，靠近总比远距离更加动人。"

晨昱听到这话，一把将柳璇推倒，毫不留情地挠她痒痒，柳璇笑得喘不过气来，一个劲儿地说不敢了。晨昱这才放了她，啐道："就说'狗嘴里吐不出象牙'来，从你嘴里说出来的话就没有一句能听的，都说过几百

遍了,李哲曦那家伙不是王子,只是个大萝卜!勉强当个哥哥,我都觉得丢人。这种话,以后休要再提。"

柳璇仍旧不死心,奸笑着说:"可是李哲曦不这么想呀,再说了,他真的对你不错,聪明帅气,年轻有'财'。这样的人打着灯笼也不好找呀,你可以认真考虑一下。"

晨昱狠狠地瞪了柳璇一眼,心想"道不同不相为谋",晨昱懒得浪费自己宝贵的唾沫。

转眼到了秋天,北方的九月是一年中温差最大的季节,中午的时候像夏天,一早一晚却露水凝霜,寒气逼人。

柳璇的学校开学了,她已经从晨昱家里搬出去,挪到学校给她提供的宿舍里去住,继续跟家人冷战着。晨昱也开始了她"朝九晚五"的工作。

作为政府部门,外事办是个不错的地方。虽然单看工作内容,洋洋洒洒地列出了几十条,可在晨昱的理解中,无非两点:一、它属于省政府的一分子;二、它大多数的职责都是"对外"的。

刚来上班,领导就帮晨昱安排了一个师父来带晨昱。晨昱的师父叫韩子夜,年长晨昱四岁,拥有外国语学院英语、法语双学位,此外,他还自学了日语,年纪轻轻精通三门外语,而且人还长得很不错,因此晨昱看到他的时候,出现了片刻失魂也在情理之中。

晨昱短短地惊艳之后,第一句话就是:"师父,你是半夜十二点出生的吗?"

韩子夜淡淡一笑说:"确切说是一点到三点,这段时间叫子夜,也叫子时。"

晨昱吐吐舌头:"不好意思,师父,我记错了时辰。"

"没关系。"韩子夜压低了声音,"只要你别记错我们的上下班时间,就没有关系。"

晨昱笑了："师父,我喜欢你,我叫晨昱,晨曦的晨,太阳出来照耀大地的昱。还请多多关照哦。"

韩子夜点点头："你的姓倒是挺特别,还是黄帝的后人,失敬失敬。不过,不是该念 zè 的吗?"

很少有人知道晨昱的姓读 zè,听到韩子夜这话,晨昱很是高兴,一脸崇拜地望着他："哇,师父,你连这个都知道,不愧是我师父。"

"叫韩哥吧,师父听着多别扭,好像是我欺负新人似的。"

晨昱摆出了一个抱拳的姿势,笑道："韩师父好。"

听完晨昱的话,韩子夜无奈地笑了。

晨昱就这样认识了韩子夜,可能是第一次带徒弟吧,韩子夜对她挺好,工作和生活上都很照顾。

"上班时间不要踩着点来,来了,也别大咧咧地往座位上一坐,打扫打扫卫生呀,给领导打壶水呀,帮同事把桌上的盆栽浇浇水之类的。"韩子夜循循教导。

晨昱恍然大悟,觉得韩子夜果然是道行高深,自己跟着他修行,自然也受益匪浅。可等她要具体实施的时候,却傻了眼。

打扫办公室,有保洁阿姨呀。如果晨昱抢着干了,越俎代庖不说,还会让人家保洁阿姨多想。

给领导打水,办公室都是饮水机,领导都不用水壶了,那就接杯水吧,可谁知道人家喜欢热的、冰的,还是不冷不热的?

当晨昱为了这些,私下里向韩子夜请教的时候,韩子夜被弄得哭笑不得,只好说:"你说得很对,那就不用做了,把你负责的档案管好就行了。"

晨昱听后,皱了皱眉:"那些辖区内出国的,无论是留学、打工,还是考察、学习、交流……都要分开整理,副科级以上的公职人员的档案尤其要格外注意,都要做好登记备案……"

韩子夜听到晨昱对于工作如此上心,心里很是欣慰:"嗯,理论上掌握得不错,但是要把活儿做精细却不怎么容易,加油。"

晨昱沮丧地吐了吐舌头,说道:"又是档案呀,我又不是学档案管理的,为什么要让我弄这些档案呢。师父,您说,我什么时候才能接待外宾或者出国考察呀?"

韩子夜饶有兴味地看着晨昱,露出似笑非笑的表情:"你说的这些,我也想干。可我来这里五年了,还没有等到。至于你,心里慢慢想想好了。"

晨昱哀叹一声,嘟囔道:"师父,那你精通三国语言,又有什么用。哦,除了追剧之外……"

韩子夜左右看看无人,压低声音说:"这话可不能随便乱说。被别人听到,后果可是很严重的。小姑娘,你记住,没有人求着你来这里。相反,能来到这里,是你外语学得好,自己百里挑一考进来的。既然来了,整理档案也好,华侨服务也好,那都是你自己的选择。"

晨昱若有所思,却仍不死心地问了一句:"师父,那你呢?你来这里是为什么?"

韩子夜不想继续这个话题,随口说一句"没什么原因"就打发了晨昱。

一晃三四个月过去了,晨昱也习惯了单位的生活。每天按时上班、按时下班,周末和节假日正常休息。每月到了固定的时候,卡上就会定时多出来几千块钱的工资。

从"山明水净夜来霜,数树深红出浅黄"的秋天,转眼便到了"忽如一夜春风来,千树万树梨花开"的冬天,变化的不仅仅是气候,更是晨昱的心态。从刚开始不屑于做的"一眼望到头"的事,现在居然做得津津有味。工资,比当通信公司营业员高多了;地位,说出去也挺有面子的。

说到工作,不得不提一件事,晨昱大学同学张珏不知道从哪里听说了晨昱的近况，特意跑过来为晨昱庆贺。

平心而论，晨昱不喜欢张珏，虽然他长得不错，但一想到他善于溜须拍马、见异思迁，晨昱就提不起兴趣；此外，当年张珏还追了晨昱一个月，这让晨昱更加厌恶张珏了。

毕业后，张珏回到了他们老家，好像是去了某个政府部门。最近他来常山出差，顺路来看看老同学。也不知道他从哪里打听出晨昱的消息，便打电话说想要聚聚。

晨昱本想推了不见的，但张珏定的时间是周六傍晚，即便要推辞，这个时间，连个借口都不好找。晨昱转念一想，在家待得实在无聊，也罢，就当去散散心好了。

晨昱到了约定的地点，推开房门，认为自己出门又不带脑子，走错地方了，若不是张珏及时发现叫住了她，她就要扭头走了。

晨昱打量着空荡荡的包间，只有他们两人，不由得愣了，心里纳闷儿，不是说同学聚会吗？其他人呢？还是我记错了时间？

张珏笑了笑，将桌子上那束触目惊心的玫瑰花抱了起来，以至于晨昱都替他担心，他那么瘦，这么大一束花会不会将他压倒？还好，事实证明晨昱的担心是多余的，张珏不但没有被花压倒，反而是抱着花向她走了过来。

张珏站到晨昱面前，一边将手里的花递过来，一边说："一年半不见，晨昱你是越发漂亮精神了。来，鲜花配美女，送给你，九百九十九朵玫瑰。"

晨昱没有接，不想接，也不敢接，她定定地看着张珏，问道："其他人呢，不是说同学聚会吗？"

张珏对于晨昱的举动也不以为意，笑道："咱俩不是同学吗，不叫同学聚会，难不成叫恋人约会？"

晨昱忍着恶心，淡淡地说："这么说，你是特意请我的。如果你是想要问诺诺的消息和联系方式，我先声明，我真的不知道，只知道她出国留学了。"

张珏见晨昱不接，又将花儿放回原来的位置，重新走过来，拉着晨昱坐下，就要点菜。

晨昱见状赶紧摆摆手说："我还有事，马上就得赶回去。班长大人，您有什么事，还请赶紧示下，毕竟，大家的时间都很宝贵。"

看着晨昱一脸的不耐烦，张珏赔笑道："我来这儿，就是想请你吃顿饭。没有别的意思，毕竟也一年半没见了，挺想你的。"

看在大学四年同学的分儿上，晨昱也不好拂了张珏的面子，只好应承了几句。

"听说你毕业的时候，跟男朋友分手了，现在过得怎么样？"

哪壶不开提哪壶，晨昱冷冷地回答："托你的福，还不错。"

这时，服务员开始上菜，晨昱皱眉："不是说不吃饭的吗，我一会儿还有事。"

张珏解释道："我在你来之前已经点好了，钱已经付了。"

晨昱恰好肚子也饿了，看到面前那盘白菜粉丝挺清淡，就夹了一口，吃了起来。

张珏道："知道你喜欢吃素的，就点了一些清淡的。你尝尝，不喜欢再点。"

晨昱皱眉道："谁说我喜欢素的？我只是最近这几个月胖了四五斤，晚上不敢吃油腻的而已。你的这些消息都是从哪儿听来的，不怎么可靠呀。"

张珏知道晨昱平时就是牙尖嘴利的性格，也没有与她计较，只是顺着她说："也许吧，但至少你在外事办上班，这一点，总是没有错吧？"

晨昱听张珏说这话，心里越发不安起来，于是说道："张大班长，说吧，你找我啥事？再不说的话我可就走了。"

张珏倒也坦率大方，直接说道："毕业这段时间，我也相过几次亲，但我发现最喜欢的女孩还是你。如果你没有男朋友的话，不妨考虑一下我，怎么样？"

晨昱对于张珏的话倒是没有太惊讶，如果这句话从其他男生嘴里说出来，她也许会惊吓个半死。可是，无论张珏说什么做什么，她都不会太意外。所以，在听到张珏的表白后，她只是淡淡地说："我们两个都没有在一个城市，你觉得异地恋能长久吗？"

张珏笑道："没关系，我可以随你来这里呀。正好那个小破地方，我已经待腻了。我在这里上了四年大学，这里也算是我的半个老家，我挺喜欢这儿的。"

晨昱接着问："你要来这里，那你是要辞职喽。你们局也是个不错的单位，如果辞职的话，不觉得可惜吗？"

张珏炯炯有神地盯着晨昱，满含期望地说："为了你，辞了本也没什么大不了。只是，你刚才也说了，终究有些可惜。不如这样，你看，能不能帮我调动过来？"

晨昱心下了然，脸上却装出一副茫然的样子，伸手指着自己的鼻子："我？我哪有那么大的权力啊，你当我是神仙呀？"

张珏忙站起身来，跑到晨昱身后帮她捏肩捶背，讨好地说："你可以想想其他办法嘛。"

晨昱笑了笑，说道："抱歉，我听不懂你在说什么。我还有事，先走了，你继续用餐。"说着晨昱又从钱包里掏出五百块钱，放在餐桌上，"今天这顿饭，就当是我请你的，你慢用。"

说完不理会张珏的挽留和劝阻，晨昱扬长而去。

第四十四章　意外闪婚

> 不能相爱的一对，亲爱像两兄妹。爱让我们虚伪。我得到于事无补的安慰。你也得到模仿爱上一个人的机会。残忍也不失慈悲，这样的关系，你说，多完美。——《兄妹》

对于张珏这种人，晨昱只有叹息。挺好的一个人，大学毕业、长得不错，家庭环境可以，工作也还行，为什么人就是这般不上进，天天想些歪门邪道的事，为了某些事情，可以不择手段。

张珏说他喜欢晨昱，晨昱连半个字都不相信。

张珏在大学刚开学的前一两个月，的确表现出来对晨昱的喜欢，可前提是李一诺晚来了一段时间。当张珏看到李一诺时，眼睛就绿了，像是见到小肥羊的恶狼，瞬间把晨昱忘到了九霄云外。

但没想到李一诺是用冰雕做成的，对于全校的男生都嗤之以鼻。在得知她喜欢的"泥哥哥"是李哲曦之后，也就不难理解了。这个学校的男生，无论从聪明还是才华上都没法跟李哲曦相提并论。

李一诺对张珏不感冒，直到四年后毕业，也没有因为张珏的恭维和讨好而和他多说几句话。

晨昱说不上聪明，却也不傻。当张珏说到喜欢自己的时候，她既想吐又想笑，更多的是鄙夷。晨昱有时候想，还好自己和李一诺明智，没有被张珏的花言巧语所迷惑，否则的话，将来有后悔的时候。

晨昱想了想，怕张珏又去打扰李一诺，觉得还是有必要告诉她一声，便拨通了她的电话。

电话那边传来李一诺没睡醒的声音："我说晨大小姐，你是不是跟我有仇呀，你打电话之前就不知道算算时间吗？不是赶上深更半夜，就是赶到我上课的时候。"

晨昱嘻嘻一笑："这不是想让你印象深刻嘛。"

李一诺懒得理会晨昱的花言巧语，直接问道："什么事？"

晨昱将张珏的事和李一诺说了一遍，那边的李一诺轻轻一笑："这种烂人，你理他做什么？以后自己多注意点儿，别招惹他。他这种人，是咱们惹不起的。"

"女王殿下还会怕一个小小张珏？"

"他这种人，为了某种东西可以不择手段。而且，又会记仇，睚眦必报。我现在回想大学被他追的时候就觉得后怕，跟这种人计较，'杀敌一万，自损八千'，得不偿失，没有必要。"

晨昱知道李一诺一向看人很准，就像当初她对房素梅的评价，就一语中的，但还是有些不解："他有那本事吗？"

"流氓不可怕，就怕流氓有文化。他不但有文化，还披着一张唬人的皮，一个连自己都能出卖和放弃的人，没有什么事是他做不出来的。"

晨昱想了想，觉得李一诺的话也有几分道理。

晨昱回家跟父母聊了几句，看到父母的情绪都不太高。最近这一周，不知道怎么回事，晨昱总觉得家里有些怪怪的，父母不像往常那样跟晨昱聊天、开玩笑，更多的时候，他们总是关在屋里，像是在商议什么事。

晨昱曾偷偷地潜伏在父母二楼的卧房门外偷听，可能是房间隔音比较好，她只隐隐约约听到了一句"如果能让昱儿和小哲早点定亲或者结婚……"之类的话。

晨昱听到这话,冷哼一声,不过对于父母的这种心思不稀奇,晨昱也就没往心里去。

这天回去,爸妈没在家,只有刘阿姨招呼晨昱问吃饭了吗,晨昱没有兴致,便直接来到自己的卧室。

冲了澡,晨昱将电视机打开,从头到尾按了一个遍,没有一个合心的节目,闷闷地将电视关了,站在窗前凝望着外面,居然意外的发现,有零星的小雪开始飘扬飞舞。

这一发现,让晨昱无端地高兴起来,正在手舞足蹈,却接到唐冰的电话,她说她下周要订婚。

晨昱有些反应不过来,过了半晌,才高兴地说:"这么大的事,都没有听李哲曦说起过,还是冰冰你够意思。恭喜恭喜呀,我真是太高兴了。"

虽然,晨昱是真心拿李哲曦当哥哥,没有丝毫男女之情,可即便是这样,想到自己从小一起长大的哥哥突然要和别的女人成婚了,从此不能再像往常一样宠着自己,心里还是有些失落和伤感。

还没等晨昱从失落和伤感中缓过来,唐冰就笑道:"亲爱的,你误会了,我和他早就没关系了。这个人是同事介绍,相亲认识的……"

原来不是李哲曦,不知道为什么,晨昱悬着的一颗心突然间落地,这种感觉连她自己都不能理解。

唐冰接着说:"这样吧,明天星期天,你要是有时间,大家见见面,一起吃个饭?"

晨昱不假思索地答应了。

这一夜,晨昱睡得很不安,似乎做了很多杂乱无章的噩梦,但是她却记不起来梦里到底发生了什么。

第二天早上,晨昱拉开窗帘,外面的雪已经下了有两指厚了,还在断断续续地下着。晨昱穿着睡袍,冲到父母房中,却没有人。也不知道是昨天晚上没有回来,还是今天早上就出去了。

看看时间,已经九点了,晨昱懒得下楼,将自己储存在卧室里的零食拿出来随便吃了两口,又快快地躺回被子里面,享受着冬日特有的温暖。

到了十一点,晨昱才爬起来,收拾了一下,叫了出租车去见唐冰。

一路上,晨昱有些忐忑不安,唐冰要订婚了,晨昱不知道是该恭喜她,还是应该劝说她再慎重一些。两种思绪打了一路架,到了唐冰约定的饭店,晨昱付了打车钱,走了进去。

在服务员的引领下,晨昱来到约定好的包厢,门虚掩着,晨昱愣了愣,深吸一口气,轻轻叩门。

没有传来"请进"的声音,晨昱拧着眉头,打算继续敲第二次,门却突然开了,猛然间蹿出一个身影抱住了她,是唐冰。

一袭红蓝格子的毛呢连衣裙,头发也是刚染烫的棕色大波浪,脸上化了淡淡的妆,大大的眼睛带着欣喜,水汪汪地望着晨昱。

"冰冰,第一次见你这样打扮,不错不错,很适合你,真漂亮!"晨昱被眼前的唐冰惊到了。

唐冰撇嘴一笑,揶揄晨昱道:"你确实越来越不会说话了,什么叫打扮得漂亮,我不打扮就不好看了吗?"

晨昱心想,学霸就是学霸,连逻辑关系都这么敏感,没有反驳,却打了唐冰一拳:"就你事多。好看好看,你怎么样都好看,行了吧?"说着便去偷瞄唐冰身后的人。

此人大概二十四五岁,中等身高,大概一米七五左右,皮肤微白,圆圆的一张大脸,眼似上弦月,聚光且有神。美中不足的是,他见到晨昱打量他时,微微一笑,眼睛就"消失不见"了。至于下巴,呃,晨昱眼神不太好,没有看到,大约是跟脖子连接到一起,合二为一了。

唐冰忙给两人做了介绍,没有什么新意,晨昱只记住了那个人叫余泽文。原因是她想起了《弟子规》中的那句"有余力则学文",于是笑道:"余兄,好名字。"

余泽文也淡淡一笑,说:"谢谢。"客气中带着疏离和冷淡。

余泽文的态度让晨昱心里很不舒服,再联想到他的长相和气质,晨昱心里对他更加不喜。

三个人落座后,唐冰拉着晨昱说着话,余泽文对她们不理不睬,只是在一旁玩手机。

晨昱暗自磨牙,却也不好当着人家的面说,只好化抑郁为食欲,奋力地与食物作战。

与晨昱的想法不谋而合的还有这位余泽文老兄,菜一上来,他就放下手机开始猛吃。不同于晨昱的细嚼慢咽,他是狼吞虎咽。既不招呼两位女士用餐,也不帮女士夹菜、倒茶,只顾自己胡吃海塞。

晨昱被余泽文的吃相和无礼惊到了,尤其是他一边吃,一边还不停地发出"吧唧吧唧"的声音。这是晨昱在餐桌上最受不了的,晨昱顿时放下筷子,吃不下去了。

余泽文迅速地吃完饭,将肥肥的后背靠在椅子上,心满意足地长出一口气,顺带打了一个震耳欲聋的饱嗝后,抽了一张抽纸,擦擦嘴,便起身告辞。

唐冰忙帮着解释说他下午还有要紧的事,希望晨昱不要见怪。

晨昱闻言分外高兴,连忙说道:"不见怪,不见怪。工作要紧,余兄请自便。"

余泽文走后,晨昱命服务员换了一间房,重新点了几个的菜,又开始吃了起来。

唐冰不解地问道:"你刚才没吃饱吗?"

不说还好,一提起晨昱就气不打一处来:"说起来,我还想问你呢,你是从哪个犄角旮旯把这位奇葩老兄挖出来的?"

唐冰愣了,不解道:"怎么了,人家哪里奇葩了?"

"自以为是,看不起人,没有礼貌,吃饭吧唧嘴……还有……长得胖。"

唐冰笑了:"我说亲爱的,这就是你不对了,胖怎么啦,再过几年我们结婚生子以后也会胖的,你这是歧视。胖没什么不好,你看《西游记》中的仙佛都是很圆润的,像弥勒佛……"

晨昱摆摆手,打断唐冰的话:"好吧,我说不过你,胖就不算了。但是他自以为是,吃饭吧唧嘴,这总算是缺点吧?"

唐冰伸手整理整理垂下来的卷发,妩媚一笑:"自以为是,看你怎么理解,不喜欢就称之为'自以为是',喜欢的叫作'自信'。至于吃饭吗,谁还没有一个缺点呢?"

晨昱无语了,沉默半晌,才缓缓开口:"冰冰,我觉得你还是再慎重一些比较好,你还年轻,着什么急呀?"

唐冰端起茶杯,轻轻地吹着水面漂起的浮茶,默不作声。

"与其是这样的一个人,"晨昱咬咬牙,继续说,"你还不如再等等李哲曦呢,他……他以前那么喜欢你,他……他只是玩心比较大,其实,人还是不坏的……你们两个人都是绝顶聪明,将来在一起,生下来的宝宝一定是天才。"

一个不小心,用大了力气,"噗"的一声,一口茶水被唐冰吹了出来,她将杯子放下,拿纸巾去擦桌上的水,头也不抬地说:"亲爱的,这句话应该说给你自己听才是。"

晨昱转过头,愕然不解地看着唐冰。

唐冰抬起头,轻叹一声,笑道:"我也知道李哲曦比余泽文好一百倍,可是,人家再好却不爱我,有啥办法?难不成我就一辈子不嫁了,生活还得继续呀,亲爱的,其实在高中的时候,我就已经发现他真心爱的人是你,只是你们两个自己都不知道。你胃痉挛住院,他可以拉着你的手,在床边坐上一夜;上次你遇险,他可以不顾自己的性命为你挡刀。"

晨昱默不作声,眼泪却不争气地掉了下来。

"看,你也不是无动于衷吧。高中的我,年轻气盛,觉得在爱情中,只能独一无二,不能居于人后。所以才故作清高,不答应李哲曦的爱意,其实……像他那样的人,哪个女孩子能不动心呢。大四的时候,我找工作受挫,爱情也很迷茫,我就试着说服自己,假装不在乎他心底最深爱的人是你,两个人试试……可是,这个时候,他已经不是多年前那个懵懂无知的少年了,他也察觉到了自己对你的心意。我答应他的时候,他却拒绝了,这可能就是无缘吧。"

晨昱心里慌乱,嘴上却辩解道:"不是这样的,你想多了。他在乎我,可能是真的;喜欢我,可能也是真的,可那是兄妹之情呀。你知道的,我们俩从小一起长大,他是我妈的干儿子,哥哥疼爱妹妹、保护妹妹,也有错吗?"

唐冰微微一笑:"这句话我不能回答你,可是李哲曦能。他的原话是'哥哥对妹妹有照顾疼爱的义务,却没有一世相守的权利',而他现在,想跟你要这个权利……"

"噗"的一声,晨昱喝到嘴里的茶,喷了一地。

"你们上次去首都看奥运会,其实是他特意找的机会,想增加和你在一起相处的时间。"

晨昱不以为然地说:"不是我们两个人一起去看,而是两家人。这没什么奇怪的,我们小时候也经常一起去玩的。"

唐冰挑挑眼眉:"一来讨好你父母,让两家父母亲近亲近;二来,有大人,他才不至于行为逾越,惹你不快,这么简单的道理,你怎么还不明白,他这是一箭双雕。不过,也正是因为你们一起出游,让我对他彻底死心,选择了余泽文。你不喜欢余泽文,我理解,老实说,我也不喜欢。"

晨昱有些疑惑了,问道:"你也不喜欢,那你还跟他订婚?你是不是脑袋进水了!"

唐冰帮晨昱夹了一枚圣女果,笑道:"你知道这个小西红柿又叫什么吗?圣女果,知道为啥叫这名吗?因为剩女太多了。而我,恰恰不想成为剩女。"

将圣女果放到口中,晨昱狠狠地嚼着,仿佛在咬唐冰:"你才多大,二十岁出头,正是最美好的年华,怎么就成剩女了?"

"岁数也分区域,不能一概而论。在一线发达城市三十岁以后才叫剩女;在一般城市,二十五六岁是剩女;而在我们村里,我现在就是剩女。马上就要元旦了,我要在元旦之前订婚。"

晨昱知道唐冰的话也有道理,但还是做不到支持她的做法。

唐冰讨好似的拉起晨昱的手臂,笑着说:"好了,亲爱的,我招。这个余泽文家境不错,嫁给了他,我就不用担心弟弟娶媳妇的问题了。"

晨昱冷冷地说:"亲爱的,那你也不能搭进去自己的一辈子啊!"

唐冰白了晨昱一眼,说:"昱儿,有人说过你矫情起来,让人很讨厌吗?"

晨昱也不甘示弱地说:"有人说过,你世俗起来,让人很不能接受吗?那人家呢,贪图你什么?"

"据说好像是因为我聪明、学历好,还有他们喜欢选择家境贫寒的农村女孩……"

"等等,喜欢家境贫寒的农村女孩,这明显与常理不合。"晨昱忍不住插话道。

"他们说农村女孩容易满足,不像城市的富家小姐那般矫情多事。"唐冰说着,用眼神狠狠地剜了晨昱一眼,嘻嘻一笑。

晨昱也不以为意,哼了一声:"事出反常必有妖,我劝你还是谨慎些吧。"

唐冰没有理晨昱的话，说道："小的时候，我很羡慕别的小朋友有爸爸，我时常在想，如果我爸爸还在世该有多好，我和弟弟就不会被人欺负，而我妈也不用去当保姆、去铲煤，过得那么辛苦。上了高中之后，我最羡慕的人，只有一个人——就是你。"

晨昱很是惊讶，她没想到学霸唐冰居然还会羡慕自己："我，我有什么好羡慕的？"

"那些夸你的褒义词，我就不说了，你自己脑补吧。其实我最羡慕的是你有李哲曦的爱护，他对别人或许冷漠花心，但是对你……绝对是一个完美的哥哥、男友……"

听着唐冰的叙述，晨昱没有说话，也不知道说什么好。

安慰？唐冰高傲自信，不屑于别人的可怜和同情。承认？说李哲曦的确对自己很好，对着深爱李哲曦的唐冰说这些，晨昱她做不到。

"晨昱，你应该感谢老天爷，从一出生就拥有了别人可能一辈子都不会有的东西。而我，我不想拿着贫困生的补助，接受别人同情可怜的目光，我也不想穿你的旧衣服。昱儿，你别误会我没有别的意思，我知道你和冯阿姨是真心对我好。可是，我也想有适合自己的新衣服，我也想把自己打扮得美美的，让那些男生移不开眼珠。我还想要我妈妈和弟弟过上好日子，可事与愿违，我妈刚发现患了糖尿病……"

晨昱递给她纸巾，唐冰却笑了："不用，我又没哭，我才不屑像林妹妹一样。昱儿，很多时候我们是没有选择的。"

一周后，晨昱和李哲曦去了唐冰的订婚礼。他们不是一起去的，晨昱先到，她从庙里为唐冰虔诚地求了一串金刚菩提的手串，用来护佑唐冰一世长安。李哲曦和公司的几个同事一起去的，他很是大手笔，送了一条下面镶了一颗黄豆大小的水滴形钻石的项链。

李哲曦也不避嫌，来到唐冰近前，将盒子打开，亲自为唐冰戴上项链，并很绅士地拥抱了唐冰一下，伏在她耳旁，轻柔且庄重地说："你是我第一个喜欢的女孩，没能有始有终，是我的错。感谢你的出现和陪伴，祝你幸福，记住我永远是你坚实的后盾。"

站在唐冰身后的晨昱，一字不落地听在耳朵里。正想打趣李哲曦两句，却发现唐冰身体在颤抖，眼睛里充满了晶莹透亮的液体。

晨昱收起来想要做恶作剧的心，轻叹一声，转身走开。

唐冰强忍着眼泪，笑道："谢谢李总，也希望你爱情顺利，早日抱得美人归。"

李哲曦望着远去的晨昱的背影，目光饱含深情，微笑道："借你吉言，我是天天盼着呢。不过，估计也得你点头同意才行呀。"

唐冰静静地凝视着李哲曦，笑道："放心，我会帮你多多美言。昱儿过去了，你快去陪她吧。"

第四十五章　惊天巨变

有些灾祸如此骇人，简直令我们不敢想象，它们的出现使我们不寒而栗。然而当它们一旦降临到我们头上，我们会发现自己比想象中更坚强；我们会和厄运搏斗，而且比我们所预期的做得更好。——拉布吕耶尔

晨昱回到家里，发现只有冯蕾怏怏地在看着一个最近比较火的宫斗剧，晨昱问老爸呢，冯蕾叹息道："哦，说到这个，你这段时间可能见不到你老

爸了。"

晨昱手里拎着的半个榴梿"哐啷"一声掉到了地上，差一点砸到她的脚。晨昱顾不得平日里最爱吃的榴梿，两三步跑到冯蕾面前，紧张地望着她，问道："我老爸怎么了，为什么这段时间见不着了，病了，严不严重？"

冯蕾从宫斗剧中回过神，看了看地上滚来滚去的榴梿，说："你买了榴梿，快拿过来，我们趁着新鲜吃点儿。"随后看着晨昱神情紧张地瞪着自己，冯蕾摆摆手，接着说，"你老爸他没病，就是出差了，过段时间才能回来。"

晨昱悬着的心终于放了下来，将榴梿搬了过来，切好后，先递给冯蕾一大块，边吃边问："老爸大概要多长时间回来？"

"谁知道，无非是十天半个月，一个月封顶呗。没事，他以前出去考察一两个星期不回来也是常事。宝贝，你要是觉得无聊，妈陪着你，周末想去哪儿玩。再过两天就是元旦，要不我们去海南住几天？"

晨昱想了想，摇摇头："三天假，时间太短，来不及玩就该回来了。等过年吧，我看了看过年是二十多号，还有不到一个月了，等老爸回来，咱们一起去。"

冯蕾搂住晨昱，"吧唧"一声，在她脸上亲了一口，赞道："还是我闺女聪明，想得周到，你妈老了，不但有了皱纹和白发，有时候就连脑子也不太好用了。"

晨昱抱住冯蕾，安慰道："哪里呀，母后看起来顶多也就三十多岁，哪有你说的那么老？"与此同时，她心里默默念着，老天爷呀，我这是善意的谎言，可不能算不道德，您老可不能用雷劈我啊。

天越发冷了起来，北方的冬天是可怕的，呼呼的西北风吹过高大的树木，发出"呜呜"的悲鸣，落在人脸上，硬生生地疼。

这样的季节，用一句话说，就是冷得冻死人。晨昱减少了外出，除了上班,大部分时间都是在家里陪母亲看一些偶像剧。

转眼到了年前的最后一个周末,冯蕾说如果要去海南过年的话,该去买机票了。晨昱一拍脑门,说:"母后说得对,我怎么忘记了。"

两个人说干就干,开车去机场买票。

因为是新手,晨昱开车很慢,"阿魅"走走停停,跑得很不尽兴。冯蕾坐在车上也不安稳,皱眉道:"你这水平也太差了吧,要不,换我来开。"

晨昱全神贯注,随口道:"也没那么差啦,这不是车多拥挤吗,自然是慢一些的好……哎,老妈,你有没有觉得后面那一辆黑色的车总是跟着我们,从咱们家附近就开始跟着……"

"谁会跟着我们,咱又不是什么明星名人,你想多了吧,可能是顺路罢了。"冯蕾不以为然地说道。

晨昱想了想觉得也有道理,反正她们只是去机场买机票,走的都是人多的地方,即便是有人故意跟着,也不怕。

在停车场等了半个小时,好不容易才有了车位,晨昱又笨手笨脚地花费了好几分钟才把车停了进去。她拉着冯蕾进了售票大厅,排了二十分钟的队,终于来到售票员面前,晨昱道:"来两张飞往海南的机票,时间是……"

晨昱话还没有说完,有两只手一左一右地压在她的肩膀上。她还没反应过来,就听见冯蕾的怒吼:"放手!你们是什么人?这是要干什么?"

晨昱抬眼望去,老妈也跟她一样,一左一右站了两个壮年大汉。

这时,从旁边走出一个身穿制服的领导模样的人,对着她们微微一笑:"两位不用害怕,这些都是便衣警察,不会伤害两位女士的。只不过,机票恐怕暂时买不了,至少在我们调查结束之前是不行,还请两位予以配合。"说着他从胸前的口袋里掏出了证件,对着晨昱母子还有售票员出示了一下。

晨昱没有看清楚证件到底写的是什么,转头只见冯蕾神色一暗,露出了绝望和恐慌的神色,而机场的工作人员则微笑着对身穿制服的人说:"同志,辛苦了。"

晨昱茫然地看着眼前这一切,不知所措……

从被带走,晨昱就跟母亲分开了,当然,她更加不可能见到父亲,在经历了两个昼夜不停的问询之后,晨昱被放了出来。

可出来的,只有晨昱一个人。父亲因涉嫌贪污被暂时扣押,母亲因为惊吓突发脑出血,躺进了医院。

晨昱浑浑噩噩地在医院守了母亲几天,直到她脱离了生命危险。晨昱才松了一口气,头一栽,自己也晕倒了。

再次睁开眼,晨昱发现自己也躺在医院的急救室里。

"昱儿,你醒了?"旁边传来喜极而泣的声音。

晨昱缓过神儿来,这个时候还有人唤她为"昱儿",晨昱顿时感觉亲切,而最早这样唤她的人却一个被关押、一个昏迷不醒。

晨昱松散的眼神渐渐凝聚,落在了身旁守着自己的两个人影上,一男一女,一个帅脸含情、一个眉目含悲,他们都关切地注视着自己。

晨昱勉强让自己笑得自然一些,开口说:"哲曦、冰冰……"

李哲曦将晨昱揽在怀里,伸手轻抚着她的头发,安慰她说:"昱儿,别怕,叔叔和阿姨不会有事的,还有我会一直陪着你的。"

晨昱想到家里的情况,如果可以,她也愿意长睡不醒,这样就不需要面对这些痛苦了。

可惜,情况不允许,她还有生病的母亲需要照顾,她还要更努力地去工作,全家的钱都被查封,只剩下晨昱卡里面的工资。母亲住院需要钱,父亲请律师也需要花费,这些以后都要靠自己了。

虽然晨昱很不想去单位上班,但想到家里目前的状况,晨昱只好忍受单位里来自同事的注目和窃窃私语，这让骄傲的她十分难堪。

这几天晨昱过得很是艰辛，自己白天上班，只能请护工照看冯蕾。一下班，晨昱便跑到医院，有时候会在医院陪冯蕾待上一夜，直到后来被李哲曦和唐冰拽走。本来晨昱的身体就已经吃不消了，上班的时候还要接受同事们私下的诋毁，她觉得每天都是度日如年。

即便这样，晨昱还是硬着头皮挺着，她深知，家里目前的情况，她不能失去工作，她需要钱，她已经不再是当年衣食无忧、自由自在、随心所欲的小公主了，她现在成了一家之主，身上背负着很重的担子。

还好晨昱有一个韩子夜这样的师父在，中午陪她一起去食堂吃饭，后来干脆接送晨昱上下班，像一个盾牌一样护着晨昱，这让心碎无措的晨昱感到巨大的温暖。

"师父，你不用刻意陪着我，免得同事们……说闲话，对你影响不好。"晨昱有些过意不去。

韩子夜挑挑眉，说："我喜欢陪着谁，就陪着谁。不喜欢的人，我连多看一眼都觉得恶心。我说徒弟呀，人来到世上历练一世，说长不长说短不短，谁还没个三灾五难的？咬起牙、挺起胸，熬过去就没事啦。"

晨昱听到这话热泪盈眶，可就是忍着，不让眼泪掉出来。

韩子夜心痛之极，将晨昱的头靠在自己肩膀上，伸手揉了揉晨昱的头发，安慰道："小家伙，不怕，这不是你的错，不用愧疚，谁要是敢说我徒弟的坏话，我第一个不饶他。"

晨昱叫了一声"师父"，便再也忍不住，"哇"的一声哭了出来。

韩子夜也不劝说，任晨昱大哭发泄。

法院最终宣判那天，唐冰和韩子夜请假陪着晨昱一起去听审。

晨昱听着法官一一列举父亲的罪行，最终一锤定音，宣判晨凌云被判处十六年有期徒刑。

虽然早就有心理准备，但晨昱听到法庭的宣判，还是眼前一黑。

睁开眼，映入眼帘的又是一片白茫茫，晨昱最近来医院来得多了，心里反而更加抵触这个地方。来到这个地方的，几乎都是发生不好的事情，当然，除了新生婴儿的问世。

晨昱不知道自己来这里多久了，只知道自己是被尿憋醒了，着急着上卫生间，却看不到身边有人。她一咬牙，将自己手背上的软针拔了下来。针眼处冒出些许鲜血，晨昱理都没理，着急找卫生间。

这是一间豪华的单人套间病房，室内就有卫生间，她解决了内急，就来到外屋，豪华的摆设她没有兴趣，房间里没有人倒是令她很惊讶。

能让她住豪华病房的，应该也只有李哲曦这种公子哥了，可是，李哲曦哪儿去了呢？

晨昱轻轻推开房门，往楼道里找去。晨昱走到楼层的最右端，那里设有吸烟室和茶室，还有几米远的时候，就听到不远处传来熟悉的说话声。晨昱仔细分辨了一下，是李致远的声音，从晨昱家里出事到现在半年，她都没有见过李致远的面。

晨昱此时听到李致远的声音，心里一暖，心想原来李伯伯也过来了，原来，他不是不关心我们，只是太忙走不开。晨昱心里涌上一阵感激，止住脚步，正打算原路返回，却听见李哲曦生气的声音传来。

"爸，我怎么就胡闹了，我要娶昱儿，这不也是你想看到的吗？"

晨昱听到李哲曦的话，心里顿时涌起一阵暖流，想起最近感受到的人情冷暖，她的眼眶顿时湿润了。

"孩子，为父是看着你们两个长大的，小昱是个什么样的孩子，我也不是不知道。坦白说，你要跟她结婚，放在半年以前，我们双方老人都是喜闻乐见的。但是，现在，风口浪尖上，不行！我不是说让你永远不能跟小昱在一起，但是，这三五年，不可以！"

李哲曦冷笑道:"爸,难道你和晨叔叔这么多年的兄弟情义都是假的吗?你怎么忍心你从小看着长大的昱儿受到这么大的伤害而视而不见!从小父亲就教导我仁义礼智信,我也经常以你为榜样。可是今天,你却做出这样的事,我看错你了!"

"啪"的一声,李哲曦脸上印上了五个清晰的掌印。

晨昱咬咬牙,跟跟跄跄地跑回病房,摇铃将护士唤来,帮她重新输上液。片刻,听闻有人推门,她将眼睛闭上,装作熟睡的模样。

晨昱觉得一双温暖的手握住了自己外侧的右手,紧接着那双手将自己的手放在他的脸旁。为了不让他知道自己是在假睡,晨昱强忍着内心的激动,让身体保持平衡不动,任由自己的手在李哲曦的手和脸之间当汉堡里的夹心菜。

"昱儿,你受苦了。不过,你不用害怕,我一定护你周全。晨叔叔暂时照顾不了你们,以后,你和冯阿姨都由我来保护。亲爱的,等你好了,我们结婚好不好?"

听到这话,晨昱再也忍不住了,她的眼睫毛颤动了起来,小巧高挺的鼻子也开始抖了起来……

李哲曦凝视着晨昱日渐消瘦的小脸,还有那像打架似的在剧烈颤动的睫毛,脸上浮起温柔的笑意:"昱儿,我向你保证,此生只爱你一人,不再三心二意、不再花心。当然,时间长了,也有可能偶尔做不到,我也许还会喜欢上别人……比如我们的小公主、小王子……昱儿,我看你笑得这么甜美,这意思就是答应我了呗,那我就当作你已经同意……"

晨昱一个激灵睁开眼,忘记了自己正在输液,着急地抽回被李哲曦握住的手,激动地挥动着双手:"没有,没有……我才没有答应呢。"

李哲曦按住晨昱的手,紧张地说:"小心手出血,你还挂着吊瓶呢,手可不能乱动。"

晨昱从善如流，将双手平放，刚想开口，李哲曦嘴里又蹦出一句："不过，你这么激动的样子，像是对我很有感觉似的……"

晨昱一脸黑线，顿时哭笑不得，不过她也知道不能和李哲曦继续这个话题了，只得转移话题："你……你的脸是怎么回事？"

李哲曦想了一下，假装大气地说："嗨，俗话说得好，'人要是倒霉了喝口凉水都塞牙'，到我这儿就是'人要倒霉，出个门都能撞墙'，我把这个归结为想某个人想得魂不守舍，所以走路才……"

晨昱指着李哲曦的脸，笑道："你能告诉我是在哪里撞的墙吗，不知道哪里的神墙能把脸撞出巴掌的模样。你看，还如此清晰……巴掌这么大，应该不是出自美女，那么就是……啊，你该不会是放弃了美女，换成了小鲜肉，oh，my god！"说着，晨昱用手捂住嘴巴，故作惊讶地望着李哲曦。

晨昱阴阳怪气的声音，加上夸张的做法，让李哲曦心里放心不少，嘟囔道："什么小鲜肉呀，就是一块又臭又硬的老腊肉……"

"不是吧，真的让我说准了，你还真是口味重啊！"

李哲曦叹息道："别瞎想，好吧，我承认，是你伯父，我老爸！"

晨昱心里一沉，想着李哲曦终于说出来了，又是高兴又是悲伤，终于可以按照自己刚才设想好的剧情发展，让他对自己死心了。可是，在这紧要关头，心为什么是冰凉刺痛的呢？

李哲曦叹道："我今天在公司出了点儿状况，老头子很是气愤，如果非要追根究底的话，"他停顿一下，然后深情地望着晨昱，"因为，我这一整天，都是在想你。"

晨昱没想到李哲曦这家伙还有当韦小宝的潜质，撒起谎来，有真有假，滴水不漏呀。

晨昱知道自己的计策是实施不了了，无语地摇了摇头，留下一声叹息。

"不如意事常八九，可与语人无二三。"李哲曦送晨昱回到唐冰的小公寓,这半年来,她没地方去,就住在公司为唐冰提供的两室一厅小公寓里。原本,以唐冰的级别是要住两人一间的宿舍,但李哲曦念旧,特意为她安排了一室一厅的小公寓。后来,因为晨昱家出事,没有地方住,李哲曦特意为唐冰换了个位置好的两室一厅,供两个人暂时居住。

晨昱说自己累了,以需要休息之名,将李哲曦拒之门外。唐冰公司有事还没有回来,晨昱回到自己的卧室,栽到床上,将脸埋到被子里,放声大哭。

晨昱已经压抑得太久了,需要发泄一下。

晨凌云出事,对于晨昱就像个晴天霹雳,紧接着冯蕾生病住院,还成了植物人,晨昱彻底变成了行尸走肉。如果说还有一些温暖支撑晨昱的话,就是身边的几个朋友们。

直到今天,在医院听到李哲曦父子的对话,晨昱才如梦初醒。以前看着自己长大的、对自己像亲生女儿一样疼爱有加的李伯伯原来是这样想的,晨昱虽然痛苦寒心,却也不怪他,因为他说的有道理。

晨昱不能因为贪恋李哲曦的温暖,就不顾李哲曦父母的想法。晨昱心想,一直以来,都是李哲曦在保护在自己,而今,也该为他做点儿事情了。

这时候,手机却响了,晨昱没有理会,而打电话的人却固执到了极点,打了将近十分钟还不肯停歇,晨昱只得接了起来,却是不说话。

听筒里传来李一诺愤怒的声音:"你没事吧,人吓人是会吓死人的,你晓得吧,说句话让我知道你还活着。"

晨昱忍住眼泪,咬牙道:"还活着。"

李一诺松了一口气,说:"活着就好,昱儿,没事的,我这两天就回去陪你了,陪你收拾败类……"

晨昱的脑袋突然有些不够用,诧异地问:"败类,什么意思?"

"你没有看咱们的班级 QQ 群吗,还有学校的论坛?"

晨昱摇摇头："没有，怎么了？"

"张珏这个垃圾太过分了，他将晨叔叔出事的消息到处转发，还在群里问你是不是真的。更过分的是，他问你，你在外事办的工作有没有受到牵连……"

晨昱沉默了一会儿，轻笑道："不愧是同学一场，他倒是挺关心我的……"

"昱儿，别难过，我已经骂了他了。"

"诺诺，你不用为我去做什么，这些是我应得的。"

"你怎么说话呢，我不允许你这么说自己。昱儿，你别搭理他。我都不明白世上怎么会有张珏这样的人。"

晨昱淡淡一笑："好了，我都不生气，你生什么气，再说了，他说的也没错，也不算散播谣言，顶多就是有点儿嘴碎而已。"

李一诺依旧气不过地说："嘴碎怎么不说好事啊，全中国有那么多大好事他不说，非要和你过不去，我看这不是嘴碎，是嘴贱才是！"

晨昱咧了一下嘴角，说："不愧是大作家，总能找到别人的语病，说来惭愧，我都不知道那部很火的《红了芭蕉，绿了樱桃》原来出自我姐妹之手呀，我明白了一句话'谦卑才是最大的高贵'。这一点，你和张珏倒是挺互补的呀！"

李一诺冷哼一声，对晨昱的话表示不满："你可别把我和他放在一起，想起大学被他缠了四年，我就恶心。他现在还敢这么对你，看我怎么收拾他。对了，你看到我在群里骂他的话了吗，是不是很高明？不带一个脏字，含沙射影，把他骂得找不到北。"

晨昱心里一阵感动，想到之前李一诺还说让她不要轻易招惹张珏，但现在为了她李一诺居然如此不给张珏面子，晨昱愈发觉得李一诺的好来。

第四十六章　人情冷暖

　　有钱有酒多兄弟，急难何曾见一人。——俗语

　　这天，晨昱一下班，就看到了门口倚在一辆黑色的车旁的绝世美女，看到晨昱出来，飞快地跑过去抱住了她。

　　被过往男士们羡慕嫉妒恨的晨昱对于美女的热情有些手足无措，她一只手拎着手提包，另一只手缓缓地搂住了李一诺，声音有些颤抖："诺诺。"

　　李一诺轻轻拍了拍晨昱的后背，轻声说道："我回来了，来陪你了。"

　　晨昱望着李一诺，心里激动极了，嘴里却说不出一句话。

　　李一诺打开副驾驶的车门，晨昱正要坐上去，却听到身后猛烈的嘀嘀声，原来是韩子夜。他去地下车库开车，让晨昱在门口等他，最近他总是好心地送晨昱回家，如果有急事，也会把晨昱载到公交站。

　　刚才，乍一看到阔别两年的好友，激动之下，晨昱便将韩子夜忘到九霄云外，晨昱不好意思地望着韩子夜。岂料后者却没工夫理会她，他定定地看着李一诺，像是尊大理石雕刻的石像，一动不动。他的目光充满了温柔、眷恋、惊喜、不舍、痴迷、欣赏……那是一种晨昱从来没有见过的眼神。

　　李一诺被韩子夜看得实在不好意思了，白玉般纯净的脸上，居然破天荒地泛起一丝红晕，冲着韩子夜招招手："韩兄，一别经年，兄长可还安好？"

韩子夜好不容易回过神来,却不肯收回痴缠在李一诺脸上的目光,微微一笑:"从别后,忆相逢,几回魂梦与君同。今宵剩把银釭照,犹恐相逢是梦中。"

李一诺还没来得及开口,晨昱便插话道:"师父,你刚说是首古诗吧,我虽然不知道出处,可好像是一首情诗呀!"

晨昱见韩子夜看李一诺的眼神,就知道他喜欢李一诺,想到平日里韩子夜的独来独往,晨昱顿时觉得此事稀奇。

韩子夜没有理会晨昱,伸手将晨昱挡了回去:"乖乖徒儿,为师有第一等要紧的事,今天你自己先回去。"虽然是在跟晨昱说话,可韩子夜的目光还停留在李一诺身上。

晨昱"哦"了一声:"那巧了,正好我今天也有事……"

李一诺伸手揪住晨昱的衣领子:"甭在这磨磨叽叽了,你喜欢帅哥,我这儿有的是,改天给你介绍几个,存货还不少呢,一天相亲一个,够你相个十天半个月的。"

晨昱还没来得及说话,韩子夜芝兰玉树般的身躯剧烈地抖了抖,想必是被李一诺的话惊到了。

最后,三个人一起去用餐。晨昱不理会李一诺吃人的目光,她只是好奇李一诺和韩子夜是如何认识的,好不容易师父这铁树要开花了,晨昱当然要帮他不惜一切来争取。

"你们俩是怎么认识的呢?"晨昱好奇地问。

李一诺轻轻一笑:"几年前,我写小说涉及政府部门的一些职能和体验,经人介绍我就去你们那里参观学了几天,就遇到了你师父……"

韩子夜又开口,纠正道:"那是四年前,你上大三的时候,那天是十月的一个星期三,天空阴沉沉的,飘着小雨,你穿了件灰色的风衣,里面是黑白条纹的衬衫,清纯且高傲,就像傲视森林的水杉。你在我们单位一共待了三天,从那之后,我记了你四年,当然,这个时间还将持续下去。"

李一诺几不可闻地皱了皱眉,淡淡地说:"韩兄的记性真好,我就记不了这么清楚。"

晨昱惊讶地看了李一诺一眼,心想,女王殿下居然没有冷冷地端起水杯狠狠地浇师父一脸,这简直是破天荒了呀!这是什么意思,难不成女王殿下转了性,放弃了李哲曦那棵歪脖子树,想再看看森林里还有什么好品种?

韩子夜静静地看着李一诺,就像段誉看到了神仙姐姐,心里激动,面上通红,嘴上却失去了语言功能。

这分明是痴情到了极点的表现呀!晨昱欣慰地想。于是趁热打铁地说:"师父,你不会是喜欢我家诺诺吧?"

这句话一出,韩子夜的脸更加红了。虽然他没有说话,但晨昱又不是傻子,当然明白了他的意思。

"亏我知道你来外事办工作以后,还托韩子夜照顾你,你就这样恩将仇报的。"李一诺俯身在晨昱的耳边小声地抱怨道。

晨昱惊讶地转头看着李一诺,原来韩子夜是受了李一诺的嘱托才会这般照顾自己。一想到李一诺远在伦敦却依然惦记着自己,晨昱心里满是感动。

李一诺见晨昱一动不动地盯着自己,有些紧张地说:"你这么看着我干什么,我可告诉你,我卖艺不卖身啊!"说着还将双手护在了胸前。

看着李一诺搞笑的动作,晨昱不自觉地笑了出来。

李一诺见晨昱笑得如此开心,也跟着笑了起来,笑容犹如冬末春初冰雪初融时,绽放的第一朵花。而韩子夜则出神地望着这朵奇花,湮没了心神。

时光匆匆,转眼晨昱在外事办已经工作满一年了。这天早上刚上班,主任的秘书来请晨昱过去谈话。

最近这半年，围绕在晨昱和她家人身上的话题不断，为了工资，为了躺在医院里的冯蕾的医药费，晨昱都装作若无其事地咬牙挺了过来。

来到主任的办公室门前，晨昱深吸一口气，脸上露出了得体的微笑。这是她一年中第二次来这间办公室，第一次来的时候，还是她头一天上班来报到的时候，那时候她身边还有晨凌云的陪伴。

晨昱摇摇头，挺起胸，微笑着敲了房门，随着一声温和而威严的"请进"，晨昱缓步走了进来："主任，您找我？"

"晨昱，请坐。"主任陷在宽大的实木办公桌后边，和蔼地开口，并指了指他对面的椅子，让晨昱落座。

晨昱坐下，浮上心头的却是上次和晨凌云一起过来时的场景，那时候晨凌云和主任亲切地握了握手，还互相在肩上给了一拳……

这个周末，晨昱去监狱看了父亲，将自己的计划告诉了父亲，得到了他的同意。

晨昱微笑着说自己过得很好，长大了、成熟了，让晨凌云不要为她担心，并劝告晨凌云好好表现，争取早点儿出来一家团聚。

晨凌云望着变化巨大的晨昱，一阵心酸涌上心头，透过探视的玻璃窗，晨昱看见晨凌云眼中泛着泪花，晨凌云略带哽咽地说："孩子，是爸爸不好，让你受委屈了……"

才过去半年，晨昱发现父亲的手已经变得粗糙不堪，他脸上也苍老了许多。半年前，晨凌云虽然五十岁，由于保养得当，看起来像四十岁，而他却在服刑的短短半年间，苍老了十岁。

晨昱忍着落泪的冲动，深吸一口气，温柔地握住父亲的手，微笑道："没关系的，爸爸。风雨后就是彩虹，即便彩虹偷懒没出来，也总会有个大晴天，这是你教我的。我们咬咬牙，把这段灰暗无光的时间挺过去，就没事啦。我们一家三口，还可以像以前一样开开心心……"说着晨昱的眼泪再也不听使唤，流了出来。

晨凌云老泪纵横，伸手想要抱住晨昱，奈何中间堵着"铁墙"，他的手臂不够长，想要帮女儿擦擦泪水，手被镣铐拘着，也办不到。

晨凌云想到以前自己可以呼风唤雨，而现在别说为家人遮风挡雨了，就连擦个眼泪都无能为力，不由得自嘲地笑了笑，眼角的泪更多了。

探望的时间到了，晨昱眼睁睁看着父亲在狱警的搀扶下渐渐远去。父亲没有回头，晨昱知道他是不想让自己牵挂，深吸一口气，忍住眼泪，挺胸抬头，转身离开。

走出监狱大门，晨昱来到公交站，赶往约定的地点，因为是周末，人不是很多。此时正是一年最冷的时候，车厢内除了上下车门，已经全部封闭，暖气开得挺热乎的。

晨昱站在后排，随着公交车走走停停而摇摇摆摆，在专心致志地想着一会儿见面应该说的话语。

人，真是一个奇怪的动物，以前不能接受的逆境，现在却处之泰然；以往所鄙视的人或者事物，为了生存，居然也能笑着与之共舞。

晨昱下了公交，走个几百米便到了约定的地点，这是李哲曦家附近的一处小公园。三九严寒，正值北方最冷的季节，这个时节的公园没有什么看点，无论是高大的乔木、矮胖的灌木，还是婀娜多姿的各种花树，除了松柏，全都掉光了叶子，只剩下光秃秃的树干，可怜兮兮地在呼啸的北风中战栗发抖。湖心公园的清澈湖水也结了厚厚的冰，间或有落叶被冰封其中，枯黄破败，似乎是向人们昭示着它过往的辉煌。

公园的人寥寥无几，有几个老人在广场上打着太极，还有十来个不怕冷的年轻小伙子在厚厚的冰层上嬉笑滑冰。

晨昱将羽绒服的领子往上提了提，又将帽子往下拽了拽。

约在这个地方,不是晨昱的意思,而是李致远的意思。当晨昱主动打电话约他的时候,他略微一沉吟,就约了这个公园。

晨昱遥远地望着远处正在滑冰的少年,脸上露出羡慕之色,听到身旁一个慈祥而温暖的声音,笑着说道:"如果想玩,你也可以的。"

晨昱来不及想,脱口而出:"我不行,我不再年轻了。再说,我也不会滑冰。"说完才猛然回过神来,转身笑道,"李伯父,您来啦。不好意思,我刚才有些出神,没有注意到。"

李致远轻轻拍了拍晨昱的肩膀,微笑着说:"昱儿,你和小哲小时候学旱冰还是我教你们的,还记得吗?那时候你胆小,摔了几次,就哭喊着不要再学了,还是我威逼利诱,你们才学了下来……"

往事一幕幕在心头浮现,想起小时候的幸福生活,晨昱微笑着叹息:"是呀,我爸太宠我们了,见不得我们摔跤哭泣,多亏了李伯父,我们才学会了怎么滑旱冰。"

李致远伸手轻拂晨昱的头,语重心长地说:"孩子,我刚才看你用羡慕的眼神望着湖边,想来,你也跟我一样是喜欢滑冰的,这样,咱们去试试!"

晨昱像是听到了最不可置信的事,连摆手带摇头地说:"不可以,我都二十四岁了,学不会了。再说伯父您也五十二岁了,阿姨和哲曦没在,我绝不会让您去试的,万一摔着了可怎么办?"

李致远拉住晨昱就往湖心的方向走去,一边走一边说:"是马克思还是恩格斯来着,五十多岁才开始学习一门新外语呢。丫头,你不会觉得滑冰比学外语更难吧,没事,我和你父亲当兵那时候,我可是全班第一个学会滑旱冰的人呢!"

李致远拉着晨昱到了湖心,找了两个滑得最好的年轻人,请他们教自己和晨昱。两个年轻人卖力地教,他们一老一少,用心地学,不到一个小时便已经学会了,晨昱雀跃欢呼地喊道:"伯伯,你瞧,我学会了,我滑了一圈居然没有摔倒哦,厉害吧!"

李致远快步滑向晨昱那边,豪迈地笑道:"伯父就知道你可以的,丫头,你是我从小看着长大的,我还不了解你吗?"

晨昱在原地转了个圈,本想摆一个漂亮的姿势跟李致远炫耀一下,却不小心摔了一个狗啃屎,旁边的少年们要去拉晨昱,被李致远谢绝了,他看着晨昱笨拙地站起来,继续滑行,才笑道:"孩子,自己喜欢的生活就要勇敢地去尝试,只要你有一颗积极进取、永不言弃的决心,从什么时候开始都不晚。"

晨昱思索着李致远的话,想到了些深远的层面,问道:"所有的事都可以吗,哪怕是从零开始也没有关系吗?"

李致远坚定地点点头:"别说从零,就算从负数开始都没关系,前提是不违背法律和道德。"

晨昱滑到李致远面前,笑道:"我知道了,伯父,谢谢您教导我。"

这时,一个小孩子不小心碰了李致远一下,李致远没有掌握好力度,一下子跪在冰上。晨昱赶紧去扶,李致远笑道:"老啦,毕竟是不如年轻人了。"

晨昱关切地问道:"我们去休息会儿吧,要不去看看……"

李致远摆手拒绝,温言道:"我们这些老人,可没有你们那般娇气。丫头,人生就像是滑冰,没有不跌倒的。有时候是你自己不小心,有时候也有可能是别人不小心撞了你,你被牵连,不管怎么样,爬起来继续滑就是了。记住,真正的强者不是没有创伤、没有眼泪,而是含着热泪、忍着伤痛,却依然咬牙坚持的人。"

晨昱虚心受教,神色凝重地说:"伯父,我有一事相求。"

"孩子,我是你爸爸的兄长,他不在的这些年,我有责任代替他照看你。"

第四十七章　远走高飞

　　远走高飞，用光的速度追，爱的力量，托着我的背。

　　成功失败，我都无所谓，只怕，爱我的人流眼泪。——《远走高飞》

　　晨昱失踪了，还是在大年初一那天，消失得无影无踪。

　　最先发现晨昱失踪的是李哲曦，说好的初一晚上去他家聚会，当他去唐冰宿舍接晨昱的时候发现居然没人。

　　打电话，晨昱的手机一直是关机状态。不得已只得麻烦唐冰，此时的唐冰正和母亲弟弟在老家团聚，听到李哲曦的质问，唐冰丈二和尚摸不着头脑，皱眉说自己不清楚。

　　三天前，唐冰收拾行李的时候，邀请晨昱跟她一起回乡下过年，被晨昱笑拒了。腊月二十九唐冰走的时候，晨昱陪着她坐公交把她送上了回乡的汽车。发车的时候，晨昱一直静静地在旁边目送她远去，不舍地挥手，直到汽车再也看不见。

　　当时唐冰还在笑话晨昱，只不过是分开几天而已，而晨昱那般不舍和留恋的眼神，就好像是此生诀别似的。

　　接到李哲曦的电话，唐冰又回想起临别的那一幕，一种不好的预感袭上心头，她建议李哲曦去医院看看冯蕾……

　　李哲曦不解道："我刚去过，冯阿姨还在医院，由护工和一个远亲在照看着，病情稳定，没什么大碍。"唐冰不安的心这才稍稍放下些许，觉得可能是自己多心了。

当李哲曦给李一诺打电话询问时，李一诺顿了顿，说马上回去。

挂了电话，李一诺立刻拨打了韩子夜的电话，当她问到晨昱时，韩子夜就开始支支吾吾，被逼问得不得已才叹息道："看来是瞒不过去了，没错，她走了。"

李一诺头"嗡"的一声，嗓门儿也提高了几十个分贝："走了？她去哪儿了？什么时候的事？你为什么没有阻拦她？"

韩子夜柔声安慰了李一诺几句，才无奈地叹息："我是一个月前见到她办理辞职手续的时候才知道的，当时我也很惊讶，问她是不是疯了。她告诉我，她想换一个环境去生活……"

李一诺听到这话，轻轻叹息一声，没有说话。晨昱最近表面上温和开朗，可深藏在眉宇间的压抑和落寞是逃不过她眼睛的。她也曾经带着晨昱去娱乐，但大多数时候晨昱都以照顾母亲为由拒绝了她。

韩子夜听李一诺不说话，在电话中又看不到表情，还以为心上人生气了，忙解释道："我知道的时候，她已经在办理辞职手续了，我的劝告也没什么用了。你不知道这半年她在单位顶着多大的压力，还好，晨昱挺坚强，居然咬牙挺了过来……"

李一诺微微笑道："没关系，我相信她。她早已经不是之前那个天真任性、暴躁冲动的小姑娘了，既然她能把辞职离开这件事做得这么隐蔽，想来已经学会了深思熟虑，我也就没有什么好担心的了。"

韩子夜点头附和："没错。她还问过我考翻译证的问题，应该是有所打算的。何况她英文真的不错，她一年前刚进来的时候，还嘲笑我精通三门外语却在办公室整理档案。呵呵，当时，我被她说到痛处，不愿意正面回答这个问题，还凶了她几句……如今看来，她比我勇敢得多。"

李一诺轻叹一声，淡淡地说："这年头勇敢的人已经不多了，女孩子就更少了,她是其中之一。"

其实,勇敢也是相对的,如果有宽厚的胸膛和臂膀来遮风挡雨,哪个女孩子又愿意逼迫自己变得勇敢和坚强呢。韩子夜缓缓摇头,他没有告诉李一诺晨昱全部的话语。

那天,韩子夜看到晨昱从主任办公室出来,后来又从上司口中得知晨昱的辞职,愤怒的韩子夜忙将晨昱拎了出来,劈头盖脸地质问道:"你要辞职,你是疯了,还是没睡醒。你知不知道,如果你辞了,这辈子都进不来了。而且有很多名牌大学的本科生、研究生挤破脑袋想要进来。"

当时,晨昱平静的脸上没有任何表情,她淡淡地说:"这段时间谢谢师父的教导和保护,晨昱永世不忘。但是,手续都已经快办好了,开弓没有回头箭,就这样吧。"

韩子夜急匆匆地就要走,扔下一句:"我去问问主任,还有没有别的什么办法可以挽回……"话还没有说完,衣袖却被晨昱拽住。

"师父,我知道你对我的好意。大恩不言谢,我放心里了。但是,你真的不用再为我奔走了,你为了我,已经做了很多了,我不愿意看到这种情况再次发生;还有李哲曦,为了我不愿意接受到的女孩子。而我,也不愿意待在这伤心之地,我想去南方,换个环境,找个别人不知道我的地方,多挣些钱……师父,他们说南方工资普遍比北方要高,是不是真的?"

不等韩子夜说话,晨昱继续道:"师父,你对诺诺的好,连我都很感动,这样,我走了,你帮我照顾她好不好,我会尽我所能帮你的。"

这些话,韩子夜是不会告诉李一诺的。

在大家发疯地寻找晨昱的时候,她却来到了申城。

之所以选择大年初一离开,是因为谁也想不到她会在这个时间行动,她唯一不放心的就是母亲。不过,李致远答应帮她暂时照顾母亲,这让她稍稍安心。她要做的就是挣医药费。当然李致远说他承担医药费,但是晨昱不想欠别人的。

经济基础决定上层建筑，晨昱需要钱，迫切需要，冯蕾的医药费要钱，买房子同样需要钱。

晨凌云的事，导致家里所有的房子都没有了。想到日后父母的生活，晨昱必须要准备买房的钱。

以前晨昱不懂得唐冰和郭秀彦她们为了家人拼命攒钱的原因，晨昱还曾笑话她们是守财奴，不懂得享受，而现在，她却明白了钱到底有多重要。

为自己的吃喝享乐，那是自私自利；而为了家人的拼搏，那是责任和担当。晨昱此时终于明白了这个道理。

最先知道晨昱想法的人是陈逸斐，他没有劝告，也没有阻拦，只是问她是不是想好了，会不会后悔。得到晨昱确定的答案后，他建议晨昱来临海，被晨昱笑着谢绝了。

晨昱不是不喜欢临海，只是不想再见到白惜墨和尹心颜。如果说，她想要逃离自己长大的城市，是因为父亲的事；那么，她同样不喜欢临海，那是她初恋无疾而终的伤心之地。

晨昱不恨白惜墨和尹心颜，只是心里不想见到或想起他们。

有谁会在大年初一离家远走他乡，应该没有人会这么做，大年初一是一个从古至今一家团圆的好日子，不适合远行。

大过年的，连个租房子的人都约不到，晨昱不得已只能住宾馆，不但房源紧缺，就连宾馆的价格也比平时贵了不少。晨昱找了好几家宾馆，不是客满，就是价格贵得出奇。南方工资是不是比北方高，晨昱还不确定。但是，消费水平绝对是晨昱所在城市的两倍。

熙熙攘攘的大街上人来人往、车水马龙、一派繁华，晨昱孤零零地望着满眼繁华，心里却孤单害怕，不知道自己该去哪里……

天色渐渐沉了下来，夜幕开始笼罩大地，华灯初上，竟有几分奢华的凄迷。晨昱却无心观赏，心里越发着急。

屋漏偏逢连夜雨，竟有两个小混混儿跑过来跟晨昱搭讪，笑嘻嘻地问道："美女，要不要去玩，一晚上三百块哦。"

晨昱没有搭理他们，心里却害怕极了，两个混混儿见晨昱不说话，又加了一句："看在你这么可爱的分儿上，五百块，这已经是天价了，不能再高了。"

晨昱忍不住，突然笑了，心想，合着这俩人有毛病呀，住一晚上三百块嫌贵，不说再便宜点儿，居然还涨价？真是傻，太搞笑了。

晨昱摇了摇头，说道："不好意思，我在等人，他马上过来了。"

两个混混儿露出了失望的表情，不过还是笑着给了晨昱一张名片，这才依依不舍、一步三回头地走了。

晨昱看着名片发呆，过了半天才猛然明白，吓出了一身冷汗。她紧张地四下张望，顿时觉得过往的人没有一个好人。

还好有手机，晨昱颤颤巍巍地拨通了陈逸斐的电话，说了自己的处境，问陈逸斐自己应该怎么办。

说到陈逸斐，晨昱也不明白自己是怎么了，就是信任他、依赖他，有什么喜怒哀乐、悲伤绝望，都会告诉他。

陈逸斐那边很是热闹，应该是在聚会。大年初一的晚上，他应该和家人热热闹闹幸幸福福地在一起吧。

"什么？你……你今天开始实施计划了，为什么事先没有告诉我呢？你也不小了，做事之前能不能拜托你好好想想，思虑周全，制订好计划呢？"电话那端的陈逸斐很是着急，第一次对晨昱用这么重的责备语气。

晨昱很是委屈，想到陈逸斐骂的也没有错，顿时难过地说不出话来。

"现在，最重要的是赶紧找一家宾馆，钱多钱少无所谓，要选择正规的，钱我来出。"

晨昱喃喃道："我有钱，只是，我没想到这里的那么贵……"她以前跟家人出去游玩住的比这贵得多，只不过不用她付钱，她不关心而已。

"嫌贵？那就选择全国连锁的快捷酒店，赶紧拦一个出租车，上车跟师傅说去离这里最近的快捷酒店，到了那里不要嫌贵，只要有房，就住下。不要挂断电话，现在就按我说的做。"

晨昱有了目标和方向，顿时来了精神，严格按照陈逸斐的指示执行。二十五分钟后，她成功入住酒店，陈逸斐问了她房间号码，晨昱皱眉道："你问这个干什么？"

陈逸斐笑道："在外面闯荡，打车、住酒店、在哪个公司上班，都要告诉家人，以防万一，你不会连这个基本的常识都不知道吧？"

晨昱听到陈逸斐用了"家人"这两个字，心里很是温暖。想到此时父亲坐牢，母亲成了植物人，而自己的朋友们正在翻天覆地寻找自己，暂时不能跟他们联系。以后，能在第一时间联系的"家人"，恐怕也只有陈逸斐了。

第二天，晨昱睁开眼，打开手机，看到一条短信：睡醒后告诉我一声。

晨昱不太明白，就回了一条短信：师兄，什么意思？

短信刚刚发送，就听到敲门声，晨昱这次学乖了，透过门镜往外看，吓了一跳，揉了揉惺忪的睡眼，几乎不敢相信自己的眼睛。

门外，风尘仆仆地站着一名男子，黑色的长款风衣衬托着修长伟岸的身材，浅灰的高档羊绒围巾上面是棱角分明的帅气脸庞，一双清澈的深邃眼眸正含笑望着自己……确切说，应该是望着房门的猫眼。

"好啦，别看啦，是我，开门吧。"男子仿佛能猜透晨昱就站在门后观察着。

晨昱猛然拽开门，呆呆地望着陈逸斐，吃惊地说："陈师兄？"晨昱缓缓上前，伸手轻轻碰触陈逸斐的右臂，直到有了真实的触感，才眼泪汪汪地开口,"我还以为自己是在做梦,你怎么来了?"

陈逸斐看着面前梨花带雨的面孔,一阵心疼,他真想将晨昱拥入怀中,却没有行动。他轻轻抬起手臂,用手指轻轻地为晨昱擦了眼泪:"你这个孩子真是不让人省心,没有联系好工作、没有住的地方,也没有朋友,自己一个人就跑到了这里,就不怕被人贩子拐到山里不见天日吗?"

晨昱将陈逸斐拉到房间,拿了一瓶矿泉水递给他,沮丧地说:"是呀,你说为什么我就没有想到这些呢?我都二十四岁了,不是十三四岁的小孩子。什么都不会,办事鲁莽,不做打算,也不算后果……真是蠢到家了。"

陈逸斐安慰道:"不经世事,被呵护长大的小公主都是这样。不过,从今天起可不能这样了。无论在哪里,身边有没有人保护,自己都要保护好自己,不能让在乎你的人担心,记住了吗?"

晨昱笑了,用力地点了点头,其实她很想问一句,你在乎我吗?不过看到陈逸斐的黑眼圈,他为了自己能连夜赶来,不是在乎又是什么呢?

晨昱想起晨凌云说过的话,真正的爱和在乎不是用语言说出来的,而是用发自内心的行动来证明的,所谓"行胜于言"就是这个道理。

第四十八章　生活生存

经过费力才得到的东西要比不费力就得到的东西较能令人喜爱。一目了然的真理不费力就可以懂,懂了也感到暂时的愉快,但是很快就被遗忘了。——薄伽丘两个人就近吃了点儿饭,几十块钱搞定,陈逸斐又拽着晨昱去照相馆拍了张小二寸蓝底的照片,洗了两版,并将电子版的拷到了 U 盘上,晨昱好奇地问弄照片做什么,陈逸斐说做简历。

说到简历,晨昱更加佩服起陈逸斐。他将她的简历做得相当漂亮,由于她毕业院校一般,他就帮她突出了英文专业,着重描写了大三时通过了英语专业八级。

晨昱毕业两年,第一年去山区当老师,陈逸斐将她的支教生涯写得十分高端大气上档次,着重写晨昱的精神高尚、有爱心。

晨昱有些惭愧,皱着眉头,讪讪地道:"我是因为失恋,才去那里的,不是为了偏远山区的孩子们,再说那里也不是什么偏远山区呀。"

陈逸斐挑挑眉毛,不以为然地说:"山区就是山区,不管是在什么地方;教学就是教学,不用理会是为什么理由。既然这样,我们为什么不按照专业 HRM 喜欢看到的来写呢?"

晨昱点点头,好奇地问:"什么是 HRM?"

陈逸斐险些喷出一口老血,如果是他的下属问出这句话,一定会挨骂。不过,对上晨昱清澈见底、单纯好奇的眼眸,他就没办法了,只能叹口气耐心地解释:"这是职场的一种简称,是 Human Resource Manager 的缩写,这次你知道了吧,你可以把它理解为每个单位负责招聘的人。"

晨昱点了点头,表示理解。

"你想从事哪个职业呢?"

晨昱想了想,脸上晴转多云,有些沮丧地说:"我也不知道我能干什么。老实说,从大学毕业我就很迷茫,不知道自己会什么、能干什么。当了一年的老师,辛苦是辛苦些,但是我居然也能胜任,这让我很惊讶。后来又到外事办工作,干了一年,基本上都是在管理档案,好像也没有多难……"

"从本心而言,你最喜欢做什么?"

晨昱歪头想了想，模棱两可地说："既然我学了英语，应该是翻译吧。不过，我这两年把专业荒废了，我已经打算去考翻译证了。你说，没有从业资格证之前，我是不是做不了翻译呀？"

陈逸斐皱眉道："这个，我还真不是很懂，翻译证是一方面，你的英语专业八级证书含金量也很高，你可以妥善地利用这一点，英语好，不一定必须当翻译。凭借出色的外语，去外企，也是个不错的选择。"

"外企？国外的企业在咱们中国开的分公司？"

"不全面，但也能这么理解。此外，还有一个选择，就是咱们国家的五百强企业。"

晨昱对于这些也不是很懂，于是就听从陈逸斐的建议投了不少简历，可是最早约晨昱去面试的却是一家不好不坏的地产公司。

说它不坏，是因为这家公司在当地具有一定的知名度；说它不算好，是因为它在有一定知名度的公司中算是最差的。既不是外企，也不是五百强企业。

当然，外企和五百强企业不是谁想进去就能进去的。这是晨昱努力的目标，却也不是非外企和五百强不去。

俗话说"有钱男子汉，没钱汉子难"，这年头女子和男子一样，都得养家糊口讨生活。

晨昱在宾馆住了一周，好不容易等到正月初九，接到安业地产的电话，约她次日面试。按照陈逸斐的说法，这家公司着急用人。初八上班，而初九人事部门就开始打电话约人面试，充分说明了这一点。

这是好事，着急用人，就会适当地放宽一些条件和限制，不像某些公司，虽然也在网页上挂着招聘信息，却不怎么着急。此外，陈逸斐认为，这家安业地产的福利待遇一般，至少说不上有多么丰厚，原因是，过年前后是员工们跳槽的旺季，既然它这么迫切招人，那么肯定是最近离职率比较高了。至于员工为什么跳槽，答案不言而喻。

不过，晨昱不在意这些，她现在没有资格挑，尤其是在住了一周宾馆之后，她更是心疼得不得了。

本来，她想请陈逸斐帮她去看房子，哪怕是与人合租都可以，可陈逸斐不赞同。他说一个女孩子租房安全是第一位的，必须租一个不错的小区，可这里的租金高得吓人，再说，还不知道在哪里上班，住得远了也不好，所以晨昱决定还是等等，选一个提供食宿的公司就一下子都解决了。

安业地产是提供食宿的，这一点让晨昱很高兴。于是，她穿着职业装兴高采烈地去面试了，面对 HR 的提问，她按照陈逸斐事先的教导回答，出乎意料的是，居然被录取了。

这家公司没有招翻译的职位，实际上他们公司本身也没有翻译，晨昱应聘了人事助理的工作。月薪四千二百元，试用期两个月，按百分之八十发放工资，星期天轮休。

晨昱对比了一下去年在外事办的时候，一个月差不多有五千块钱。都说南方工资高，却还没有自己之前的高，晨昱心里的巨大落差使得她高兴之余有些小沮丧。不过，想到唐冰一个月也才四千元，而自己比唐冰这个才女学霸还高出了二百元，也算是小欣慰了。

公司提供给晨昱的住宿是两个人共用一间的十五六平方米的小房子，床是上下铺，还算比较节省空间，房间里有两张书桌兼化妆台，还有一个木质衣橱，除此之外就放不下其他东西了，洗漱要去楼层里共用的卫生间。虽然居住条件不是很好，不过能有地方住，不用再交高额的住宿费，晨昱已经很知足了。

跟晨昱一间宿舍的是财务部的一个女孩子，叫王文雪，长相娇小秀气，比晨昱大两岁，也是南方人，老家却不是申城。

第一次见面，两个室友间的印象还算可以，都是出来打工的，都不容易，两个女孩子相处得还算融洽。

就这样，晨昱认认真真地干了半个月后，陆陆续续地接到其他公司邀请面试的电话。这也不难理解，有的公司放的年假比较长，晨昱想了想，好不容易安定下来，也就推辞了。

晨昱以前从来没有接触过人事这个行业，之所以选择从事人事，是因为陈逸斐的建议。除了当翻译之外，其他的职位她的专业都不太对口，一个文弱的女孩子，只能选择专业性不高的几个工种，比如文员、行政、人事……

不同的是，文员和行政很难进入公司的核心地位。这是陈逸斐的原话，晨昱似懂非懂地按照他说的选了，到了公司才知道人事居然还分六大模块，人力资源规划、招聘与配置、培训与开发、绩效管理、薪酬福利管理、劳动关系管理。

安业地产的人事部有五个人组成，经理、主管、两个专员，还有就是她这个小助理。

说是助理，其实就是打杂，敲敲字，打印个文件之类的。陈逸斐给晨昱买了几本人力资源的书籍，并建议她用半年时间拿下人力资源三级的证书，三年内拿下二级证书。

晨昱"哦"了一声，开始了工作之余见缝插针学习的备战状态。

安业地产工作量还算可以，几乎很少加班，晨昱又是部门年龄最小、职位最低的，大家对她也算照顾。公司提供一日三餐的工作餐，早餐和晚餐简单一些，中餐居然是四菜一汤外加饭后水果，这让晨昱很是满意。

时光匆匆如流水，转眼四五个月过去了，晨昱如期转正，并签订了一年的劳动合同。

其间，晨昱请了几天假，偷偷摸摸地回去看望了父母，所幸没有和李哲曦他们遇到。

冯蕾依旧还是老样子，晨昱远房的一个表姨在看护着她，晨昱每个月需要支付两千八百元的工资，好在表姨是个实在人，看晨昱家里太困难，一个小女孩不得已出来打工，沾亲带故的，于是，她把冯蕾照顾得很好，晨昱也放心。

看望晨凌云的时候，晨昱告诉了他自己过得不错，让父亲放心。

回了一趟家之后，晨昱想要挣钱的决心更加明显，母亲的医药费，还有支付表姨的工资都需要钱。可是怎么办呢，她想到了兼职。

一天工作七个半小时，除此之外的时间呢，平时的晚上还有周末，这些时候如果利用得当，也可以换成钱呀！

晨昱仿佛看到了一大堆金币张着翅膀、挥着小手向自己飞来。

王文雪在公司任出纳，在公司有两年工龄了，一个月五千五百元，她看到晨昱这么拼，有些不能理解，说道："女孩子有个工作，有俩钱花，就可以了啦，何必这么拼命呢？回头找一个好老公嫁掉比什么都好。你还没有男朋友吧，回头我让阿强帮你也介绍一个本地人，有车有房就 OK 了。"

阿强是王文雪的男朋友，大名不详。晨昱见过一两次，只是一个短短的照面，没有深交，不知道人品如何，只知道"有车有房"，单单是这四个字，就足以满足身为外地人的王文雪对未来另一半的希望和幻想。

听到王文雪要为自己介绍男友，晨昱笑着称谢："谢谢雪姐，我今年本命年还不想谈。过了今年再说吧。"

王文雪觉得晨昱的话也有一定的道理，笑着说："那就明年再给你介绍了，反正你还小，我先让阿强帮你留意着。不过，像你表哥那样的完美男人恐怕是够呛，我见过他一面，然后就再也忘不了了。"

晨昱拽了一张纸递了过去，笑道："快擦擦你的口水吧，你迷恋我表哥不打紧，我倒是没听他说有女友，关键是别让你家阿强知道。"

王文雪嘻嘻一笑，继续眯着眼睛道："你表哥那个级别的帅哥，还有那气质和风度,我是不敢高攀的。不过,我倒是挺为你感到可惜的,现在是新社会,不再流行古时候的'亲上加亲'了,否则你们也能像林黛玉和贾宝玉、陆游和唐婉一样结一段美好姻缘了。"

晨昱"呸"了一声,说:"雪姐,你会不会打比方呀,林黛玉和贾宝玉之间只有爱恋,没有姻缘;而唐婉和陆游之间的姻缘也不美好,空留遗憾。"

王文雪白了晨昱一眼,说:"我一个理科生,哪能记得那么全。"

王文雪说的"表哥",指的是陈逸斐,晨昱第一次往宿舍搬的时候,是陈逸斐陪着她来的。

本来就没什么行李,晨昱说一个人就可以了,可陈逸斐不放心,非要看看晨昱的住处才安心,还在公司的员工登记表紧急联系人的那一栏里,留了他的电话,还有当地最繁华区域的一处地址。

晨昱不解地问:"写这个做什么?"

陈逸斐挑挑眉,淡淡一笑,说:"说明你在本地有亲戚,不可以被随便欺负。"

"这房产地址是哪儿的?我听说这个区的房子是市中心,一平方米均价都要七八万元呢,是名副其实的富人区呀。师兄,咱编一个地址也不打紧,不过,是不是编一个位置差的比较好呢?"

陈逸斐笑道:"那是我一个亲戚的房产,就写这个没关系。不会露馅让你为难的。小姑娘还不错呀,不喜欢炫富。"

晨昱有些伤感地说:"房子只是用来住的,以前住环湖别墅,现在跟室友挤筒子楼,还不都是一样过吗?我刚来的那一个星期,在宾馆里住着,心里期盼着哪怕是有一个晚上睡觉的地方也好。"

陈逸斐的鼻子也有些酸,打心眼儿里为晨昱的遭遇心痛,伸手轻轻帮她整理了凌乱的头发,轻声说:"昱儿,别灰心,加油,以后会好起来的。"

晨昱微笑着扬起下巴,眼神坚定,正色道:"别人不好说,但对于坚强、永不放弃的人来说,生活绝对会越来越好的,比如老大,比如唐冰,再比如我晨昱。"说到自己的时候,晨昱忍不住"咯咯"笑了起来,露出可爱的虎牙和梨涡……

虽说钱不是万能的,但没有钱是万万不能的。晨昱这段时间深谙此道,于是她便开始想尽一切办法挣钱。抛开自己现在的本职工作不说,晨昱还联系了几个外企公司,利用下班时间为它们翻译文件。同时,周末她还要去餐馆打工,一周几乎没有任何休息时间。

第四十九章　一吻定情

我喜欢那种努力想完成自己所无法完成的事,为此用尽力气而倒下的人。——《一吻定情》

在这样工作两个月后,晨昱的身体终于吃不消了。

一天早上,晨昱刚刚起床,就觉得腹部疼痛,以为只是肚子疼,便没有在意,没想到,刚一出门便晕倒在了门口。幸亏被室友王文雪及时发现,把她送到了医院。

到达医院,医生说是急性阑尾炎,需要紧急手术。

王文雪急急忙忙地签了字,交了款,忙完才想起来给陈逸斐打电话,说了晨昱的情况。

陈逸斐赶紧赶了过来,守在手术室门口,直到手术结束。

晨昱睁开眼睛,看见坐在床边的陈逸斐,一时没有反应过来,直到想起自己晕倒的事,才意识到自己这是在医院。

陈逸斐发现晨昱已经醒了,赶紧问道:"怎么样,要不要叫医生过来看看?"

晨昱赶紧摇摇头,说:"我没事,可能就是没休息好吧,真是麻烦你了。"

晨昱本想多挣一些钱,缓解一下经济压力,这才找兼职,没想到,最后自己进了医院,虽说阑尾手术不是什么大手术,但也花了不少钱,这两个月的辛苦算是白费了。

陈逸斐笑晨昱掉到了钱眼里,晨昱不以为然,说:"能这么说话的人,都是不缺钱的人。想当年我也没有钱的概念,但现在生活所迫,也没有办法。"

"好好休养一个月,回头我负责给你找一份靠谱的兼职。"陈逸斐含笑望着晨昱,满脸宠溺。

"真的吗,太好了。感谢的话就省了,反正我已欠了你很多,虱子多了不痒,债多了不愁。"

陈逸斐变戏法似的,从身后变出三朵玫瑰,笑道:"虽然说做好事应该不求回报,但是好事做多了,总觉得不太平衡,为了我以后见义勇为的积极性不受打击,你是不是也该大度地奖励我一番呀。"

晨昱住的是两人间的病房,她紧张地向旁边张望,一副做贼的样子:"你……你想要什么样的回报?先说好,我……我现在没有钱,也没法请你出去吃大餐……"

陈逸斐身体往前倾,晨昱僵硬地往后靠,直到不能再后退,还好陈逸斐在距离她十厘米左右的地方停了下来,压低声音,低沉地说:"既然你也说了,别的方式都不太可能,那不如……"

晨昱伸食指，堵在陈逸斐的嘴上，笑道："哪有人主动索要回报的，显得人品不太高尚，你说是不是。这句话应该由我来开口，这位聪明的帅哥，本姑娘我看上你了，虽然本姑娘笨是笨了点儿，穷是穷了点儿，不过，还算年轻美貌，要不，你就委屈委屈以身相许吧？"

陈逸斐被晨昱的话吓得目瞪口呆，伸手在自己脸上捏了一把，顿时疼得直咧嘴。

晨昱看到陈逸斐的样子，笑道："吓傻了，那就当我没说……"话还没有说完，嘴就被堵上了。

轻轻一吻，浅尝辄止。

那一瞬间，晨昱呆了，仿佛感官都失去了知觉，时间都停顿了。

晨昱猛然推开陈逸斐，扯过被子将头蒙上，她要冷静冷静。

陈逸斐以为晨昱是害羞，也没有在意，微微一笑，出去帮她打饭去了。当他端着香喷喷的莲藕淮山排骨汤走进了病房，晨昱还蒙在被子里当鸵鸟。

陈逸斐将被子拽下来，笑道："傻瓜，坐起来吃饭了。"

晨昱皱眉，叹道："那个……陈师兄，我要收回刚才说的话……"

陈逸斐将特意在附近饭店点的饭菜放在桌上，拿出小碗，帮晨昱盛汤，头也没有抬地问："什么话要收回？"

"就是……以身相许的话……"

盛饭的手骤然停下，陈逸斐抬头凝视着晨昱："收回去，为……为什么？"

晨昱轻叹一声，耷拉着脑袋，沮丧地说："书上说初吻是很美好的，可是……可是我除了心跳之外，居然没有别的感觉……甚至连回忆也回忆不起来了，我想……也许是没有……没有感觉，不太……适合吧？"

还以为出了什么天大的事，陈逸斐长出一口气，哈哈大笑。

晨昱不解，低着头弱弱地表示着不满："我……我说的都是心里话，这有什么可笑的……"

话未说完,脸就被人捧了过来,晨昱来不及反应,两片薄薄的唇吻了下来,随之而来的一片炙热将晨昱包裹……

良久,"重获自由"的晨昱缓缓吐出一句话:"我们这是不是也算一吻定情?"

世间有种人,他们不按常理出牌。与他们在一起,无论你之前做好了怎样的打算,他们都能让人措手不及。正所谓世上最难搞定的就是不按常理出牌的人,晨昱恰恰就是其中之一。

陈逸斐没有想到晨昱会在接吻之后问出这样一句话,便按照字面的意思,点点头,微笑道:"算是吧。"

晨昱端起桌子上的骨头汤,用汤匙挖起来一勺,放到唇边轻轻地吹了吹,缓缓喝下,赞道:"不错,这次总算有些盐味了。"

陈逸斐笑道:"我听说病人和产妇不易吃得太咸,所以让他们不要放盐,既然你不喜欢,那就放些好了,不过,还得比平时的量少些。"

晨昱冷哼了一声,说:"我是产妇吗?"顿时,陈逸斐哑口无言,不料她话锋一转,"这么说你就是那个又帅又酷的天才少年直树,而我就是那个其貌不扬、又傻又笨的琴子了?"

陈逸斐听不懂晨昱在说什么,皱眉道:"什么直树和什么琴?什么意思?"

"师兄,你不会没有看过《一吻定情》吧?"

"书?电视?还是电影?"陈逸斐不解地问。

晨昱笑道:"有人说很多男生不喜欢看言情剧,看来是真的了。不过我们日语老师是个例外,他给我们推荐了很多经典的日剧,还让我们写读后感……是观后感,《一吻定情》就是其中之一。"

陈逸斐恍然大悟:"日剧呀,日剧、韩剧我不看,我喜欢美剧。"

"这部剧还可以,本身就是一部少有的经典,更何况那里面有我最喜欢的柏原崇,那可是世纪末的绝世美少年呀!盛世美颜,迷倒一片。"

看着晨昱一脸痴迷、魂不守舍的样子,陈逸斐递给她一张纸抽,调侃着说:"擦擦口水吧,这汤是我特意让人家煲的,口水掉进去,还能喝吗?"

晨昱轻叹一声,睁着水汪汪的大眼睛,用可怜兮兮的语气道:"我已经把很多习惯戒掉了,比如住大房子、买名牌衣服、用护肤品、旅游……只剩下喜欢帅哥这么一个爱好,这个爱好又不用花钱,你也要剥夺吗?"

晨昱本来是在撒娇开玩笑,可是这话听到陈逸斐耳朵中却是另外一番意思,他心头一疼,伸手轻拂晨昱的头发:"没关系,你的爱好都还可以保留。钱,不用担心,以后我的就是你的……"

晨昱没想到陈逸斐会如此回答,看着他一脸认真的模样,晨昱心想看来那句男人和女人来自不同的星球还真是对的。

虽然晨昱的心里十分感动,但却缓缓摇摇头,说:"师兄,谢谢你能这么说,可是我不能接受。你知道我喜欢偶像剧的浪漫,却不喜欢里面'傻白甜'的女主角,总觉得她们离开男主角就活不下去。做菟丝子不如自己做大树好。不是我不相信爱情,只是想要自己独立……"说到这里,她有些脸红,不好意思地笑了笑,接着说,"虽然我现在还不是很独立,但是,我会努力。"

陈逸斐欣赏地看着晨昱说:"《致橡树》?"

晨昱点点头,轻颂道:

我如果爱你

绝不像攀援的凌霄花

借你的高枝炫耀自己

我如果爱你

绝不学痴情的鸟儿
为绿荫重复单调的歌曲
也不止像泉源
常年送来清凉的慰藉
也不止像险峰,增加你的高度,衬托你的威仪
甚至日光
甚至春雨
不,这些都还不够
我必须是你近旁的一株木棉
作为树的形象和你站在一起
根,紧握在地下
叶,相触在云里
每一阵风过
我们都互相致意
但没有人
听懂我们的言语
你有你的铜枝铁干
像刀,像剑,也像戟
我有我的红硕的花朵
像沉重的叹息
又像英勇的火炬

陈逸斐接口道:

我们分担寒潮、风雷、霹雳

我们共享雾霭、流岚、虹霓

仿佛永远分离

却又终身相依

这才是伟大的爱情

坚贞就在这里

爱

不仅爱你伟岸的身躯

也爱你坚持的位置,足下的土地

晨昱鼓掌道:"没想到理工男也会背诵情诗,不错不错!"

陈逸斐撇撇嘴,不服气地说:"我会背的情诗可不止这一首呢,我最喜欢雪莱的 *Love's Philosophy*。"

晨昱笑道:"我也喜欢这首《爱的哲学》。"

The fountains mingle with the river

And the rivers with the ocean

The winds of heaven mix forever

With a sweet emotion

Nothing in the world is single

All things by a law divine

In another's being mingle——

Why not I with thine

晨昱口中呢喃,像是在回答陈逸斐,又像是在自言自语:"世上的一切都无独而有偶,为什么你与我却不能够?也许……我真的该给白惜墨一个自由,让自己得以解脱……"

晨昱突然抓过陈逸斐的手,仰起头凝视着他迷人的眼眸:"师兄,多年以来,我对你信任、依赖,我们相交莫逆、无话不说,我原以为我们只是知己之情。后来,我发现对你的帮助和陪伴,我慢慢地觉得理所当然且不可或缺。即便是现在,我仍然不知道这是不是爱,但我只知道,其他人和事,我咬咬牙狠狠心,就可以逃开。而你,我却想沉溺其中,就像溺水的人抓住仅有的稻草,舍不得放开,哪怕是注定要沉下去,也不想放开。我分不清楚这是友谊还是爱,也不知道这种感情是从什么时候开始的,有时候我甚至怀疑自己是不是因为家庭的变故,想找个人来分担取暖……"

陈逸斐的声音轻柔地响起来:"分担取暖,那李哲曦岂不是最好的人选?他为你做的事情并不比我少。而且,条件比我好,你们又是青梅竹马一起长大……"

晨昱皱了皱眉,扬起头,眯起眼睛凝神思考:"对呀,为什么李哲曦不行呢?这个,我之前还真没有想过。"晨昱突然回过神来,"你怎么知道?你……不会是调查我?"

陈逸斐抽出被晨昱握住的手,反过来将晨昱的双手捧在掌心,轻轻一笑:"还用调查吗,我又不是没有见过他。早在两年前我冒充你男朋友的时候,他还用卓文君和司马相如的故事讽刺你我。事后,我略微一打听,他又不是一般人,自然就很容易打听出来了。"

晨昱想了想,也的确是这样,便点点头,小声道:"我最近好像变得多疑了,看来当年那个单纯的晨昱真的不见了。"

陈逸斐笑了,满脸宠溺地说:"你变成什么样子,我都喜欢。昱儿,谢谢你能选择我,我一定努力,虽然可能做不到尽善尽美,但一定不会让你伤心失望。"

这话晨昱相信,从大一认识陈逸斐到现在六年了,陈逸斐从来没有让她失望过,更别提伤心了。不过,那时候是友情,如果换了感情的类型,是不是也一样呢,晨昱一时有些发蒙。

"师兄,我不能百分之百确定自己爱你,而你呢?你确定对于我不是友情……或者……同情?"

"如果我说我从你和白学弟分手前夕就喜欢你,你相信吗?"

晨昱猛然抬头,脸上写满了不可置信,望着陈逸斐,等着他解释。

"因为你的关系,我比较关注他一些,在知道他和尹心颜的事后,我第一反应居然是高兴,有些小人得志的感觉吧?通过几年的知心相交,我知道你是个纯粹的人,尤其是对待感情,喜欢尽善尽美,不能忍受瑕疵和……白学弟的做法,如果被你知道,结果是毫无疑问的。"

晨昱痛苦地闭上眼睛,深吸一口气,使自己看起来尽量正常一些,最好让人觉得自己已经淡忘了,可实际上,这三年来,那一幕曾无数次在梦中出现重演,一次次地在她千疮百孔的心上大把地撒盐。

看到晨昱的表情,陈逸斐有些心疼,还有些嫉妒,他接着说道:"刚开始的莫名高兴,后来变为担心害怕,我怕影响你发挥,所以在你研究生复试之前,特意将白惜墨调到外地培训学习一周……"

"你……你说你故意把他支走?"

陈逸斐长叹一声,解释说:"我怕你知道真相后情绪受挫,影响考试。在公司,我至少算是他的上级,所以我将他支走,说来有些自私和惭愧,我……我想代替他陪着你……

"后来,你还是知道了。那天,我跟着你到了酒吧,看你难过,我心情也很不好受，是我叫来了白惜墨，让他劝劝你。后来，我送喝得烂醉的你去酒店，我守着你，心里却翻江倒海，我为自己这些不正常的行为想了一夜，终于明白一件事——我爱上你了。在我不知道的时候，不是一见钟情，也不是一吻定情，而是日久生情。"

第五十章　职场法则

　　凡事豫则立，不豫则废。——《礼记·中庸》

　　陈逸斐在医院陪了晨昱几天就回去了，他工作繁忙，晨昱可以理解。他临走前帮晨昱请了一个护工，偶尔王文雪也来医院陪她说会儿话。
　　晨昱担心自己的工作，虽然说每个月工资不高，但也总比没有了强。
　　每次王文雪来医院看晨昱，她都问王文雪公司的事，王文雪撇撇嘴，眼睛里带着同情："可怜的孩子，真是够敬业的。领着助理的钱，却还操着总裁的心。"
　　晨昱叹道："雪姐，你高看我了。我不是操心公司，而是担心自己会不会因为生病，而被公司赶出来，你也知道，我急用钱。"
　　王文雪伸手在晨昱的肩膀上拍了拍，咧嘴笑道："说到钱，我正要告诉你一个好消息，咱们公司决定你住院这段时间，每个月补助一千六百元的生活费，为期三个月，是不是很人性化？"
　　晨昱脸上顿时阴转晴，眯起眼睛笑了起来："这是我最近听到的唯一的好消息。谢谢你,雪姐。"

王文雪似笑非笑地盯着晨昱,阴阳怪气地问:"是'唯一'的吗?""唯一"那个词被特意加了重音。

晨昱不明白王文雪言下所指,皱眉道:"难不成……公司还会给我涨工资吗?"

王文雪不知道晨昱是故意装傻,还是害羞不好意思说,啐了一声:"你将你那带引号的表哥藏得可真是天衣无缝呀,怎么,还怕我跟你抢呀?"

提到陈逸斐,晨昱心里一阵温馨甜蜜,笑道:"那时候真的是哥哥呀,即便是现在,我也觉得像是在做梦一样。对了,我还没有来得及好好谢谢你及时把我送到医院呢,等我好了以后,请你吃大餐吧。"

王文雪从水果篮里拿出一个橘子,用手剥开,递给晨昱一半,自己留了一半,边吃边说:"说到这儿,你可吓死我了,突然就倒在地上了,要不是我还没有上班,你还不知道会怎样呢。不过我还好,主要是陈逸斐,接到我的电话后,赶紧赶了过来,你是没看见他紧张的模样,一个小小的阑尾手术,在他眼里就跟你上了刑场一样。"

晨昱被王文雪的话弄得有些不好意思,她低下头,喃喃道:"易求无价宝,难得有情郎。"

王文雪双手一拍,说:"对对对,就是这个样子。你这个表哥对你是真上心,我看着都感动。人长得也帅,就是不知道家里怎么样。"

晨昱两只手拨弄着橙子皮,笑了笑:"他家里怎么样我不知道,也不在意。我喜欢的是他这个人,而不是他的家境。如果每个人在爱情中都要这么衡量,以我这个情况,只怕是没有人敢选择我了,恐怕我这辈子都嫁不出去了。"

"咱们是女孩子,女孩子只要年轻漂亮就可以了,咱们不需要房子车子的。"

晨昱将一瓣橘子放进嘴里,顿时清香四溢,带着微酸的甜意让她心情大好:"既然女孩子不用要求,为什么要求男的,不是男女平等吗?"

王文雪笑得差点儿喘不上气:"我说妹子呀,你还真是单纯。你自己说,千亿富豪和乞丐流浪汉能平等吗?别的不说,就说咱们打工族和老板一家,平等吗?太逗了你,你是读书读傻了还是让家人保护得太好了。我觉得,在婚姻中男女分工是不一样的,所谓女主内、男主外就是这个道理。"

晨昱摇摇头,显然是不赞同王文雪的话:"那你为什么上班,辛辛苦苦挣钱。"

"那不一样呀,我现在不是还没有嫁出去吗?即便嫁出去,也要看看对方的实力,如果经济条件好的话,我还辛辛苦苦上着班干啥?全职太太多好,看看电视逛逛街;条件再好些的,还可以请保姆伺候……这才是阔太太、富家小姐该过的日子呀。算了不跟你说了,反正那种日子,你没有过过,也不懂。"

看着王文雪一脸陶醉的样子,仿佛看到了美好的阔太太生活在向她招手,晨昱轻叹一声,垂下头,有些难过。她之前的日子就是王文雪口中的富家小姐的日子,岂料命运一个转弯,就从公主变成了落魄的灰姑娘。

不过,没关系,晨昱相信只要自己肯吃苦、肯努力,日子总会一天一天好起来的。以后,不靠任何人只靠自己,晨昱相信知识改变命运,努力能改变人生。

即便是因在病床上不能行动,晨昱也在不断地学习,人力资源、英语,还有一些金融方面的书,床头柜都堆满了。她给自己定了任务,在半年内考下人力资源三级和英语翻译资格证。

一个月后,晨昱出院回到宿舍。

陈逸斐帮晨昱联系了一份翻译的工作，公司在临海，平时晨昱与公司通过电邮的方式联系工作。晨昱虽说有英语专业八级证书和日语二级证书，但毕竟毕业两年了，不少知识长期不用就有所退步，有时候遇到专业术语会比较吃力，她就翻着牛津字典一个单词一个单词地查，看在一千字八十块钱的分儿上，她干得很认真。

晨昱想到眼下这份翻译的兼职是陈逸斐帮忙找的，公司和报价都不错，所以一定要好好干，不能辜负了他对自己的好意。

晨昱兼职的工资是一周一结算，加上公司的补贴，这几个月，也有近万元的收入，晨昱高兴坏了。

钱虽然不是很多，但晨昱依然很开心，想着万事开头难，既然已经开了一个好头，剩下的只有坚持和努力了。

养好病后，晨昱将人力资源的三级证书顺利考下。不久，部门有个同事跳槽，腾出了一个人事专员的位置，部门经理觉得晨昱还不错，就将晨昱由助理提成了人事专员。这时候，距离晨昱进入安业地产公司才九个月的时间。

晨昱得知这个消息后，高兴地请陈逸斐和王文雪吃了大餐。人事专员的工资是每月五千元，比助理的工资高八百元，加上翻译的兼职工资每个月也有两三千元。一开始晨昱对于每月的收入还是比较满意的，可是后来王文雪告诉她，他们部门一共三个专员，其他两个都是五千五百元，只有晨昱是五千元。

"不患寡而患不均"，晨昱想想觉得很有道理。

此外，三个人中，晨昱是干活儿最多的那个，人力资源有六大模块，人力资源规划由经理负责，因为安业地产公司没有设立HR总监，而薪酬绩效由主管来侧重负责，另外四个模块，拆开分给他们三个人。

晨昱负责初步搜索简历,并打电话口头通知人员面试;而且,每个月涉及的员工培训,也是由她来完成初步的PPT;另外,统计考勤、核算工资、处理员工的入职离职,甚至还有一次,发生一起劳动纠纷,公司接到了劳动局仲裁科的电话,也是晨昱去做初步的交涉。

要说晨昱心里没有怨言是不可能的,为什么同样的职位,自己干的活儿最多,领到手的工资却是最低的呢?

晨昱猜测,也许是自己最初来公司的时候职位是助理,虽然现在升成专员,但是在部门很多人眼里,自己仍算是半个助理。

晨昱坐在咖啡厅,一边喝一边跟陈逸斐抱怨。陈逸斐笑着抚摸她的长发:"怎么,觉得不平衡?"

晨昱噘着嘴嘟囔道:"这是明摆着的事呀,搁谁也会觉得憋屈呀。"

"亲爱的,记住,在职场,每个人都经历过你现在的阶段,没有什么公平不公平。这几年大学扩招,学历越来越没有含金量,大学毕业生多如过江之鲫,你不愿意做,还有好多没有工作的在等着呢。"

晨昱想了想,觉得也是这个理,沉思了一会儿说:"我想换个工作,你帮我选选公司,投递简历如何?"

"昱儿,你在这家公司工作还不到一年呢,这么短时间跳槽,对你的履历和以后的求职影响很不好。"

晨昱心里也觉得陈逸斐说的有道理,嘴上却不甘心:"工资一个月少五百块就少五百块吧,我干的活儿还多呢,我比她们俩加起来做的都多。"

陈逸斐轻轻拍了拍晨昱的肩膀,安慰道:"干的多这是好事呀,就凭这个,你也得再干上一年。多学点儿东西总是好的。我问你,在这家房地产工作十一个月,你学会了什么?得到了什么结论?"

这个,晨昱之前没有想那么多,垂头咬着嘴唇思索片刻,说:"我学会了缴纳五险一金,学会了怎么搜索合格的简历,还有核算工资加班费。此外,处理过一起仲裁,还有帮员工申请过工伤和失业保险……至于经验方面嘛,我觉得你是对的,让我去考证件,如果没有三级的证件,我也许不能这么快从助理做到专员。"

陈逸斐笑了,满意地说:"我的昱儿就是聪明,说得不错,你这一年学的不少,进步也很快。但你所说的只是最入门的东西,你怎么理解Competence,如何评估Competence?再说你刚才说到的招聘,你们公司不规范,只涉及招聘网站,那么大型招聘会呢?校园招聘呢?猎头推荐呢?至于面试,你能不能从一个人进门三分钟内判断出他的性格、品行、能力、兴趣爱好呢?这些说起来很笼统,但是每一项要学好做好,是很不容易的。"

晨昱一脸崇拜地看着陈逸斐,伸出手搂住他的脖子,在他脸上亲了一下,忙又退了回来,赞道:"陈总,您真是太厉害了!你确定你只比我大一岁而不是十岁吗?人和人的差距怎么就这么大呢?跟你一比,我都觉得自己笨得没法要了。"

陈逸斐伸手捏了捏晨昱粉嘟嘟的脸颊,鼓励她说:"小丫头,不用这般妄自菲薄,你进步已经够快了。"

晨昱沮丧地嘟囔:"受打击了,跟你一比,差距太大了,天壤之别。"

"我只是接触得比较早而已,我从大三就开始去公司轮岗实习,到现在都已经六年了,而你才一年,别灰心,好好学,六年后,我家昱儿蜕变成什么样子,还很难说呢。"

晨昱端起没有加糖的黑咖啡,喝了一口,皱眉道:"但愿吧,不过,并不是每一条毛毛虫都能如愿以偿地变成蝴蝶。"

陈逸斐淡淡地说:"蝴蝶有什么好?我家昱儿是凤凰。"

晨昱记住了陈逸斐的这句话,也明白其中的含义。凤凰不是那么好当的，需要涅槃，才能浴火重生，翱翔九天。

此后的一年，晨昱白天上班，不再怕多干活儿，相反，有时候不属于她的工作，她也会在征得同意后搭一把手，时间久了，同事领导都对晨昱很满意。晚上和周末的时间晨昱学习英语，坚持翻译文件，在每个月获得两三千元酬劳的同时，也顺利地将翻译证拿到了手。

晨昱在安业地产工作了整整两年，又到了春节，过年不仅仅是个普天同庆、阖家欢乐的日子，对于职场的人们来说，它又有了更重要的一层含义——年终奖和跳槽。

领完了年终奖，就是该考虑换新工作的时候了，晨昱领了六千块钱的奖金，在陈逸斐的帮助下，顺利地拿到了一家知名外企的招聘和培训专员职位。

在收到 offer 的时候，晨昱激动地落下了眼泪。

晨昱知道，要想进入知名外企，不仅需要学历和资历，还要有过硬的外语水平。当然，这多亏了陈逸斐逼她提升英语水平，如果不是出色的外语能力为她加分不少的话，单凭她普通本科的学历如何在名校云集的应聘者中脱颖而出呢？

在接到 offer 的第一时间，晨昱兴奋得不知所以，她第一个想要分享的人就是陈逸斐，她打电话将好消息告诉他，并问道："你是不是两年前逼我学外语的时候，就已经帮我做好了将来要去外企的打算？"

陈逸斐笑了，说道："你想选一家相对正规、能够长远发展下去，同时福利和待遇还不错的，外企是个不错的选择。而外企在选拔员工的时候，学历、能力和资历当然很重要，此外，一口流利的英文绝对能为求职者增色不少，甚至在初试过程中占了将近三分之一甚至一半的分值。"

晨昱点点头表示认同："没错，即便求职者学历和能力再牛，除非是技术员工，否则无论是高管还是一般办公室的小职员，不能熟练地用英语沟通，也会被 pass 掉。"

"过两天就要放年假了，你有什么打算？"陈逸斐问道。

晨昱想了想，说："我要回家，回去看看我家人。告诉他们我现在过得挺不错，不用为我担心。还有……这两年我省吃俭用，攒了十七万元，是不是很棒呢？"

陈逸斐笑道："辛苦啦，这样，你先回去，然后找个宾馆住下，我大概正月初三初四赶过去。"

"赶过去？去哪儿？"

"你去哪儿，我就去哪儿呀，我想去见见叔叔阿姨。"

晨昱一下子呆了，心里开始紧张起来，说话断断续续："你要去……见我……家人？他们……他们可能不太方便……"

"傻丫头，别担心，叔叔，我们抽时间去见，看守所的人也不能不通情达理吧？至于阿姨，即便她暂时不能给我们相应的回应，我相信她也能够感知到我们的到来的。"

晨昱被陈逸斐的一番话感动到了，一时间说不出话来。

第五十一章　并非意外

人生总有许多巧合，两条平行线也可能会有交会的一天。人生总有许多的意外，握在手里的风筝也会突然断了线。——《向左走，向右走》

历年的春运都是人潮涌动。

晨昱买了大年三十的火车票，因为这天的票相对好买一些。

腊月二十九这天，晨昱买了些年货，去了鲁苏家探望她和宝宝鑫鑫。

说起晨昱和鲁苏，二人也是有缘。一次偶然的机会，鲁苏给晨昱打电话，本来是闲聊，无意中得知晨昱来了申城，十分兴奋，当即开着车来接晨昱。本以为会在外面找个餐馆小聚一下，没想到，鲁苏居然将晨昱接到了家里。

大城市的人不比小地方，注重隐私和安全，若非关系特别熟悉，一般是不会请人去家里吃饭的。晨昱深谙此道，因此对鲁苏的热情很是感激。

在家里，晨昱见到了鲁苏的爱人，鲁苏没有告诉晨昱他的大名，只说了一句"这是你姐夫"，晨昱就一直以"姐夫"称呼他。

这位姐夫将近四十岁，身材微胖，最引人注目的是他的头顶，像极了北方冬天的小矮山，光秃秃的。晨昱客气地说了几句场面上的话，交谈的过程中，晨昱发现姐夫言谈粗俗，且自视甚高。晨昱也是个傲气的性子，既然别人看不起自己，也就没有必要多说什么了。

倒是鲁苏两周岁的宝宝分外可爱，长得像极了母亲，白白净净，像个瓷娃娃一般。吃过饭姐夫便以生意忙为借口开车离开。他一走，气愤顿时变得轻松起来。

鲁苏问起晨昱的工作，晨昱如实回答。

鲁苏羡慕地望着晨昱，赞道："真好，自己挣钱自己花，不用……"

鲁苏的话说了一半，晨昱笑着打断："还是姐姐好呀，我记得你两年前告诉我说姐夫在首都有套九十平方米的房子，这下又在申城买了房，大概也有一百平方米吧。"

鲁苏没有抬头,回答道:"九十八平方米,最小的三室一厅。"

"这里的房价不比首都便宜。九十八平方米还不行呀,我连四十平方米的一室一厅都买不起。我宿舍的室友天天嚷着要嫁一个有房有车的,难怪……"

鲁苏却有些意兴阑珊地打断晨昱的话:"你说,我要是出去找工作,能找得到吗?我一个大专生,而且有四年没有工作过了,我不知道自己能干啥?"

晨昱有些惊讶地看着鲁苏,问道:"姐姐不是说这几年在家带孩子吗,你要是去上班,鑫鑫谁来带呢?"

鲁苏叹了一口气,没有说话,玩了一会儿,她又开车将晨昱送走。

时隔一年半,这是晨昱第二次来鲁苏家做客,晨昱到鲁苏家的时候,家里只有鲁苏母子俩,晨昱一边换鞋一边问:"姐夫呢?"

"去外地了,有四五十天没见着人了,也不知道去了哪里?"

晨昱换了鞋,将拎在手里的年货交给鲁苏,把玩具给了鑫鑫,一边捏着鑫鑫肉嘟嘟的小脸,一边说道:"做生意不都是这样吗,我们老板也是天天不在公司,有时候一个月看不到人影儿。姐姐不用相思成灾,明天晚上年夜饭,你还怕他赶不回来吗,十有八九,他回来带着几麻袋百元大钞,够你数的。"

鲁苏淡淡地说:"借你吉言,但愿如此吧。"

鲁苏和好了馅,两人开始包饺子,即将四岁的鑫鑫在旁边看动画片,晨昱边包饺子边跟着看,倒是津津有味。

"明年开春,天暖和点儿了,我想送鑫鑫去上幼儿园。"鲁苏一边包饺子一边和晨昱聊起了家常。

晨昱点点头,说:"过了年鑫鑫快四周岁了吧,我一同事的孩子三周岁半就送过去了。"

"我也问了小区几个邻居,他们说三周岁太小,孩子可能不适应,也不能自理,四周岁就好得多了。他去上幼儿园,我就没事干了,想着找个工作,你干人事这行,懂得多,帮我留意着点儿。我都五六年没上班了,不知道还有没有单位要我。"

在申城这样的大城市,晨昱知道找份像样的工作有多难,何况鲁苏是大专毕业,又将近六年没上过班,她的就业前景不容乐观。

但是,职场四年,晨昱毕竟不是之前单纯的学生。晨昱想了想,笑道:"姐夫不是开公司吗,反正用谁都是用,肥水不流外人田,你就去姐夫公司帮忙呗。"

鲁苏手一抖,将一个即将包好的饺子掉到了地上,她伸手拎起来,一个漂亮的抛物线,丢到了垃圾桶,淡淡地说:"他不让我去他的公司。"

晨昱手一顿,愣了一下,不解地说:"为什么?"

"谁知道?"

一个丈夫不让想要妻子去自己开的公司工作,就连他平时的日程安排妻子都不知道,这绝对不正常。

晨昱不知道应该说些什么好,昧着良心撒谎宽慰别人的话,她也说不上来,于是就没有接话,低下头专心致志地包饺子。

鲁苏也不想和晨昱继续这个话题,于是问道:"你最近气色挺不错的,是不是有什么好事情发生?恋爱啦?"

晨昱点点头,羞涩地笑了:"这个姐姐都能看得出来,真厉害。"

"他是本地人吗?做什么的?"

"不是本地人,他在临海上班,至于做什么的,也在一家公司上班。"

鲁苏皱了皱眉,说道:"两地分居,这样可不好。"

晨昱"扑哧"一声笑了:"从来都没有居住在一起,何谈分居?我觉得这样也挺好,彼此都有时间和空间来做自己喜欢的事。"

鲁苏答非所问,不解道:"你们没有住一起,那他来看你住哪儿?"

晨昱笑了笑,淡淡地说:"住宾馆呗,或者看个通宵电影。我父母从小告诉我女孩子要自爱,我不接受婚前同居。有一句话我很喜欢,'做一个女人要做得像一幅画,不要做一件衣裳,被男人试完又试,却没有人买,待残了旧了,五折抛售还有困难。我情愿做一幅画,你看中了我,买下来,我不想再易主'。"

鲁苏闻言呆了,叹道:"说得真好呀,为什么我的家人在我小时候,不知道告诉我这些呢?"

晨昱想到鲁苏的经历,突然觉得也许这句话不该说,便转移了话题:"我们的事还早着呢,不着急,先处处再说。"

"或许,你可以考虑去临海,对了,临海的房价也不低,他有房吗?月薪多少?"

晨昱拍了拍手上的面粉,手指像弹钢琴一样舒展开来,淡淡地说:"不知道,没问过。过了年换了工作,工资涨了些,加上年终奖。我努力干,争取明年攒十几万元,这样的话,我就自己付首付,贷款买一套最小的两室一厅……"

"一个女孩子买什么房?"鲁苏疑惑地说。

"女孩子怎么了,女孩子就不用养父母,自己不用住房子吗?"晨昱反问道。

鲁苏没有说话。

吃完饭,又歇了一会儿,临走的时候,晨昱掏出一个红包给鑫鑫做压岁钱。鑫鑫接过红包,很高兴地谢过晨昱,兴奋地说:"我又有钱了,爸爸回来,我要送给爸爸。我有钱给他,他就可以回家啦。"

晨昱愕然地看着鑫鑫,她没想到一个小孩子居然会说出这番话。

鲁苏淡淡地解释说:"你姐夫生意不景气,公司和家里一分钱也没了,首都的那套房子已经卖了,家里的车也打算出售,只是对方将价格压得太低……"

这年头生意不好做,公司破产、员工失业,是家常便饭,晨昱早已习惯,但看到鲁苏的家也面临这种情况,心里有些为她难过。不过,想起自己经历的变故,晨昱觉得这些都不算什么。

明天和灾难说不定哪个先来,所以,每个人都要随时做好掌舵的准备。

鲁苏挽留晨昱在家里住一晚,晨昱推说还有稿子等着翻译,鲁苏只好将晨昱送到公交站。

在等公交的时候,鲁苏莫名其妙地问了一句:"你怎么看待离婚?"

晨昱不知道该说什么,正在犹豫,公交来了,晨昱快步上了公交,只留下鲁苏孤零零地立在站台,静静发呆。

第五十二章　新的生活

每天都是新的起点。努力请从今日始,不要想着明天再弥补。岁月的长河中,我们所做的每件事情,都如同随手撒下的种子,在时光的滋润下,那些种子慢慢地生根、发芽、抽枝、开花,最终结出属于自己的果实。——佚名大年三十的晚上,路上的行人很少,马路上空荡荡的,晨昱打车到医院的时候已经夜里十一点了,还好,在十二点前赶到了,晨昱还可以陪母亲守个岁。

晨昱请来照顾母亲的远方表姨也回家过年去了,这几天是医院的护士帮忙照看,看到晨昱过来,护士很是惊讶:"你来啦?刚才还有一位帅哥过来,陪着你妈说了好一会儿话,你来得不巧,他半小时之前刚走。"

不用问,晨昱也能猜到是李哲曦,除了他,恐怕再也不会有别人。两年没见李哲曦,晨昱心里着实有些挂念。可挂念归挂念,自己却不能再见他。为了他和李一诺,也为了自己对李致远的承诺。

晨昱望着依旧在沉睡的母亲,轻叹一声,握住了母亲的手:"妈,你都睡了两年半了,是不是也该醒来了呢?妈,我说实话,你别生气呀,刚开始的时候,我很庆幸你可以昏睡不醒,这样你就不用面对那些糟糕的现实,你脾气火暴还心高气傲,怎么能忍受得了呢。不过,妈妈,现在好多了,我不但可以照顾自己,还可以养活你们了。等明年再努力一年,我会在申城买一个小房子,将来,把你和爸接过去住……"

晨昱看着冯蕾脸上的皱纹,有些难过,从包里掏出化妆品,开始给母亲擦脸:"妈,你以前那么爱美,今天大过年的,我帮你打扮打扮吧。"

晨昱将冯蕾打扮好了,看着化妆品也无法掩盖冯蕾的衰老,晨昱的心里有些酸涩。很快她就转换了语气,调皮地说:"冯女士,告诉你一个好消息哦,我交男朋友了,过两天他就过来了,我先带他让老爸看看,然后让他来拜见你这个准岳母,我不知道你喜不喜欢他,反正我喜欢,所以,老妈你最好看在女儿的面子上,爱屋及乌不要为难他哦……"

冯蕾的右手小指微微一动,而晨昱只顾着和她说话,根本没有注意到。

晨昱在医院陪着冯蕾守岁，第二天一早，她就去见了主治医师，并从医生那里得到一个好消息，冯蕾的病情基本稳定，可以接回家里去调养。

接回家，是个好事。一来证明病情好转；二来也可以省去住院费，节约一笔钱。只不过要是这样的话，回去申城就应该租房子了，最好再从老家请个人过去，申城的人工成本太高了。

初三这天，陈逸斐从家里赶了过来，晨昱去机场接了他，并告诉他自己想要租房子的打算。

陈逸斐笑道："我们想到一块去了。不过，房子先不用租了，我找好了，你先看看，不满意咱们再换。"

晨昱不解地说："不租不行呀，如果就我一个人，跟同事挤、跟人合租怎么都行，但是我妈去了，就不行了，她需要有人照顾。我打算在郊区比较偏僻的地方，租一个两室一厅，我妈和阿姨一个屋，我晚上要翻译稿子，自己一间。市区太贵了，我当时真傻，听说那里工资高就去了，却没有想过房子的事，那地方的房价不比首都便宜呀。"

陈逸斐拿出手机，翻出几张照片递给晨昱："你看看这个房子怎么样，近一百四十平方米，三室两厅两卫。我看小区的环境也不错，绿化率和楼间距也超出国家规定不少，安保也不错，旁边有一个小公园，还有超市。平时，可以让保姆推着阿姨去晒晒太阳、逛逛公园、买个菜啥的，都比较方便，而且距离你上班的地方不到十站地，上班也方便。"

晨昱看着照片一脸艳羡的表情，随后可惜地说："环境是挺不错的，还有亭台楼阁……这个小区我听说过，富人区，可惜我租不起。"

陈逸斐伸手搂住晨昱肩膀，笑道："不用租，这是公司分给我住的。只有使用权，没有所有权。不过，这应该不影响我的公主搬进去居住吧？"

晨昱骤然停下，在拥挤的出口，后面的人险些撞到她身上，她也顾不得道歉，追问道："你们公司给你在千里之外的申城配一套房子？你是老板吗？还是老板的儿子？"

陈逸斐扯了扯晨昱，拉着她往前走："亲爱的，你挡住路了。我不是老板，也不是老板的儿子。但是……我调到申城的分公司了。"

陈逸斐看晨昱呆立在当场，像是傻了一样，陈逸斐小心翼翼地轻声询问："怎么？昱儿，你不喜欢我过来呀，我是想好好照顾你们……"

突然，晨昱双臂抱住了陈逸斐的脖子，整个人蹿到他身上，大声地笑着嚷嚷："喜欢，喜欢，我太喜欢了！"

晨昱的举动引来过路人的围观，陈逸斐有些脸红，拽着她迅速逃开。

次日，两人去看守所看了晨凌云。晨凌云看到陈逸斐很是满意，脸上笑容温暖，不一会儿，晨凌云便让晨昱先出去，说是有话要跟陈逸斐说。

晨昱在外面等了二十分钟，感觉像是过了一个世纪。

晨昱的心里一直在打鼓，她在想万一晨凌云不喜欢陈师兄怎么办？他不同意他俩在一起怎么办？

晨昱心想，即便晨凌云不同意，自己也不能放弃，一定要多做工作，务必让家人点头。反正如论如何，自己这辈子都要和陈逸斐在一起。

晨昱正想着，陈逸斐出来了，笑道："叔叔让你进去。"

晨昱走了进来，还不等晨凌云说话，晨昱便迫不及待地问："老爸，你觉得他……怎么样呀？"

中间隔着玻璃，晨凌云望着晨昱，慈爱地笑着："孩子，你觉得呢，你现在不是小时候了，你再过半年就要二十六岁了，你妈妈二十六岁的时候，你都会爬了。你长大了，自己的一辈子应该想清楚……"

晨昱急忙点点头，说："我想好了，就是他。一辈子，不后悔。"

晨凌云将手放在中间的平台上，带着颤抖的声音说："孩子，爸爸相信你的眼光，我的女儿是世界上最优秀的女孩，值得拥有世界上最好的一切，包括男友和老公。既然做了决定，那老爸就支持你。记住，夫妻也罢，情侣也好，没有不磕磕绊绊的，凡事多沟通、多包容，即便遇到什么困难，两人有商有量，一起克服……"

晨昱知道晨凌云说这话就是同意了她和陈逸斐，晨昱高兴坏了，她大声地说："我知道了，爸爸最好了！"

两日后，晨昱和陈逸斐两个人带上了冯蕾，还有平日里照顾冯蕾的远方亲戚离开故乡，前往申城。

第一次来到"新家"，晨昱高兴万分，新房位于高档小区，花园洋房、十层的楼高、配有电梯、南北通透。新房位于八楼，采光好，视野也好。

阳面有两间卧室，阴面一间，陈逸斐先将冯蕾和保姆安排到阳面主卧，屋里已经摆好了两张一米四的床，床单被褥是深紫色的，是适合中年女士的雅致颜色。

陈逸斐笑着对晨昱说："两位阿姨就住这间主卧，房间大，带有单独的卫生间，洗漱什么的都方便。"

接着，陈逸斐拉着晨昱来到紧挨着主卧的另一个阳面卧室，说："昱儿，这是你的房间，你看看还喜欢吗？"

晨昱走进了房间，里面有一张一米五的公主床，外面还有幔帐，全是晨昱喜欢的浅粉色，床上还有一只大熊，靠近阳台摆放着书桌，书桌上放着台灯和一只古色古香的花瓶，里面放着几朵玫瑰和百合。此外，还有一个小小的带有笔筒的桌摆，里边的照片居然是晨昱五年前和父母的合影。

晨昱轻抚着照片，眼泪纷纷而落，陈逸斐轻轻从背后环抱住她，没有说话。

"你是怎么弄到这张照片的？"晨昱问。

"说到这个,我还得跟你道歉。我看你手机屏幕上的照片就是这张,想着你喜欢,就转发到我手机上,偷偷洗出来的,效果不太好,只能这么将就一下了……"

晨昱转过身来,面对着陈逸斐,将头埋在他胸前,感动地说:"师兄,我不知道说什么好,有时候,我自己都觉得不配你对我这么好……好多次,我梦到你离开,都会难过地哭醒……我总是在偷偷感谢上苍,感谢它把你送到我身旁,我很害怕有一天……"

陈逸斐轻轻抚摸晨昱的头发:"傻丫头,你这几年坎坷遇到多了,吓成这样了。别怕,你的噩梦都过去了,以后的日子只会越来越好,而我,也会永远守在你身边。"

陈逸斐越是安慰,晨昱的眼泪越多,她哭道:"谢谢你能喜欢我,谢谢你愿意来到我身边……我一无所有,一贫如洗,被这个世界所遗弃,却意外地中了彩票,拥有了世间最好的你。"

陈逸斐听到晨昱的话心里有些泛酸,他将晨昱紧紧搂在怀里,低下头,将头埋在晨昱脖项间:"对不起,让你独自在这个陌生的城市打拼了两年,我该早些过来陪你的,可公司有很多事要处理,另外,还要说服家里……还有,我想让你试着独立和坚强,让你受罪了,你可怪我……狠心?"

晨昱费劲儿地摇摇头,陈逸斐抱得她太紧,几乎动弹不得,无奈之下,晨昱将眼泪鼻涕都蹭到他的外套上。看到陈逸斐的外套湿了一片,晨昱"扑哧"一声,笑了笑说:"不怪你,你需要做家里的工作,我知道以我现在的条件,说服他们不容易吧。没准,他们现在也还没有同意,是你自己跑过来的吧?"

陈逸斐笑道:"百分之八十了吧。别担心,会越来越好的,相信我。"

晨昱用力地点点头。

"傻丫头,答应我一件事,以后不许再妄自菲薄,什么叫'你这样的条件',你是世上最可爱、最善良、最漂亮、最纯洁的女孩!"

晨昱皱了皱眉,假装生气地说:"你好像忘记说一个词了——最聪明。"

"'最'字暂且不提,关键是,你真的觉得自己聪明吗?"陈逸斐哈哈大笑。

第五十三章　真爱迷茫

> 我曾见过一千张脸,我去过一千个地方,但没有你在我身边就没有任何意义。——佚名

天可补,海可填,南山可移。日月既往,不可复追。

人们总爱说时光飞逝,可有人质疑,说时光仍在,飞逝变换的是我们。此论调虽怪异,却有一定道理。

又是一千多个日出日落,距离晨昱不声不响地悄悄离开,已经快五年了。在这期间李哲曦无时无刻不在寻找着那个熟悉的身影。

直到今天,李哲曦仍然有些不敢相信,平日里娇气任性、意气用事的小丫头居然会干出不告而别的事。更可恨的是,自己五年都找不到。

起初,李哲曦认为晨昱不过是小孩子脾气犯了,想要换一个环境,清静清静,就像她刚毕业的一年,为了所谓的"疗伤",跑到山沟里去教学,还不是待了一年就待不下去,打道回府了。

可让李哲曦没想到的是，晨昱这丫头居然一走五年，不见踪迹。

李哲曦去过房素梅的山里，不但晨昱没找到，房素梅也是了无踪影；他去找过郭秀彦，他知道郭秀彦在晨昱心里的位置，可没想到郭秀彦也在找晨昱。

后来，李哲曦灵机一动，跑到白惜墨那里，非但没有得到晨昱的消息，反而被白惜墨这家伙从他这里打听了一些情况。

晨凌云的事影响很大，白惜墨也有耳闻，他同情晨昱的遭遇，想找晨昱，却也不了了之。

更让李哲曦百思不得其解的是，晨昱居然还神不知鬼不觉地将冯蕾接走了，医院的医护人员说与她一起的还有一个年轻男子，长得很是帅气。听到"帅气"两个字，李哲曦就有种莫名的愤怒。

晨昱身边总是不乏一些帅气又令人生厌的男孩子，以前的白惜墨，后来的韩子夜。

李哲曦突然想到了韩子夜，却没有他的联系方式，只好去单位门口围追堵截，好不容易见到之后，韩子夜却礼貌而客气地告诉李哲曦，他不知道晨昱的去向，他和李一诺也在找晨昱，还拜托李哲曦有了消息告诉他们。

从韩子夜淡漠的口气中听到李一诺的名字，李哲曦多少有些诧异。

最近这段时间，李哲曦没怎么跟李一诺聊过。

在晨昱消失不见的这段时间里，李哲曦愈发觉出晨昱的好，以及自己内心深处对她的不舍和眷恋。

李哲曦先是辞去分公司的职务，天天守在常山，等晨昱回来。在有关部门拍卖晨昱住过的别墅时，李哲曦托了熟人花重金买下，心里想着等以后晨昱回来，还可以住回原来的别墅，心里一定很高兴。没想到，他做的这件事让父亲李致远勃然大怒，当场甩了他一记耳光。

李哲曦被打蒙了，用手捂着肿起来的右脸颊，嘟囔道："昱儿的房子，肯定不能被别的人买走了呀。我帮她将房子留了下来，等她回来，一定很高兴。"

李致远被李哲曦气得浑身直哆嗦，咆哮道："我说过多少遍了，不要再和晨昱纠缠不清了，你这样高调行事，是要让所有人都知道你喜欢晨昱那丫头？你这么折腾，对得起我和你妈吗？对得起晨昱吗？她为了你远走他乡，还不是希望……"

李哲曦听到这话，心里顿时一阵不安，他上去拽住李致远的袖子："爸，你刚才说什么，昱儿是为了我走的？你怎么知道？是不是你……"

见隐瞒不住，李致远倒也爽快地承认："没错，当日她在医院听到了我们的谈话，主动约了我，说要离开，并让我帮她暂时照顾她妈妈，我答应了，她就离开了。她不喜欢你，你们也不适合，她离开也未尝不是一件好事。"

李哲曦像傻了一样，愣在原地，半晌才缓过劲儿来，伸手指着李致远的鼻子，生气地说："是你逼走了她，她可是你兄弟的独生女儿，你是看着她长大的！当年我喜欢唐冰的时候，你们在旁拼命地说昱儿好。现在晨叔叔出事了，你又反过来不让我和昱儿交往。"

"我那是为了你好，你懂吗？再说，这几年我一直都在照顾昱儿和你冯阿姨，公司的股份我也还保留着，我对他们家也算是仁至义尽了。"

李哲曦扔下一句"不可理喻"，就拂袖而去，此后半年都没有回过家。

本来，李哲曦对李一诺感觉很不错，毕竟李一诺长得如此漂亮，何况他们还有青梅竹马的情分在。要不是李致远的催促惹得他心里不快，也许他真的会和李一诺在一起。可就是因为李致远的唠叨和干涉，让李哲曦不厌其烦，顺便就连李一诺也怨上了，从这一点来讲，李一诺真的是倒霉，受了无妄之灾。

从那之后，李哲曦便开始有意无意地避着李一诺。在一次高中同学聚会上，想着要打探晨昱的消息，李哲曦去了，没想到却发生了意外的插曲。

李哲曦的高中同学刘岚特意跟旁边同学调换了座位，挨着李哲曦，笑着打趣他："真不知道李总你真心爱的到底是谁。"

李哲曦想起晨昱就心痛窒息，却忍痛笑着说："反正不是你。"

刘岚毫不在意，笑道："学霸唐冰结婚又离异，女神晨昱家庭变故后不知去向，这么看来，被你李总喜欢上的，也未必是什么好事。"

本来是一句玩笑话，不料却戳中了李哲曦的痛处。他灌下一杯酒，傻傻苦笑。在喝第三杯的时候被刘岚拉住了："你喝不少了，小心醉了回不了家。"

李哲曦嘿嘿一笑："美女，你这是在关心我吗?"

刘岚迎着李哲曦的目光，嫣然一笑："你说呢?"

李哲曦有些醉眼惺忪，却还有几分理智，笑道："可惜啦，我对你没有感觉，实在是抱歉。"

刘岚也不生气，淡淡一笑，说："不试过，怎么知道?"

李哲曦哑然："这还能试?"

"当然，李总公司招新人，还有个试用期呢，试用期过了，合格就转正，不合格，就离开，双向选择，就连劳动法也不能说什么呀。"

高中时，刘岚很不出色，既不聪明，也不漂亮，对于眼睛长在头顶上的李哲曦来说，根本就没有正眼看过她，没想到她的这一句话说得还蛮有水平，使李哲曦不禁对她刮目相看，大有膜拜之感。

于是，李哲曦和刘岚交往了。

但好景不长，不到三个月，李哲曦便提出了分手。

刘岚倒也颇有风骨，虽然万分不舍，却也没有多做纠缠，二人好聚好散。

李哲曦虽然平时看起来花心，但其实他对于感情很是谨慎，从小到大他真心喜欢过的其实也就唐冰和晨昱两个人，李一诺勉强能算得上暧昧一些，但可惜的是，这三人都没有和他有更深层次的交流。所以刘岚算得上是李哲曦唯一一个正牌女友，虽然已经分手，李哲曦却体会到了恋爱的快感。从此之后，李哲曦身边莺歌燕舞，很是热闹，却唯独没有李一诺。

李哲曦不傻也不瞎，正所谓"不识子都之美者，无目者也，不识彼珠之美者，非人者也"。只要不是瞎子，谁能否认李一诺的惊世绝艳呢？但李一诺对于他来说毕竟特殊，他不想伤害李一诺。

胡闹归胡闹，李哲曦却没有放弃对晨昱的寻找。然而，既然晨昱有心躲他，世界之大，寻人如同大海捞针，几年下来丝毫没有头绪。

有时候，李哲曦自己也很迷茫。思索自己过去的整整三十年，爱过两个女孩子，唐冰和晨昱，要说爱，这两个他都是深爱，只不过在时间上有先后。

高中和大四之前，李哲曦是真心喜爱唐冰的，她的聪明、她的坚韧、她的努力、她的隐忍，都在深深地吸引着他。在这份长达六七年的暗恋和求而不得中，也许是耐心被消磨，也许是突然长大了，换了审美观，后来他从心里放下了唐冰，爱上了晨昱。

也许，真如唐冰所言，李哲曦自始至终深爱的都只有晨昱一人，之前是他不了解自己的内心，这份爱埋藏得太深，以至于他自己都不曾察觉。

夜深人静独处的时候，李哲曦端着红酒扪心自问，自己真的爱晨昱吗？不是当妹妹而是当女人，答案到现在都有些模棱两可。

李哲曦在乎晨昱，也可以为了保护晨昱而奋不顾身，但是，如果说晨昱真的成了他的女朋友，他还是觉得有些别扭，至于哪里别扭，他也说不上来。

李哲曦心里不禁在想，他这是怎么了？难道是人格分裂？还是心理问题？也许该去约个心理医生谈谈了。

第五十四章　以退为进

> 世间有些东西，你若是去求，你就永远无法得到，但你若不去求，反而拒绝——至少装出拒绝的样子，那么你要求不到的东西，就可能送到你手里。——古龙

李哲曦是一个说干就干的急性子，既然决定要去看心理医生，他就打听了一下，决定要去首都好好看一看，常山的医疗水平毕竟没有办法跟首都相比。

想到这里，李哲曦想起李一诺好像认识一个不错的心理医生，可以让她给引荐一下。

李哲曦打通李一诺的电话，问了心理医生的事，李一诺懒洋洋地将这活儿接了过去，没有问是谁要看病，也没有问病情，这一点李哲曦很欣赏李一诺的举动。

每个人都有自己的隐私和秘密，但是只要这隐私和秘密不会伤害其他人，就值得尊重。

说了感谢的话，李哲曦突然想起来有段时间没有见过李一诺了，便问："有时间吗？一起吃个饭。"

电话那头的李一诺沉默了一会儿，才缓缓开口："好的。"

李哲曦赶到约定好的餐厅的时候，李一诺已经在包间里了，只见她拿着随身携带的笔记本，正在熟练地敲打着。

"大作家，这么忙，出来吃个饭，还不肯停下手里的活儿。"李哲曦打趣道。

李一诺身穿最新款的长裙，黑白相配，优雅大方，微微露着优美的锁骨和一小段雪白的香肩，上身效果比发布会的模特还漂亮，李哲曦在心里为她叫好点赞。

李一诺已经事先点好了一壶茶，透明色的茶杯里闪烁着葡萄酒一样的色泽，李一诺端起茶杯轻轻抿了一口，淡淡地说："有部作品可能要被改编成影视剧，需要稍微做一下调整。时间有些赶，不好意思呀。"

"这是第三部了吧，真不错。我做梦也没想到身边还会出一个大作家，真可惜，因为你的身份，不能为你公开庆贺，伯父他知道你的这些成就吗？"

李一诺冷哼一声："让他知道做什么。"

李哲曦叫了服务员点了菜，关于李一诺家的事，他也有耳闻，却不愿意有过多牵扯。

"你怎么不说话？"李一诺放下茶杯，斜睨了一下李哲曦。

"女王殿下，请用餐。"

李一诺将稿子保存好，合上笔记本，吃了一筷子水果沙拉，冷哼道："晨昱的人没有追到，她的贫嘴倒是学了个八九不离十。"

"人都不知道跑到哪里去了，还怎么追？"李哲曦叹道，"这事可能跟我家老头子有关，他有可能知道昱儿的下落，可是……他铁了心觉得我们不适合……"

李一诺悠悠地道："这就是李大公子您频繁换女友的原因吗，换女友比换衣服还快。"

李哲曦一口气顺不上来，咳嗽起来。

李一诺抬起头幽幽地望着李哲曦，李哲曦被她看得心里发毛，不满地解释道："这叫什么话呀，谁这么污蔑我？我每天都换新衣服，可是换女友基本上都是三个月到五个月，我要是按照换女友的频率换衣服，还不得馊了呀！"

李一诺被李哲曦逗笑了，轻叹一声："难怪晨昱不选择你，看来她是对的。"

"你什么意思？我在你们眼里就那么不堪吗！"李哲曦压着心里的怒火，表面上笑嘻嘻地反问道。

"你还记得她说的那句'愿得一人心，白首不相离'吗，你挺不错的，但是却不是'一心人'。"

"那是因为值得一心的人没在身边，如果她回来了，我就把后宫解散了。"

李一诺浅浅一笑："关于男人花心，我听到的最好的解释就是，美女如名花，自然要广泛收集，你可曾看到花农家里只养一种花的，只养一盆花的人绝非爱花之人。"

李哲曦哈哈大笑，赞道："这句话说得好，作家就是作家，随意一句话都这么经典。以后有人再问我，我就用这句回答。"

"这不是我说的，是一个名家前辈……"

李一诺话还没说完，就被电话铃声打断。李哲曦拿出手机，冲着李一诺抱歉一笑，接了电话，"嗯哈"了几句，挂断电话，说："你刚才说什么？"

"前女友？"李一诺反问道。

李哲曦皱眉："你非要分得那么清楚干什么，也算是吧。说什么同学聚会，主要是我们高中的班主任要结婚了。这种聚会很没意思的，不去也罢。"

李一诺笑了："这种聚会是没什么意思。不过，熟人多，也许能打探一些消息呢。"

李哲曦双手一拍，激动地说："有道理，就听你的。只可惜，参加婚礼连个伴儿也没有，有些没意思。"

李一诺饶有兴味地问了一句："哪一天？"

"好像是三天后。"

"那天我没什么事，你要是不嫌弃，我陪你去。"李一诺自告奋勇地说。

李哲曦愣了愣神，随即笑道："能请到大美女助阵，在下万分荣幸。"

李哲曦不去主动招惹李一诺是一码事，但是美女主动提出要求，拒绝就显得不礼貌了。

三天后，李哲曦打扮整齐去接了李一诺，李一诺一袭浅紫色长裙，外面搭着乳白色风衣，愈发显得高挑动人。

李哲曦为李一诺打开车门，笑道："其实像你这样的美女不适合出现在婚礼上，你一出现，岂不是要把天下所有的新娘子甩出八百条街去？"

"漂亮有什么用，自古红颜多薄命，也没什么好的。"

看来李一诺今天的心情似乎不是太好，李哲曦作为情场老手一向悉知不能招惹厉害的女人，尤其是心情不好的厉害女人。于是乎，他讪讪地笑了，没有作答。

来到指定的酒店，李一诺皱眉道："婚礼是一辈子的大事，怎么选择这么一个又小又破的酒店？"

　　李哲曦笑了笑："不是所有人都有幸像女王殿下您这样在娘胎里就含着金汤匙，一出生就站在山巅上俯视众生。我们班主任是农村考出来的穷孩子，因为长相不太好，一直在爱情上不太顺，这不，三十五六岁了才结婚，也是不容易呀。"

　　李一诺不以为意地说："你今年不也三十岁了吗，不也没结婚吗？结婚晚就是不容易呀。"

　　李哲曦举起来双手，赔笑着说："好好好，我说不过你，我是自己作的，自作自受可以了吧。"

　　李哲曦和李一诺两个人携手进入酒店，迎宾为他们领路，还没进大厅，就被一群熟识的老同学围住了。

　　"看看这是谁大驾光临了呀？这不是学生时代拿奖拿到手软的学霸，现在的成功人士，李总吗。"

　　"这位美得让人喘不过气来的美人是谁呀？这几年的电影节红毯上好像没有见过呀。"

　　"真美呀，比明星还漂亮……"

　　李一诺平日里最烦别人拿她跟明星比，此时脸色有些不善，刚想要开口说话，李哲曦帮拉住她，使了个眼色，并对众人介绍她的身份，众人倒吸了一口凉气，惊讶得说不出话来。

　　一群人站在酒店门口，相互寒暄，似乎关系有多好一样。

　　这时，有一个人突然走了出来，兴奋地说："同学们都来了，老师今天真是太高兴了，都在门口干什么，赶紧进来啊！"

　　李一诺看向声音方向，只见一个矮胖男人不知什么时候来到大家中间。

　　高大伟今天结婚，如果不是西装上别着一朵红花，上面写着"新郎"

二字的话，任何人都很难将他与"结婚"和"新郎"这类词汇联系在一起。

几个同学立刻笑道："高老师说的是，同学们，咱们去里面，不能挡着路呀。"

李一诺转过头看了高大伟一眼，心里想笑，这人充其量也就一米六，有没有一米六五都很难说，居然还好意思叫高大伟，既不高大，也不伟岸。

这时，宾客该来的都来了，座位差不多也坐满了，司仪入场，做了个千篇一律的介绍，新郎新娘互戴戒指……

不到半小时，司仪退场，新郎新娘开始挨桌给来宾敬酒致谢，大家开始吃饭。

邻桌的刘岚有意无意地提起了晨昱，大伙儿都说不知道她的下落，有人开始一阵唏嘘。

李一诺和李哲曦竖着耳朵听着，见仍没有消息，李哲曦脸上露出失望的表情，继而又释然一笑，低声说了一句："这几年，我这么用心地找都没有找到，何况别人呢？"他的这番话像是在解释给李一诺听，又像是在自言自语，图个心安。

李一诺伸手轻轻拍了拍李哲曦的手，微微一笑，以示理解和安慰。

此时，有个男的可能多喝了几杯酒，开始胡说八道起来："几年都找不到，说不定那丫头也坐牢了。就算没坐牢，就以她家现在的情况，估计也好不到哪儿去，一想到她高中那副盛气凌人的模样，我……"

男人话还没有说完，就觉得一阵眩晕，发现自己已经倒在桌子底下了。正要起来弄清楚发生了什么，却见李哲曦将西装外套一扔，蹲下身来，挥起拳头，照着他脸上就是一阵狠揍。

等大家反应过来，纷纷去拉架。此时，那个桌子底下的男子已经被打得鼻青脸肿了。

大家好不容易把愤怒的李哲曦拉住，李一诺也被吓得不轻，她拉着李哲曦的手都有些抖："李哲曦，你不要闹了，这可是你班主任的婚礼现场。"

李哲曦看着李一诺慌张的表情，心里有些懊悔，他没想到自己只是听到别人说一句晨昱的流言，便气愤成这样。

李一诺看见李哲曦为了晨昱冲动的模样，心里有些不好受。

李一诺将李哲曦拉出婚礼现场，然后头也不回地上了车，独自开车离去。

第五十五章 爱一个人

年轻的时候会想要谈很多次恋爱，但是随着年龄的增长，终于领悟到爱一个人，就算用一辈子的时间，还是会嫌不够。——佚名

李哲曦觉得最近几年的状态有些糟糕，用一句当下时髦却有些矫情的话来说，他觉得自己迷失了。

在见心理医生的前一天，李哲曦就来到了首都，订好酒店，整理好自己的情绪，可见他对这次谈话的重视。

对于心理医生这个行业，虽然说目前很多人从骨子里有些排斥，仿佛一说去见心理医生就会引来旁人异样的眼光，但终究是比前些年好多了。

李哲曦是受过高等教育的人，自然觉得没什么。

次日，李哲曦提前二十分钟到了诊所，等了片刻后见到了李一诺给他推荐的心理学专家。一位气质儒雅、风度翩翩的三四十岁的中年男子，据说是心理学博士，国家一级心理咨询师，有过上万小时的心理咨询史。

了解心理咨询是一回事，而去做心理咨询是另一回事，尤其是把自己内心的尴尬和秘密都要掏出来给一个陌生人来观摩评析，那种感觉就像被扒光衣服赤裸地站于人前一般。李哲曦虽然做好了心理准备，但还是有些小为难。

还好遇上的是专业人士，咨询师就像老友重逢唠家常一样，循序渐进、逐步深入。在得知了李哲曦的困惑后，咨询师居然笑了："这有什么，人的一生要六七十年，长寿一点儿的甚至要近百年，遇到的人更是成百上千，没有人能够保证自己这辈子只爱一个人的，所谓三心二意虽然不是什么好词，但却是每个人的常态。但是有些人虽然喜欢，却不是可以陪你一辈子的人，所以该放手的时候也要学会洒脱一点，这样不仅可以让自己得到解脱，还可以减轻别人的痛苦，你明白吗？"

李哲曦听到此话，心里深以为然，想到自己一直以来在感情上的优柔寡断和三心二意得到认可和肯定，一下子轻松多了。

"金庸大师的名作，看吗？"咨询师接着问道。

李哲曦点点头："每一部都是经典，看过很多遍。"

"哥们儿，如果你可以选择，你愿意当杨过，还是韦小宝呢？"

李哲曦听到这个问题，笑了笑："这个问题我们高中时就在宿舍讨论过，宿舍六个人，没有一个选杨过。"

咨询师会心一笑，说："英雄所见略同，只可惜咱们这些英雄生错了年代，否则也可以……"

就在这时,李哲曦的电话响了,是唐冰打来的,李哲曦虽然已不再喜欢她,但毕竟是自己人生中第一个真心爱过的女孩,在心里的位置还是与众不同,他不好挂断,对着咨询师抱歉一笑:"不好意思,接个电话……"

没听几句,李哲曦如被电击一样,猛然一跳,大声问道:"你说什么?是哪家公司的发布会?你可看准了,真的是昱儿?"

李哲曦挂了电话,他仍呆立在原地,像个木头人一样。

咨询师过来拍了拍李哲曦的肩膀,说道:"兄弟,看来你的问题已经解决了,男人花心很正常,但总有一个人让你战胜花心。韦小宝虽然有七个老婆,可是双儿却只有一个。"

这个比喻很贴切,双儿是韦小宝最知心的老婆,也是最早跟随他的,唯一一个韦小宝愿意用《四十二章经》来换取的,这跟李哲曦与晨昱一起长大,关键时刻可以为保护对方不惜一切的关系是很相似的。

李哲曦对着咨询师抱拳,感激地笑了笑,告辞离去。

咨询师看着窗外李哲曦飞奔而过的身影微微叹息,拿起电话拨打了李一诺的号码:"妹子,我觉得你是该放弃了,他也许并不适合你。"

电话那端的李一诺愣了片刻,笑了:"他最爱的那个女孩已经结婚了,表哥你说,该放弃的人到底是谁呢?"

"你都知道,那你不告诉他?"

李一诺不以为然地哼了一声:"亏得你还是心理医生呢,让他自己找,在寻找的过程中淡忘放弃岂不是更好,我说多了反倒不好玩……"

"好好好,人说三岁一代沟,我跟你都差了三代啦,无法沟通。不过他人还不错,你眼光很好。"

李哲曦像是疯了一样直奔机场,还好他身在首都,大都市有这点儿好处,去哪里都方便,于是他买了最快去申城的机票,一路上还在翻着唐冰给他发的图片发呆。

那是一家知名外企的新品发布会现场，照片上是一个身穿职业装、优雅而干练地做着产品介绍的新闻发言人，此人正是李哲曦这些年来日思夜想的晨昱，即便是一个侧影，他也能准确地将她认出来。

李哲曦心想，自己寻找了多年，山野乡村、穷乡僻壤都找过了，可万万没想到，晨昱会在与首都齐名的申城，申城消费高、生活成本大，而且按照之前晨昱一逃避就往深山老林去当鸵鸟的性格，怎么也不会在这里呀。像晨昱这种任性、固执、认死理的人，是不会轻易改变自己的性格的，"小隐于野，大隐于市"她是想不到的，即便想得到，恐怕也做不到。是她这些年变了，还是，背后有高人指点。

平日一上飞机就昏昏欲睡的李哲曦，今天却无论如何都睡不着，脑海中不由自主地想着跟晨昱有关的记忆和过往，再后来就是考虑见到晨昱该如何表达自己的想法，劝她跟自己回家。

不料计划赶不上变化，当李哲曦来到举行发布会的酒店时，已经是下午了，发布会早已经结束。李哲曦恼火地在自己头上打了一巴掌，埋怨地说："猪脑袋呀，人家一个发布会难不成还要从早上开到晚上！"

李哲曦忙又赶到举行发布会的那家公司，已经傍晚六点四十分了，公司里大部分人已经下班了，大厦里只剩下一些人在加班。李哲曦守在外边，有人出来便打听晨昱，大城市里的人都有很好的保密防范意识，人家好奇地瞪了他一眼说无可奉告。

李哲曦像个门卫一样在外面蹲了一小时，也没问出个所以然来，不禁很是恼火，最后他从一个胖胖的女孩子嘴里问出晨昱的确在这儿上班，但是住址和电话属于私人信息，公司有规定不得向外人透露员工信息，何况对方还是高管。

"高管？"李哲曦一听愣了，印象里那个娇气任性、一无所长的小女孩怎么也跟"外企高管"联系不到一块来。

七年前晨昱刚毕业那会儿，她的那句"我能做什么呀，我什么都不会……"还飘荡在李哲曦耳边，仿佛就是昨天发生的事。

第二天一大早，李哲曦比自己上班还积极，跑到晨昱公司楼下去蹲点，蹲了半天没看见人影，跑到前台询问，前台的美女说："晨经理今天休假，没有上班。"

李哲曦问晨昱的联系方式，前台美女以公司制度为由没有告诉他。

李哲曦能够理解前台美女的做法，自己的公司也有这一项规定，试想，如果任何一个人跑到前台美女那里都能要到他的手机号码，那还怎么得了？理解归理解，他却很是郁闷。

后来，李哲曦到自己家在本市的分公司转了一圈，命令这里的人事总监无论如何也要搞到晨昱的联系方式。

人事经理一看是少东家亲临，并指派任务，自然是将手头工作搁到一边，全力调查晨昱，都是一个圈子的人，不到一天的工夫，人事经理便将带有晨昱照片的简历交到了李哲曦手上。

人事经理用带有建议性的语气，委婉地说："昨天的发布会我也看了，晨经理是很优秀，可是她最近在原公司很受器重，一年半之前出任人事经理，目前还兼职翻译和发言人。按目前的发展情况，她最近应该还会升职。所以我们要挖她的话难度是有的，建议可以委托给知名的猎头公司先去接触一下，打探一下对方的初步意见。"

李哲曦瞪了人事经理一眼，做了个嘘声的手势，拿起手机拨打简历上的电话，还没等接通，像是想起了什么，慌忙挂断，拿起办公室的座机，拨打电话，岂料居然是无法接通。

"简历中的电话号码没问题吗?为什么打不通?"李哲曦转头问人事经理。

"应该没有问题……也许在电梯,或者……李总,我觉得挖人这件事,还是交给我们部门和猎头来处理比较好……刚一开始,就是您直接联系不太符合流程和……"

李哲曦皱眉道:"谁说我要挖她了?"看到人事经理紧绷的脸,他不由得笑了,"放心,我联系她不是为了公事,你不用紧张,纯属私人关系。"

人事经理闻言,果然放松了下来,只要不是替换自己,别的都没有关系,于是笑道:"原来是李总的朋友呀,去年在一家培训机构的酒会上见过这位晨经理,是个气质出众的大美女呢。"

李哲曦淡淡一笑,说道:"要不然能在我准备婚礼要娶她的时候逃走吗。"

人事经理立马张口结舌,说不出话来了。

过了一小时,晨昱的电话一直打不通,李哲曦的脸色越来越难看,旁边的人察言观色,看到老板心情不好,都退了出去。只有那位找到晨昱联系方式的人事经理还留在身边,笑道:"李总,别着急。即便是电话打不通,还可以去她的公司呀,这么多年都等过来了,还在乎多等这一时半刻?"

李哲曦刚要开口,桌子上的座机却响了,显示是晨昱的号码。

李哲曦感觉心都到嗓子眼儿了,生怕一开口说话,就会蹦出来,就连去接电话的手也跟着颤抖起来,好不容易接起了电话,李哲曦听筒里传来清脆悦耳的声音:"您好,请问您是哪位?不好意思,刚才不方便接电话,还望见谅。"

清冷娇媚的音色,久违的熟悉感,冲击着李哲曦的耳膜,他居然有些说不出话来了。

"喂？听得到吗？难道是信号不好？"

怕晨昱挂断，李哲曦忍着鼻尖浓重的酸意，终于开口："昱儿，你……你死哪儿去了？不知道我满世界在找你吗？"

电话那端居然沉默了，李哲曦可以想象到晨昱像是被马蜂蜇到的样子，他有些生气地说："说话！别跟哥装傻卖呆，哑巴了？"

"我都被你发现了，还怎么装傻卖呆呀，哲曦，你先消消气。难道你打电话找我就是为了骂我？"电话那边的晨昱轻柔的声音里带着感动和笑意。

"我马上到你公司楼下，你现在在哪里？给我滚过来！"

电话那边明显传来了倒抽气的动作，随即无奈地笑道："滚过去有点儿困难，我又不会飞，我在看我爸，打算帮他申请几天假释。"

这句话犹如从天而降的一大盆冷水，将李哲曦满腔的激动和热情瞬间浇灭。

李哲曦一时之间有些喘不上来气，想到自己和晨昱的阴差阳错，他的心里忍不住在想难道我们这就是有缘无分吗？自己多年苦苦寻找不得，好不容易得到消息，晨昱却跑回了常山。

李哲曦心里有些怄火，嘴上却问道："你什么时候回来？我在这里等你。"

"我还得过两三天，昨天去看了柳璇，一会儿晚上去唐冰家住，明天再去看看李一诺，还有老大，她那里远，我留出了两天的时间，然后就回来了……你在哪里待着呢，着不着急？"

李哲曦听得心烦意乱，着急地说："怎么这么多事，我来找你，偏巧你就回去了。这样，我赶回去，你等我，还有，你每次回去都要见他们几个吗？就从来没有想过去看看我吗？"

晨昱听着李哲曦幽冷阴森的语气,知道他是真的生气了,忙赔笑道:"以前我没有联系过他们,这次是第一次,当然我之前跟你打过电话,没能打通。"

"死丫头,你等着我,我买最早的飞机回去,等我!"

放下电话,晨昱吁了一口气,自己逃了这几年,是该面对的时候了。

第五十六章　各有因缘

  Love you, think of you, love you secretly, love you eagerly, wait, feel disappointed, try hard, lose, and feel sad, go apart, and recall. All of these are for sake of you. And I will never regret for it. ——《从你的全世界路过》

昨天,晨昱去见了柳璇。

放学后,身为班主任的柳璇将班里六十九个孩子送到校门口,并看着他们一个个被家长接走后,这才伸伸懒腰,自己也打算回家,这时,身后一个清冷的声音带着笑意传来。

"柳老师,这么着急走,你是不想见我了吗?"

好熟悉的声音,柳璇回过身,只见一个娇俏的身影亭亭玉立地站在身后,虽然那个人戴了帽子和墨镜,但柳璇还是在第一时间将她认了出来,也不知道是谁先迈开步子,瞬间两人紧紧拥抱在一起。

柳璇用仅有的那只手拍着晨昱的后背,激动道:"昱儿,你这几年死哪儿去了？还知道回来看看我呀！"

晨昱笑了，忙赔笑说："我这不是回来了嘛。璇璇，你比之前胖了，看来小日子过得不错呀。"

柳璇像是怕晨昱再次失踪似的，将她的手握得紧紧地。晨昱感受到柳璇手上的力量，心里微微感动。

柳璇将晨昱领到学校旁边的一间五六十平方米的小餐馆，面积不大，却干净整洁，装修布置得也很精致。里面有一男一女两个服务员，见到柳璇，女孩甜声叫："嫂子回来了，还有朋友呀！想吃点儿什么？"

柳璇笑道："随便吧，捡你们最拿手的来几个，这是我最好的朋友，闺密！"

旁边那个帅哥上前，笑道："这么说，我大概知道了，这就是你的同桌，那个叫什么鱼的？"

晨昱听到这话，好笑地说："是呀，我就是那个什么鱼。"

柳璇伸手在帅哥的头上敲了一下："里面做饭去。"说完，她又转过头，对晨昱说，"我也不知道上辈子造了什么孽，嫁给了这么一个奇葩……"

原来这个人是柳璇的老公！晨昱很是惊讶，打量着他。

一米八左右的个子，清秀小巧的国字脸，眉目清秀，也能算得上帅哥一个，只是在气质方面稍差，以晨昱挑剔的眼光，有所欠缺。

晨昱和柳璇坐下之后，二人高兴地讲述自己最近几年的变化。柳璇被晨昱的经历吓到了，她实在不敢相信晨昱现在居然是外企高管。而晨昱也知道了柳璇动人的爱情故事。

柳璇已经结婚两年多了，老公叫王昊，是位不会说话的实诚人，比柳璇小了四岁。学历不高，厨艺不错，在柳璇工作的学校附近开了一家小饭店。

起初，王昊是在这家餐馆打工的，柳璇常来这里吃饭，一来二去就熟络起来。是王昊先追的柳璇，面对着感人的表白，柳璇轻叹一声，指着自己的断臂，问道："你不介意我没有一只手吗？"

没想到王昊却伸手将柳璇的手轻轻握了起来，笑道："维纳斯也是断臂，可是谁能否认她的美？"

柳璇被王昊的话惊到了，有些不知道说什么好，喃喃地问道："你……你不在意我的手？不在乎我……我的残疾？"

王昊脸红了，有些不好意思地说："世间哪有完美得像仙女一样的人呢。像柳老师这样漂亮、身材好，还有学问的美女，如果没有一丁点儿的缺憾，岂不是要上天去。我从见到你第一眼就喜欢你，我知道自己配不上……但是，我是真心的，不求你给我机会，只愿你能知道，偶尔也能想起我一下……"

柳璇感动得泣不成声，心里想起晨昱的话："总有一天，会有一个男孩子像我一样，毫不犹豫地拉起你的手，说不介意，没关系……"

柳璇和王昊谈了将近一年的恋爱就结婚了。婚后，两人拿出各自的积蓄，盘下了这间门店，生意不算多好，但也不比上班差，小日子过得不错。

柳璇又介绍了自己的婆婆和小姑，她们是店里的服务员和帮厨，对柳璇很好。

几个人吃了一顿饭，晨昱大赞王昊的厨艺，而王昊却红着脸一个劲儿地给柳璇夹菜，用充满爱意的眼神目不转睛地看着爱妻。

这种眼神，晨昱在陈逸斐眼睛里经常看到，写满了浓情蜜意、眷眷不舍，那是深爱一个人才有的眼神，所有的深情不悔、矢志不渝都尽在不言中了。

看着柳璇有了自己的归宿，晨昱打心里为她高兴。

临别之际，柳璇将晨昱送了好远，依依不舍。她搂着晨昱的脖子说："昱儿，谢谢你，谢谢这十年一直有你，谢谢你出现在我的青春岁月里，给我帮助、鼓励，带给我希望，为我打气，陪伴我度过了悲喜交加、迷茫无助的时光……昱儿，我打心眼儿里感激你。"

晨昱的眼眶也湿润了，她轻轻拍了拍柳璇的肩膀，含泪笑道："璇璇，别这么说，我们是姐妹，相互陪伴是应该的。还好，那段青涩迷茫、悲伤绝望的日子都过去了，我们终于渡劫成功，以后我们可以多想想青春的美丽、坚强、奋斗、飞扬……毕竟这些是我们走过来的必备行囊。"

柳璇笑了，有些遗憾地说："这么说，搞得好像我们都老了似的……"

晨昱擦擦眼泪，说道："三十岁的人了，不老难不成还豆蔻年华，你这语文老师怎么当的？"

柳璇笑道："哪有三十岁了，你还有半年，我还有一年呢。我们还年轻。"

晨昱点头赞同道："比起那些四十岁还是'青年企业家'的大哥大叔们，我们不算老，正青春！"

晨昱提前半小时赶在下班之前来到唐冰工作的办公楼，等着她下班。她没有提前联系唐冰，像对柳璇一样，她想给唐冰一个惊喜。

远远地看见唐冰拎着手包走出大厦门口，就开始东张西望，像是在寻找什么人。

晨昱笑了，心想学霸不愧是学霸，就连第六感都这么霸气，都能预测到自己会来找她。

晨昱正要走过去，刚走几步，却看到旁边车里下来一个人，冲着唐冰招手："小唐……"

晨昱停下脚步，看见来人，顿时愣了，那不是周博恒，小梅的周师兄吗?

想到房素梅,晨昱没来由地一阵心痛,年少时最好的朋友,却是以决绝的方式绝交,看着面前的周博恒,晨昱有些不知道怎么面对他。

晨昱这边想到房素梅,正神游天外,那边周博恒已经从唐冰手里接过包包,俩人神情亲昵地牵着手,边走边聊……

还是眼尖的唐冰发现了晨昱,她推开周博恒,冲晨昱这边跑了过来,伸手捏了捏晨昱的脸颊,继而又揉了揉自己的眼睛,拉住晨昱的手喊道:"是真的,看来不是我眼睛有问题。亲爱的,你终究还是重色轻友了,将我们都抛到九霄云外,来个决绝的不告而别。不过,还是我们李总有办法,将你带回来了……"

晨昱抱住唐冰,说:"冰冰,我好想你,想你们大家!"

唐冰也伸手抱住了晨昱,片刻又将她猛然推开,故作生气地说:"少在这里假惺惺的,晨经理,你在申城待了几年,本事见长,就连睁着眼说瞎话的功夫都炉火纯青了。"

晨昱愣道:"你……你怎么知道的?"

"我怎么不知道,晨经理,或者应该叫晨总,你的发布会很精彩呀,英文过硬、台风大方,总之一个字,漂亮!"

晨昱张大嘴巴,消化了半天,才缓缓吐出一句:"'漂亮'是两个字,不是一个。"感觉到周博恒的目光,她转过头,笑道,"周师兄,好久不见。"

周博恒骤然见到晨昱,吃惊得话都不会说了,只得忍住内心的狂跳,微微一笑,算是回答。

唐冰拉着晨昱的胳膊,高兴地说:"走,咱们仨一起去吃饭。"

晨昱跟着唐冰上了周博恒的车,唐冰转头问道:"冒昧地问一句,晨经理,你现在月薪多少?"

晨昱愣了,说:"问这个干吗?"

"你甭管,老实回答我就可以了。"

"三万两千元,税后。"

唐冰倒吸了一口冷气,机械地点着脑袋:"恒哥,咱们今天不喝粥吃包子了,改吃大餐去,让晨昱请客,谁让她一个月顶我四个月的工资呢。"

晨昱笑道:"好的,即便我是挣的最少的那个,今天也该我请客,作为当日不告而别的赔罪。"

唐冰听到晨昱这话更加来劲了:"恒哥,听到没,有这句话就好,咱去找最贵的!"

坐在前排开车的周博恒通过后视镜,看着晨昱,笑道:"小唐,应该是我们请晨昱吧?"

晨昱笑道:"周师兄,你太客气了,我知道你们医生的工资高。不过这次还是我来,要不冰冰不会消气的。"

唐冰嘿嘿一笑:"恒哥,你一个月一万来块钱,常山工资能跟申城比吗,那差距可不是一丁点儿呀。再说我们这种小员工能跟晨经理、晨总比吗?"

一句一个"晨经理"和"晨总",晨昱终于忍不住,伸手捏住唐冰的嘴,狞笑道:"我看这些年你除了变瘦、变漂亮之外,嘴也学坏了,还敢打趣我了,看我怎么惩罚你!"

唐冰笑着求饶道:"真生气了,好吧,我错了。以后您老让我说什么我就说什么,叫我往东绝不往西,让我打狗,绝不敢去骂鸡,谁让你是我老板娘呢!"

"这辈子你的老板娘绝对不是我,所以亲爱的,请放宽心,不用在我这里狗腿一样拍马屁。不过，我倒是想知道，小唐和恒哥到底是怎么回事？"

唐冰看着周博恒温柔一笑，说道："虽然在外人眼里，我们可能是情侣，但是我们两周前已经合法了哦，不过，还没有办仪式呢。"

晨昱看着唐冰，半天合不拢嘴，这个消息对于她来说，不亚于一个炮弹在晨昱的脑中炸开。在晨昱的印象里，唐冰不是和那个叫余泽文的在一起吗？再说唐冰和周博恒感觉就像是地球的两极一样，是完全搭不到一起的人啊，他们好像就当年陈逸斐假扮她男友的时候见过一面吧。

不过，晨昱知道现在不是追问这些的时候，她看了唐冰一眼，笑道："恭喜冰冰，恭喜周师兄。"

周博恒笑着称谢，而唐冰却向晨昱伸着手，说："红包拿来，我们两个都是你的好友，你是不是应该出双份呢？"

晨昱无奈地摇头，心想唐冰还是这么贪财，还真是江山易改本性难移呀！随后她狡黠地说："好的，听你的，双份。不过，六月债，还得快，你马上也要还回来的，因为我马上也要结婚了。"

晨昱本以为唐冰会惊讶得恭喜自己，却没想到，唐冰倒吸一口冷气，鄙夷道："这么多年你还单着呢，你马上三十岁了吧，知道三十岁还没嫁出去是什么吗？'剩'斗士！哦，对了，还有齐天大'剩'！"

晨昱被唐冰说得哭笑不得："我这不是还有半年吗，所以，我要赶在变成齐天大'剩'之前，把自己推销出去呀！"

唐冰点点头，一副孺子可教的派头："是哪个幸运的家伙，你确定不是我们倒霉的李总吗？"

晨昱摇摇头："你和周师兄都见过的……"

唐冰想了一下，顿时恍然大悟，却一下子想不起名字了，抓耳挠腮想了半晌，嘴里断断续续地说着："那个……就是那个挺帅、挺儒雅，叫什么来着……"

周博恒淡淡地说:"陈逸斐,是吗?"

晨昱竖起大拇指赞道:"还是周师兄记性好,怪不得小梅说你是他们那里的状元呢,不愧是学霸,就是聪明呀,不像某些人,天天自诩聪明无双,却连人名都记不住。"

唐冰气得直哼哼,周博恒却呵呵笑了。

说起房素梅,晨昱轻叹一声,问道:"周师兄,你可知道小梅的情况。我曾偷偷去找过她,可是找不到了。她不在那个学校教书了,而且也不在老家了,据说是……"

周博恒知道晨昱关心房素梅,却也是很无奈地说:"我也不知道,前几年她就出去打工去了,好些年没有回来过了。"

唐冰怕晨昱难过,便抢着插了一句:"打工,谁不是打工呢?我和昱儿这种在企业的,哪怕是你混成副总,不都是在打工吗?"

晨昱知道唐冰是在为自己开脱,让自己心里好过一点。但晨昱的心里还是有些压抑酸涩,心里埋怨自己,如果不是因为自己那时候说话做事不经大脑,明明知道房素梅的心思,却还不注意和周博恒的距离,一边让周博恒觉得自己有机会,一边又狠狠地伤了房素梅的心,或许她们现在还是最要好的朋友。

周博恒从后视镜里看到晨昱的落寞和沮丧,淡淡地开解:"有些事情已经过去了,你就不要伤心了。再说当年的事情我也有责任,如果不是我执迷不悟,或许大家也不会落得这个下场。"

晨昱摇摇头,没有说话。

我们不能左右命运,谁也不知道命运什么时候会来个大转弯,但我们所做的每一件事都要无愧于自己。即便是房素梅为了周博恒与晨昱绝交,但晨昱依旧不后悔认识房素梅,在她们交往的四年时间里,房素梅教会了晨昱很多事情,尤其是在她失恋的那段时间,如果不是房素梅的陪伴,晨昱都不知道自己能不能熬过去。

往事不可追也,没有人能让时光倒流,回到过去改变事实,对于自己年少犯下的错,只能以后有机会再去弥补了。

三个人美美地吃了一顿,最后晨昱付的账。

唐冰对周博恒说:"今天我和昱儿回单位的公寓住,我们姐儿俩说说话,你跟爸妈说一声我不回去了。"

周博恒将晨昱和唐冰二人送回宿舍,自己开车回去了。

两个人目送车子走远,晨昱轻叹:"冰冰,你捡到宝了,周师兄人真的不错,想当年医院好几个小护士喜欢,还有小梅……"说到房素梅,晨昱有些失落,忙又补充道,"比你那个余泽文强多了,还好你没选择他,也不知道为什么,我就是对他没有好感。"

第五十七章 挚爱北辰

　　太多快乐悲伤不会遗忘,爱过以后才能学会坚强。看那北极星散发着光亮,把孤单身影照得那么长。北极星会不会变了样,是否永远在那个地方。希望你能看见我许下愿望,双手合十在祈祷的模样。——徐崎峰唐冰拉着晨昱在楼下小花坛旁的长椅上坐下，抬头望着星空，叹道："原来，所有的人都比我有眼光呀。我刚开始为了能嫁出去，为了能从李哲曦的阴影中逃开，居然都没有发现他的不正常。"

晨昱笑着拍了拍唐冰的肩膀，安慰道："这不是也不晚吗？"顿了一顿，又问道，"什么不正常？没有绅士风度，吃饭吧唧嘴，这些吗？这些就像月光照在水面上一样，或清晰或朦胧，都在人一念之间，你那时候被人家的车子房子迷住了心窍……"

"哪里只是没有绅士风度这么简单，他就是一个不折不扣的浑蛋。"唐冰冷笑道。

晨昱对于唐冰的愤怒有些不知所措，想到这其中应该还有自己不知道的隐情，晨昱赶紧问道："他对你怎么了？"

唐冰哼了一声，继续说："我原本以为他也就是粗鲁了一些，但没有想到他居然还家暴，一旦在外面有什么不顺心的就拿我撒气，他是一个男人，我根本打不过他。而当时的我为了家里的母亲和弟弟，只能选择忍气吞声地和他过了两年。"

晨昱心里顿时一沉，倒吸了一口凉气："你还真跟他结婚了？两年，怎么会这么仓促？哪儿能见三五面就订婚结婚呢？人品、性格、脾气、兴趣、爱好，你都不知道，起码也得处上个一年半载，了解了解吧？"

"话是没错，但我那时候太着急，想要让自己稳定下来，想要回老家的时候不让别人说我是剩女，想要从李哲曦带给我的不自信和自我怀疑中走出来……唉，好了，现在说这个有什么用呢？不过呢，也不是全无好处，那时候我妈生病需要做手术，而我弟弟也在读大学，都需要钱，他们家也是帮了我不少。"

晨昱听完唐冰的话，也不知道该说些什么了，问道："阿姨现在还好吗?"

"还不错,做了手术后至少稳定了。你呢?冯阿姨好些了吗?"

晨昱听到这话,终于发自内心地笑了:"好了,一个月前突然抓着我的手开口说话,你都不知道,我当时多惊喜,一屁股坐地上了,接着,扑上去抱着她就哭。还是逸斐想得周到,怕我妈受不了刺激,赶忙拉开劝解。我妈才醒了一个月,就喜欢女婿胜过我这个闺女了。"

唐冰握住晨昱的手,说道:"昱儿,最困难的日子都已经过去了,还好,我们都咬牙挺了过来。"

晨昱想到几年前的家庭变故,父亲入狱、母亲昏迷……一切仿佛发生在昨天。

唐冰笑道:"我现在在公司是个小主管,估计是李哲曦这家伙念着旧情,又看我离婚被别人指指点点,可怜我才给我的。来,晨经理,给我介绍介绍你的职场经验。"

晨昱扬起头,望着天空耀眼的北极星,轻叹道:"那真是一段暗无天日的日子呀。我刚开始啥都不会,不知道自己能做什么,只知道需要钱。找工作是别人帮忙找的,刚开始四千元,租房子都不够。因为想要多赚些钱,于是做了很多兼职,结果得了急性阑尾炎,辛辛苦苦赚的钱全部都交了医药费。一边受欺负,一边多干活,学经验、学技能,同时学外语,兼职做翻译,最终好不容易才进了外企。刚开始认为自己有了几年工作经验,谁知道刚到那里还是被欺负,我从海外挖了一个副总,从搜索简历、打电话约谈,到提供资料、双方接洽,最后人家过来面试,机票、食宿、接机、迎送,都是我在忙,可我们主管却将功劳推给另外一个跟他私交甚好的人。被欺负、不公平对待、性骚扰等,我都遇到过,还好,有北极星一直指引着方向,我才能比别人少走些弯路。"

唐冰翻了翻白眼，狡黠地笑道："还北极星呢，小妮子，终于动凡心了，不错不错，只可惜，我们李总要伤心了！"

"其实，我很容易动凡心的，只是，以前没有遇到对的人罢了。以前曾在心里怨恨过白惜墨，现在回想，却很感激他的背叛之义、不娶之恩。我不是说他不好，只是，那样的话，我就遇不到我的北极星了。不过，我更好奇你和周师兄是怎么在一起的呀？"

说到周博恒，唐冰眼里泛起了温柔之色，慢慢地说："我是因为你才认识的他，之前，你带着陈逸斐骗我们大家的时候，一起吃过一顿饭，事后就交换了联系方式。刚开始真没有别的意思，就是想着人吃五谷杂粮，谁还没有生病的时候呢，有个朋友在医院也是挺不错的。后来，我去过几次医院，他就看在大家都是朋友的分儿上帮了忙，我觉得很不好意思，就回请他吃饭，没想到他却拒绝了。后来，我回老家的时候就多带了一份土特产，给他送去，一来二往的，也就熟了……"

晨昱一边听唐冰讲述她和周博恒的故事，一边在心里为唐冰的遭遇心疼，听到周博恒对她的帮助，晨昱忍不住问："那你以后就勾搭上人家了？"

"呸！什么叫勾搭？"唐冰啐道，"你就是这么勾搭上你的'北极星'的？"

晨昱无奈地笑了笑："好好好，我说不过你，我错了，您接着往下讲呗。"

"后来，我不是嫁给了余泽文吗，刚开始也没发现有什么不对的，直到有一次他喝醉酒回家，对着我破口大骂，我这脾气你也是知道的，后果就……"

唐冰说到这儿有些哽咽，她缓了一会儿，继续说："从那以后，他就开始变本加厉，一开始我为了面子，也不敢和别人说这件事。有一次，余泽文前天晚上打了我，第二天我就晕倒在公司里，公司的人把我送到医院，没想到居然是周博恒给我看病。他看到我浑身的伤，于是就问我发生了什么事？那个时候我周围也没个可以倾诉的朋友，于是我就把我的遭遇告诉了他，从那之后，我就把他当作最信任的人了。后来，我离了婚。有天晚上我突然肚子疼得受不了，浑身冒冷汗，就跟他打了一个电话，他来把我带到医院，原来是胃溃疡，在医院待了一星期，是他照顾我的。再之后，他骑摩托车摔断了腿，作为报答，我就去照顾他……我们两个都是外地人，没有家人在这里，互相帮助，一来二往就有了好感。"

晨昱听后由衷地赞叹："你们俩都是很优秀、很努力的人，很般配，真为你们高兴。"

唐冰笑道："那是自然的，别的我不敢说，至少比之前那个房素梅要强百倍千倍。唯独，我是离异过的，这有些不太好。不过好在现在离婚率这么高，也没太大关系。"

晨昱点点头，说："就是，反正过日子是两个人的事，冷暖自知就好了，管别人怎么说呢。"

"那倒是，现在日子也好起来了，恒哥有一套九十平方米的房子，我们俩刚又买了一套一百二十平方米的，是公司开发的房子，李哲曦签字给打了个九折，又省出来一辆车。我们住一套，将另一套给双方老人住，住在一起，相互间有个照应。"

晨昱将头靠在唐冰肩上："冰冰，看着你这样幸福，我真为你高兴。"

晨昱能想象得到唐冰在上一段婚姻中的绝望，但她还是勇敢地开始了新的婚姻和生活，唐冰果然还是晨昱心中最坚强、最勇敢的人。周博恒，晨昱是知道的，人品好、性格好、工作也好。

晨昱突然想起了一个和唐冰境遇相似的人——鲁苏，相比较唐冰的幸福，鲁苏就没有这样的好运气了。

三年前，鲁苏离婚了，净身出户，工作也找不到，还是晨昱帮忙找了以前的老同事将她推荐到之前的安业地产，让她在售楼处做了一名接待员，每个月四千元的工资还要抽出一部分给孩子，日子过得不好，瞬间苍老了很多。

对于鲁苏，晨昱很是同情，却也无能为力，爱莫能助……

第五十八章　一时瑜亮

> 爱是一种感觉，不爱也是一种感觉，而往往难以抉择的是心中的感觉到底是爱还是不爱。原来握在手里的，不一定就是你们真正拥有的；你们所拥有的，也不一定就是你们真正铭刻在心里的。——佚名

晨昱想去见见李一诺，但是却远远没有见其他朋友那么方便。

别人都有固定的上班地点和时间，而李一诺，却如闲云野鹤般神出鬼没，别说上班地点，晨昱连她现在待在哪个城市都不确定。

不过，晨昱转念一想，既然联系不到李一诺，没关系，她直接联系师父韩子夜就可以了。

晨昱来到韩子夜定好的地点，心里暗笑，这般辉煌气派，高贵得像是在云端，果然是李一诺的做派。好多年没见，晨昱的心里还真有些想她。

于是,晨昱快步走进了大厅,才走几步,就觉得背后生风,她微微侧开头、躲避、转身,意料之中看到了一张惊讶的脸。不过难得的是,李一诺居然不是盛装打扮,而是身着一身舒适的运动装,一改往日的高贵冷艳,看着倒有几分清雅恬淡。

趁着晨昱专注打量李一诺的工夫,李一诺挥起一拳直奔晨昱肩头,嘴里咬牙切齿地道:"你这死丫头,消失了这么多年,现在被逮住了,才想起来回来看看我们这帮当年被你抛弃的朋友,在你眼里'同学''朋友''室友''姐妹'就那么不值钱吗?"

作家不愧是作家,就连骂人都一串一串地,晨昱被李一诺骂得一愣一愣的,不知道先回答哪一句好。好不容易等她住了嘴,晨昱才解释道:"尊敬的女王殿下,请容小的——回禀,第一,微臣没有被任何人逮住;第二,我也绝对没有抛弃你们任何人,你们一直活在……哦,不是,是存在于我心里……"

李一诺万万没想到几年不见,晨昱的逻辑思维能力见长,居然还反驳得头头是道,不由得秀眉微蹙,抬起粉拳,又是一拳,被晨昱嬉皮笑脸地躲开。

这时,韩子夜拿着电话从楼道里走出来,看到她们很是吃惊,大步上前,给了晨昱一个大大的拥抱:"小徒弟,几年不见,混得不错呀,比师父我有出息多了,就像你说的,我空会三门流利的外语,却把自己锁在办公室里,到现在,你的外语溜得像母语,而我就连母语都生疏得像外语了。"

韩子夜的拥抱让晨昱感觉很温暖,她想起那些最难挨的日子里,师父对自己的保护和陪伴,心里涌起一阵暖意,她将头放在韩子夜的肩头,闭上眼睛说:"师父,谢谢你,你的怀抱一直都这么温暖,真让我留恋。"

看着蜕变成蝶的晨昱,韩子夜心里也是感慨万千,晨昱受的苦,他知道，虽然有些没有亲眼看到，可是，他都能想得到。他伸手轻轻拍了拍晨昱的后背，柔声安慰道："没事啦，没事啦，一切都过去了，昱儿做得很好，师父很惭愧那段时间没能陪在你身边。"

晨昱的眼眶湿润了，有亮晶晶的东西在闪烁，嗓子也有些哽咽，像是被什么东西堵塞了一样，她沙哑地说道："谢谢你，师父，一直以来对我的守护和照料……"

晨昱的话还没说完，后背的衣服就被李一诺拎了起来："臭丫头，快给我起来，大庭广众之下，和异性搂搂抱抱很是不雅！"

听到李一诺的话，晨昱笑了："他是我师父，师徒之间一个拥抱，不犯法吧？你吃哪门子的醋呀，难不成，他是你的吗？"

李一诺脸一红，冷哼一声，不再搭理晨昱，径自往订好的包间走去，晨昱笑嘻嘻地跟了上去。

席间，韩子夜问到晨昱这几年的过往，晨昱微笑着简单概括几句，当他听到晨昱与陈逸斐一吻定情时，说道："我说徒儿呀，为师觉得这小伙子委实不错，关心你、在乎你，时刻陪伴在你身边，绝对是个好男人，值得托付终身呀。"

李一诺思索片刻，微微点头："这话是不错。可是韩兄，问题来了，有两个男人都可以为了昱儿不顾性命、以身犯险，那该如何取舍呢？另外一个人，可是为她挨过刀子呢。"

晨昱一听李一诺这话，顿时满脸黑线，她不敢相信李一诺居然会为李哲曦说话？她不是喜欢李哲曦的吗？这是脑袋被驴踢了，还是被灌了水了？

韩子夜微微沉吟片刻，然后斩钉截铁地说："两个都不错，那就看我的爱徒喜欢哪个了。就像阿Q的那句话，要什么有什么，我喜欢谁是谁，哈哈。"

听到这里,晨昱和李一诺不约而同地翻了一个大大的白眼,表示对韩子夜的不满。

李一诺转头对晨昱说:"接着说,我对你的'升职记'很感兴趣。"

晨昱讲到为了挣钱,每天晚上、周末和节假日都在看书,翻译稿子到十一点;说到这两年挤着时间去读研,终于在去年拿下了公共管理硕士。虽然晨昱是用轻描淡写的语气,笑嘻嘻地说出来,可另外两位听着却心疼不已。

关于职场的艰辛,晨昱一带而过,没有细说,可李一诺和韩子夜能想象晨昱到底经历了怎样的磨难。

韩子夜帮晨昱夹了菜,并顺手拍了拍她的肩膀,赞叹道:"好样的,昱儿。"

这时,李一诺却冒出来惊人的一句话:"亲爱的,与其这样,你在哪家公司不是干,能不能来我的公司帮帮我呢?你现在是人力资源经理,来我这里,给你当总监,年薪翻倍,外加分红和股份,怎么样?反正肥水不流外人田,咱们姐妹一场,你就来帮帮我吧。"

晨昱不解道:"你不是应该专心写小说吗,且不说你的遗……哦,是财产,单是你的几部作品出版发行、影视改编的版权费,应该也不缺钱呀。"

李一诺装出一副委屈的模样:"还不是被我爸妈逼的。"

晨昱从大学就听李一诺讲过她父母如何逼她学工商管理,为的就是日后她可以接管家里的公司。想到这里,晨昱幽幽地说:"这事,我觉得你跟李哲曦商量比较好,商海沉浮、尔虞我诈,我觉得他应该更在行。"

幸好,此时李哲曦没在,否则,听到晨昱如此评价他,他应该会郁闷得吐血吧。

李一诺像是陷入沉思,没有说话,过了好半天才说了一句:"没错,综合各个方面考量,他都是我最得力的帮手和助力。"

晨昱发现韩子夜望着李一诺那脉脉含情的眼神顿时萎靡下去,不再闪亮。

对于李一诺在李哲曦、韩子夜之间的选择上,别说当局者本人了,就是作为旁观者的晨昱也很纠结,难以取舍。

李哲曦吧,青梅竹马一起长大,是李一诺心目中的"泥哥哥"。

按理说李一诺从小喜欢的就是李哲曦,两个人金童玉女、门当户对,算得上佳偶天成。可就是不知道李哲曦哪里出了毛病,这么花心的一个大萝卜,却独独对这个美若天仙、倾国倾城的李一诺不来电。

看着李哲曦女友不断、游戏人间,李一诺内心是矛盾的,儿时的痴心让她继续等下去,而她强大的自尊和自傲却告诫自己,在她要求的纯净爱情中,只能独一无二,不可或缺,绝对不可做人替补、委屈将就。

而对于韩子夜,他的兴趣爱好、风度品位,都很符合李一诺的要求,否则两个人也成不了无话不谈的知己。韩子夜已经三十四五岁了,放弃了那么多追求者,他在为谁等待、为谁守候,傻子都知道,更何况冰雪聪明、人精似的李一诺。可是,平心而论,李一诺只是把他当哥哥,那种心动和激情相对比较欠缺。

这两个人对于李一诺来说,就是一首歌《爱我的人和我爱的人》,让人无从选择。

有时候,李一诺在夜深人静睡不着的时候也会凝神思考,可还是没有答案,她甚至还自私地幻想,如果将李哲曦和韩子夜合二为一,保留李哲曦的聪明狂傲,再搭配以韩子夜的痴情和儒雅,那该有多好?

第五十九章　如此深情

　　如此情深，却难以启齿。原来你若真爱一个人，内心酸涩，反而会说不出话来，甜言蜜语，多数说给不相干的人听。——亦舒

　　有人说，爱情是灯，友情是影子，当灯灭了，你会发现你的周围都是影子。朋友，是在最后可以给你力量的人。如果真要这么说的话，郭秀彦无疑是晨昱最为重要的、不可或缺的影子。

　　辗转半日，晨昱来到郭秀彦生活的小城，晨昱远远地就看到郭秀彦那娇小却充满力量的身影。时隔多年，再次看到熟悉的身影，晨昱忍不住潸然泪下。

　　像是受到了感应，郭秀彦回过头来，远远地看到晨昱，小小的眼睛顿时发出耀眼的光芒。她一边挥手，一边笑着向晨昱跑来，两人紧紧地抱在一起，都流下了眼泪。

　　过了半晌，郭秀彦才拉着晨昱向停在路旁的一辆车走过来，车旁站着一位男士，忙笑着为她们打开车门。

　　晨昱笑道："这是姐夫吧？"

　　晨昱打量了一下男子，他虽然相貌平平，但却很有气质。他冲晨昱微微一笑，说："你是晨昱吧，常听秀彦提起你，今天有幸得见，在下赵宇岩。"

　　晨昱笑道："姐夫平日里喜欢武侠吗？我觉得武侠中豪气万丈的燕赵之

士，跟姐夫气质颇为相像。"

赵宇岩客气地为晨昱和郭秀彦打开车门，笑道："这是我听到过的最美的赞誉，谢谢。"

晨昱上了车，看车里没有人，惊讶地问道："孩子呢？"

郭秀彦笑道："老大在家里玩呢，还有一个在肚子里，跟着我，一起来接他姨了。"

晨昱很是惊讶，张大嘴巴上下打量着郭秀彦，又伸手在她平坦的肚子上摸了摸，惊讶地说："老大，你又有啦，真好！不过，为啥我看不出来，也摸不到呢？"

"还不到四个月呢，你自然看不出来，你也赶紧要个宝宝吧，年龄太大了就不好了，反正你都领证两年多了。"

晨昱笑道："知我者，老大也。其实对于结婚这个仪式，我倒是没觉得怎么样，只是逸斐他非要办，而且，我家的老太太比较喜欢这个，所以就听他们的。正好借此机会，大家也聚聚。"

"你刚稳定下来告诉我的时候，我真想去看看你，可是又怕被李哲曦发现，你知道吗？他来找过我好几次，他是真的挺上心的，可惜……也许是你们没有缘分吧。我结婚的时候，他和诺诺一起过来了，还送了一份我都不好意思收的大礼。我见他俩携手而来，还以为他们会如你所愿走在一起。岂料，到现在还是没有消息。"

晨昱叹道："我昨天和诺诺一起聊了一会儿，我个人觉得我师父韩子夜更加适合诺诺。不过，也许在世俗的眼光里，李哲曦跟她倒是门当户对。唉，当事人都不知道做何选择，何况我们局外人呢？说到李哲曦，他前两天去申城了，去公司楼下等我……说要赶回来，我也纳闷儿，依他的急性子应该早来了，怎么会现在还不见踪影？不会是想什么办法惩罚折磨我吧？"

"也许是什么急事牵绊住了吧？不过，什么急事能比你在他心里更……"

话没有说完，便被晨昱打断了："姐姐，我们总是在这里磨叽，姐夫都听烦了呢！"

赵宇岩笑道："你们可以忽略我，我是两耳不闻窗外事，一心只开我的车。"

晨昱赞道："姐夫可真幽默，有才！"

郭秀彦知道晨昱不想当着不太熟悉的人过多地提起当年的事，便借机转移话题："对了，你姐夫是咱们的校友呢，他是中文系的，比我们长了两届。说起来，我还得感谢你呢！"

晨昱不解，皱眉道："感谢我？"

"感谢你的试探和搅局呀！要不就我这智商和情商，早被蒙骗，嫁给了田文鑫了。"

说起田文鑫，晨昱瞄了一眼前面开车的赵宇岩，朝郭秀彦使着眼色。没想到郭秀彦反而说："没事，你姐夫都知道的。"

想起田文鑫的那一幕，晨昱有些不好意思。

郭秀彦伸手捏起晨昱的脸，开玩笑地说："几年不见，什么时候开始风格高尚了？"

当年因为晨昱的"色相试探"，郭秀彦才看清了田文鑫的真实面目，后来经朋友介绍认识了校友赵宇岩。他们是老乡，毕业后又都回了老家。赵宇岩考进了国税局，这几年发展不错，算是年轻有为。而郭秀彦，虽然年轻，教学成绩却是最好的，已经是他们学校数学组的组长，也是学校唯一一个拥有高级职称的教师。

郭秀彦和赵宇岩身上，有很多共性。很快，他们就从校友，变成了恋人,不到一年的时间,就结婚了。第二年就生了一个可爱的宝宝,小男孩长得虎头虎脑,甚是可爱,已经五岁了。

晨昱刚到郭秀彦的家里,正跟五岁的小外甥玩游戏,李一诺打电话过来。

晨昱皱皱眉,刚按了接听键,听筒里传来了李一诺带着哭腔的咆哮声:"死家伙,你死哪儿去了?我不管你在哪里,赶紧给我回来,来人民医院……"

晨昱吓了一跳,心脏差点儿停止工作,赶紧问道:"医院?谁病了?"

"李哲曦这浑蛋因为要见你,而南方这两天有台风,没有飞机飞常山,这浑蛋居然自己开车回来,疲劳驾驶,出了车祸……"

晨昱眼前一黑,险些晕倒,大脑一片空白,像是被抽空了一般,转身就往外飞奔。

郭秀彦看见晨昱的举动,忙跟上去,得知情况,她和赵宇岩开了四个小时的车将晨昱送到了医院。

晨昱一路奔到病房,看见李哲曦的父母、李一诺都守在这里。医生说李哲曦的头部受创,有轻微的脑震荡,已经昏迷一天一夜了。

看到晨昱,李哲曦的母亲冲过来,晨昱还没来得及说话,脸上就重重地挨了一耳光,半张脸火辣辣地疼。

一直以来,晨李两家关系都很好,李哲曦的母亲对晨昱也甚是疼爱。可此一时彼一时,当看到李哲曦这几年经历的两次生死攸关的事故,都是拜晨昱所赐,李哲曦的母亲心里难免怒火冲天。

李一诺赶紧上前拉住李哲曦的母亲,她这才清醒过来,看看脸已经肿起来的晨昱,又看看躺在病床上昏迷不清的李哲曦,不由得放声大哭。

冷静下来之后,晨昱一边道歉,一边恳求李哲曦的父母让自己留下来照顾，却被他们拒绝了。李一诺在旁为晨昱求情，说李哲曦昏迷的时候嘴里叫的都是"晨昱"，也许让晨昱留下来照顾，对李哲曦的病情有好处，但是他们的态度却依然很坚决。直到晨昱跪在他们面前发誓愿意在李哲曦昏迷的时候伺候，直到他醒过来，而当他醒了，自己便再也不会出现在他面前。李哲曦的父母这才同意晨昱留下来。

八天过去了，晨昱一直守在李哲曦的病床边，看得李一诺都心疼了，劝她回去，她也不听。陈逸斐也过来了，他没说什么，只是陪着晨昱一起照顾。

这天，李哲曦的父母去见主治医师谈治疗方案，陈逸斐出去买饭，病房里只剩下晨昱和李一诺。

"诺诺，你回家休息一会儿吧，这里我先守着。"晨昱看见李一诺最近几天憔悴的模样，心里有些不忍。

李一诺死死地盯着李哲曦的脸，喃喃地说："我想让他醒过来的时候，最先看到的那个人是我。以前，我想过放弃，也恨他有眼无珠，喜欢那么多女孩子，却不喜欢我。可是看到他这个样子，我突然很心痛，原来爱他已经成了一种习惯，如果他不在了，我也就失去了活下去的动力。"

这种深入骨髓的爱恋，晨昱了解，她轻叹一声，安慰道："他不会有事的，好人不长命，祸害活千年。"她顿了顿，又说，"不过，他要是醒不过来，你也一直陪着他吗？"

李一诺苦涩地笑了笑，说："他这样也挺好，至少安安静静地在床上躺着，不会在心里念着什么了不起的女人。"说着她看了晨昱一眼，接着说，"也不会身边围绕着那么一群莺莺燕燕，此时的他完完整整是我一个人的。至于是不是一直，这个不好说，也许我哪一天腻了或是看开了，就放手另嫁他人，你知道喜欢我的人多了去了，随便拽一个不是什么难事。"

突然,一个有气无力的声音响起:"半途而废可不是什么值得提倡的好习惯,李一诺,你就不能有点儿出息,说一些矢志不渝、海枯石烂的话,显得你品行高尚,让我也有些面子。"

"你醒啦?"晨昱和李一诺同时抓住李哲曦的手,哭着扑倒在他身上。李哲曦太虚弱,一口气没上喘来,又晕了过去。

晨昱和李一诺同时大叫:"医生、医生……快来呀……"

第六十章 青春正好

> 生活赋予我们一种巨大的和无限高贵的礼品,这就是青春:充满着力量,充满着期待志愿,充满着求知和斗争的志向,充满着希望信心和青春。——奥斯特洛夫斯基

晨昱在医院照顾了李哲曦十天,回到公司一大堆事情等着处理,而距离婚礼只剩下半个月了,晨昱忙得团团转,只恨自己没有分身术。

清醒后的冯蕾负责布置新房,新房跟他们一直住的房子在同一个小区,是一套两百来平方米的跃层。从整体装修风格到窗帘的选择,都是按照晨昱的喜好,由冯蕾监工完成。

此外,前两年晨昱自己买了一套小两室留给父母,作不时之需。晨昱让冯蕾按照自己的喜好来装修房子,冯蕾有了事情做,就不再追问晨昱的事了。

这时，有家猎头公司联系晨昱，职位是晨昱这些年来梦寐以求的人力资源总监，年薪也非常可观，但是是陈逸斐的公司，这让晨昱有点儿纠结。

晨昱将猎头联系她的事告诉了陈逸斐，并询问他的看法，陈逸斐笑着摸摸她的头说别的事他可以帮忙拿主意，这件事他自己得避嫌。

晨昱一时之间也没有做好决定，好在对方也没有给出最后的考虑期限，晨昱就将它先放下，着重处理她的婚事。

虽然晨昱和陈逸斐已经领证两年了，但由于陈逸斐的父母一直不太同意二人的婚事，而晨昱父母又不太方便，所以二人的婚礼就一直拖着。

好不容易得到陈逸斐父母的同意，冯蕾也清醒了过来，两人将婚礼定在了九月初九，地点是临海。

晨凌云提前申请了一周的假释，和冯蕾一起提早来到临海。晨昱将他们安排在宾馆住下后，就陪着陈逸斐来他的母校，给老师和同学送请帖。

故地重游，晨昱颇有一番感慨。

曾经帮助过晨昱的岳靓师姐已经博士毕业，留校任教。看到晨昱她很是高兴，亲热地挽住晨昱的胳膊："没想到，你没成我的小师妹，反成了弟媳。不过当时，我就看出来了，这家伙对你居心叵测，绝对没有他自诩的那般高尚纯洁。"

晨昱看了陈逸斐一眼，发现他居然脸红了。

岳靓生性豪爽，有啥说啥："晨昱，有时候我挺羡慕你的，不是因为你嫁了帅哥、富二代……"岳靓说着顿了一下，看了脸红的晨昱一眼，又意味深长地瞅了陈逸斐一眼，笑道，"我羡慕的是他对你的用心和痴情。还记得你的兼职吗，那些活儿，本来一直由我做的，他为了你把我辞了，辞了就辞了吧，你翻译的文稿，起初有很多问题，他就把你的稿子推给我修改，你说，这是不是欺人太甚？"

晨昱听到这些顿时愣了，这些她都不知道。

陈逸斐忙打断岳靓的话，说："师姐，你瞎说什么呀，没有的事……"

岳靓见状笑了，趁机说道："都秋天了，太阳还这么毒，倒是有些口渴了，陈总是不是应该发扬一下绅士风度，帮我们买些喝的。"

陈逸斐看了看晨昱，压低声音在岳靓耳边说："你别胡说，她很敏感，自尊心也很强。"

岳靓点点头，答非所问地说："就按你说的，蓝山咖啡吧。"

目送陈逸斐走远，岳靓望着他的背影轻叹："这家伙终于也成家了，时间过得真快呀。"

晨昱瞥了陈逸斐一眼，又看了看岳靓，低声道："师姐，对不起。"

岳靓一愣，笑道："你看出来了，没错，我也曾喜欢过他。哎，我只是暗恋大军中的一员，还能以好友的身份陪在他身边，已经很知足了。真心羡慕你，他平时那么孝敬温顺的人，居然为了你顶撞忤逆家人师长。妹子，好好珍惜吧，他对你真的很用心。为了你放弃家人去了申城陪你，说是怕你一个人在申城孤单。为了你，他放弃了公司……"

陈逸斐对自己好，晨昱是知道的。她心里也感激岳靓，但是听着岳靓说的话，好像自己多配不上陈逸斐似的，她有些不爱听，皱了皱眉："他还在公司上班呀，什么叫为了我放弃公司？他又不是老板，听师姐这么说，好像他牺牲多么重大似的。"

"妹妹，不好意思，我没别的意思，可能是我没说清楚。没错，他不是老板，可他是老板的侄子和儿子。他们公司最大的股东是他叔叔，第二大股东就是他父亲，以他的能力和才华，他本是下任当家的不二人选，可是为了你，他和家里闹翻了，放弃了继承权。我没有别的意思，只是想要对你表达一句话，好好珍惜，得来不易。"

晨昱听到岳靓的话，心脏突然一紧，呆若木鸡地愣在原地。

直到陈逸斐捧着咖啡跑来，看到只有晨昱一个人站在原地："怎么只有你一个人？师姐人呢？宝贝，怎么啦？"

陈逸斐话还没有说完，晨昱一把抱住了他，发出哽咽的声音："逸斐，选择我，你真的不后悔吗？"

陈逸斐愣了，随后温柔地说："我都娶你两年多了，你这时候才问我后不后悔，是不是有些晚了？我当然是不后悔，我的昱儿是我此生最爱的人，任何人都不能替代。"

晨昱眼泪簌簌滚下，接着问："一家上市公司也不能替代吗？"

陈逸斐一愣，将晨昱的脸扭过来，面对着自己，反问道："如果有人给你一亿元、十亿元，你愿意放弃我吗？或者，说个实在的，李哲曦比我有钱得多，他也那么爱你，两次为你出生入死，你愿意离开我，跟着他吗？"

晨昱听到这话，笑了起来，眼泪却流得更多了。

九月初九，这天风和日丽、艳阳高照，天空蓝得发亮，没有一丝杂质。婚礼的现场被布置得花团锦簇，只是有一点比较奇特，酒店婚礼会场的红色横幅上，写的不是常见的"白头偕老、百年好合"，而是"感谢青春有你——温暖了岁月，惊艳了时光"。

晨昱挽着晨凌云的手，在亲友的祝福下，身穿一身雪白的婚纱格外漂亮，陈逸斐一身笔挺的西装分外夺目。

按照新人们的要求，没有司仪，没有伴郎伴娘，有的只是亲友家人的陪伴和祝福。

其实，晨昱原本打算让李一诺当伴娘的，但是，晨昱考虑到，如果李一诺是伴娘，那么李哲曦和韩子夜谁当伴郎好呢？晨昱不好做出选择。此外，李一诺长得那么漂亮，晨昱也不想在婚礼当天，找来一个长得比自己漂亮的人，抢了自己的风头。

当李哲曦看着晨昱穿着洁白的婚纱从身旁走过，晨凌云把她交到陈逸斐手上，心里还有些难过和受伤。不过，当他瞥了一眼身旁比新娘更漂亮的李一诺时，微微一笑，将心里的伤默默隐藏。

李一诺像是会读心术一样，目不斜视地鼓掌，用只有李哲曦能听到的话说："难过就难过吧，不用装。不过，在昱儿的大好日子里，你最好别磨磨叽叽地泪洒当场。"

李一诺的话吓得李哲曦一个激灵，不敢再胡思乱想。

这时台上轮到新娘发言，晨昱微笑着接过话筒说道："感谢各位亲友不远万里来参加我的婚礼。怎么说呢？从法律上讲，我们已经结婚两年，这次对于我来说，不像是婚礼，反倒像是一场聚会。在这儿我要感谢我的父母，他们赐予我生命、哺育我成长，感谢他们接受不完美的我，给我希望……当然，我最要感谢的是我的爱人，这次婚礼的男主角，感谢你，'蓝海豚'，不仅圆了我儿时的一个童话梦想，而且十一年来一直在我身旁。岁月匆匆，当我已经从十八岁的美貌少女，变成了快三十岁的半老徐娘，庆幸的是有你一直在身旁，温暖了岁月，惊艳了时光。"

晨昱发言过后，陈逸斐走到话筒旁边，他牵过晨昱的手，笑道："嗯，好不容易有机会，让我也体验一下明星获奖的感觉，我就照葫芦画瓢聊上几句。感谢大家的到场，尤其是我老妈的驾临，别再瞪我了，感谢你们的理解和支持，儿子铭记于心。感谢我的岳父岳母，将我的老婆生养得这般优秀善良。在这里，我最感谢一个人——李哲曦，至于为什么感谢，这是一个秘密，就不多说了。最后，我要感谢我的老婆，相识十一年，感谢你的出现，你让我明白，只要等到对的人，十一年也不晚。余生我们还有好几个十一年，我们一定要好好保养，争取到九十岁白发苍苍，还可以一起听雨赏荷,看日升日落。"

陈逸斐话音刚落,台下便响起一阵掌声。

随着婚礼的进行,到了最激动人心的抢捧花环节了。

晨昱背对着大家,将捧花随手一抛,捧花不偏不倚砸到李一诺身上。

李一诺斜眼看向身边李哲曦,又看了看身后的韩子夜,前者惊得面无血色,落荒而逃;后者却温柔一笑,目光深情似水……

(全书完)